인간에 대하여

마광수 지음

어문학사

차례

경복궁

경복궁 구석구석에는
얼마나 많은 정액과 애액이 묻어있을까

왕들의 음탕한 욕정은
산삼, 용봉탕, 살모사, 녹용, 해구신 등
백성들의 피땀을 빨아
정성들여 키운 정력에서 나왔겠지

어린 궁녀들의 아랫도리를 물들이고도
백성들의 피는 넘쳐 흘러
아직도 경복궁 주춧돌 사이로 흘러내린다

세월이 흐르고 흘러 수없이 강산도 바뀌어
왕들은 죽어버려 백골조차 없지만
그 어린 궁녀들도 외로이 늙어죽어
불쌍한 모습조차 찾아보기 어렵지만

경복궁 근정전에서는
아직도 정액 냄새가 난다 피 냄새가 난다

조선조 이씨 왕족 놈들의
그 탐욕의 냄새, 그 음흉한 냄새가 난다

1. 인간은 사회적 동물이 아니다

모든 인간이 반드시 '사회적 동물'인 것은 아니다. 어찌 보면 '인간은 사회적 동물'이라는 말처럼 인간을 불행에 빠뜨리는 간교한 말도 없다.

'인간은 도구를 만드는 동물'이나 '인간은 유희하는 동물' 등의 정의는 그런대로 인간의 양태를 적절히 설명해 주고 있다. 또한 '인간은 상징적 동물'이라든지 '인간은 생각하는 동물' 같은 정의 역시 인간의 양태를 다양한 각도에서 적절히 조명해 주고 있다.

그러나 '인간은 사회적 동물'이라는 정의는, 인간이 '사회'라는 부자연스런 조직과 굴레에 갇혀 여러 가지 규율과 제도·법 등에 얽매여 살아가는 것을 누구나 생래적(生來的)으로 원하고 있는 것처럼 규정하고 있기 때문에, 인간 개개인이 자유 추구와 행복 추구를 은연중 부정해 버리는 일면이 있다. 그래서 사람들로 하여금 '개인'보다는 '전체'를 우위에 놓고서 모든 이상(理想)을 가꿔가게 만들고, '전체'라는 애매모호한 의인물(擬人物)을 위한 개인의 희생이 당연하다는 식의 생각을 합리화시켜 버리게 만든다.

이런 측면에서 볼 때 '아나키즘'은 지금까지 나온 여러 이데올로기 가운데 적어도 명분상으로는 가장 이상적인 것이고 또 순순한 휴머니즘에 기초하고 있는 것이다. 아나키즘은 개인을 지배하는 국가 권력 및 모든 사회적 권력을 부정하고, 개인의 자유가 완전히 보장되는 사회를 실현하는 것을 목적으로 하는 이데올로기이기 때문이다.

우리나라에서는 아나키즘이 흔히 '무정부주의'로 번역되곤 한다. 그래서 아나키즘을 마치 범법(犯法)과 무질서를 옹호하는 파괴주의적 사상 같은 것으로 오해하는 사람들이 많다. 그러나 아나키즘은 무질서와 파괴를 궁극적 목적으로 삼는 사상은 절대로 아니다. 아나키즘은 '개인의 자유'가 곧 자연의 법칙이요 순리라고 믿어, 개인의 자유를 극대화시키려고 노력하는 사상인 것이다.

아나키즘에 의하면, '인간에 의한 인간 지배'는 그것이 어떤 분장을 하고 어떤 명분을 내세우더라도 무조건 억압이다. 19세기 중반의 프랑스 사상가 프루동은 '무질서나 혼돈이 아니라 여하한 형태의 지배자도 주권자도 없는 상태'를 '아나키'라고 정의하고 아나키즘 운동을 벌였다. 프루동이 아나키즘을 외치게 된 배경에는 프랑스 혁명의 실패에 대한 참담한 기억이 잠재돼 있었다. 프랑스 혁명은 몇몇 지식인들의 엘리트 독재주의적 사고방식으로 인해 자중지난에 빠져들고 말았기 때문이다.

그러나 아나키즘 역시 '인간은 사회적 동물'이라는 전제를 은연중 깔고 있다. 현대의 아나키즘이 지향하는 것을 한마디로 요약하면, "자본주의적 경세체제 대신에 상호부조의 공동체를 지향하고, 권위주의적 계급독재 대신에 민중과 시민이 직접 참여하는 자유주의적 자치사회를 모색하며, 폭력과 억압에 기반을 두는 강권적 국가지배 대신에 지역 단위의 소규모 연합사회를 추구하는 것"이 되기 때문이다. 말하자면 아나키즘의 이상 추구나 실현을 위해서는 집단적 동의를 위한 계몽을 담당하는 '사회 지도체제'가 어떤 형태로든 필요하게 되어, 인간 각자의 개인적 취향과 개성이 무시될 소지가 얼마든지 있는 것이다.

인류 역사를 살펴보면, 어떤 형태의 이상(理想)이든 이상의 실현을 겨냥한다는 명분 아래 소수든 다수든 어이없게 희생되는 경우가 많았다. 러시아 혁명의 와중에서는 1천만 명의 민중이 개죽음을 당했고, 프랑스 혁명 때 숫자는 다소 적지만 역시 수많은 사람들이 희생당했다.

나는 주자학(朱子學)의 공소하고 형이상학적인 비실용적 논리체계가 싫어 양명학(陽明學)이 주자학보다 훨씬 낫다고 생각해 왔다. 양명학은 어쨌든 이론보다는 실천을 중요시하여 '지행합일(知

行合一)'을 내세우고 있기 때문이다. 그러나 양명학의 창시자인 왕양명이 국가 관료로서 농민봉기를 잔학하게 진압하여 수만 명의 농민을 학살한 것을 알게 되고 나서부터는, 그에게 그만 정이 떨어져 버렸다. 왕양명 역시 '국가'라는 인위적 사회조직의 유지를 위해서는 소집단의 희생이 당연하다고 생각했다는 것을 간파하게 됐기 때문이었다.

이것은 종교개혁을 일으킨 마르틴 루터 역시 마찬가지다. 그의 종교개혁운동은 일종의 반(反)봉건·반(反)권위주의 운동으로 인식되어 독일의 많은 민중들을 열광케 했고, 따라서 그가 농민봉기를 지지해 줄 것으로 오인하게 만들었다. 그러나 루터는 '사회질서'를 유지해야 한다는 핑계로 독일의 농민반란을 혹독하게 진압할 것을 주장하여, 수많은 농민들을 죽음으로 몰아넣었던 것이다.

인간은 사회라는 조직에 당연히 예속되는 부속품이 아니다. 그러므로 인간은 사회적 동물이기 이전에 '개인적 동물'인 것이다. 인간이 사회를 형성하게 된 것도 단지 편의상의 일시적 방편에 불과했다.

인간이 다른 동물들보다 빨리 진화하게 된 것은 '손'을 가졌기 때문이고, 또 직립(直立)할 수 있게 됐기 때문이다. 그리고 빙하기를 피해서 살아남기 위해 '불'의 사용법을 알게 된 것도 큰 힘이 되어주었다. 하지만 집단적 질서유지를 위해 사회적 통합체 따위를 만든 것이 인간 진화의 직접적 촉매제로 자용하지는 않았다.

인간이 소집단을 형성한 것은 오직 '사냥의 효율성'과 '맹수로부터의 안전 확보'를 위한 일시적인 계약에 지나지 않았다. 그런데 그런 식으로 집단적 안전유지를 꾀하다 보니 그 가운데 강자가 나타나 '권력'을 기도하게 되었고, 따라서 인간 개개인은 맹수나 천재지변으로부터 받는 위협보다 '권력자'로부터 받는 위협에 더 시달리게 됐던 것이다. 그러므로 내가 보기에 인간은 사회적 동물이라기보다 '사회를 두려워하거나 싫어하는 동물'에 더 가깝다.

인간이 사회를 싫어하는 동물이라는 증거는 인류 사상사의 궤적을 면밀히 살펴보면 잘 알 수 있다. 인류의 사상사는 한마디로 말해 '사회'를 '개인'보다 우위에 두는 사상가 그룹과 '개인'을 '사회'보다 우위에 두는 사상가 그룹 사이의 투쟁사이기 때문이다.

커뮤니스트들은 인류의 사상사를 '유물론과 유심론의 투쟁'으로 보거나 '천재론과 민중론의 투쟁'으로 본다. 틀린 것은 아니지만 핵심을 상당히 놓치고 있는 발상이다. 천재(즉 지배 엘리트)라고 자처하는 이들은 유심론을 주장하고, 민중(즉 피지배계층)은 유물론적 삶의 형태를 띠고 있다고 보면 대충 이해가 가기는 한다. 그러나 커뮤니스트들이나 사회주의자들 역시 인간은 사회적 동물이라는 전제를 깔고서 일종의 강박적 유토피아니즘이나 낭만적 메시아니즘(탁월한 이데올로기에 의해 인류가 구제될 수 있다는)을 희구하고 있는 까닭에, 인간 개개인이 갖고 있는 원초적 열망에 짐짓 눈을 돌리고 있다는 점에 있어서는 극우 성향의 엘리트들과 매한가지인 것이다.

인류의 사상사는 '사회'를 부정하는 개인주의자들을 대부분 '아웃사이다'로 배척하여 희화화(戱畵化)시켜 버렸다. 동양의 양주(楊朱)나 장자(莊子)와 같은 이들이 그러하고 서구의 에피쿠로스(Epicuros)나 사드(Sade) 같은 이들이 그러하다. 이들은 대개 개인적 삶의 실현과 개인적 쾌락의 실현에 생의 가치를 두었다.

양주와 동류(同類)의 사상가라고 할 수 있는 열자(列子)는 중국역사상 최대의 폭군이라고 할 수 있는 은(殷)나라 주왕(紂王)의 예를 들면서, 주왕이 비록 쿠데타에 의해 비참한 죽음을 맞이했다 하더라도 죽기까지 최고의 개인적 쾌락을 누렸으니 그는 행복한 사람이라고까지 말했다.

주왕이 백성들을 괴롭히며 사디스틱한 쾌락을 누린 것을 합리화한 것을 용서하긴 어렵다. 하지만 프랑스의 소설가 사드가 가학의 즐거움을 예찬하며 평생을 시종일관한 것이 '사회윤리를 빙자한 개인적 욕망과 자유의 억압'에 대한 상징적 반항이었다는 점을 상기할 때, 열자가 한 말은 그런대로 일리가 있는 얘기가 될 수도 있는 것이다.

주왕(紂王)의 경우가 너무 극단적인 예라면 그 반대의 경우를 예로 들 수도 있다. 요(堯)임금이 정치를 같이 하자고 권했으나 절대로 사양하고 산속에 묻혀 은거했다는 전설상의 인물 소부(巢父)와 허유(許由)가 그러하다. 소부와 허유는, 은(殷)나라에 대한 충성을 지키려고 수양산에 들어가 고사리를 캐 먹으며 연명하다가 결국 굶어죽었다는 백이(伯夷)·숙제(叔齊)와는 근본적으로 다르다.

소부와 허유는 그저 '사회 참여'가 싫었고 '정치를 빙자한 인간 지배'가 싫었던 것이다. 백이와 숙제가 '은둔(隱遁)'의 경우라면 소부와 허유는 '은일(隱逸)'의 경우라 하겠다. 은둔이란 자신의 사회적 위상이 격추됨에 따라 사회적 삶을 포기하고 개인적 삶으로 도피하는 것이고, 은일이란 사회적 삶 자체가 싫어 개인적 삶을 즐기려고 어쩔 수 없이 자연 속에 숨어 들어가 묻혀 사는 것을 가리킨다.

장자가 한 말 가운데 이런 말이 있다. "나보고 정치가가 되라는 것은 희생 제물로 바쳐지는 돼지가 되라는 것과 같다." 장자가 주유천하(周遊天下)하다가 깊은 산속에 묻혀 지낼 때, 그 지방의 임금이 자기를 도와 벼슬을 살아달라고 장자에게 부탁했다. 그때 장자가 대답한 말이 바로 이것이었다. 현실 개선을 위해 정치에 참여해 봤자 결국은 임금의 비위를 거슬러 죽게 된다는 뜻이다. 제물로 바쳐지는 돼지는 제삿날까지 잘 먹고 잘 지내며 우대받는다. 그러나 제삿날이 되면 결국 죽고 만다. 그러니 초야에 묻혀 '개인적인 삶'을 살아가는 것이 훨씬 낫다는 것이다. 장자의 생각이 '은둔'에 속하는 것인지 '은일'에 속하는 것인지 솔직히 말해서 나는 잘 모르겠다.

인간은 때에 따라 '사회적 동물'이 됐다가 '개인적 동물'이 됐다가 하면서 왔다 갔다 한다. 사회적으로 지배적 기득권층에 들어갈 수 있게 된 경우에는 '사회적 동물'이 되고, 그렇지 못한 경우에는 '개인적 동물'이 된다. 그러나 내가 보기에 자신이 사회적 동물임을 자랑스럽게 여기는 사람은 사실상 별로 없다. 지배 엘리트로서의 기득권층에 속하는 인간은 소수일 수밖에 없기 때문이다.

'인간은 사회적 동물'이라는 확실히 검증되지도 않은 명제 때문에, 가족이니 국가기 민족이니 하는 말들이 일종의 신성불가침한 개념으로 민중들에게 주입되었다. 그러다 보니 가부장제도하에서 가족 개개인의 인권 말살이 당연시되었고, 가족과 국가의 개념이 합쳐지면서 힘을 가중시켜 충효사상 같은 것이 독재와 수탈의 수단으로 기능하게 되었다. 또한 민족지상주의나 국수주의적 전체주의가 등장하여 개성압살(個性壓殺)과 호전사상의 전천후적 무기로 위세를 떨치기도 하였다.

'이상적 사회'를 가리키는 대명사처럼 되어버린 '유토피아'란 말은 다 알다시피 영국의 정치사상가 토머스 모어의 가상소설 제목에서 비롯된 것이다. 『유토피아』는 '재산 공유제'를 근간으로 하는 이상사회를 내세우고 있지만, 사실은 사회적 통제를 통한 '평화스런 독재국가'의 건설에 희망을 거는 전체주의적 발상에서 쓰였다. 도덕적 절제와 법 만능주의적 통제 및 노예제도의 인정 등을 주장한 『유토피아』는 개인의 창의성과 상상력, 그리고 정당한 쾌락욕구를 부정하는 플라톤주의적 사고로 가득 차 있다.

토머스 모어의 『유토피아』에 버금가는 동양의 이상사회론으로는 중국 청나라 말엽의 강유위(康有爲)가 쓴 『대동서(大同書)』가 있다. 『대동서』는 일종의 세계국가론으로서 『유토피아』보다는 훨씬 더 통이 큰 저술인데, 주로 민족단위의 국가를 폐지해야만 인간 개개인이 행복해질 수 있다는 주장을 펴고 있다. 강유위 역시 소수의 엘리트에 의한 이상세계 건설을 지향하고 있다는 점에서는 지가 당착적인 모순을 많이 드러낸다. 하지만 그래도 가족과 민족을 없애야 한다고 주장을 펼치고 있다는 점에서, '개인에 대한 사회의 억압'을 경감시키는 데 꽤 역점을 두고 있다고 볼 수 있다.

강유위는 『대동서』에서 여러 민족을 한곳에 섞어 거주하게 하고 국제결혼을 장려하여 '민족감정'을 없애버려야만 인류의 고통이 사라질 수 있다고 역설한다. 그리고 '가족'을 없애고 남녀를 1년씩 번갈아 동거케 하는 계약동거제를 채택하여, '권태로운 부부생활'을 '다채로운 난교(亂交)상태'로 바꿈으로써 개개인의 행복을 증진시킬 수 있다고 주장한다. 남녀가 동거할 때 낳은 아이는 '사회조직'에 의해 운영되는 육아원에서 양육을 담당하면 된다는 것이다. 사회조직을 내세우는 면에서 보면 그 역시 '인간은 사회적 동물'이라는 강압적 명제에서 크게 벗어나 있지 못하다는 것을 알 수 있다. 하지만 가족과 민족을 없애야 한다고 역설했다는 점은 분명 높이 살 만한 것이다.

강유위는 『대동서』 첫머리에서 인간이 겪는 여러 가지 고통들을 열거하고 있는데, 그중에서도 '법에 의해 형벌을 받는 괴로움'을 특히 강조하고 있다. 그는 '사회의 질서유지'라는 명분으로 개인의 행복향유권을 짓밟고 유린하는 '악법도 법이다' 식의 법제도가, 인간을 사회조직에 예속하게 하여 영원한 노예상태로 만드는 주범이라고 간파하고 있는 것이다.

하지만 그러면서도 그는 '태만과 방종에는 준엄한 형벌을 가해야 한다'는 주장을 하고 있어 앞뒤가 안 맞는 모순을 드러내고 있다. 강유위는 지방귀족 출신이었으므로 그 역시 이미 몸에 배어버린 엘리트 지배의식을 미처 못 버리고 있었던 셈이다.

프랑스의 여류소설가 프랑수아즈 사강은 마약복용 혐의로 피소되자 법정에서 이렇게 주장했다. "자기 자신을 육체적 파멸로 이끄는 것 역시 개인의 자유다." 듣기에 따라 그럴듯하거나 알쏭달쏭하게 받아들이게 되는 언명(言明)인데, 아무튼 개인이 누릴 수 있는 자유의 최대치까지 역설했다는 점에서 충분히 참고삼을 만한 가치가 있는 발언이라 하겠다.

마약까지 옹호할 생각은 없지만, 아무튼 인간 개개인이 '사회적 규약' 때문에 얻는 이익보다 불이익이 훨씬 더 크다는 게 현재의 내 생각이다. 인간이 '사회적 동물'이 됨으로써 다른 동물들을 지배하게 되어 이른바 자연을 '정복'하게 되고 또한 문명을 발전시킬 수 있게 됐다는 기존의 학설을 인정한다면, 앞으로의 인류는 '사회적 동물'이기 때문에 결국은 자멸할 수밖에 없을지도 모른다는 예감을 나는 갖는다.

'사회'는 곧 '집단'을 의미하고 집단은 반드시 '획일화'를 지향하게 된다. 획일적 노력은 물론 처음엔 상당한 성과를 가져온다. 특히 모두가 어려운 시절에는 합심이 잘 되어 일관성 있는 목표의 추진이 가능하다. 하지만 소기의 성과를 성취하여 어느 정도 안정이 이루어진 다음에도 '획일적 노력'만 강조하면 반드시 내분이 일어나게 된다. 그래서 애써 이룩한 성과가 오히려 무너지게 되는 것이다.

그러므로 문명이 지나치리만큼 발달하여 생태계가 파괴되고 개개인의 인성이 말살되어 가는 현금에 있어 우리가 우선 배격해야 할 것은, '인간은 사회적 동물'이라는 구시대의 명제 아래 인간 각자의 개성을 무시하고 획일적 가치관만을 강요하려 드는 전체주의적 사고방식이라고 할 수 있다.

혼자서 타고 가던 비행기가 추락하면 한 사람만 죽는다. 그러나 여러 사람이 타고 가던 여객기가 추락하면 수백 명 이상이 죽게 된다. 지금은 '집단적 노력'의 시대가 아니라 '개인적이고 창의적인 노력'의 시대요, '다수를 위해 소수가 희생돼도 괜찮은 시대'가 아니라 '소수의 돌출된 창의성을 위해 다수가 너그러워져야 하는 시대'인 것이다.

다시 원시시대로 거슬러 올라가 생각해 보자. 인간이 일단 '사회적 동물'이 될 수밖에 없었던 이유는, 사냥과 열매채집을 위주로 하는 이동생활로부터 농경과 목축 위주의 정착생활로 들어가게 됐기 때문이다. 물론 사냥과 열매채집 위주의 생활을 할 때도 인간은 원래 연약한 동물이었기 때문에 우선은 집단적 방어체제를 구축할 수밖에 없었다. 하지만 그때의 집단은 맹수로부터 피해받지 않기 위한 집단이었고, 다른 부족에 대한 방어체제나 적개심과는 거리가 먼 집단이었다.

그런데 농경 위주의 정착생활을 하게 되면서부터, 인간에겐 경작지로서의 '땅'에 대한 소유개념이 생겨났다. 그러다 보니 '땅 따먹기 싸움'으로서의 인간집단끼리의 살상행위, 즉 전쟁행위가 시작되게 되었다.

자유로운 이동 위주의 생활을 하는 경우에는 땅에 대한 집착이 있을 수 없다. 그러나 한곳에 정착하여 농경생활을 하게 되면서부터는(그것을 역사가들은 '문명의 시작'이라고 부른다) 땅에 대한 집착이 생겨날 수밖에 없었고, 따라서 사회적 지배질서가 생기고 도덕이니 윤리니 하는 것들이 생겨나 지배자들의 통제행위를 도와주게 되었던 것이다.

인간은 왜 농경 위주의 정착생활을 하게 되었을까? 인류학자들은 그것을 '인간의 진보'라고 부른다. 계획적인 경작과 종자개량은 자연적으로 생산되는 열매나 따먹던 인간에게 한결 수월한 식량 확보를 가능하게 해주었다는 이유에서다.

하지만 나는 그것을 도저히 '진보'라고 부를 수 없다고 생각한다. 왜냐하면 집단적 농경을 위한 수리시설의 확보와 지속적인 김매기 등을 위해, 가족 단합의 윤리나 애국심 또는 지배자나 신(神) 등을 위한 강제적 '근면'이 그때부터 강요되기 시작했기 때문이다.

내가 생각하기에 인간이 농경 위주로 돌아선 것은 직립(直立)과 관련이 있지 않나 싶다. 인간은 직립하게 되면서부터 원숭이류의 짐승들처럼 나무에서 나무로 옮겨 다니며 열매를 채취하기가 불편해졌다. 그래서 그들은 땅으로 내려오게 되었고, 불안한 자세로 직립하여 움직이기에는 오로지 '땅'만이 활동무대가 될 수 있다는 사실을 깨닫게 되었다.

직립이 인간에게 가져다 준 선물은 '생각하기(머리가 가벼워졌으므로)'와 '멀리 보기(시야가 넓어졌으므로)'였다. 아니, 생각하고 멀리 보려는 잠재적 충동 때문에 직립하게 됐다고도 볼 수 있다. 그런 잠재적 충동이 신(神)의 선물인지 우연한 돌연변이의 결과인지 나는 알 수 없다. 그것을 따져봤자 밝히기 힘든 수수께끼일 수밖에 없으므로, 불가지론(不可知論)으로 방치해 두는 편이 낫다고 본다.

직립하여 땅에 집단적으로 정착한 인류는 한동안 행복했다. 그런데 차츰 문제가 발생하게 되었다. 가장 큰 문제는 인간이 생각을 하게 되고 멀리 보게 될수록, 오히려 멀리 가보고 싶은 '이동충동'과 혼자서 자유롭고 싶은 '개인주의적 의지'가 더 발달하게 됐다는 것이었다. 말하자면 직립 이전의 과거를 그리워하게 된 셈이다.

그러다 보니 인간은 집단사회로부터 격리되어 혼자되고 싶은 충동 때문에 이른바 '문화'라는 것을 만들어내게 되었다. '문화'는 사회적 제약과 구속으로부터 일시적으로나마 모면하고 싶어 하는 인간의 잠재적 욕구의 소산이었다. 문화란 한마디로 말해서 백일몽적 도피요, 카타르시스이기 때문이다. 문화의 정수라고 할 수 있는 '예술'을 생각해 보면 더욱 그렇다. 예술은 개인적 창의성의 발현이지 '집단적 합의'나 '집단적 노력'의 소산은 아닌 것이다.

문화 욕구를 가진 개인의 증가는 지배계급에겐 큰 골칫거리였는데, 그 까닭은 '집단적 통제'가 방해받기 때문이었다. 그러다가 결국 지배계급과 소수의 문화인들 간에 타협이 이루어지게 되었고(플라톤이 『국가론』에서 정부에 협력하는 예술가만 남기고 다른 예술가들은 다 추방해야 한다고 주장한 것은 그런 타협안의 한 예다), 이른바 '천재적 문화인(또는 예술가)'들의 개인주의적 행태를 적당한 선에서 용인해 주면서 대다수의 '인내력 강한 부류'들을 피지배계급으로 묶어두는 '문명'이란 것이 탄생하게 되었다. 문명이란 말하자면 '문화적 자유'가 살짝 곁들여진 전체주의적 억압의 부산물이었던 것이다.

그러나 문명이 발달할수록 문명의 부작용이 더욱 커지게 되었다. 그 부작용은 자연 파괴의 측면에서보다 개개인의 인권 말살 측면에서 더 크게 나타났다. 그래서 대다수의 인간은 집단적 대의명분을 의식하며 항상 전전긍긍하는 삶을 영위해 나갈 수밖에 없었다.

하지만 그럴수록 '인간은 사회적 동물'이라는 거짓 명제가 더욱 강조되고, 개인의 자유는 더 심하게 유린되게 되었다. 인간을 사회적 동물로 정의하기 시작한 것은 그리스시대부터라고 하는데, 우리는 그리스시대가 노예경제 시대였다는 사실을 잊어서는 안 된다.

그래도 그나마 그리스시대는 도시국가 체제였으므로, 거대한 국가나 민족에 대한 이념이 채 싹트기 이전이었다. 따라서 그때까지만 해도 백가쟁명(百家爭鳴) 식으로 수많은 자유사상가들이 나올 수 있었다. 그것은 동양의 중국 역시 마찬가지여서, 개인주의적 사고가 발달하고 언론의 자유가 어느 정도 가능했던 시기는 작은 나라들로 갈라져 있던 춘추전국시대였다. 그러나 로마시대가 되고 한(漢)시대가 되면서 사상은 극도로 통제되어 기독교와 유교로 획일화되었고, 개인의 독창적 발언이 철저히 봉쇄되는 상황이 이어지게 되었다.

인류의 역사는 이제 대전환기로 들어섰다. 원시시대의 주된 인간관이 '인간은 개인적 동물'이었고 문명 초기부터 지금까지의 주된 인간관이 '인간은 사회적 동물'이었다면, 21세기 이후의 주된 인간관은 다시금 '인간은 개인적 동물'로 돌아갈 것이 확실하기 때문이다.

벌써부터 미래학자들은 '회사로 출근하지 않고 집에서 혼자 일할 수 있는 형태'의 직장이 곧 도래할 것이라고 예언하고 있다. 또한 사이버네틱스(인공두뇌학)의 발달은 로봇에 의한 단순노동을 가능하게 하여, 노동집약적인 사회구조를 창의력 위주의 사회구조로 바꾸어놓을 것이라고 한다. 윤리나 도덕 역시 획일적 집단윤리에서 다양한 개인윤리로 바뀌게 된다고 한다.

21세기 이후에는 확실히 '문화의 시대'가 도래할 것이고, '문화산업'은 새 시대의 총아가 될 것이다. 하지만 그렇게 되기 위해서는, '문화'란 '개인적 창의성의 고양'에 의해서 발전하는 것이지 '정치적 강제'나 '집단적 노력'에 의해서 발전하는 것은 아니라는 사실에 대한 확신 있는 합의가 이루어져야 한다.

인류 최초의 문화인(또는 예술인)들은 집단으로부터 소외된 소수의 병자(病者)들이거나 허약자들이었다. 그들은 몸이 약해 사냥을 할 수도 없었고 싸움을 할 수도 없었다. 그래서 동료들의 천대를 받으며 낮에는 동굴에 남아 심심풀이로 벽화를 그리고 밤에는 동료들에게 노래를 불러주면서 음식을 얻어먹었다. 그런 형태가 발전하여 미술이 되고 시가 되고 음악이 되었다. 말하자면 '사회적 동물'이 아닌 '개인적 동물'로서의 인간이 문화를 만들어 나갔다는 얘기다.

사회조직이나 집단에서 소외되거나 떨어져 있게 되면 혼자 있는 시간이 많아져 무료와 권태를 느끼게 되고, 그러다 보면 자연히 공상이 많아진다. 이 '공상'이 바로 문화발달의 원동력 역할을 했고, 그것은 나아가 문명발달로까지 이어졌다. 그들은 적어도 '생각(즉 상상)'에 있어서만은 동료들보다 '앞서가는 사람들'이었던 것이다.

　　'앞서가는 사람'은 언제나 사회조직으로부터 비웃음을 당하기 쉽다. 특히 우리나라처럼 전형적인 농경정착민족으로 출발한 가부장 제도 사회에서는, 그런 사람들을 건방진 이단아라고 비웃거나 때에 따라서는 집단적 테러를 가하기도 한다. 그러나 그런 상태가 앞으로도 계속 된다면 한국은 절대로 문화적 선진국으로 나아갈 수 없다.

　　우리가 앞으로 중시해야 할 것은 '개인의 소중함'이다. 모든 개인은 서로가 원래부터 다른 것이 당연하고, 그 다른 점을 서로 인정해 주려고 노력하는 것이 앞으로 우리가 해야 할 일이다. 내가 지금까지 여러 글에서 '야(野)한 여자' 또는 '야한 사람'을 강조해 왔던 것은 그런 뜻에서였다. 내가 남들과 다른 것을 당연시하면서, 또는 남들과 달라지려고 애쓰면서, 동시에 타인의 개성을 존중해 주는 사람이 바로 '야한 사람'인 것이다.

　　인간은 절대로 '사회적 동물'이 아니다. 그보다는 차라리 '개인적 동물'이고 '고독을 즐기는 동물'이다. 아무리 괴팍해 보이는 유아독존적(唯我獨尊的) 사람이라 할지라도 그의 '고립'이 정당한 대접을 받게 될 때, 인류는 자신들도 모르게 자초하게 되는 집단자살이나 집단살상의 엄청난 비극으로부터 구제받을 수 있을 것이다.

2. 인간은 동물과 다르지 않다

인간이 동물과 같으냐 다르냐 하는 문제는 이미 한물간 논란거리요, 따져봤자 별 소득이 없는 과제일지도 모른다.

많은 사상가들이 이 문제를 갖고 고민했고 여러 차례 논쟁을 벌였지만 별 소득이 없었다. 그리고 결국에 가서는 인간은 동물과 다르다는 쪽으로 결론이 나는 게 보통이었다. 그러니 인류의 과학문명이 발전의 극에 달해 우주정복을 꿈꾸고 있는 지금, 인간이 동물과 같다고 말하는 이가 있다면 그는 분명 반(反)휴머니스트요, 인면수심(人面獸心)을 가진 사람이라고 비웃음을 받을 게 뻔하다.

하지만 나는 우리가 아주 당연하다는 듯 쓰고 있는 '인면수심'이라는 말 자체에 회의를 느낀다. 이 말은 전혀 검증받은 바 없는, 지극히 주관적이고 인간중심적인 표현이라고 생각되기 때문이다.

동물들이 무조건 사악한 마음을 가진 것은 아니다. 사악한 마음으로 말하면 인간이 더 심한 경우가 많다. 예컨대 인간은 전쟁이라는 행위를 예사로 한다. 그리고 종교니 이데올로기니 윤리니 법이니 하는 것들을 만들어 그것을 명분삼아 같은 종(種)의 인간을 탄압하거나 죽인다. 육식동물의 경우, 배가 고프지 않으면 절대로 다른 동물을 잡아먹지 않을뿐더러 같은 종의 동물을 잡아먹는 일은 극히 드물다.

동물의 마음이 사악하다는 편견은 대개 육식동물의 경우를 겨냥하여 나왔다. 그래서 기독교의 성경에서도 파라다이스를 묘사할 때 '사자와 양, 늑대와 토끼가 사이좋게 뒹굴며 뛰노는 초원' 따위로 비유하는 경우가 많다.

그러나 생태계의 법칙으로 볼 때 육식동물에게만 그런 악(惡)의 굴레를 씌우는 것은 불공평하다. 만약에 육식동물이 없어져버려 초식동물의 과다번식을 제어하지 못한다면, 식물들은 모두 멸종해 버릴 것이고 자연은 완전히 황폐하게 될 것이다. 그리고 식물 역시 생명을 가진 개체이므로, 초식을 한다고 해서 육식동물에 비해 선(善)한 생활 방식을 유지하고 있다고는 볼 수 없다.

인성(人性)이 선하냐 악하냐 하는 문제는 고대 중국에서 논의가 가장 활발하였다. 다 아는 대로 맹자(孟子)는 성선설(性善說)을 주장했고 순자(荀子)는 성악설(性惡說)을 주장했다. 순자는 몇몇 지배 엘리트가 윤리·도덕·법 따위를 만들어 다수의 인간을 순치시키려고 드는 것 자체가 인간의 본성이 악하다는 사실을 증명해 주는 게 아니냐고 말했다. 다시 말해서 인간이 원래 선하다면 윤리나 법이 필요 없었을 게 아니냐는 논리다.

그러면서 그는 인간이 하늘 즉 천명(天命)을 능동적으로 조절할 수 있다고 보는 '재천(裁天) 사상'을 펼침으로써, 인간이 동물과는 다른 존재라는 것을 은근히 시사하고 있다. 그러니까 순자에 의하면 인간이든 동물이든 그 본성은 다 같이 악하고 탐욕스러우나, 인간이 동물보다는 훨씬 뛰어난 지혜를 타고났다는 얘기가 된다.

맹자는 사람의 본성은 원래 선량하다고 주장하면서 그 증거로 '측은지심(惻隱之心)'을 들었다. 어린아이가 실족하여 당장 우물에 빠지려는 것을 보고 달려가 구해주지 않을 사람이 어디 있겠는가. 사람들은 누구나 남이 불행에 빠지는 것을 보면 놀라움과 비통한 마음을 갖는다. 어린아이가 우물에 빠지는 것을 구해주는 것은 그 아이의 부모와 친해지기 위해서도 아니고, 이웃 사람들의 칭찬을 듣기 위해서도 아니며, 부도덕한 사람이라고 욕을 얻어먹을까 봐 그러는 것도 아니다. 그러므로 인간은 누구나 태어날 때부터 착한 것이다. 이것이 맹자가 주장하는 성선설의 요점이다.

그러면서 맹자는 인간이 동물과 다르다고 주장한다. 인간은 측은지심뿐만 아니라 수오지심(羞惡之心), 사양지심(辭讓之心), 시비지심(是非之心) 등 인의예지(仁義禮智)의 4덕(四德)을 다 구비하고 있는 데 비해 동물은 그렇지 못하다는 것이다. 그는 '인의예지'를 인간의 본성으로 본다. 그렇지만 나는 맹자의 생각에 회의적이다. '측은지심' 하나만 가지고 봐도, 요즘처럼 사람을 죽여 놓고 뻔뻔스레 도망치는 뺑소니 운전자가 많은 것을 보면 '측은지심'이 타고난 본성이라고는 도저히 볼 수 없다.

고자(告子)는 맹자에 맞서 인간과 동물이 무엇이 다르냐고 대든다. 그는 인간의 본성이든 동물의 본성이든 그것은 오직 식(食)과 색(色)일 뿐이며, 본성 자체를 선(善)이니 악(惡)이니 하고 따질 수는 없다고 주장한다. 인간이나 동물이나 식욕과 성욕을 좇아 살아가는 것은 마찬가지이므로, 인간과 동물은 똑같다는 것이다.

서구의 경우에는 원래 동물과 인간을 구별하지 않았던 것으로 보인다. 희랍 신화에는 반인반수(半人半獸)의 신이 흔히 등장하고 있고, 고대 이집트나 유럽의 경우에도 특정한 동물을 우상으로 섬기는 토테미즘이 발달해 있었기 때문이다. 이것은 불교의 경우도 마찬가지다. 불교의 모체인 힌두교에서는 소를 신성시하기 때문에 부려 먹긴 할지언정 잡아먹진 않는다. 불교에서는 인간과 동물 간에 끊임없는 윤회가 계속된다는 믿음을 가지고 있으므로, 절대로 동물을 살생해서는 안 된다는 계율을 지키고 있다.

그러나 기독교의 경우에는 인간을 '신의 닮은 꼴'로 보아 동물보다 우위에 올려놓고 있기 때문에, 동물을 학대하는 것을 아주 당연시한다. 이것은 기독교의 모체인 유대교 시절부터 비롯된 것이다.

『구약성서』를 보면, 신앙의 조상이라고 하는 아브라함은 그의 아들 이삭을 제물로 바치라는 하느님의 명령을 받자 그대로 따른다. 그러자 하느님은 이를 가상히 여겨 산양 한 마리를 내려 보내 사람 대신 제물로 쓰게 한다. 육식을 위주로 하는 유목민족의 종교가 바로 유대교인지라 동물을 잡아먹지 말라고 할 수는 없었겠지만, 아무튼 동물을 그저 인간의 '식량' 정도로 생각했음을 알 수 있다.

내가 생각하기에 인간은 선하고 동물은 악하다는 식의 생각은 말도 안 되는 발상이다. 인간과 동물을 한데 묶어 탐욕 덩어리로 본 순자의 성악설은 그런대로 일리가 있다. 하지만 인간만이 하늘을 다스릴 수 있는 지혜를 가졌다고 본 순자의 생각은, 역시 건방진 인간우월론이라 아무래도 문제가 있다.

그보다는 인간의 본성이든 동물의 본성이든 다 식욕과 성욕에 뿌리박고 있다고 본 고자의 생각이 마음에 와닿는다. 기독교 사상은 인간의 이기적 자연지배욕구를 합리화시켰다는 점에서 문제가 있다. 그리고 불교 사상은 인간과 동물을 평등체로 본 것까진 좋으나, 죽어서 다시 인간으로 태어나는 것을 '그래도 가장 행복한 윤회'로 봤다는 점에서 역시 인간우월주의를 못 벗어나고 있다.

인간이 동물보다 우위에 있다고 보는 기존의 사고방식에 대한 재검토와 반성이 필요한 이유는, 인간에 의한 자연파괴가 극에 달한 현대문명의 위기를 구해낼 수 있는 새로운 가치철학이 시급히 필요하기 때문이다. 요즘 이야기되는 포스트모더니즘이나 해체주의는 과거에 대한 반성이긴 하지만, 보다 근본적인 가치관의 변혁에까지는 이르지 못하고 있다. 자연파괴와 인성의 파괴에 따른 지구의 파멸을 막아낼 수 있는 새로운 사상형태는, 인간과 동물, 나아가 식물까지도 한 덩어리로 묶어서 보는 '생태학적 세계관'이어야 한다.

생태학적 세계관은 한마디로 말해 탈(脫)인간중심적 세계관이다. 정복 위주의 자연관은 지금까지 많은 문제점을 드러내왔다. 인권의 평등을 얘기하면서 왜 동물의 권리를 이야기해서는 안 된단 말인가. 또 인간관에 있어서도 왜 정신만을 중요시하고 육체적 본성은 도외시하거나 폄하하는가. 인간을 물질로 바라보는 것은 절대로 안 된다고 하면서 왜 동물은 '물질' 취급을 하는 것인가. 이러한 생각들이 최근 많은 철학자들 사이에서 논의되고 있다.

그런 측면에서 생각해 보면, 어쨌든 인간을 '자연의 일부'로 보는 동양의 자연주의는 그런대로 효용가치가 있다. 그러나 앞서 소개한 바와 같이 동양의 자연주의 역시 근본적으로는 인간을 동물보다 우위에 놓고 있다. 그러므로 동양의 자연주의 가운데서도 고자(告子)의 사상을 서구의 다윈주의·마르크스주의·프로이트주의 등과 결합시켜 새로운 형태의 육체중심적 가치관으로 가꾸는 일이 필요한 것이다. 새로운 가치관은 우선 인간과 동물을 동등한 위치에 놓는 사고방식에서부터 출발해야 하기 때문이다.

20세기 전반기에 일어난 1, 2차 세계대전 이후 인류는 누구나 인간 실존의 위기를 절감하였다. 그동안 그토록 이성을 외쳐대고 도덕과 양심을 외쳐대고 신(神)의 섭리를 외쳐댔는데도, 인간은 대량 살육의 전쟁을 막아내지 못했고 자연파괴를 막아내지 못했기 때문이었다.

'정신의 숭고성'이라는 이름으로 '육체의 당연한 희생'이 다반사로 이루어졌고, 지금까지도 인류는 생태계 회복을 외치면서도 생태계 전체를 파괴해 버릴 수 있는 핵무기 제조에 박차를 가하고 있다. 이럴 때 우리는 육체의 중요성을 강조하는 '몸의 철학'으로 돌아가야 하고, 인간의 몸이나 동물의 몸이나 똑같은 것이라는 인식을 체화시켜야 한다. 그러기 위해서는 그동안 인류가 견지해 왔던 오만방자한 인간우월주의에 대한 철저한 반성이 선행돼야 할 것이다.

많은 학자들이 인간의 정신을 정밀하게 분석해 보겠다고 법석을 떨었지만 실제로 달라진 것은 아무것도 없었다. 의식과 무의식의 경계를 넘나들며 정신의 심층을 해부한 프로이트의 사상은 인간의 본능이 본질적으로 동물과 같다는 것을 밝혀주기는 했다. 그러나 초자아(超自我) 즉 도덕적 양심을 인간만이 갖고 있는 당연한 특성으로 내세움으로써 진정한 '몸의 철학'에는 미치지 못하였다.

이성적 인식을 아무리 바꿔놓더라도 인간은 전쟁을 포기하지 못했고, 자연파괴에 의한 자기파멸을 막아내지 못했다. 그렇게 될 수밖에 없었던 것은 육체가 정신에 비해 열등하다는 사고방식 때문이기도 했지만, 인간의 육체 자체가 동물의 육체와는 뭔가 다르다는 사고방식이 더 큰 역할을 했기 때문이었다. 이를테면 인간의 육체는 썩어 없어지더라도 언젠가 온전한 몸뚱이로 '부활'할 수 있다는 믿음 같은 것이 그런 사고방식의 좋은 보기라고 할 수 있다.

내가 보기에 인간과 동물은 본질적으로 하나도 다를 게 없다. 다만 삶의 양태와 방식이 다를 뿐, 먹고, 자고, 생식하고, 죽는 것은 매한가지다. 다만 인간에게 다른 것이 있다면 '명예욕'과 '지배욕'이 동물보다 한결 강하다는 점이다. 하지만 그것도 내가 보기엔 생식욕(즉 성욕)의 또 다른 형태에 지나지 않는다. 동물에겐 없는 성에 대한 죄의식과 수치심 같은 것이 인간에게만 있어, 타고난 자연적 성욕을 명예욕과 지배욕으로 대체하여 안쓰러운 대리충족감을 맛보는 것이 바로 인간인 것이다.

하긴 동물에게도 명예욕과 지배욕은 있다. 무리를 이루어 살아가는 동물들은 무리 가운데 우두머리가 되기 위해 피나는 싸움을 벌이는데, 그 이유는 대개 많은 암컷들을 차지하기 위해서이다. 그러므로 인간과 동물은 그런 점에서도 거의 같다고 할 수 있다. 인간 역시 명예와 권력을 획득하여 성욕의 보다 원활한 충족을 도모하려 들기 때문이다.

표면적으로 일부일처제가 확립된 상황이라 할지라도, 명예(또는 거기에 버금가는 금력)를 가지고 있는 지배계급 남성의 경우엔 다수의 여성들과의 성적(性的) 교제가 얼마든지 가능하다. 또 한 여자만 데리고 산다 하더라도 보다 우수한 육체를 가진 여성과의 결혼이 가능한 것이다. 이것은 남성뿐만 아니라 여성에게도 마찬가지로 적용되는 사항이다.

생태학적 측면에서 보면 인간 세계에서의 전쟁을 일종의 필요악으로 볼 수도 있다. 동물 세계에서는 노골적인 약육강식의 원리에 의해 숫자를 조절해 나가지만, 인간은 그런 원리를 '명분'으로 포장한 전쟁을 통해 인구를 조절해 나간다고 볼 수 있기 때문이다.

맬서스는 『인구론』에서 빈부격차를 줄이거나 사회복지를 확충하는 것에 반대하여 인구의 자연도태를 방관할 것을 주장했다. 강자와 약자가 확실히 분리되어 약자가 도태되는 사회구조 안에서만 인구의 폭발적 증가가 예방될 수 있다는 논리에서였다. 휴머니즘의 입장에서 보면 이런 생각은 물론 말도 안 되는 얘기가 된다. 그렇지만 인간과 동물을 똑같이 생태학적 입장에서 조감했다는 점에서, 맬서스의 주장은 중요한 사실을 시사해 준 발언이라고 볼 수 있다.

맬서스는 그의 가혹한 인구조절 이론이 휴머니스트들과 복지론자들의 반대에 부딪히자 나중에 가서 자신의 이론을 수정한다. 즉 인구조절은 '성의 도덕적 절제'에 의해서도 가능하다고 주춤 물러선 것이다. 이것은 어쨌든 인간만이 '도덕적 절제'를 할 수 있다고 생각했다는 점에서, 그의 원래 생각으로부터 한 발짝 후퇴한 것이라고 볼 수 있다.

그렇다고 해서 내가 맬서스가 애초에 내세웠던 잔혹한 적자생존 이론을 전적으로 지지하는 것은 아니다. 우리는 어쨌든 전쟁을 막아내야 하고 인류의 복지와 평등을 도모해 나가야한다. 그러나 양심이나 윤리·도덕 등으로 포장된 가식적이고 위선적인 인간중심주의는 이미 한계에 부딪쳤다는 게 내 생각이기 때문에, 맬서스의 생각 같은 냉철한 현실 인식이 필요하다고 보는 것이다.

'미풍양속을 해칠 가능성이 있다'는 막연한 추정을 근거로 내세우며 이른바 '외설적 표현물'(어떤 것이 외설이고 어떤 것이 외설이 아닌지는 정말 모르겠지만)의 창작자를 형사범으로 처벌하기를 주장하는 사람들 가운데는, '인간은 동물과 다르다'는 것을 논리적 근거로 내세우는 이들이 많다. 인간의 성(性)은 숭고하고 아름다운 것이기 때문에, 동물적 쾌락에 중점을 두어 성을 묘사해서는 안 된다는 것이다.

"동물은 근친상간도 마다하지 않고 오직 본능적 쾌락을 위해서만 섹스를 한다. 그러나 인간은 생식을 위한 경우에만 불가피하게 일종의 '신성한 의식'으로서의 섹스를 한다"는 식의 엉터리 이론을 내세워가며 외설을 단죄하는 글도 자주 나온다. 말하자면 인위적으로 만들어진 도덕을 내세워 '부도덕한 문화적 테러리즘'을 옹호하는 셈인데, 나는 그런 말을 하는 이들이 정말 '짐승만도 못해' 보인다.

짐승들은 적어도 그런 식의 '위선'은 없다. 짐승들은 성과 죄의식을 결부시키지도 않는다. 그러나 인간은 성을 죄의식에 결부시켜 어거지 거짓말을 늘어놓는 게 예사다. 도대체 '숭고하고 아름답게' 섹스를 하는 사람이 어디 있겠는가? 그리고 이처럼 개방된 세상에서 생식을 위한 섹스만을 '할 수 없이' 하거나 '경건하게' 하는 사람이 몇이나 되겠는가? 그렇다면 피임을 하는 것도 죄요, 오럴섹스 등의 애무를 나누는 것도 죄다. 이런 시대착오적인 생각을 뻔뻔스럽게 주장할 수 있는 게 바로 인간이요, 그런 생각을 가진 이들이 얼렁뚱땅 도덕가로 행세하며 사회적 기득권을 챙길 수 있는 게 바로 인간 사회인 것이다.

인간이 동물과 다르다고 하는 논리의 이면에는 이성이나 도덕 이전에 금욕주의가 깔려 있다. 인간은 육체적 욕망을 참아내어 그것을 정신적으로 승화시킬 수 있는 능력을 갖고 있다는 것이다. 하지만 그런 강변(強辯)에는 언제나 동물보다 더한 가학욕구가 내재해 있다. 남이 육체적 쾌락을 즐기지 못하도록 방해하면서 은근히 가학욕구를 충족시키는 것이 바로 인간이다. 그래서 지금까지 수없이 많은 '솔직한 인간'들이 도덕의 이름으로 희생되었다.

도대체 인간이 갖고 있는 잔인무도한 가학욕구는 어디에서 연원한 것일까? 인간사회에는 법의 형태로든 정의의 형태로든 무수한 가학욕구가 존재한다. 한 사람을 죽이는 살인은 사실 가학욕구 축에도 못 든다. 인간은 정의의 이름으로 전쟁을 통해 수백만 명을 죽이고, 법의 이름으로 무고한 사람들을 수없이 살육한다(중세기의 종교재판, 프랑스 혁명기의 단두대 같은 것들을 상기해 보라).

노벨 문학상을 받은 엘리아스 카네티의 장편 에세이 『군중과 권력』에 의하면, 인간은 남을 죽이거나 죽음에의 공포로 몰아넣음으로써 권력을 유지하고자 한다. 그리고 인간이 권력에 그토록 굶주려 하는 이유는 '죽음에의 공포' 때문이다. 죽는 것이 두렵기 때문에 인간은 남을 죽이고 싶어 하고, 그러한 심리를 '권력을 등에 업은 정의'의 이름으로 포장한다. 즉 '죽음에의 공포'를 타인에게 전이(轉移)시킴으로써 일시적으로나마 평안을 맛보는 것이다.

죽음에 대한 두려움은 '사후(死後)의 처벌'에 대한 두려움을 낳고, 사후의 처벌에 대한 두려움은 '의미 있는 삶'에 대한 집착을 가

저온다. 인간에게 있어 '의미 있는 삶'이란 어떤 형태로든 '권력이나 명예를 누리는 삶'과 상통하는 성격을 지니고 있다. 그러나 동물의 세계에 있어서는 특별히 의미 있는 삶도 없고 따라서 의미 있는 죽음도 없다. 그들은 오직 '순진한 육체적 쾌락'을 위해서만 살아갈 뿐 이성적 권력을 추구하지 않는다.

그래서 그들은 죽음에 임박해서는 공포에 떨지 모르지만 살아 있을 때 죽음에 대해 불안해하지는 않는다. 그러나 인간은 늘 죽음에 대해 불안해하고 죽음의 의미를 허상을 통해서라도 구하려고 한다. 그런 점을 이용하여 권력자는 늘 '죽음에의 공포'로 피지배자를 겁주고, 자신도 죽음을 두려워하며 전전긍긍하는 것이다.

죽음을 두려워하는 나머지 죽음에 대한 형이상학적 환상을 만들어내 형이하학적(즉 육체적) 욕망들을 깎아내리는 것이 인간의 특성이라면, 이제부터라도 인간은 동물한테서 배울 필요가 있다. 아니 동물에게 배울 필요까지는 없다 하더라도, 인간과 동물을 동등한 위치에 놓고서 새로운 가치관을 정립해 나갈 필요가 있다.

그렇게 하기만이라도 하면, 인간은 적어도 살아 있는 동안에는 평화를 누릴 수 있을 것이다. 육체적 욕망에 대한 죄의식과 값없는 죽음에 대한 막연한 불안이 인간을 공소한 형이상학으로 이끌어가고, 그것이 다시 '도덕으로 위장된 가학욕구'의 형태로 나타난다고 볼 때, 인간은 우선 인간의 가치를 폄하할 필요가 있는 것이다.

현대 물리학과 생물학은 어쨌든 인간의 창조가 다른 동물들과 같은 우연과 진화의 소산이요 '신의 창조'는 아니라는 것을 밝혀주었다. 그런데도 인류는 여태껏 중세기적 미신에서 벗어나지 못하고 있다. 그래서 『우연과 필연』이라는 책을 통해 생명의 연원을 추적한 자크 모노는 '과학의 윤리'를 부르짖었다. 어차피 인간이 특별한 존재가 아니라는 것이 밝혀진 이상, 인간 중심의 형이상학이나 신학적 창조론이야말로 진짜 비윤리적 작태라는 것이다.

신적(神的) 이성에 의한 역사의 지배를 말하는 것도 이젠 우스운 일이 되었고, 인간의 섹스를 동물의 섹스와는 다른 아름답고 숭고한 것으로 보는 것도 난센스가 되어버렸다. 그런데도 아직 인간의 숭고성이라는 명제 아래 '동물처럼 솔직한 인간들' 즉 육체주의자들을 잔인하게 매도하고, 때에 따라서는 벌주는 일까지 벌어지고 있다는 것은 진정 안타까운 일이다.

동물학대 방지를 위한 운동이 큰 의미를 갖는 것은 이런 이유에서이다. 그렇다고 해서 무조건 채식만 하자거나 특정한 애완동물만 살리자는 편협한 동물애호가들을 두둔하는 것은 아니다. 티베트의 경우 육식을 하긴 하되 자연사한 동물의 고기만을 먹는다고 한다. 설사 동물을 도살하더라도 안락사를 시키는 등 보다 인도적인 방법을 택할 때, 인간은 한결 윤리적이 될 수 있을 것이다.

오스트리아의 동물행동학자 콘라드 로렌츠는 『솔로몬 왕의 반지』라는 책에서, 인간이 동물들의 행동을 보고 비웃거나 조롱하는 것은 인간의 이기적 입장에서 나온 그릇된 판단의 결과라고 역설하고 있다. 그는 인간만이 언어를 가진 것이 아니고 동물도 특유의 언어를 갖고 있다고 주장하면서, 동물과의 대화가 결코 어려운 일이 아니라는 것을 자신의 체험을 통해 이야기한다. 동물들은 인간이 상상할 수 없는 감각적 초능력을 갖고 있어서, 미묘한 몸놀림과 몸짓 자극에 의해 의사소통을 한다는 것이다.

로렌츠가 연구한 것 중 가장 인상적인 대목은 동물계의 생존경쟁에 관한 것이다. 동물들 간의 생존경쟁은 치열하고 무자비하긴 하지만 인간보다는 낫다는 게 그가 얻은 결론이다. 포유류 세계에서는 비록 굶어죽을지언정 동종의 동물을 잡아먹는 일이 시궁창 쥐 이외엔 없다는 것이다. 이성과 도덕을 자랑하는 인간이 전쟁을 통해 수없이 많은 동종의 인간을 살해하는 것과 비교해 볼 때, 동물들이 훨씬 평화주의자라는 것을 알 수 있다.

영국의 비교동물학자 데즈먼드 모리스가 쓴 『털 없는 원숭이』도 인상 깊은 책이다. 그는 인간의 행동을 비교동물학적 입장에서 관찰한 결과 다른 동물과 다름이 없다는 결론을 얻었다. 인간은 그가 보기에 단지 '털 없는 원숭이'에 불과하다. 이른바 깊이 있는 철학적 사고나 예술적 창작은 결국 더 좋은 먹잇감과 더 좋은 짝을 구하기 위한 복잡화된 노력에 불과할 뿐, 인간은 본질적으로 동물과 같다는 게 그의 생각이다.

인간이 동물과 같다고 주장하는 사람들은 다들 한결같이 인류의 문명이 저지른 갖가지 죄악을 이야기한다. 그것은 한마디로 말해 자연파괴라고 할 수 있는데, 그렇다고 해서 우리가 다시 원시시대로 되돌아갈 수는 없는 일이다. 인류가 누리고 있는 문명의 혜택을 그런대로 유지해 나가면서 자연과의 평화로운 공존을 모색해 봐야 한다. 그럴 경우 우선 가장 시급한 것은, '식욕과 성욕의 충족을 위한 일' 이외의 것에 들이는 노력이나 비용을 줄여나가는 일이라고 할 수 있다.

이를테면 무기개발이나 우주개발 등에 들이는 비용을 식량생산을 위해 쓰면 굶는 사람들이 한결 줄어들 것이다. 문화개발에 들이는 비용 역시 마찬가지다. '성욕의 대리배설'을 위한 대중적 오락문화가 아닌 문화, 즉 '형이상학의 강화'를 위한 사치스런 고급문화에 들이는 비용을 줄이면 사회복지비를 훨씬 더 늘릴 수 있을 것이다.

동물들은 우선 잘 먹고 잘 섹스하기를 원한다. 인간도 같다. 영혼을 외치다 억울하게 죽어 이름을 남긴 '배고픈 소크라테스'는 이젠 별 의미가 없다. 무명(無名)으로 죽더라도 차라리 '배부른 돼지'가 낫다.

3. 인간은 우주의 중심이 아니다

1996년 3월, 흥미 있는 외신 기사 두 개가 국내 신문에 보도되었다. 하나는 미국 항공우주국(NASA)에 근무했던 과학자들의 모임인 '엔터프라이즈 미션' 관계자들이 1996년 3월 21일에 발표한 것이다. 그들은 "달에는 오래 전 고등 생명체가 만든 인공구조물이 존재하고 있다"고 주장했다.

그들은 기자회견을 통해 지난 4년 동안 NASA와 구 소련의 우주탐사 공식자료를 추적해 왔다고 밝히면서, 우주선이 촬영한 필름을 컴퓨터로 처리해 만든 10여 장의 사진과 비디오 자료를 증거물로 공개했다. 그러면서 '엔터프라이즈 미션'의 과학자들은, 사진내용을 근거로 달에 높이 36킬로미터의 '성(城)'(아폴로 10호 촬영)과 높이 2.4킬로미터의 '볼링 핀 같은 구조물'(NASA 루나 오비터 필름)이 있다고 밝혔다.

그들은 특히 1969년 달 탐사에 나선 아폴로 12호가 촬영해 NASA가 보관 중이던 필름을 컴퓨터 처리한 사진으로 보면, 달 표면에 서 있는 우주비행사 앨런 빈 뒤쪽으로 "유리로 된 것 같은 돔 모양의 구조물이 선명하게 보인다"고 주장했다.

이 모임 대표 리처드 호글랜드 씨는 "케네디 전 대통령이 달 탐사 계획을 추진, 우주비행사를 달에 보내려 한 최대 목적이 이들 구조물을 촬영하고 증거물을 가져와 분석하는 것이었음이 이제 분명해졌다"고 말하면서, "미국 정부는 인류사회에 끼칠 엄청난 충격 때문에 지난 30년 동안 이 사실을 은폐해 왔다"며 "이제 진실을 공개할 때가 됐다"고 역설했다고 한다.

또 하나의 기사는 한 저명한 이집트 과학자가 1996년 3월 초 홍해에서 5천 년 된 UFO(미확인 비행물체, 즉 비행접시)를 발견했다는 기사다. 그 과학자는 "UFO의 선체는 많이 부식됐지만 안은 깨끗이 보존되어 있다"고 말하고, 이번 발견이 중요한 의미를 갖는 것은 고대에 외계인이 지구를 방문했다는 것을 실증해 주는 사례이기 때문이며, 이는 UFO를 믿지 않는 사람들에게 확증을 보여주기에 충분하다고 덧붙였다.

발견된 물체가 UFO라는 증거는 선체에서 채취된 모래가 5천 년

전의 것으로 추정되고, 사용되고 있지 않은 핵연료가 아직 남아 있다는 사실, 그리고 주변의 바닷물이 핵에 의해 불소화된 것 등이라고 한다.

이집트와 수단 정부는 이 과학자의 주장에 대해 아무런 언급도 하고 있지 않으나, 그 과학자는 두 나라에 인양작업을 허가해 줄 것을 신청해 놓은 상태라고 한다. 그는 이 물체를 빨리 인양해 연구하면 우리 지구인도 UFO를 만들 수 있을 것이라고 확신하고 있다는 것이다.

나는 달에 고도의 기술로 만들어진 인공구조물이 있다는 기사를 읽고 나서, 우선 여러 해 전에 읽은 책 한 권이 생각났다. 미국인 G. 아담스키가 1950년대 중반에 쓴 『UFO 동승기(同乘記)』가 그것인데, 그 책에서 아담스키는 토성에서 온 UFO를 타고 태양계를 돌아다닌 경험을 털어놓고 있다. 그런데 그 비행접시는 토성인뿐만 아니라 화성인과 금성인도 함께 타고 있는, 말하자면 태양계 내 여러 혹성의 연합연구팀을 위해서 만들어진 비행접시였다.

아담스키는 자신의 사설 천문대까지 갖고 있는 UFO 연구가였는데, 어느 날 외계인의 방문을 받고서 우주선을 타게 된다. 외계인들의 육체는 지구인과 거의 같았고 빼어나게 아름다운 용모를 지니고 있었다. 외계인들의 주장에 의하면 태양계에서 지구를 뺀 모든 혹성의 주민들이 우주를 자유롭게 왕래할 수 있다고 했다. 가까운 데까지밖에 가지 못하는 혹성도 있고 태양계를 넘어서 다른 계(系)

까지 원거리 여행이 가능한 혹성도 있는 등 과학 수준의 차이는 있지만, 아무튼 지구의 과학 수준이 태양계에서는 가장 원시적이라는 것이다.

아담스키는 그 우주선을 타고 지구를 떠나 태양계를 여행하다가 달 위를 지나가게 된다. 달에 착륙하지는 않고 고성능 망원경으로 바라보며 토성인 과학자의 설명을 듣는 것으로 되어 있는데, 그 토성인은 달에도 공기가 있고 사람들이 살고 있다고 말해 아담스키를 깜짝 놀라게 한다. 아담스키가 전해주는 토성인 과학자의 설명을 요약하면 이렇다.

지구에서 볼 수 있는 달의 표면은 지구로 말하면 바로 사막지대에 해당한다. 그곳은 지구의 과학자가 주장하고 있듯이 어지간히 삭막한 곳이지만, 달 전체가 그런 것은 아니다. 지구에서 보이지 않는 달의 뒷면은 그다지 춥지 않다. 달 중심부 주변에는 자연 경관이 아름다운 지대가 있어 거기서는 초목과 동물이 살고 있으며, 그 안의 도시에서는 사람들이 안락한 생활을 누리고 있다. 지구인도 거기서라면 생활이 가능한데, 인간의 육체는 우주에서 가장 적응력이 좋은 조직체이기 때문이다. 달은 지구만큼 많은 대기를 갖고 있진 않지만 그래도 대기가 존재하고 있다.

아담스키는 달의 표면을 근거리에서 망원경을 통해 바라보며, 달에 대해 지구인이 완전히 그릇된 생각을 갖고 있었다는 것을 깨닫고 무척이나 놀란다. 달의 분화구들은 실제로는 커다란 계곡이어서 솟아오른 산들에 둘러싸여 있었다. 그리고 달의 뒷면에는 상당한 양의 물이 흐르고 있었고, 초원을 뛰어다니는 동물들과 도시의 인파가 보였다.

아담스키의 『UFO 동승기』를 처음 읽었을 때, 나는 그가 적어놓은 경험담들이 모두 허위라고 생각했다. 비슷한 내용으로 된 다른 책들이 지구 또는 태양계에서 아주 멀리 떨어진 별에서 온 우주선이나 외계인들과의 접촉을 다루고 있는 데 비해, 아담스키는 토성인, 금성인 등과의 만남을 다루고 있기 때문이었다. 지구의 과학 수준이 아무리 뒤떨어져 있다고 해도, 달이나 금성에 생명체가 살 수 없다고 과학적으로 단정한 것쯤은 믿을 수 있는 사실이라고 생각했기 때문이기도 했다.

그런데 NASA 관계자들이 발표한 내용을 접하고 보니 우리가 '달'에 대해 가졌던 과학적 상식조차 무지 아니면 허구의 소산일지도 모른다는 생각이 퍼뜩 들었고, UFO가 실제로 존재하는 '외계인의 우주선'일지도 모른다는 생각을 하게 되었다. 이집트 과학자가 홍해에서 발견했다고 주장하는 5천 년 전의 우주선 얘기 또한 그런 생각을 더욱 부추겨주었다.

2010년 이후에만 해도 우리나라에서 목격된 UFO의 사례가 여러 차례 발표되었다. 사진기나 비디오 촬영기로 찍은 UFO의 비행 장면이 텔레비전에 공개되기까지 했는데, 이는 UFO를 무조건 인간의 착시현상이나 심리적 환상 탓으로 돌리기는 어렵다는 사실을 뒷받침해 주는 사례였다.

달에서 이미 문명의 흔적을 발견했다고 주장하는 과학자들의 견해와 아담스키의 주장은 차이가 있다. NASA의 과학자들은 달에 고등문명이 존재했다가 무슨 이유에서인지 소멸해 버렸다고 추정 하는 것이고, 아담스키의 주장(아니 더 정확히 말하면, 아담스키에 게 말한 토성인 과학자의 주장)은 달에 고등문명이 존재한다는 것이 다. 어느 쪽이 사실이든 간에 아무튼 이러한 가설 자체만으로도 우 리에겐 너무나 큰 충격을 주는 것이고, 인간을 우주의 중심이라고 보는 대다수 인류의 상식에 브레이크를 거는 것이다.

우주에 인간과 비슷한 고등동물이 존재한다는 주장은 예전부터 있어왔다. 그러한 주장은 가정의 단계를 넘어, 실제로 외계인을 만 나봤다는 사람들이나 외계인의 우주선을 타고 외계를 다녀왔다는 사람들의 경험담까지 연이어 발표될 정도로 점점 더 열기를 띠고 있 다. 그런데 외계인을 만나봤다는 사람들의 한결같은 주장은, 현재의 지구인이 자랑하는 과학 수준이 외계인보다 형편없이 열등하다는 것이었다.

그래서 외계인을 통해 새로운 진리를 습득하고 그것을 일종의 종교로 발전시킨 사람까지 나타났는데, 그가 바로 프랑스의 클로드 보리롱이다. 한국에도 몇 번 다녀간 그는 1975년에 '국제 라에리안 운동(International Raelian Movement)' 기구를 창설하고 스위스에 본부를 두었다.

'라엘(Rael)'로 불리는 보리롱은 1973년에 외계로부터 온 우주 인을 만났다고 주장한다. 6일 간의 만남에서 그는 그 우주인으로부터 지구상의 모든 인류에게 보내달라는 메시지를 위탁받고 이 단체를 설립했다. 그러고 나서 그는 우주인의 부름을 받고 우주선에 탑승해 외계의 어느 혹성으로 여행까지 다녀온다.

그 혹성은 지구보다 25,000년이나 문명이 앞선 곳으로, 말하자면 '지상낙원' 같은 곳이었는데, 불로불사의 존재인 그 혹성의 최고지도자는 자기네 별의 과학자들이 지구 인류의 창조자라고 말하며 인류의 파멸을 경고한다. 말하자면 지구 인류는 그들의 생명공학에 의해 '창조'된 것이고, 신도 영혼도 존재하지 않으며, 오직 과학적 합리주의에 의해서만 인류가 구원받을 수 있다는 것이다.

그 지도자는 자신들 역시 아득한 옛날에 다른 별나라 우주인들에 의해 과학적으로 창조되었다고 말한다. 하지만 우주가 어떻게 해서 창조되었는지에 대해서는 명확한 설명을 해주지 않는다. 석연치 않은 면이 있긴 하지만, 그런 형이상학적 질문에 매달려봤자 인류 또는 자신들의 '행복한 삶'에 별 도움을 주지 못한다는 설명은 꽤 설득력이 있었다. 또한 미신적 사고를 떠나 과학적 사로를 확립해야만 인류는 구제받을 수 있다는 주장 역시 상당히 감동적이었다.

'한국 라에리안 운동협회'에서 나온 보리롱의 저서 『진실의 서(書)』에는 보리롱이 보고 왔다는 외계인들의 지상낙원이 소개되어 있다. 그들은 재생술(再生術)에 의해 거의 무한대의 수명을 누리고 있고, 괴로운 노동이나 병으로부터 완전히 해방되어 있다. 힘거운 노동은 생물학적 로봇들이 해주고 성(性)에 있어서도 무한의 쾌락이 보장된다.

결혼제도 같은 것이 강제되는 법은 없고, 미남·미녀로 만들어져 성적으로 봉사하도록 제조된 생물학적 로봇들을 이용한 '하렘' 식 가정이 남녀 누구에게나 보장돼 있다. 여자는 미남 로봇들을 거느리고 남자는 미녀 로봇들을 거느리는 식이다. 그들은 과학에 의해 자연을 완전히 조화롭게 만들어 무상의 행복을 구가하고 있다.

보리롱의 주장은 아담스키의 주장과 비슷하다. 다만 보리롱의 주장이 훨씬 더 구체적이고 종교적 신념의 형태를 띠고 있다는 점이 다를 뿐이다. 하지만 내가 의아하게 생각했던 것은, 아담스키가 만나본 우주인이 태양계에 속한 혹성인이었던 데 비해, 보리롱이 만나본 우주인은 태양계를 벗어난 '아주 먼 별'에 사는 사람으로 되어 있다는 점이었다.

아담스키나 보리롱 말고도 외계인을 만나봤다는 사람은 많다. 하나 더 예를 든다면 스위스의 농부 빌리 마이어가 그 사람이다. 그가 쓴 『그대 반짝이는 별을 보거든……』이라는 책을 보면, 마이어가 UFO를 타고 온 셈야제라는 이름의 우주 여인에게서 들은 어느 먼 별나라의 지상낙원 같은 삶의 이야기가 적혀 있다. 셈야제 역시 보리롱이 만나본 우주인과 비슷하게 1천 살 가까운 나이로 되어 있는데, 셈야제의 별과 보리롱이 다녀온 별이 다른 점은 셈야제의 별에서는 결혼제도가 실시되고 있다는 점이다.

우주인을 만나봤거나 우주인이 사는 별나라에 다녀왔다는 사람들이 쓴 책을 읽어보면 무척이나 어지러워진다. 처음엔 솔깃하게 들리지만 나중에 가면 너무나 허황되다는 생각이 들고, 설사 그들이 말하는 내용이 진실이라고 해도 우리의 현실적 삶과는 너무나 거리가 멀다는 생각이 들어 시큰둥해지게 되는 것이다. 이런 느낌을 받게 되는 것은 지구의 미래를 고도로 발달된 과학문명에 의해 이룩된 지상낙원으로 묘사하는 미래소설을 읽을 때 역시 마찬가지다. 설사 그런 세상이 도래한다 해도 그때 우리는 이미 죽어 존재하지 않기 때문이다.

하지만 인류의 고대문명이 우주에서 온 외계인들에 의해 이루어진 것이고, 전설로만 내려오는 아틀란티스 문명이 초과학(超科學) 문명이었고, 아틀란티스가 핵전쟁으로 멸망해 버렸다는 설(說) 같은 것은 그런대로 설득력이 있다. 특히 독일의 고고학자 에리히 폰 데니켄이 쓴 『미래의 기억』 같은 책을 보면 더욱 그렇다. 그는 인류가 외계인과 원시인의 혼혈에 의해서 생겨난 고등동물이라고 주장하며 『구약성서』의 「창세기」나 이집트의 고문서 등을 분석하고 있어 눈길을 끈다.

『구약성서』「창세기」에는 '하느님의 아들들'이라는 표현이 나오고, 그들이 인간의 딸들과 교접하여 우수한 신종인간을 만들어냈다는 기록이 나온다. 그리고 「에스겔서」에는 비행접시의 착륙장면과 유사한 묘사가 나오는데, 이는 신의 전능함을 상징적으로 묘사한 것이 아니라 진짜 우주선의 착륙장면을 그대로 묘사한 것이라는 게 데니켄의 주상이다. 그러므로 「창세기」에 기록된 '신'의 정체는 외계에서 온 우주인이라는 것이다.

빌리 마이어가 우주에서 온 여인 셈야제에게서 전해들은 인류의 역사도 데니켄의 가정과 흡사하다. 「창세기」에 나오는 '신'은 먼 별 나라에서 추방된 외계인들이었고, 지구는 말하자면 그들의 유배지였다. 그들은 이스라엘 지방의 원시인류에게 '신'으로 군림하며 그들을 노예로 부리다가 가끔 살을 섞기도 했다.

어윈 긴즈버그가 쓴 『수수께끼의 창세기』라는 책에서는 아담과 이브가 살던 '에덴동산'은 안락과 쾌락이 보장되던 거대한 우주선 내부를 상징적으로 표현한 것이고, 아담과 이브가 에덴동산에서 쫓겨났다는 기록은 그들이 우주인(즉 '신')의 명령을 어겼기 때문에 우주선 밖으로 추방된 것을 나타내는 것이라고 해석한다. 그러니까 아담과 이브는 초(超)과학문명 상태에 도달한 외계인들이 지구에 와서 새로 만들어낸 최초의 신종인간이었던 셈이다.

지금도 다윈의 진화론에 회의를 표시하고 있는 과학자나 종교가들이 많다. 그런데 에덴동산이 거대한 우주선 내부의 상징이 될 경우, 어떤 형태로든 '진화론' 쪽보다는 '창조론' 쪽이 더 타당성 있는 이론이라는 결론에 도달하게 된다. 그러니까 인류는 원숭이로부터 진화된 것이 아니라, 원시인류가 우주인의 피를 받아 돌연변이적으로 급성장한 혼혈아인 셈이다. 그렇게 되면 『구약성서』에 나오는 '여호와' 신은 이스라엘 지방에 내려온 외계인 집단의 대표자를 가리키는 말로 해석될 수 있다.

각설하고, 아무튼 이런 식의 주장을 담고 있는 책들의 내용을 종합해 보면 다음과 같은 사실을 도출해 낼 수 있다.

● 아득한 과거에 먼 은하계(또는 태양계의 다른 별)에서 전쟁이 일어나(또는 인구과잉 상태가 되어) 패배자 또는 이민자들이 우주선을 타고 지구로 도피했다. 지구는 그들이 살았던 별과 아주 흡사한 자연환경을 갖고 있기 때문이었다.

● 그들은 지구에 살고 있던 원시인류들을 생태학적으로 진화시키고 개조하여, 그들이 부려먹기 좋은 수준으로 끌어올리려고 노력했다. 그러나 우주인 가운데는 인간을 불쌍히 여겨 우주인과 같은 수준의 고등동물로 개조하려는 과학자들도 있었다. 「창세기」에서 이브에게 선악과를 따먹게 하여 신을 거역하게 한 '뱀' 또는 '사탄'은 이런 과학자들을 상징적으로 표현한 것이다. 하지만 이들의 계획은 좌절되었다.

● 절대권력자 즉 '신'이 된 우주인들은 인류를 다스리는 데 냉혹한 방법을 썼다. 신들은 인류 가운데 불평분자들을 벌하거나 멸망시키는 데 주저하지 않았다(노아의 홍수, 소돔과 고모라의 멸망 등이 그 예다).

● 그래서 인간은 신을 두려워하고 그들의 징벌을 무서워했다. 미신으로 확대되고 와전된 '종교'에 의해, '신'의 존재는 사람들의 마음속에 굳게 뿌리내리게 되었다.

● 그러다가 우주인들은 사정이 변해 그들의 고향으로 돌아갈 수 있게 되었다. 그래서 지구 위에는 그들이 특수한 목적을 위해 만들

어놓은 불가사의한 '기적'의 자취들(이집트의 피라미드 등)만이 남았다.

위의 요약은 외계인을 만나봤다는 사람들의 기록이 아니라 성서나 고문서 등을 실증적으로 연구한 고고학자들의 주장에 바탕을 둔 것이다. 외계인을 만나봤다는 아담스키 등의 생각은 이와 다른데, 외계인을 '사랑과 자비로 풍만한 흠잡을 데 없는 존재'로 그리고 있다.

그러니까 당연히 UFO에 대한 생각도 다를 수밖에 없다. 아담스키 등은 UFO를 '인류가 서로 적대(敵對)하여 전쟁으로 파멸하는 것을 막아보기 위해 외계인들이 보내는 구원대'로 보고 있고, 데니켄은 그저 '외계인들의 우주정보 탐색선' 정도로만 보고 있다.

외계인의 '완전성'을 믿는 이들은, 역사상의 위대한 성인이나 철인들은 외계인들이 지구인의 우매한 지성을 걱정하여 파견한 전도자들이라고 주장하기까지 한다. 이를테면 예수는 이미 없어져버린 '여호와' 신을 미신적으로 섬기며 호전적인 만행을 서슴지 않는 유대민족을 구하기 위해 의도적으로 만들어진 존재라는 것이다. 예수의 친아버지는 외계에서 파견된 우주인이었고, 마리아가 그 '천사' 우주인과 교접함으로써 예수가 탄생된 것이라고 한다. 그래서 예수는 '공포의 하느님'을 '사랑의 하느님'으로 바꿔놓으려고 노력했고, 인류를 무분별한 광신적 열정으로부터 구원해 주려고 했다. 그리고 예수가 행한 기적들은 천사(외계인)들의 과학적 조력에 의해서 이루어진 것이었다.

외계인에 의해 인류가 창조되거나 급성장했다는 설이나, 외계인을 직접 만나봤다는 사람들의 얘기를 전적으로 믿기는 어렵다. 인간이 종교적(또는 미신적) 성향을 가진 동물이라서 그런지, 그런 주장을 펴는 책들은 대개 외계인을 마치 신(神)처럼, 그리고 외계인의 나라를 마치 '신국(神國)'처럼 숭앙하고 있다. 그래서 더 의심이 가고 그래서 더 머리가 혼란스러워진다.

분석심리학자 카를 융은 만년에 『현대의 신화』라는 책을 썼다. 그런데 이 책은 비행접시 연구서라는 점에서 흥미롭다. 그는 고대로부터 현대에 이르기까지 인간이 비행접시를 목격하고 쓴 여러 기록들을 비교 검토하면서, 비행접시란 결국 인간의 '소망적 사고'가 만들어낸 환상에 불과한 것이라고 결론 내리고 있다.

융은 인간이 갖고 있는 '죽음에 대한 공포' 또는 '내세에 대한 관심'이 '하늘'에 대한 동경심을 자아내게 만들었고, 그것이 결국 일종의 집단적 착시현상을 불러일으켜 '하늘에서 내려온 신의 사자(使者)'에 대한 환영(幻影)을 만들어냈다고 주장한다. 융은 인류의 '집단무의식'에 의한 원형적(原型的) 사고를 규명하는 일에 평생을 바쳤는데, 비행접시 역시 집단적 사고의 현시화(現示化) 현상으로 보고 있는 것이다.

나는 융의 견해가 일리 있다고 생각히지만 그의 주장이 반드시 옳다고는 생각하지 않는다. 지금껏 '상징적 신화'라고 알려졌던 것들이 고고학적 발굴에 의해 실제로 존재했던 역사적 사실로 밝혀진 예가 많기 때문이다. 트로이의 유적 발굴이 그렇고 노아의 방주(方舟) 잔해 발굴이 그렇다.

유명한 기록영화 〈몬도가네〉에 나왔던 장면이 아직도 생생하게 기억난다. 아프리카 어느 오지에서 '헬리콥터 숭배' 의식이 벌어지고 있었다. 사고로 하늘에서 추락한 헬리콥터의 잔해를 놓고 원주민들은 제사를 지내고 있었다. '하늘에서 내려온 것'은 무조건 신이 보낸 것이라는 소박한 믿음 때문이었다.

그러므로 『구약성서』나 '수메르 신화'에 나오는 '하늘에서 내려온 신'이 외계인이나 비행물체일 가능성은 충분히 있다. 그리고 고대로부터 내려온 비행접시 목격담이 과학적인 사실일 가능성도 충분히 있다.

다만 문제가 되는 것은, 비행접시가 실제로 존재하고 지구보다 월등히 발달한 별나라들이 수없이 존재하고 있다면, 어째서 외계인들이 우리 인류 앞에 떳떳이 정체를 드러내지 않느냐는 것이다. 이 문제에 대해 아담스키도 의문을 품고 토성인에게 물어봤다고 그의 책에 쓰고 있다. 그때 토성인의 대답은 이랬다.

"인간은 이기적이고 가학적인 존재라서, 우리의 정체를 알고 나면 반드시 우주정복이니 뭐니 해가며 더욱더 호전적이 될 가능성이 있기 때문이다. 인류는 지금 파멸로 치닫고 있다. 지구가 핵전쟁이나 대기오염 등으로 파멸되면 금성이나 화성 등 태양계 혹성 전체에 화학적으로 나쁜 영향을 미친다. 그래서 우리는 그 영향을 최소화하기 위해 계속 정찰비행을 하고 있는 것이다. 그리고 당신과 같은 사람의 입을 통해 인류에게 경고하여 지구의 평화를 도모해 보려는 의도도 있다."

물론 이런 얘기를 전적으로 믿을 필요는 없다. 우리는 다만 외계인에 대한 가설이나 목격담 등을 통해, 인간이 우주의 중심은 아니라는 생각을 다져나가기만 하면 된다.

상식적으로 생각해 봐도, 수천억 개의 은하계로 이루어진 광대무변한 우주에서 오직 우리 지구인만이 최고의 고등동물이고 생각하는 것은 난센스이다. 그리고 우리가 살고 있는 지금 세기가 '첨단 과학시대'라고 생각하는 것도 난센스이다.

외계인을 만나봤다는 사람들이 전해주는 것처럼 인간은 지극히 열등한 동물일 수도 있고, 우리가 살고 있는 시대가 지극히 미개한 시대일 수도 있다. 그리고 우리가 자랑하고 있는 과학문명이 그 오만함과 호전적(好戰的) 가학성으로 인해 더 진보하지 못하고 금세 파멸해 버릴 수도 있다.

NASA의 과학자들이 발표한 달의 인공구조물이 사실이라면, 달나라에 살던 고등인류가 왜 멸망해 버렸는지 우리는 심각하게 숙고해 봐야 한다. 그리고 최고의 과학문명을 구가하고 있다고 자부하는 우리가 왜 전쟁의 공포에 시달려야 하고, 왜 인권의 유린을 경험해야 하며, 왜 종교적 미신과 편견에 사로잡혀야 하는가를 진지하게 따지면서 반성해 봐야 한다.

인간은 우주의 중심이 아니다. 인간은 우주의 극히 작은 일부요, 먼지 같은 존재에 불과하다. 인간을 우주의 중심이요, '신의 닮은 꼴'로 보는 오두방정을 떨쳐버릴 수 있을 때, 비로소 인간은 '가학적 자멸(自滅)'에서 벗어나 겸손한 평화주의자가 될 수 있을 것이다.

4. 인간의 역사는 발전하지 않았다

인간의 역사는 과연 태고부터 지금까지 부단하게 발전해 온 것일까? 원시시대의 인류부터 따진다면 인간의 역사는 어느 정도 발전하긴 했다. 원시 인간이 네 발로 기어다니다가 직립하게 된 것은 틀림없는 '발전'이었고, 불의 사용법을 알게 된 것도 크나큰 발전이었다.

불의 사용법을 안 인간이 화약을 발명해 내고, 나아가 전기와 원자력 이용법을 발견하고, 나침반·종이·금속활자 등을 발명한 것도 일종의 '발전'임에 분명하다. '과학적 발전'에만 초점을 맞춰 생각해 본다면, 인간의 역사, 더 정확히 말하여 '인간 생활양식'의 역사는 발전 또는 변화해 온 게 사실이다.

그러나 보다 넓은 측면에서 생각해 보면, 인간의 역사는 선사시대를 지나 역사시대로 접어들면서부터 발전을 멈추고 계속 제자리걸음을 하고 있다고 볼 수도 있다.

역사시대의 특징은 인류가 만들어낸 정치와 문화에 있었고, 정치와 문화가 궁극적 목적으로 내세운 것은 '삶의 질'의 향상이었다. 그렇지만 인간의 '삶의 질'이 끊임없이 향상·발전해 왔다고는 볼 수 없다. 따라서 '역사의 발전'에 대해 의문을 품지 않을 수 없는 것이다.

역사학에서는 흔히 '고대·중세·근대·현대' 따위로 시대구분을 하곤 한다. 그리고 고대에서 현대로 내려올수록 정치·경제·문화 전반에 걸쳐 인간사회가 발전을 이룩해 왔다고 말한다. 그러나 우리가 '암흑시대'라고까지 부르며 경멸해 마지않는 서양 중세기의 미신적 신권주의(神權主義)나 '마녀사냥' 식 도덕적 테러리즘이 현대에도 엄연히 존재한다는 사실을 감안할 때, 나는 쉽사리 역사발전론에 동의할 수 없다.

자유민주주의를 표방하는 나라인 미국이나 한국의 일부 지배 엘리트 사회에서 종종 벌어지고 있는 '성에 대한 집단적 히스테리 현상' 같은 것을 보면 특히 그렇다. 수구적 봉건윤리를 외치는 일부 사회단체나 매스컴은 '음란하다'는 막연한 감(感) 하나로, 성의 기쁨을 솔직하게 추구하는 사람들을 무조건 패륜아로 몰아 온갖 사회악의 주범인 양 몰매질을 한다. 그리고 '성에 대한 이중적 기만' 심리가 몸에 밴 일부 지식인과 종교인들은 신이 나서 거기에 동조한다. 이런 몰상식한 선동 행위는 '나라 걱정'이나 '도덕성 확립'의 가면을 쓴 중세기적 마녀사냥에 다름 아니다.

성문제에 대한 편집증적 모럴 테러리즘 말고도 과거에 우리는 편집증적 매카시즘에 따른 마녀사냥을 겪은 바 있고, 지금도 자학적 금욕주의에 바탕한 '쾌락 박멸운동' 즉 '행복 박멸운동'이 수많은 정신질환자들(그러나 그들 중 상당수는 높은 학력을 가진 '고상한' 지식인들이요, 겉보기엔 멀쩡한 지도층 인사들이다)에 의해 저질러지는 것을 목격하고 있다.

정치나 군사 면에 있어서도 그것은 마찬가지다. 『삼국지』나 『플루타르크 영웅전』 같은 책을 보면서 우리는 고대의 전쟁이 인명을 경시하는 무자비한 살육전이었다고 눈살을 찌푸린다. 하지만 휴머니즘이 강도 높게 외쳐진 20세기라 해서 전쟁방식이 더 나아진 것은 아무것도 없다. 1, 2차 세계대전을 통해 6천만에 가까운 인명이 희생되고 6백만 명의 유대인이 학살되는 등, 고대의 전쟁 때보다 훨씬 더 많은 인명살상이 있었다.

원자폭탄의 개발 등으로 무기는 '발전'했을지 몰라도, 인간의 삶은 오히려 현대에 이르러 더 비참해졌다. 중국의 삼국시대나 서구의 로마시대 때의 전쟁은 그래도 창과 칼을 갖고서 싸우는 전쟁이어서 오히려 피해가 적었고, 현대전에서처럼 폭탄의 공중투하로 비전투원까지 무차별 살상하는 경우도 없었다.

정치도 마찬가지다. '정치학'은 발전했을지 몰라도 정치 행태는 하나도 진보한 게 없다. 권력자의 칭호가 바뀌고 권력기구의 명칭만 달라졌을 뿐, 고대나 현대나 정치인들은 모두 쓸데없는 '힘겨루기'로만 시종하며 피지배자를 강권으로 유린하는 것이 예사인 것이다.

특히 강대국들의 흥망성쇠를 살펴보면, 정치는 옛날이나 지금이나 별로 다를 바가 없다는 것을 절감하게 된다. 강대국이라고 해서 곧 '국민들의 삶의 질을 높이는 데' 주력하는 나라는 아니라는 사실을 알게 되기 때문이다. 강대국이란 언제나 국민들의 삶보다는 국가 자체의 '힘'에 중점을 두어, 세계를 무력으로 지배해 보겠다는 동물적 가학욕구로 뭉친 소수 지배자들의 나라에 불과했다.

"역사는 발전하는 것이 아니라 반복된다"는 명제를 내건 대표적 역사학자는 아놀드 토인비다. 미국의 역사학자 폴 케네디는 이 명제에 바탕하여 위의 사실을 실제적으로 증명한 책『강대국의 흥망』(1987)을 썼다. 케네디는 이 책을 통해 미국의 쇠락을 예언해 출간 당시 미국사회에 큰 충격을 던져주었는데, 그는 군사비 지출이 과중하면 국가는 쇠퇴할 수밖에 없다는 전제하에 미국의 운명을 암울하게 진단했다.

그는 유사 이래 세계의 강대국들이 어떻게 흥망의 과정을 밟았는지 추적하면서, 군사적 야망과 국내 경제력과의 상대적 관계를 설명하고 있다. 한 나라가 흥할 때 그에 걸맞은 강력한 군사력을 유지하는 것은 당연하지만, 쇠퇴 국면에서도 똑같은 규모의 군사력을 유지한다면 몰락의 길을 재촉하게 된다. 다시 말해서 모든 나라는 국력(경제력)에 걸맞은 군사력을 유지하는 데 힘써야만 몰락을 피할 수 있다. 이런 관점에서 그는 군사력이 과도한 미국 및 서유럽 국가들의 쇠퇴와, 그와 반대 입장에 있는 일본의 '강대국으로의 부상'을 예언했다.

그는 과거 유럽 역사에서 스페인과 영국이 저지른 잘못을 미국이 답습하고 있다고 비판하면서, 참다운 국력은 군사력이 아니라 경제·문화·국민성 등 비군사적 부문에서 나온다고 주장했다. 군사적 야망을 실현하기 위해 경제성장과 번영을 희생시킬 경우, 다시 말해서 국리민복(國利民福)을 위해 배분되어야 할 자원이 지나치게 군사비로 배분될 경우, 그 나라는 쇠락의 길을 걸을 수밖에 없다는 것이다.

폴 케네디의 지적은 옳다. 다만 그가 예언한 것처럼 일본이 '진짜 강대국'이 될지는 의문이다. 일본 역시 경제발전에 따른 오만함으로 인해 차츰 군사력을 강화시키고 있기 때문이다. 국민 개개인의 인권이 보장되고 복지정책이 확립된 나라를 '진짜 강대국'이라고 볼 때, 일본은 진짜 강대국이 되지 못하고 과거의 전철을 되밟을 것 같은 예감이 든다.

국가로든 개인으로든, 인간은 '힘의 과시'를 위해 자학적 파멸도 마다하지 않는다. 이런 사실을 역사는 되풀이해서 보여주고 있다.

'먹는 문제'를 가지고 따져 봐도 인간의 역사는 이제껏 크게 발전하지 못했다. 물론 선진국에 사는 국민들만 놓고 보면 먹는 문제가 이미 해결됐다고도 볼 수 있다. 미국 같은 나라는 국민 대다수가 '비만과의 힘겨운 전쟁'을 벌일 정도로 먹을거리가 남아돌아가고 있기 때문이다. 그러나 세계 전체를 놓고 볼 때 아프리카나 아시아의 저개발국에서는 국민 대다수가 아사 직전의 상태를 면치 못하고 있다. 그렇다면 인간이 과거보다 더 잘 먹고 살게 됐다는 말은 허구가 될 수밖에 없다.

우리나라 같은 중진국의 경우도 그렇다. GDP가 얼마라는 통계 수치에만 홀린 나머지 국민 모두가 잘 먹고 있다고 착각하기 쉬우나, 아직도 점심을 굶는 학생이나 노인들이 많고, 생활고를 비관하여 자살하는 사람들도 많은 것이다. 인권이나 복지 수준의 열악함은 더 말할 나위도 없다.

그래서 내가 보기엔 과거나 현재나, 인간사회가 갖는 불평등과 모순 등 '삶의 어려움'은 매한가지가 아닌가 한다. 고대나 중세 때 귀족계급은 배부르게 먹었고 천민이나 노예계급은 굶주림에 허덕였다. 지금이라고 해서 크게 달라진 것은 아무것도 없다. 다만 '노예'라는 말만 없어졌을 뿐, 여전히 귀족과 천민, 잘 먹고 사는 부류와 못 먹고 사는 부류가 현저히 나뉘고 있는 것이다. 미국 같은 부자나라에도 집 없는 사람들(이른바 'Homeless'라고 불리는)이 지하철 정거장에서 노숙하는 일이 흔하다. 이런 측면에서 보면, 인간 또는 인간사회의 역사가 질서 있게 발전해 왔다는 사실을 받아들이기 힘들다.

역사는 정치사(政治史)보다 생활사(生活史)가 더 중요하다. 그런 입장에서 문명의 이기(利器)나 생활양식의 역사를 살펴봐도, 인간의 '삶의 질'은 그다지 향상되지 않았다. 이를테면 수세식 변기의 사용 같은 것을 놓고 생각해 보면 그렇다. 수세식 변기가 재래식 변기보다 '발전된' 것이라고 보는 사람이 많겠지만, 따져서 생각해 보면 꼭 그런 것만도 아니다.

중국의 경우 과거의 재래식 변기는 자연보호에 지대한 역할을 했다. 당시엔 분뇨가 단지 '거추장스런 쓰레기'로 취급되지 않고 농토에 뿌려질 귀한 '거름'으로 간주됐기 때문에, 분뇨가 모이면 그걸 오래 삭혀 논밭에 거름으로 뿌렸다. 그래서 도시에는 분뇨를 수집하러 다니는 사람들까지 있었다.

한국도 분뇨를 비료로 쓰긴 했지만 도시의 분뇨는 하천이나 길가에 그대로 버려지는 경우가 많았다. 그래서 근대의 실학자 박제가(朴齊家)는 『북학의(北學議)』라는 책에서, 한국의 도시에서도 중국의 분뇨 이용을 본받아야 한다고 역설했던 것이다.

그런데 수세식 변기를 사용하게 되면서부터 상황이 달라졌다. 분뇨는 그대로 강으로 흘러들어 강물을 오염시키는 주범 역할을 하게 되었던 것이다. 물론 정화조라는 것이 개발되고 분뇨처리장 같은 것이 생겨 상당한 효과를 거두고 있다고는 하지만, 분뇨로 인한 하수오염 문제는 아직도 골칫거리로 되어 있다.

분뇨 대신 화학비료를 쓰면서부터 분뇨가 비료 역할을 못하게 되어 더욱 재래식 변기가 천시됐는데, 화학비료의 남용은 또 다른 공해문제를 야기하면서 토양을 망쳐놓고 있다.

그러므로 '삶의 질'을 종합적으로 따진다고 할 때, 수세식 변기를 사용하게 된 것을 과연 '발전'이라고 할 수 있을지 의문이 간다. 나의 경우, 서른 살 때까지 재래식 변기가 있는 낡은 한옥집에 살았지만 그다지 큰 불편을 느끼지 못했다. 물론 지금 다시 재래식 변기를 쓰라고 하면 불편해서 못 쓸 것이다. 수세식 변기에 이미 익숙해져 버렸기 때문이다. 하지만 과거라고 해서 재래식 변기를 사용하며 "재래식 변기를 쓰는 게 너무나 불편하다"고 이를 아득바득 갈며 살지는 않았던 것이다.

성문제를 놓고 봐도 인간의 역사는 발전하지 않았다. 인류학자들은 고대의 원시인류가 일종의 난교(亂交) 행위를 통해 성적 욕망을 충족시켰고, 동시에 종족번식도 이루었다고 본다. 말하자면 그때는 프리섹스가 당연시되었고, '아버지'의 개념 없이 '어머니'의 개념만 있는 모계사회였다. 그러다가 씨족국가 형태가 생겨나면서부터 권력세습과 재산상속을 위해 가부장 중심의 가족제도가 생기고 결혼제도 역시 생겨났다. 결혼제도는 일부다처제가 보통이었고 간혹 일부일처제(고대 그리스나 로마의 경우)도 있었다. 하지만 일부일처제라 해도 남편의 축첩이나 외도가 공인돼 있어 일부다처제나 마찬가지였다.

그러다가 이른바 '도덕'이라는 것이 힘을 얻기 시작하면서 기독교 같은 금욕주의적 종교가 정치에 개입하게 되고, 회교 국가를 뺀 여러 나라들에서 결혼제도는 형식상 일부일처제로 고정되었다. 따라서 겉으로만 본다면, 원시적이고 야만적인 난교상태에서 도덕적이고 윤리적인 일부일처제로 성규범이 '발전'해 갔다고 볼 수도 있다.

하지만 일부일처제가 법으로 엄격하게 규정된 현대라고 해서, 인간이 성적 욕망의 면에서 보다 발전된 쾌락충족의 메커니즘을 확보하고 있는 것은 아니다. 현대의 인간은 오히려 더 심한 성적(性的) 기아상태에 놓여 있고, 성적 쾌락의 불평등한 공급이 더욱 심화돼 가고 있다.

축첩제도가 없어졌다고 하지만 부자나 권세 있는 자들은 여전히 음성적인 축첩 또는 매춘(買春)을 계속하고 있고, 이성주의의 득세와 더불어 성은 보다 더 천시되어 지하로 숨어 들어가고 있다. 특히 우리나라처럼 성에 대한 이중적 위선과 규제가 두드러지는 나라에서는, 성이 '사랑'의 개념과 결부되지 않고 '죄의식'이나 '필요악'의 개념과 결부되어 인식됨으로써, 사람들을 '지킬 박사와 하이드 씨' 식 자아분열로 이끌어가고 있는 것이다.

현대보다 훨씬 미개한 시대로 간주되는 중세기 때까지만 해도 유럽에서는 '카니발 문화'가 어느 지역에나 존재했다. 그 이유는 민중들에게 카니발 즉 '관능적 난장판 축제' 때만이라도 원시시대의 인류가 누렸던 성의 자유를 맛보게 해주기 위해서였다.

이러한 '난교 파티(orgy)' 식 카니발의 희미한 자취는 지금 브라질의 삼바축제 정도에서 찾아볼 수 있다. 그리고 북유럽이나 프랑스 같은 문화적 선진국으로 갈수록, 난교 파티까지는 아니더라도 각자가 책임지는 프리섹스 형태의 연애가 자연스럽게 보급되어 원시적 열정의 재현이 그런대로 이루어지고 있다. 하지만 한국같이 '성'에 특별히 엄격한 체해야만 사회적 존립이 가능한 사회에서는, 카니발이나 프리섹스는커녕 춤 등의 관능적 놀이를 통한 성적 스트레스의 대리배설조차 어려운 형편인 것이다.

한국도 고려시대까지는 성적 쾌락의 배분에 어느 정도 신경을 써 '축제문화'를 갖고 있었다. 그리고 여성의 순결이나 정조를 그다지 중요시하지 않는 등 성의 자유를 상당히 인정했다. 그런데 유교를 국교로 삼은 조선시대 이후부터는, 성문제에 있어 국민들은 누구나 고통받게 되고 쓸데없는 죄의식에 전전긍긍하게 됐던 것이다. 그러므로 여권(女權) 문제나 성적 쾌락의 공급 문제에 있어, 한국은 오히려 현재가 과거보다 '퇴보된' 상태에 놓여 있다고도 볼 수 있다.

특히 청소년의 성문제를 생각해 보면 현재의 청소년들은 과거 봉건시대 때보다 훨씬 더 큰 억압에 시달리고 있다. 근대 이전의 청소년들만 해도 사춘기 때부터 곧바로 '성인' 취급을 받았고, 그래서 비록 결혼을 전제로 하는 것이었지만 '로미오와 줄리엣'의 사랑이나 '이도령과 성춘향'의 성애가 가능할 수 있었다. 우리나라 조선조 말엽에 서재필 같은 사람이 스무 살 나이로 '갑신정변'에 참여할 수 있었던 것을 보면, 그때는 사춘기 이후의 사람이 사회적으로 이미 '어른'이었다.

그런데 요즘은 청소년들의 발육이 예전보다 훨씬 빨라졌는데도 불구하고, 열아홉 살 미만의 청소년은 무조건 '아이' 취급을 받을 뿐만 아니라 성적 교제의 기회를 박탈당하고 있다. 게다가 학교교육 기간이 길게 연장되면서 학교라는 감옥이 그들의 금쪽같은 청춘시절을 헛되게 낭비시키고 있다. 이런 형편이고 보니, 그들이 아무리 잘 먹고 잘 입는다고 해도 중세기나 근대 이전의 청소년들보다 '더 발전되고 행복한 삶'을 누리고 있다고 말하기는 힘든 것이다.

역사철학자로 유명한 E.H. 카는 그가 쓴 『역사란 무엇인가』에서 "역사는 본질상 변화요, 운동이요, 진보다"라고 말했다. 그리고 '진보'는 '역사 서술의 토대가 될 수밖에 없는 과학적 가설'이라는 애매모호한 사족을 달았다. 미래의 진보(또는 발전) 가능성에 대한 신념을 상실한다면 역사를 공부한다는 것 자체가 무의미하다는 말인 것 같다.

역사의 발전가능성에 대해 확고한 믿음을 가졌던 이들은 카 말고도 많다. 아니, 대중에게 사랑받은 사상가들은 대개 역사의 발전가능성을 추호도 의심치 않았던 사람들이었다. 데카르트가 그랬고 마르크스가 그랬고 헤겔이 그랬다. 볼테르나 테야르 드 샤르댕, 베르그송 같은 이상주의자나 계몽주의자들 역시 인간 이성에 의한 역사의 발전을 확신했다.

그러나 역사의 발전을 부정하고 미래를 암담하게 바라본 이들도 적지 않았다. 마르크스와 함께 20세기 철학에 지대한 영향을 미친 지그문트 프로이트는 마르크스와는 달리 인류 문명의 장래를 어둡게 보았다. 그가 보기에 인간은 오이디푸스 콤플렉스에서 영원히 헤어 나올 수 없는 만성적 정신질환자였다. 그렇기 때문에 아무리 문명이 발달하고 생활양식이 편의롭게 변화된다고 해도, 인간은 언제나 도덕적 초자아(超自我)와 동물적 본능 사이에서 갈등하며 사도마조히스틱(sadomasochistic)한 피·가학(被·加虐) 행위를 되풀이할 수밖에 없다는 것이다.

프로이트 좌파에 속하는 정신분석학자 에리히 프롬도 인간의 미래를 어둡게 보고 있다. 그의 대표작『자유로부터의 도피』는 히틀러의 독재를 불러일으킨 독일 국민들의 집단적 마조히즘 심리를 해부하고 있다. 인간은 '진정한 자유의 확보'를 발전의 궁극적 지향점으로 삼고 있으면서도, 무의식적으로는 언제나 자유를 두려워하며 피학(被虐)의 상태에서 안존(安存)하려 한다는 것이다.

신기한 것은, 인류가 성인(聖人)으로 떠받들고 있는 예수나 석가도 인간 또는 인간사회의 발전을 부정적 시선으로 바라봤다는 사실이다. 예수는 자기가 죽은 뒤 곧바로 말세가 닥쳐오리라 예언했고, 석가도 불법(佛法)이 쇠하는 말법세계(末法世界)가 닥쳐올 것이라고 예언했다. 그래서 후세의 종교가들은 어떻게 해서라도 민중들에게 희망을 불어넣어 주려고 애썼는데, 그 결과 기독교에서는 '최후의 심판 뒤에 오는 구세주의 재림과 하늘나라의 도래'가, 불교에서는 '미륵불의 강림에 의한 인류의 구원'이 교리로 성립되었다.

예수나 석가가 워낙 오래 전 인물들이니만큼 우리는 그들이 가졌던 생각이 무엇인지 정확하게 알 수 없다. 그들이 말했다는 '말세의 도래'라는 것도, 후세 종교가들이 민중을 겁주기 위해 만들어낸 얘기인지도 모른다. 하지만 석가와 예수가 기득권자들의 편에 서지 않고 가난한 민중 편에 서서 설법을 펼쳐나간 인물들이라고 볼 때,

그들이 가졌던 '인간의 역사에 대한 비관적 시각'에 어느 정도 공감할 수는 있다.

석가는 왕자의 지위를 버리고 스스로 고난의 길을 걸어갔던 인물인 만큼 특히나 중생이 겪는 고통들에 대한 연민의 정이 컸다. 예수는 아예 평민 목수의 아들로 태어났기에 기득권자들의 가렴주구에 지친 민중들의 고달픈 삶을 몸소 체험해 볼 수 있었다. 그래서 문화나 문명 따위는 그들이 보기에 모두 '가진 자'들의 지적 유희나 사치품에 불과했고, 헐벗은 민중들과는 아무런 상관도 없는 것이었다.

그러므로 나는 '최후의 심판'이나 '말법세계의 도래' 같은 종말론적 역사관이 예수나 석가 사상의 핵심은 아니었다고 본다. 그들은 힘을 가진 자들이 민중들에게 자행하는 끊임없는 수탈과 인권유린이 그저 슬프고 짜증스러웠을 뿐이었다. 그래서 예수는 당시의 지배 엘리트였던 바리새파 종교지도자들을 이를 부득부득 갈며 미워했던 것이고, 석가는 전제 군주가 될 수도 있는 자신의 신분을 과감히 내팽개쳐 버렸던 것이다.

역사의 진보 또는 발전을 믿어 의심치 않는 낙관주의적 사상가들은 대개 귀족 신분이거나 기득권 엘리트들이었다는 사실을 잊어서는 안 된다. 프로이트가 부정적 역사관을 가졌던 것은 그가 소외받는 유대인이었기 때문이고 에리히 프롬도 비슷한 경우라고 할 수 있다.

이성에 의한 역사발전을 믿었던 헤겔은 살아생전 명예와 지위를 누릴 대로 누렸던 운 좋은 사람이었고, 헤겔과는 반대로 염세적 인생관과 부정적 역사관을 가졌던 쇼펜하우어는 어머니한테 사랑을 받아보지도 못하고 교수로 출세하는 데도 실패했던 국외자였다.

볼테르나 베르그송, 그리고 샤르댕 같은 인물들도 다 편안하고 안락하게 살며 별 풍파를 겪지 않는 삶을 누렸다. 이성적 낙관주의의 시조라고 할 수 있는 데카르트는 하루 종일 이불 속에서 뭉그적거리며 사색에 빠져도 사치스런 생활이 보장됐던 유한계급의 인물이었다.

마르크스는 다소 예외가 될 수도 있다. 그는 소망하던 교수 자리도 못 얻고 평생을 가난에 시달려야 했다. 그런데도 그는 자본주의의 당연한 붕괴에 따른 공산주의 낙원의 도래를 확신했다. 그러나 그 역시 부정적 인간관에서 그의 유토피아니즘을 출발시켰다고 볼 수 있는데, '자본가들에 대한 미칠 듯한 적개심'이 없었다면 그의 사상은 나올 수 없었을 것이기 때문이다. 그러니까 그는 공산주의적 이상사회의 도래를 확신하는 '발전적 역사관'을 핑계로, 가진 자들에 대한 미칠 듯한 적개심과 분노를 교묘하게 해소시켰다고 볼 수 있다.

'민심이 천심'이라고 볼 때, 내가 생각하기에 역사의 발전을 믿는 이들은 '민심'을 형성하는 쪽에 들지 못한다. 그들은 대개 소수의 귀족 엘리트거나 기득권 문화인들이기 때문이다. '민심'을 형성하는 사람들은 그야말로 '민중'들이다. 민중의 범주에는 도시의 소시민도 들어가고 농촌의 농민도 들어가고 공장의 노동자도 들어간다. 이런 민중들 대다수는 모두 다 역사의 전진 방향을 부정적인 시선으로 보고 있다. 그래서 요즘도 세계 도처에서는 종말론적 예언들이 활개 치고 있고, 기득권 지식인들이 미신이라고 코웃음 치는 갖가지 점술(占術)이 만연하고 있는 것이다.

한국에는 특히 교회도 많고 절도 많고 유사종교도 많다. 그리고 점술가들이 유난히 활개 치며 주요 일간신문을 장식하고 있다. 한국의 대중적 종교들은 대개 다 말세사상을 바탕에 깔고 있는데, '민심이 천심'이라고 볼 때 이런 현상을 그저 '합리적 지성의 미숙'에서 오는 과도기적 현상으로 넘겨버릴 수만은 없다. 이런 현상의 진짜 원인은 아직도 우리나라엔 권력에 의한 인권유린이나 가렴주구가 많고, 법을 빙자한 자유권의 침해 역시 많기 때문인 것이다.

한국뿐만 아니라 세계 곳곳의 민중들이 생활고에 지쳐 신음하고 있다. 굶어 죽어가는 아프리카 민중들에게 '이성'을 강조한들 무슨 소용이 있겠으며, 앞으로 닥쳐올 유토피아를 설명해 준들 무슨 소용이 있겠는가? 이집트의 피라미드나 우리나라 경복궁의 장려한 건축미가 민중들을 배부르게 할 수 없고, 그들의 허기진 성욕을 달래줄 수도 없다. 고상한 전통예술을 보여줘 봤자 도시의 소시민들은 여전히 박탈감에 시달리게 마련이고, 박사 실업자들은 고상한 철학책이나 전문서적에 매달리면서도 '지성의 상아탑' 즉 대학을 증오한다.

역사는 어쨌든 발전한다는 믿음은 사회를 구성하는 개개인의 실용적 쾌락(또는 행복)을 무시하고, 전체주의적 힘의 추구나 소수 지배 엘리트의 문화만을 역사 안에 편입시켜 생각하는 자들의 오만한 자아도취가 아닐 수 없다. 그들은 전쟁에서 싸우다 죽어간 억울한 영혼들을 '영령(英靈)'이라고 추켜세우며 '역사 발전에 이바지한 거룩한 희생자들'이라고 말한다. 그러나 허무하게 죽어간 무명의 졸병들이 사후에 추앙받은들 무슨 소용이 있겠는가? 천국은 죽은 다음에 오는 게 아니라 살아생전에 와야 한다.

2차 세계대전 때를 상기해 보면, 당시의 전쟁은 독일군에게도 성전(聖戰)이었고 연합군 측에게도 성전(聖戰)이었다. 일본의 가미가제(神風) 특공대원들도 천황의 성전(聖戰) 승리를 위해, 그래서 역사를 발전시키기 위해 꽃 같은 젊음을 날렸다.

데모하다 억울하게 죽은 이한열 군을 역사발전을 위해 장렬하게 산화한 열사로 떠받든들 그에게 무슨 보람이 있겠는가? 히로시마에 원자폭탄을 투하한 비행사들은 '역사발전'을 위한다는 명목으로 투하 명령을 받았고, 원자폭탄에 죽어간 히로시마 시민들은 지금 '원자폭탄에 의한 비극이 다시는 생기지 않도록 하기 위해 죽어간 의로운 희생자들'로 추모되고 있다.

역사는 물론 발전하는 것이 좋다. 그러나 지금까지의 역사는 그렇지 못했다. 문화나 이념의 진보를 이룩한다는 구실로 민중들을 끊임없이 희생시킨 것이 지금까지의 역사였다. 피라미드의 장려한 건축미보다 피라미드를 짓다 죽어간 노예들의 억울한 죽음을 심각하게 생각할 수 있을 때, 그때 비로소 역사는 발전할 수 있다. 식욕과 성욕의 고른 충족과 인권의 고른 보장이 이루어질 수 있을 때, 그때 비로소 우리는 역사의 진보를 말할 수 있다.

5. 인간은 '역사'에 기댈 수 없다

인간의 역사는 거의 믿을 게 없다. 대부분의 역사는 승리자의 역사요 지배계급의 역사이기 때문이다. 그러므로 "후세 사가(史家)들의 판단에 맡긴다"나 "역사가 진실을 증명해 줄 것이다" 따위의 말은 지나치게 소박한 언명이 아닐 수 없다.

역사는 언제나 민중을 외면한다. 『삼국지』를 봐도 "적벽대전에서 제갈량과 주유가 조조를 이겼다" 식으로만 되어 있다. 말하자면 적벽대전 때 죽은 수십만 명의 졸병들 명단은 생략돼 있는 것이다. 서구의 경우에도 워털루전쟁 대목에서 "나폴레옹이 졌다"라고만 되어 있다. 역시 수많은 졸병 전사자 명단은 생략돼 있다.

『삼국지』를 보면 너무나 재미있다. 신나는 전투가 연속해서 벌어지기 때문이다. 수많은 영웅들이 출현하여 지혜와 무공을 다툰다. 그러나 삼국시대가 끝난 뒤 중국의 인구는 3분의 1로 줄어들었다. 군인이든 민간인이든 너무나 많이 희생당했기 때문이었다. 항우와 유방이 싸운 얘기인 『초한지(楚漢誌)』도 『삼국지』 못지않게 재미있다. 그러나 두 사람 때문에 너무나 많은 민중들이 죽어갔다. 일례로 항우는 진(秦)나라의 서울을 함락시킨 후 투항해 온 진나라 군사 20만 명을 몽땅 죽여버렸다. 사후 처리가 곤란하다는 이유에서였다.

무지막지한 옛날이었기 때문에 그렇게 많은 민중들이 희생당한 것은 아니다. 20세기 초에도 러시아의 경우 공산혁명의 와중에서 1천만 명의 민중이 목숨을 잃었다. 그러니 "사람은 죽어서 역사에 이름을 남긴다"는 말은 거짓말이다. '사람'이 아니라 '영웅'이거나 '지배계층'이라야만 겨우 역사에 이름을 남기게 되는 것이다.

예술가의 경우에도 그것은 비슷하다. 살아서는 전혀 빛을 못 보다가 죽은 지 한참 지나서야 재평가를 받고 유명해진 작가들이 더러는 있다. 에드거 앨런 포도 그렇고 스탕달도 그렇다. 그러나 그런 영광이 모든 '훌륭한 작가'에게 해당되는 것은 아니다. 재수가 없으면 아무리 재주가 뛰어나도 살아서든 죽어서든 영영 묻혀버리는 경우가 얼마든지 있다. 그러므로 문학사(文學史) 역시 믿을 게 못 된다. 정치사든 문학사든, 어쨌든 그것은 사람에 의해 기록되는 것이요,

사가(史家)들 나름대로의 편견이 작용할 수밖에 없는 것이기 때문이다.

내가 재미있게 읽은 책 가운데 『라스트 바탈리온(최후의 戰士)』이라는 게 있다. 일본의 르포작가 오치하이 노부히코가 쓴 책인데, 독일 나치스의 입장에서 2차대전과 유대인 학살을 재조명한 책이다. 나치즘이 옳았다는 건 아니고, 어쨌든 히틀러가 패배했기 때문에 2차대전의 역사가 승리자의 편에서 왜곡되게 기술됐다고 작자는 주장한다. 이를테면 아우슈비츠 등의 수용소에서 6백만 명의 유대인이 학살당했다는 것은 지나친 과장이라는 것이다. 나는 나치스의 만행을 변호할 의사는 추호도 없지만, 아무튼 '역사의 허구성'을 어떤 형태로든 집요하게 추적했다는 점에서 무척 인상 깊었다.

광해군이나 연산군이 정말로 잔인무도한 폭군이었으며 사도세자는 과연 정신이상자였을까? 또 궁예는 정말 미친놈이었고 신돈도 정말 지독한 색골 요승(妖僧)이었을까? 하긴 미친놈이든 아니든 역사책에 기록이라도 됐으니 그래도 그들은 일반 민중보다는 낫다. 민중들은 언제나 대의명분을 위한 엑스트라로 희생됐고 역사에 이름을 남길 수 없었다.

그렇다면 민중들에겐 종교에서 말하는 사후(死後)의 보상이라도 있는 것일까? 하긴 사후의 보상에 대한 가냘픈 기대와 희망 때문에 많은 민중들이 종교를 믿었다. 기독교나 불교는 별 의미 없이 살아가는 민중들에게 내세에 대한 희망을 심어줌으로써 거대 종교로 발전할 수 있었다. 그러나 내세가 확실히 있다는 보장은 없다. 그러므로 공정한 판단과 보상을 신(神)에게 바란다는 것은 무의미하다.

역사엔 물론 정치사뿐만 아니라 풍속사도 있고 생활사도 있다. 그쪽으로 가면 역사의 허구성에 대한 노여움이 조금은 가셔진다. 영웅이나 지배계급의 역사가 아니라 일반 민중들의 역사이기 때문이다. 그러나 지배계급의 정치사나 귀족계급의 문화사 위주로 되어 있는 이른바 정사(正史)라는 것만이 역사의 교과서 역할을 하고 있는 게 현실이기 때문에, '역사의 진실'이라는 것에 대한 의구심을 여전히 떨쳐버리기 어렵다.

역사에 이름이 남을 것을 바라거나 역사의 옳은 판단에 기대지 않고서도 그날그날을 안심하고 보람되게 살아갈 수 있는 사회, 그리고 영웅이나 위인이 되려고 아등바등하지 않아도 되는 사회, 그런 사회는 정녕 신기루인 것일까? '역사발전'을 빙자한 억압과 폭력의 합리화가 바로 인류의 역사였다는 사실이 너무나도 슬프다.

역사는 정직하게 모든 진실을 말해 줄 수 없다. 역사는 옳을 때도 있고 그를 때도 있다. 거듭 강조하거니와 역사 역시 사람에 의해 기록되는 것이기 때문이다. 특히 정치사의 경우, 역사는 언제나 승리자의 입장에서 기술되기 쉽다. 우리가 정사(正史) 못지않게 야사(野史)를 중시하는 것은 그런 이유에서일 것이다.

종교의 역사도 마찬가지다. 기독교나 불교 등 대개의 거대 종교들은 2천 년이 넘는 세월 전에 창시된 것이기 때문에 와전이나 조작이 끼어들 수밖에 없다. 특히 기독교 같은 종교는 정경(正經)과 외경(外經)의 구분이 엄격하고, 그 정경이란 것이 정치적 입장을 포함한 여러 가지 사정에 의해 인위적으로 결정된 것이라서 의심해 볼 만한 내용이 많다.

그중에서도 특히 예수가 13세 때부터 29세 때까지 무엇을 했는가 하는 문제는 오랫동안 학자들의 호기심의 대상이 되어왔다. 정경에는 전혀 언급이 없기 때문이다. 그러다가 19세기 말 러시아의 언론인이었던 노토비치가 티베트지방으로 가 발굴했다는 『이사전(傳)』이 발표되자, 기독교 학자들 사이에서는 큰 논란이 일어났다. 『이사전』이 조작된 경전이라고 주장하는 사람도 있었고, 참고할 만한 가치가 있는 문헌이라고 주장하는 사람도 있었다.

『이사전』은 예수가 티베트로 유학을 가서 불교를 배우고 많은 사람들을 교화시킨 후, 다시 조국인 유대나라로 돌아가 전도하다가 죽은 과정을 기록한 책이다. '예수'를 티베트지방에서는 '이사'라고 불렀던 것이다. 『이사전』의 진실을 규명하는 책으로는 엘리자베스 프로페트가 쓴 『예수가 잃어버린 세월』이 대표적인데, 우리나라에서도 번역·출간된 바 있다.

기독교와 불교의 유사성은 예수의 비유 곳곳에 나타난다. 『이사전』이 제대로 기록된 책이라면, 그러니까 예수는 불교의 교리(모든 인간은 부처다)를 빌어 유대교의 단점을 보완한 일종의 종교개혁자가 된다.

그런데 내가 특히 『이사전』에 관심을 갖게 된 까닭은, 예수가 티베트에 갔다는 사실보다 예수의 죽음을 기록한 부분이 정경과는 판이하게 다르기 때문이었다. 『신약성서』에 의하면 예수를 고발하여 십자가에 못 박히도록 한 것은 당시 유대나라의 종교지도자들로 되어 있다. 그리고 로마에서 파견된 유대 총독 빌라도는 끝까지 예수를 살리려고 애쓰다가 종교지도자들의 주장에 못 이겨 할 수 없이 예수에게 사형을 언도한 것으로 나와 있다. 그러나 『이사전』에 기록된 예수 재판의 내용은 전혀 다르다. 당시의 유대교 지도자들은 끝까지 예수를 살리려고 노력했으나 빌라도가 강압적으로 예수를 사형시킨 것으로 되어 있는 것이다.

『이사전』에 의하면 빌라도는 예수가 유대 민중들한테 인기를 끌자 그가 민중봉기를 일으킬까 두려워 억지재판으로 예수를 죽였다는 것이다. 정경에 기록된 대로라면 예수는 로마에 대한 반감보다는 당시 종교지도자들(특히 바리새인들)에 대한 반감이 더 컸던 것으로 되어 있고, 당시의 종교지도자들은 예수의 인기를 시샘하여 예수를 죽인 것으로 되어 있다. 기독교가 로마의 국교가 되어 유럽 전역에 퍼진 이후, 유대인들은 예수를 죽인 장본인으로 지목되어 끊임없는 박해를 받았다. 히틀러가 유대인들을 학살하게 된 배경 역시 성경의 이런 기록 때문이라고 볼 수 있다.

『이사전』의 기록이 옳은지 그른지 우리는 도저히 알 길이 없다. 하지만 재미있는 유추를 해볼 수는 있는데, 만약 『이사전』의 기록이 사실이라면 정경에서 예수를 유대인들이 죽인 것으로 하고 빌라도에게 면죄부를 준 것은, 아무래도 로마 정부의 입김이 작용했기 때문일 거라는 것이다. 로마 총독이 예수를 죽인 것으로 하면 기독교를 국교로 삼아 백성들을 통제하는 것이 아무래도 힘들어진다. 그렇기 때문에 로마정부에 기생하는 어용 신학자들은 예수 죽음의 책임을 몽땅 유대교 지도자들에게 뒤집어씌운 게 아니었을까? 물론 이건 어디까지나 추측이다.

『신약성서』를 자세히 들여다보면 당시의 유대나라가 로마의 식민지였는데도 불구하고 예수는 로마를 비방하는 말을 한마디도 안 하고 있다. 그리고 오히려 조국을 저주하는 말을 더 많이 한다. 이점 역시 의문이 가는 사항인데, 진위야 어떻든 흥미로운 연구과제가 아닐 수 없다. 역사의 기록은 언제나 정치권력의 영향을 받는다. 이런 사실을 생각하면 역사책 읽기가 두려워진다.

역사는 또한 얄밉다. 역사에 희망을 걸 수 없기 때문이다. 역사엔 분명 신의 은총과 섭리가 작용하지 않는다.

시저가 독재정치를 하면서 로마의 황제가 되기를 꿈꾸자 브루투스는 공화제를 살리기 위해 시저를 암살했다. 시저가 칼을 맞아 죽어가면서 마지막으로 부르짖었다는 말, "브루투스, 너마저도!"는 아직도 인구에 회자되고 있는 말이다. 브루투스는 시저의 심복이었음에도 불구하고 시저를 죽였다. 사정(私情)보다 대의(大義)를 중시하겠다는 그의 확고한 신념 때문이었다.

그러나 브루투스 역시 시저의 심복이었던 안토니우스의 대중연설 때문에 끝바로 역적이 되어야 했다. 안토니우스는 시저의 유언장을 로마 시민들 앞에서 공개하여 시저의 불타는 애국심을 상기시킨 결과, 브루투스를 '나쁜 놈'으로 만드는 데 성공했다. 그래서 브루투스는 이리저리 도망 다니다가 안토니우스한테 죽을 수밖에 없었다.

시저의 죽음은 공화정을 부활시키기는커녕 오히려 제정(帝政)의 확립을 촉진시켰다. 시저가 죽은 후 안토니우스와 옥타비아누스가 티격태격 싸우다가 결국 옥타비아누스가 승리했고, 잇따른 내전에 지친 로마 국민들은 옥타비아누스를 황제로 옹립했다.

18세기 밀 루이 왕조의 학정에 지친 프랑스 국민들은 혁명을 일으켜 루이 16세를 몰아내고 공화정을 출범시켰다. 루이 16세를 단두대로 처형할 때까지만 해도 프랑스 국민들은 열정과 희망에 들떠 조국의 '민주화'를 믿어 의심치 않았다. 그러나 로베스피에르가 등장하여 공포정치를 실시하고 수많은 사람들을 단두대로 처형하자 점차 실망하게 되었다. 또한 왕당파와 공화파 간의 끊임없는 내전 또한 '민주화'에 대한 회의와 염증을 불러일으키기에 충분했다. 로베스피에르 이후 치열한 권력다툼 끝에 암살과 처형이 반복되자 돌연 나폴레옹이 나타났다. 나폴레옹은 국민투표를 통해 황제로 선출되었고, 국민들은 왕정복고를 쌍수를 들어 환영했다.

이승만 대통령이 삼선개헌 이후 독재정국을 굳혀 나가자 4·19혁명이 일어났다. 이 대통령의 심복이었던 이기붕은 아들 손에 죽었고 이 대통령은 하와이로 망명했다. 곧바로 '단군 이래 최대로 자유가 보장됐던' 민주정이 실시됐다. 그러나 잦은 데모와 정치인들의 내분을 핑계로 곧바로 5·16 쿠데타가 일어났다. 이상하게도 학생세력은 별 저항을 보여주지 않았다. 장면 정권이 아주 짧게 지속되어

너무 성급한 쿠데타라는 설이 있었음에도 불구하고, 어쨌든 박정희
는 대통령에 당선되었다.

　박정희 대통령이 '10월 유신'까지 단행해 가며 독재정국을 굳혀
나가자 박정희 대통령의 심복이었던 김재규가 브루투스처럼 나섰
다. 김재규는 박 대통령을 저격했고, 자기는 권력탈취에 뜻이 있어
서가 아니라 민주화에 대한 열망 때문에 박 대통령을 죽였다고 주장
했다. 1980년 '서울의 봄' 시절에는 곧바로 민주화가 달성되는 듯싶
었다. 그런데 뜻밖에도 전두환이 등장하여 초고속으로 대통령이 되
었다.

　중국의 경우 한나라 말기에 동탁이 독재정치를 하자 조조 등의
지방 제후들이 들고 일어났다. 그래서 동탁을 죽였을 때 국민들은
환호하며 조조를 영웅으로 떠받들었다. 그러나 조조는 동탁 못지않
은 독재자가 되어 아들 대(代)에 가서 아예 한나라를 없애버리는 단
초를 만들었다.

　역사는 언제나 지루한 반복의 연속이다. 열렬한 민주화운동 끝
에는 반드시 독재자가 나타난다. 대개는 국민들이 원했거나 방조했
기 때문이다. 히틀러를 총통으로 뽑은 것도 국민들이었고, 나폴레옹
을 황제로 뽑은 것도 국민들이었다.

　독립운동이나 민주화운동을 열심히 하던 사람들이 일단 '독립'
이나 '민주화'를 쟁취하고 나면 독재자가 되는 경우도 많다. 그래서
역사에 길이 남는 진성 넝예로운 애국지사가 되려면 일찍 죽는 게
낫다. 김구 선생은 설사 정권을 잡았다 하더라도 독재정치를 했을

것 같진 않다. 그러나 사람의 일은 모른다. 그가 대한민국 초대 대통령이 됐다면 또 다른 형태의 가부장적 독재를 했을 가능성을 배제하기 어렵다.

따지고 보면 영웅의 도래를 바라는 사람들의 심리 자체에 문제가 있다. 요즘도 우리나라의 몇몇 예언가들은 얼마 안 가 한국에서 '세계적인 지도자'가 출현할 것이라고 장담하고 있다. '지도자'나 '영웅'이나 그게 그건데, 한 사람의 힘으로 국운의 융성이나 세계제패가 이루어질 수도 없고, 또 그래서도 안 된다. 도대체 '세계제패' 따위의 말을 함부로 내뱉는 국수적이고 전체주의적인 발상 자체가 이 대명천지에 어떻게 가능한지 알다가도 모를 일이다.

정치적 독재뿐만 아니라 어떤 형태의 독재든 누구나 독재를 원하는 사회는 병든 사회다. 특히나 '문화독재'는 위험하다. 조선은 유교적 문화독재 때문에 망할 수밖에 없었고, 구 소련 역시 마르크스주의적 문화독재 때문에 망할 수밖에 없었다. 그런데도 우리 사회에는 유교적 문화독재의 부활을 꿈꾸는 사람들이 너무나 많고, 기독교적 문화독재를 꿈꾸는 이들 역시 너무나 많다. 정말 우울하고 안타까운 일이다. 나는 한국의 척박한 문화수준에 절망감을 느낀다.

1990년대 이후 아프가니스탄이나 이란 같은 나라에서 벌어지고 있는 '회교 근본주의 운동' 역시 문화독재의 한 표본이다. 정치권력과 결탁한 회교지도자들은 특히 '여성해방'에 찬물을 끼얹어, 여성들을 다시 학교에서 추방하고 사회적으로도 활동을 제한시켜 남성의 종속물이 되게 했다. 특히 아프가니스탄에서는 여성이 차도르를 쓰지 않거나 외간남자와 얘기만 해도 태형을 당한다. 세계적으로 여성해방 문제가 보편적인 설득력을 얻어가는 추세이기 때문에, 이런 식으로 '역사의 물줄기를 거꾸로 돌려놓는 일'이 벌어지리라고는 아무도 예측 못했었다. 그러나 '문화의 역사'는 예상을 뒤엎고 독재적 문화행태를 세계 곳곳에서 되풀이하고 있다. 그러니 역사는 얄밉기 짝이 없고, 역사의 순탄한 진보를 믿을 수 없다는 게 새롭게 증명된 셈이 되었다.

인간은 역사에 얽매여 살아간다. 흔히 말하는 '민중'이란 개념도 역사의 개념과 병치(竝置)시켜 놓지 않으면 아무런 의미가 없게 될 것이다. 민중 개개인은 잡초 같이 보잘것없는 존재지만, 역사의 발전적 변혁에 이바지하는 존재라는 점에서 가치가 부여되기 때문이다. 그러나 민중은 역시 민중이다. 민중은 역사의 포상(褒賞)을 받지 못한다.

문명사회에서의 인간 개개인은 '역사에 이바지하라'고 끊임없이 교육받는다. 그래서 전쟁에 나가 졸병으로 전사하기도 하고 대형 건조물(建造物)을 짓다가 사고사로 죽기도 한다. 초기 기독교의 역사는 순교의 역사였다. 순교자 개개인은 각자 천당에 가기 위해서 죽어갔다기보다는 '기독교의 역사'를 위해서 죽어갔다. 그러나 그들이 모두 천당에 가서 영화를 누린다는 증거는 없고, 기독교 역사에서 그들을 일일이 기려주지도 않는다. 아니 한껏 기려줘 봤자 죽은 사람들이 무슨 보람을 느낄 것인가.

나는 중학교 시절에 폴란드 작가 센키비치가 쓴 소설『쿠오바디스』를 읽고 크게 감명받았다. 네로의 학정과 기독교 탄압으로 인해 수많은 기독교도들이 사자 밥이 되기도 하고 화형(火刑)당하기도 하면서 죽어가는 것을 보고, 나는 눈물을 흘리며 신앙의 거룩한 힘을 가슴 깊이 앙모(仰慕)해 보기도 하였다.

그러나『쿠오바디스』에 나오는 남주인공 마커스 비니키우스와 그의 애인 리디아는, 그 와중에도 끝까지 살아남아 기독교도로서 평화로운 행복을 즐기며 살아간다.

어렸을 때는 행복한 결말로 끝나는 주인공의 운명에 질투심을 느끼지도 않았고 그런 식의 소설적 구성에 의구심을 갖지도 않았다. 그러나 차츰 나이를 먹어가면서 이런저런 풍파를 겪고 나서부터는, 그들이 신앙의 힘으로 획득했다고 하는 '행복'이 얄밉기 짝이 없었다. 누구는 신앙 때문에 죽어가야 하고 누구는 신앙 때문에 행복해진다는 것이 납득이 가지 않았기 때문이다.

또『쿠오바디스』에 나오는 사도 베드로의 운명 역시 비슷한 생각을 품게 한다. 그는 마커스나 리디아처럼 살아남지 못하고 십자가에 거꾸로 매달려 순교했다. 하지만 그래도 역사에 이름을 남겼고 그를 기념하여 '성베드로 사원'이라는 거대한 건축물까지 생겼다. 그러나 '성베드로 사원'을 짓기 위해 얼마나 많은 노동자들이 피땀 흘리며 혹사당했을 것이며 또 사고사로 죽어갔을 것인가?

'역사의 미화(美化)'는 언제나 나를 기분 나쁘게 한다. 예전에도 이성계의 조선 건국이 〈용의 눈물〉이라는 제목으로 또다시 TV

드라마로 만들어져 국민들을 우롱했는데, 이성계나 이방원의 야심 때문에 죽어간 사람들이 모두 다 '역사의 도도한 물줄기'를 위해 필요했던 소모품 정도로 그려지는 것을 보고 나는 분노를 참을 수 없었다.

　요즘 다시 고개를 부쩍 들기 시작한 '박정희 시절에의 향수(鄕愁)' 역시 마찬가지다. 박정희 때문에 죽어간 많은 사람들이 당연한 희생물로 간주되고, 박정희같이 위대한(?) 독재자가 나와야 이 나라 경제가 다시 설 수 있을 것이라는 해괴한 논변들이 지식인들의 입에서 자주 뇌까려지고 있다. 박정희의 독재정치를 미화하는 글을 쓰는 사람들이 상당히 많은데, 어떤 사람은 민주주의를 중우정치(衆愚政治)라고 비웃으며 세종 대왕이나 정조 대왕 같은 영군(英君)에 의한 독재가 바람직한 정치라고까지 예찬해댄다. 중견 지식인들이 그런 발언을 서슴없이 해댄다면 이 나라의 역사는 앞으로도 끊임없이 강자(强者)의 자기 합리화와 횡포로 이어질 것이 틀림없다. 그리고 그 '자기 합리화'의 명분은 반드시 '역사'일 것이다.

　루소는 역사를 없애야 인간이 행복해질 수 있다고 주장했다. 그는 『인간 불평등 기원론』에서 인류가 불행해진 것은 정치와 학문과 기술의 '역사'가 중시(重視)됐기 때문이라는 요지의 주장을 펼치고 있다. 역사가 없었던 원시시대의 인류가 역사에 담보 잡히며 살아가는 문명 시대의 인류보다 훨씬 더 행복했다는 것이다.

　역사상 끊임없이 자행됐던 인권의 유린이나 억압은 모두 다 '역사발전'을 위한다는 명분을 내세워 이루어졌고, 그러한 악행(惡行)에 희생당하는 사람들조차 "후세 사가(史家)들이 우리의 억울함을 풀어줄 것이다"라는 헛된 미망과 희망 속에서 속절없이 죽어갔다.

역사는 언제나 민중의 적(敵)이다. 아니 민중이라는 말보다는 '개인'이라는 말이 더 적당할 것이다. 인간은 어디까지나 개인으로 존재하는 것이지 인류라는 집합체의 한 분자(分子)로서 존재하는 것은 아니다. 그런데도 역사는 늘 개인을 전체의 부속품으로만 간주한다. 그리고 그러한 부속품을 조립하거나 부리어 사용하는 개인을 따로 상정(想定)하여 '영웅'이라고 부른다.

19세기 영국의 사상가 토머스 칼라일은 『영웅 숭배론』에서 역사는 영웅에 의해서 만들어진다고 주장했다. 그러면서 그는 우중(愚衆)들에 의해 이끌어지기 쉬운 민주주의 체제와 평등에 집착하는 사회주의 체제를 비웃었다. 서기 1세기에 나온 역사서인 『플루타르크 영웅전』 역시 영웅이 시대를 만들고 역사를 이끌어간다는 견해 쪽에 서 있다. 물론 플루타르크는 간혹 시대가 영웅을 만들 수도 있다고 하면서, 영웅의 의지나 노력보다 '운명'이 더 중요한 요소로 작용하는지도 모른다는 얘기를 했다. 하지만 『영웅전』이라는 표제 자체가 이미 '영웅에 의한 역사변화'를 전제하고 있다고 볼 수밖에 없다.

지금까지 내가 읽은 책 가운데 역사보다 민중적 개인을 우위에 올려놓은 책은 단 한 권도 없다. 노신(魯迅)의 『아큐정전(阿Q正傳)』이 비록 무식한 노무자를 주인공으로 내세운 특이한 소설이라고는 하나, 그 소설의 주인공인 '阿Q' 역시 역사의 희생물로 죽어가고 있다.

한국처럼 역사를 강조하는 나라도 달리 없을 것이다. 모든 강압적인 인권유린이 '역사창조'의 이름으로 강제되고 집행된다. 그리고 과거의 역사가 늘 들추어지며 현재의 실상(實相)을 지배한다. 그러나 우리는 믿을 만한 역사를 가지고 있지 않다. 해방 이후에도 정치적 변혁 때마다 역사책은 수없이 바뀌었다.

이성계가 잘난 사람인지 정몽주가 잘난 사람인지 우리는 아직도 갈피를 잡을 수 없다. 김유신과 김춘추의 사대(事大) 외교가 삼국통일을 이루어 우리나라를 살렸는지 망하게 했는지 우리는 잘 모른다. 수양대군의 왕권확립이 찬양되는가 하면 사육신의 절개가 미화되기도 한다. 뇌물 먹은 죄로 사정(司正)의 대상이 되었던 사람이 어느 날 갑자기 '역사적 대동화합'을 위해 요직에 기용되기도 하고, 정치적·문화적 사건의 경우 재판관들은 올바른 판결을 후세 사가(史家)들에게 맡기며 흐리멍덩한 법해석을 내리기도 한다. 그러나 정직한 후세 사가(史家)가 과연 존재할 것인지는 불투명한 미지수다.

이래저래 역사는 믿을 수 없다. 그러므로 인간 개개인은 역사의 꼭두각시가 되기보다 역사의 아웃사이더가 되는 게 더 낫다. '역사의 거울'이나 '양심의 거울'보다는 '본능의 거울'이 더 정확하다.

6. 인간의 이성은 선천적으로
부여된 것이 아니다

　　인도의 어느 시골 마을에서 있었던 일이다. 한 영국인 선교사가 이 마을에 전도하러 갔을 때, 마을 사람들한테서 사람 모양의 이상한 괴물이 동굴 속에서 늑대와 함께 살고 있다는 이야기를 듣게 되었다. 선교사가 동네 사람들의 도움을 받아 이 괴물을 잡고 보니 두 명의 계집아이였다. 한 아이는 두 살쯤 돼 보였고 또 한 아이는 여덟 살쯤 돼 보였다.

　　선교사는 두 아이를 데려다 자기 집에서 키웠는데, 모양만 사람이지 행동은 모두 늑대가 하는 짓 그대로였다. 두 살 난 계집아이는 얼마 안 돼 죽어버렸고, 여덟 살 난 계집아이는 아홉 해 동안 선교사 집에서 살다가 열일곱 살쯤 되던 해에 요독증(尿毒症)으로 죽었다.

'가마라'라고 이름 붙여진 이 아이는 선교사 집에서 사는 동안 계속 늑대짓만 했다. 낮에는 어두운 방구석에서 꾸벅꾸벅 졸거나 얼굴을 벽으로 향한 채 꼼짝 않고 있다가, 밤이 되면 집 둘레를 빙빙 돌면서 기어다니기도 하고 먼 데까지 들릴 만큼 크게 늑대 울음을 울기도 했다. 음식은 손을 전혀 쓰지 않고 입으로만 물어서 먹었다. 두 발로 서서 걷지 않고 언제나 늑대처럼 두 손과 무릎을 땅에 대고 기어다녔다. 어쩌다 다른 아이들이 가까이 가면 위협하듯이 흰 이빨을 드러내고 으르렁거리며 자리를 피하곤 하였다. 또 가마라는 선교사가 열심히 말을 가르쳤는데도 죽을 때까지 겨우 마흔다섯 개의 단어만을 사용했을 뿐이었다.

이 이야기는 실화다. 그런데도 우리는 이런 실제 이야기보다 『타잔』이나 『정글 북』 같은 소설에 나오는 얘기를 마치 진짜 사실인 것처럼 믿고 있다. 『타잔』이나 『정글 북』의 주인공들은 부모의 실수로 밀림에 버려졌는데도 불구하고, 인간의 '선천적 이성' 덕분에 동물과는 다르게 지혜로운 인간으로 성장한다. 그래서 밀림의 왕자가 되고 나중에 인간 세상으로 돌아와 영웅적 인물이 된다.

『타잔』 이야기의 시발이 된 소설은 따지고 보면 다니엘 디포가 쓴 『로빈슨 크루소』다. 최조의 근대소설이라고까지 불리는 이 작품은 로빈슨 크루소가 항해 중 난파를 당해 절해고도에 버려졌는데도,

인간 특유의 '이성적 지혜'의 힘을 빌려 집 짓고 농사 지으며 가축까지 기르는 등 '문명생활'을 하는 것으로 되어 있다. 로빈슨은 이웃 섬에서 온 '프라이데이'라는 토인까지 데리고 그를 하인 겸 제자로 삼아 기독교의 진리와 문화인의 예절을 가르쳐주기도 한다.

우리는 로빈슨 크루소가 인도의 늑대 소녀처럼 어릴 때 인간사회로부터 격리된 것이 아니라, 교육을 받을 대로 받은 후 무인도에 고립됐기 때문에 충분히 이성적 생활을 할 수 있었을 것이라고 생각하기 쉽다. 그러나 실제로 그런 경우를 당한 사람들을 보면 로빈슨 크루소같이 되는 경우는 없다.

2차 세계대전 때 남태평양이나 필리핀 등지에서 싸우던 일본 군인이 전쟁에 대한 공포 때문에 밀림 속에 숨어들어 갔다가 수십 년이 지난 뒤 발견된 일이 두세 번 있었다. 그런데 그들은 그때까지도 전쟁이 계속되고 있는 줄 알고 있었음은 물론, 거의 짐승이나 다름없는 생활을 하고 있었다. 말하자면 로빈슨 크루소처럼 매일 일기를 쓰고, 경건하게 예배를 드리고, 달력까지 만들어 날짜를 계산하는 등 '문화적 고립생활'을 하지는 못했던 것이다.

데카르트는 인간이 생래적(生來的)으로 타고난 선천적 이성을 갖고 있다고 주장했다. 그리고 타고난 이성이 인간을 '생각하는 동물'로 만든다고도 했는데, 이러한 주장 때문에 그는 서양 근대철학의 아버지로 떠받들어졌다. 그는 또 인간에게는 누구나 타고난 양식(良識)이 있다고 주장하며 이는 다 하느님의 은총 때문이라고 했다.

합리주의 철학을 완성한 칸트도 선험적(先驗的) 판단력을 인정하여 이를 '순수이성'이라 이름 붙였고, 또한 생래적 양심(良心)을 인정하여 이를 '실천이성'이라 이름 붙였다.

특히 데카르트의 언어관은 현대 언어학에 결정적인 영향을 미쳤다. 데카르트는 언어는 학습되는 것이 아니라 인간만이 타고난 '언어능력'에 의해서 창출되는 것이라고 주장하여, '데카르트파 언어학'의 교조(敎祖)가 되었다. 학습과 훈련에 의해 언어능력이 생겨난다고 주장한 이는 도구주의자(道具主義者) 듀이였고, 그의 이론은 한동안 서구 언어학계를 지배했다. 그러나 1950년대 후반에 촘스키가 나타나 『통사구조론』과 『데카르트적 언어학』이라는 책을 내면서부터 언어이론은 뒤바뀌었다. 즉 인간 개개인의 언어능력은 인간만이 갖고 있는 선천적 언어능력에 의해서 생겨나는 것이지 후천적 학습 때문은 아니라는 것이었다.

그러나 위에서 예로 든 인도의 '늑대 소녀' 경우를 두고 볼 때, 우리는 데카르트나 촘스키의 이론이 허구가 아닌가 의심하게 된다. 인도의 늑대 소녀는 열일곱 살이 되도록 겨우 마흔다섯 개의 단어밖에 사용할 수 없었기 때문이다. 인간이 누구나 선천적으로 언어능력을 타고났다면, 선교사의 지도에도 불구하고 늑대 소녀가 그 정도의 언어 구사밖에 못했다는 것은 말도 안 되는 얘기가 된다.

물론 촘스키는 인간이 타고난 언어능력이 일정한 '한계시기'를 지나면 쇠퇴하게 된다고 말하긴 했다. 언어능력이 최고로 발휘되는 시기는 어린아이 때인데, 말더듬이 부모를 가진 어린아이라도 언어

습득 면에서는 정상적인 부모를 가진 어린아이와 별 차이가 없다는 것이다. 그렇다면 여덟 살 난 늑대 소녀는 '어린아이'가 아니었고, 그녀가 발견된 것은 이미 '한계시기'를 지난 후였단 말인가. 어쩐지 석연치가 않다.

마흔다섯 개의 '단어' 사용이라는 것은 사실 문장구조를 가진 언어 축에도 못 드는 것이고, 일종의 '동물적 신호'를 사용한 정도에 불과하다. 돌고래도 그보다는 많은 신호적 언어를 갖고 있고, 여타의 동물들 역시 그것이 음성이 됐든 몸짓이 됐든 그 정도의 신호체계를 갖고 있어 짝짓기도 하고 자식 기르기도 하며 생활해 나가고 있다.

그렇다면 인도의 그 늑대 소녀는 왜 죽을 때까지 늑대의 본성을 유지한 것일까? "세 살 적 버릇이 여든까지 간다"는 우리나라 속담대로 세 살이 되는 동안 그녀의 모든 인격이 결정돼 버렸기 때문일까?

프로이트 식의 '후천적 결정론'이 그녀에게 간접적으로 적용될 수도 있다. 프로이트는 성문제에만 이를 해당시켜, 인간은 유아기 때 구강성욕과 항문성욕이 충족되고 못 되는 정도에 따라 평생의 성격이 결정된다고 주장했다. 성격이 곧 운명을 창조한다고 볼 때, 프로이트의 이론은 자못 무시무시한 바가 있다. 쉽게 말해서 그는 어머니를 잘 만나느냐 못 만나느냐에 따라 인간의 일생이 결정된다고 본 것이다. 언어능력이나 판단능력 같은 것은 그에겐 별 관심사가 못 되었다.

어쨌든 확실한 것은, 늑대 소녀 '가마라'가 평생을 늑대처럼 살아갈 수밖에 없었고, 또 그녀의 이른 죽음이 환경의 뒤바뀜 때문이라는 것이다. 그렇다면 인간이 선천적으로 갖고 태어난다는 '이성'이란 것은 정말로 별 의미가 없어 보인다.

오히려 '가마라'는 늑대들과 같이 생활하는 것이 더 행복했을지도 모른다. 이른바 '문명인'의 시각에서 보는 '야만인'의 생활은 '이성적 삶'이 아닌 '본능적 삶'이고, 본능적 삶은 곧 '동물적 삶'과 통한다. 그래서 서구의 식민주의자들은 미개한 야만인들에게 '문명적 삶'을 보급한다는 구실로 무자비한 정복을 계속했고, 그 결과 남미의 잉카제국이나 아프리카의 여러 나라를 멸망시켰다. 미국에서의 아메리칸 인디언 정복도 같은 경우다. 아메리칸 인디언들은 우선 백인들의 대학살로 인해 대다수가 죽었고, 살아남은 사람들도 서구식 문명생활에 적응하지 못해 점차로 심신이 쇠약해지면서 멸절되어 갔다.

이런 얘기가 있다. 남태평양의 외딴 섬에 가서 원주민들에게 포교를 하던 어느 서양 선교사는 원주민들이 완전히 벌거벗고 사는 데 경악했다. 그래서 러닝셔츠와 팬티를 나눠주며 그걸 입고 살아야 천당에 갈 수 있다고 열심히 설교했다. 원주민들은 몹시도 순진해서 선교사의 말을 곧이곧대로 믿었다. 그러나 그 마을의 원주민들은 결국 다 몰사했다. 남태평양 지역에 내리는 스콜(집중적인 폭우) 때문이었다.

벌거벗고 살 때는 비를 맞아도 금세 말라버려 감기에 걸리는 일이 없었다. 그런데 러닝셔츠를 입은 상태로 비를 맞고서 셔츠를 벗지 않고 버티다 보니, 온몸에 한기가 스며들어 독감에 걸릴 수밖에 없었던 것이다.

인간만이 갖고 있다고 자랑하는 '이성'이란 선천적으로 부여된 신의 선물도 아니요, 인간만이 갖고 있는 특수한 뇌(腦) 대사의 결과물도 아니다.

데카르트는 뇌가 육체를 지배한다고 생각하여 뇌 즉 정신의 명령이 송과선(松果腺)이라는 것을 통해 육체에 전달된다고 주장했다. 서양 의학의 기틀을 마련한 히포크라테스도, "인간은 기쁨이나 슬픔까지도 오로지 뇌를 통해서만 느낄 수 있다. 인간은 뇌를 통해 생각하고 보고 들으며, 아름다운 것과 추한 것을 구별하고 선과 악을 판단한다"고 말했다. 그 후에는 또 "인간의 정신활동은 뇌실(腦室)에 머무르고 있는 영기(靈氣) 곧 정신의 기운으로 이루어진다"는 갈레노스의 말이 오랫동안 서구철학의 통념으로 자리 잡았다. 그리고 그 뇌는 곧 이성이요, 양식이요, 신의 선물이라는 데카르트의 주장이, 지금까지 별 이견 없이 일반적으로 통용돼 내려온 것이다.

그러나 동양의 한방의학은 서양의학과 견해를 달리한다. 동양철학 또는 한방의학에는 도대체 '이성'이나 '뇌'의 개념 자체가 없다. 한방의학 이론에서는 오장육부가 정신작용까지도 맡아보는 것으로 생각한다. 그래서 뇌는 오장육부에도 들지 못하는 허접쓰레기 같은 존재가 되는 것이다.

한방의학에서는 정신작용을 심장의 작용과 관련시킨다. 심장의 활동이 건전한 사람은 정신이 건전하고, 심장이 약한 사람은 정신의 활동 또한 활발하지 못하다. 이를테면 사람이 공포를 느낄 때는 심장박동과 얼굴빛이 달라진다. 감정의 변동으로 인해서 생기는 생리의 변동을 느끼는 부위도 가슴 곧 심장이기 때문에, 기쁜 일을 당하면 가슴이 울렁거리고 슬픈 일을 당하면 가슴이 쓰리다.

심장 못지않게 정신작용을 주관하는 것은 간이다. 흔히들 용기가 많은 사람을 가리켜 "간이 크다"고 하고, 겁을 집어먹으면 "간이 콩알만해진다"고 하며, 무서운 것을 보면 "간담이 서늘해진다"고 한다. 또 간에 붙어 있는 쓸개나 쓸개의 도움을 받는 비장과 위장도 정신작용을 주관하는데, 소갈머리 없는 행동을 하면 '쓸개 빠진 놈'이 되고 기분 나쁜 일을 당하면 '비위가 상하는' 것도 그 때문이다. 그밖에도 "배짱이 두둑하다", "똥줄이 탄다", "허파에 바람이 들었다" 등의 말이 있는데, 이를 보면 심장을 중심으로 하는 여러 기관이 정신을 주관한다고 믿었던 것을 알 수 있다. 즉 마음은 몸으로 표현되고 몸이 곧 정신을 드러내는 것으로 인식됐던 것이다.

물론 서양에서도 마음을 '하트(곧 심장)'라 하고 슬픈 마음을 '브로큰 하트'라고 표현한다. 뇌가 정신을 지배하든 안 하든 모든 심리상태를 육체적 상황으로 표현하는 것은 동서양이 서로 비슷하다. 그러나 사고작용과 뇌를 결부시키지 아니하고 정신이나 이성 등의 개념을 아예 인정하지 않은 것은 동양의학사상에서뿐이다.

동양의학에서는 무언가를 곰곰히 생각하는 것은 비장과 위장의 소관이라고 본다. 상사병에 걸리면 소화가 안 되고 밥맛이 없어지는 것은 바로 그 때문이다. 서양의학적 관점으로 상사병을 고치려면 뇌가 일단 안정을 되찾아야 하므로 사랑하는 사람과의 결합이 이루어져야 한다. 그러나 동양의학적 관점으로는 사랑하는 사람과의 결합이 성사되든 안 되든, 무조건 비위(脾胃)를 안정시키는 치료를 베풀어주면 상사병까지도 낫는 것이다. 말하자면 서양의학에서는 뇌 즉 정신(또는 이성)이 '뇌를 뺀 육체'를 지배한다고 보는데, 반면에 동양의학에서는 뇌를 뺀 육체가 정신을 지배한다고 보는 셈이다.

다시 늑대 소녀 '가마라'의 얘기로 돌아가 보자. 가마라가 선교사의 지도에도 불구하고 서서 걷지도 못하고 말도 제대로 배우지 못한 것은 어째서일까. 인간 모두에게 선천적으로 부여된 '이성'이 그녀한테만은 없었기 때문일까. 상식적으로 생각해 봐도 그것은 바른 해답이 되지 못한다.

나는 '이성'이라는 것을 굳이 상정(想定)한다면 그것은 신이 인간에게만 내려준 영지(英智)가 아니라, 동물이 종(種)마다 다르게 수행하고 있는 특유의 두뇌활동이라고 본다. 그렇다면 가마라에게는 어떤 형태로든 '이성'이 있었고, 그 이성은 '늑대를 닮은 이성'이었다.

가마라는 어렸을 때 늑대 어머니의 지도를 받았기 때문에 서서 걸을 수도 없었고 인간의 말을 배울 수도 없었다. 그래서 그녀의 뇌에는 늑대의 이성이 그대로 각인(刻印)되어 버렸다고 볼 수 있다. 인간의 이성은 주로 유아기 때 형성되기 때문이다.

물론 여기서 말하는 이성(또는 두뇌활동)은 뇌를 뺀 육체에 의해서 조정당하는 이성이지 이성 스스로 독립해서 활동할 수 있는 이성은 아니다. 예컨대 인간의 이성이 절도행위가 죄라는 것을 인식하려면, 먼저 어렸을 때 절도에 대한 체벌 또는 꾸짖음을 부모로부터 받는 고통을 '감각'하는 일이 선행되어야 한다.

포유류 동물 대부분은 엄마 뱃속에서 나오자마자 걷고 움직인다. 그러나 인간만은 아주 불완전한 상태로 출산된다. 그래서 오랫동안 어머니의 보호와 지도를 받아야만 겨우 생존이 보장되고 또 움직일 수 있다. 처음에는 네 발로 걷다가 차츰 두 발로 걷게 되는데, 이때 비로소 인간적 이성이 형성된다고 볼 수 있다. 언어도 마찬가지다. 말하는 능력은 어렸을 때 어머니한테서 학습받아야만 생긴다. 어른이 될수록 외국어를 배우기 어려운 것은 그만큼이나 어린 시절의 학습(또는 세뇌)이 중요하기 때문이다.

내가 보기에 인간이 다른 동물들보다 우수한 지능을 갖게 된 것은 오로지 직립(直立) 덕분이다. 인간은 직립하게 되면서부터 먼 곳을 보게 되고 머리가 맑아져 두뇌가 진화되었다. 그러나 그보다 더 중요한 변화는 네 발로 걷는 것보다 두 발로 걷는 것은 무척이나 불안한 행동이고 또 건강에도 나쁜 것이어서, 장하수(腸下垂) 등의 부작용이 뒤따랐다는 사실이다. 그러다 보니 여성의 임신에도 영향을 미쳐 태아가 불완전하게 성숙한 상태로 출산될 수밖에 없게 되었다. 그런데 이 '불완전한 상태의 출산'이야말로 인간의 뇌를 비정상적으로(또는 비상(非常)하게) 발달시킨 원인이 되었던 것이다.

아이가 불완전한 상태로 태어나다 보니 아이의 어머니는 아이에게 들러붙어 네 발로 기는 것부터 일일이 가르칠 수밖에 없었고, 그밖에 언어를 습득시키는 것은 물론 갖가지 사고방식까지 가르치는 수고를 감당해야만 했다. 그래서 유아기 때 갖는 모친고착(母親固着) 즉 오이디푸스 콤플렉스가 인간에겐 천벌처럼 따라붙게 된 것이고, 그 반면에 이른바 이성이라고 불리는 특유의 정신활동이 가능하게 된 것이다.

그러므로 늑대 소녀 '가마라'의 사례로 미루어본다면, 인간은 유아기 때 어떤 지도와 훈육을 받느냐에 따라 어떤 이성이나 정신력이 생겨나느냐가 결정된다고 할 수 있다. 일단 네 발로 기어다니며 늑대 같은 행동에 익숙해지다 보면 절대로 '철'이 날 수 없게 된다. 또한 어른이 된 뒤에도 절해의 무인도에서 혼자 생활하거나 밀림 속에 고립되다 보면 다시 이성이 퇴화되어 버린다. 그러므로 인간이 신으로부터 받은 선물이라고 주장하는 '이성'이란 결국 유아기 때 강요된 '사회화(社會化)'의 결과물이라는 것을 알 수 있다.

물론 직립하는 동물이라고 해서 다 인간처럼 성장하는 것은 아니다. 침팬지도 어느 정도 직립을 하고 펭귄도 직립을 한다. 그렇지만 아이 침팬지를 인간 어머니가 키운다고 해서 인간처럼 되지는 않는다. 인간이 왜 다른 동물보다 큰 용적의 두뇌를 갖게 됐고, 왜 불안정한 상태를 유지하며 두 발로 걷게 됐으며, 왜 복잡한 언어를 구사할 수 있게 됐는가 하는 문제는 아직도 수수께끼이다.

그러나 어쨌든 확실히 얘기할 수 있는 것은, 인간은 유아기 때의 지도와 훈련에 의해 서서 걷고 말하며 이성적 판단을 하게 된다는 사실이다. 여기에 다시 동양의학적 인간관을 적용시킨다면, 인간은 후천적인 육체동작 훈련에 의해 이성적 활동이 가능해진다고 볼 수 있다. 이를테면 언어를 배움으로써 얼굴 근육이 활발히 움직여서 두뇌 활동이 보다 명민하게 되고, 서서 걷게 됨으로서 혈액이 하부로 몰려 두뇌가 가벼워짐과 동시에 여타의 동물들과는 다른 뇌 대사작용을 하게 되는 것이다. 이러한 과정에는 물론 인류가 수십만 년에 걸쳐 진화해 오면서 유전자로 고정시킨 '인간적 이성의 씨앗'이 어느 정도 개입하여 작용한다.

하지만 인간이 후천적으로 이성을 발달시킴으로써 잃어버리게 된 것도 많다. 대표적인 것이 바로 예민한 후각인데, 인간의 후각은 짐승에 비해 수백분의 1 정도로 둔감하다. 대신에 시각이 발달하여 둔감한 후각을 보완해 주고는 있지만, 시각의 발달은 육감적 예지본능(豫知本能)을 더불어 감퇴시켜 버렸다. 지진 등의 천재지변이 일어날 때 동물들은 그것을 미리 알아차려 대비할 수 있지만, 인간은 그렇지 못한 것이 좋은 예다.

또한 성 억압에 따른 성적 금기나 성적 죄의식의 과잉도 인간만이 갖고 있는 불행이다. 긴 보육기간 때문에 형성되는 오이디푸스 콤플렉스(또는 엘렉트라 콤플렉스)는 어머니(또는 아버지)와의 근친상간에 대한 욕구를 증가시킴과 동시에, 근친상간을 절대적 죄악으로 보는 도덕률을 탄생시켰다. 자연의 법칙으로 보면 근친상간은 사실 큰 죄가 될 수 없다. 그러나 인간은 근친상간에 대한 애증이 병존하는 양가감정(兩價感情) 때문에 성 자체를 '즐거움'과 '죄악'의 이중시각으로 바라보게 되었고, 평생 동안을 '성 알레르기' 증세로 허덕이게 되었다.

각설하고, 어쨌든 인간은 어머니(또는 부모)에 의해 강요된 '사회화'를 통해 어떤 '규격화된 이성'을 습득하게 된다. 규격화된 이성이란 선천적으로 주어진 판단능력이 아니라 훈련에 의해 강제된 판단능력을 가리킨다. 선악의 구별이나 윤리·비윤리의 구별 등이 다 여기에 해당된다. 이를테면 인간은 '이성적 판단' 때문에 대소변을 아무 곳에나 배출하지 않는 게 아니라, 어머니가 베푼 배변훈련 때문에 장소를 가려서 보게 되는 것이다. 배변훈련이 얼마나 철저했느냐에 따라 평생의 성격이 결정될 수도 있는데, 자연의 본성을 '조작된 이성'이 방해하는 것이 바로 배변훈련이기 때문이다.

'사회화'란 인간 대 인간의 관계에 기초하는 것이고, 일단 한번 사회화되어버린 인간은 절대로 혼자서 살아가지 못한다. 그래서 인간 특유의 욕구인 '집단욕(集團慾)'이 생겨나게 되는데, 집단욕은 선천적 본능처럼 인간의 마음속에 뿌리박혀 인간의 독자적 생존욕구를 제쳐버리는 작용을 한다.

이른바 '이성적 양식(良識)'이란 개념은 바로 이런 '집단욕'의 부산물이 아닌가 한다. 집단을 이루려면 여러 가지 인위적 규제와 도덕률들을 필요로 하게 마련이다. 그래서 그런 도덕률들을 '양심'이라는 모호한 개념과 결부시켜 '신으로부터 부여된 선천적 정신기능의 산물'로 못 박으려는 '지배자들의 계략'이 생겨나게 되고, 피지배자들은 그것을 자신의 부자유(不自由)에 대한 일종의 자위수단(自慰手段)으로 감수하게 된다. 그러다가 결국에 가서는 그것을 가리켜 이성이니 영혼이니 양식이니 하는 말들로 표현하게 됐을 가능성이 높다.

인간은 동물적 본성을 '집단욕'으로 대체하여 어느 정도의 문화생활을 누리게는 되었다. 그러나 인간은 집단에 소속됐기 때문에 얻는 이득보다 집단적 규제 때문에 생기는 손해가 더 많아졌다. 이른바 '문명'이란 것은 '개인의 존엄성'이 '집단적 명분'에 굴복했을 때만 생겨날 수 있기 때문이다. 종교적·도덕적·이데올로기적 권위에 편승한 정치적 권위를 드러내기 위해서, 모든 문명은 민중 개개인을 희생시킬 수밖에 없었다.

한번 생겨난 버릇은 좀처럼 없어지지 않는다. '집단적 문명생활'의 버릇도 마찬가지다. 그래서 인간은 스스로의 야(野)한 본성을 희생해 가며 '강제된 이성'을 타성적으로 따라가게 되었고, '강제된 이성의 총화(總和)'는 사회윤리·공동선(共同善)·집단적 유토피아 등을 내세우는 갖가지 사상의 형태로 나타나게 되었다. 그러므로 엄밀히 말해서 모든 인간은, 이성이라는 권위에 복종하는 대가로 '문명생활'이라는 팁을 받아먹고 사는 마조히스틱한 체질의 노예라고 할 수 있다.

역사상 거대한 악(惡)은 모두 다 이성을 빙자하여 저질러졌다.

참혹한 자연파괴도 이성의 이름으로 행해졌고, 가공할 만한 힘을 가진 살상무기의 개발이나 세계적 규모의 전쟁들도 '역사를 지배하는 이성의 힘'을 확신하는 몇몇 엘리트 독재자들에 의해서 감행되었다. 늑대 소녀 가마라는 선교사의 '이성교육' 때문에 죽어갔다고 볼 수 있고, 러닝셔츠를 입고 있다가 비 맞고 감기 들어 죽은 남태평양 원주민들도 선교사의 '이성훈련' 때문에 죽어갔다고 볼 수 있다.

중국의 상자(莊子) 같은 이가 공자의 이성주의를 그토록 통렬하게 공박했던 것은 이런 이유 때문이었다. 조작된 이성(즉 예(禮)와 지(智))은 인간의 본성을 말살하고 자연스런 행복을 망쳐버린다고 장자는 주장했던 것이다. 프랑스의 장 자크 루소가 "자연으로 돌아가라"고 말한 것도 장자의 주장과 속뜻이 통한다.

지금도 많은 정신우월주의자들과 이성만능주의자들은 '육체적 본능의 저열함'을 역설하며 사람들을 진정한 행복으로부터 멀어지게 하고 있다. 그들은 인간에게는 이성이나 양심으로 불리는 선천적 능력이 있으므로, 그것이 인도하는 대로 따라갈 때 진정한 행복을 얻게 된다고 강변한다. 말하자면 '육체적 자유의 포기'와 '강제된 이데아에 대한 무조건적 복종'이 참된 행복을 가져다 준다는 얘기다.

헤겔주의자들은 한술 더 떠 도덕률을 '국가의 법'과 동일시하고, 참된 자유는 법과 공권력에 대한 복종에서 나온다고까지 말한다. 이성이 곧 도덕률이 되고 도덕률이 곧 법이 될 때, 인간 개개인은 고통스러워지게 되고 오로지 지배 엘리트들만이 이익을 챙기게 된다는 것을 모르고서 하는 말이다.

나는 최근에 도스토예프스키의 『죄와 벌』을 다시 읽고서 크게 실망했다. 도대체 라스콜리니코프가 검찰에 자수해야 할 필요가 어디 있단 말인가. 당시의 검찰은 지배 이데올로기화된 '이성'을 법이라는 이름으로 강제하며 수많은 반체제 사상범들을 감옥으로 몰아넣는 차르 권력의 첨병이 아니었던가. 소녀의 설교가 틀린 것은 아니지만, 살인에 대한 회개가 곧바로 '법이라는 권위'에 굴복하는 것으로 나타났다는 점에서 나는 도스토예프스키의 휴머니즘이 미흡하다고 느꼈다.

인간은 동물처럼 자연스럽게 살 권리를 가지고 있다. 인간의 이성은 신에 의해 선천적으로 부여된 것이 아니라 지배 엘리트들에 의해 강요된 것이다. 신이든 아버지(또는 어머니)든 이성적 양심이든, 그것은 모두 일종의 '권력기관'에 불과하다. 인간은 부모나 사회집단, 국가나 신 또는 절대도덕으로 상징되는 '지배 이데올로기적 이성'으로부터 탈출할 수 있어야 한다. 그때 비로소 인간은 참된 자유를 누릴 수 있고, 참된 자유의 결과는 육체의 해방인 것이다.

이제는 이성이 육체를 굽어보며 오만하게 명령하고 호령하는 이성 만능주의가 사라저버려야 한다. 오히려 육체가 중심이 되어 이성을 컨트롤하는 육체중심주의가 새롭게 자리 잡아야 할 것이다. 흔히 얘기되는 '정신적 사랑'이라는 것도, 상호간의 육체적 접촉이 이루어진 뒤에 생겨나는 '감각적 합일감' 정도의 의미로 이해되어야 한다.

7. 인간만이 성적(性的) 죄의식에 시달린다

동물들은 모두 본능에 따라 살아간다. 먹는 것과 번식하는 것, 이 두 가지가 동물의 본능 중에서 가장 큰 것일 터이다. 그런데 먹고 살아간다는 것은 번식하기 위한 힘의 축적행위라고도 볼 수 있으므로, 번식하고 싶은 욕망이 가장 크다고 할 수 있다. 종족을 보존하겠다는 욕망은 곧 죽음을 초월하고 싶은 욕망과 통한다. 나는 죽어 없어지더라도 '씨'를 남겨놓겠다는 것이다.

그러므로 내가 보기엔 생식의 욕망 즉 '성욕'이, 먹고 싶어하는 욕망 즉 '식욕'보다 훨씬 더 중요하다. 모든 먹을거리들이라는 게 결국은 성욕에 따른 자웅교배의 결과물인 열매·고기·풀 같은 것이라는 사실도, 이를 뒷받침해 주는 중요한 근거가 된다.

며칠씩 굶은 사람한테 어찌 성욕이 생겨날 수 있겠냐고 되물을 수도 있겠으나 그것은 극한상황에 처해 있을 경우에만 해당한다. 그런 극한상황만 아니라면, 못 먹고 못 살 때 성욕은 오히려 더 증진한다. 가난한 나라일수록 인구가 많은 건 이 때문이다. 따라서 나는 '성교하기 위해서 먹는다'는 논리가 크게 그르지 않다고 본다. 매일 '죽고 싶다'고 투덜거리며 살아가는 인간이 이만큼 오랫동안 역사를 이끌어 내려온 것도 역시 성(性) 때문이 아니고 무엇이겠는가. 동물을 비롯한 모든 생태계의 역사는 '태어남과 생식활동과 죽음'의 되풀이었다.

인간 또한 동물의 하나임에 분명하다. 그런데 인간은 여러 동물 중에서도 좀 특이하고 유별난 동물이다. 다른 동물들이 식욕과 성욕을 좇아 살아가는 것을 조금도 창피스럽게 느끼지 않는 데 비해, 인간은 먹는 것과 성교하는 것으로만 일관하는 삶을 창피스럽게 여긴다. 그러면서 특히 성욕을 아주 더럽게 여기는 것처럼 보이려고 애쓴다. 그런 현상은 이른바 '고상한 지식인'들일수록 더하다. 그들은 성욕에 대해 얘기하는 것조차 더러운 일이라는 듯 점잔을 빼지만, 그렇다고 해서 그들이 성을 진짜 초월해 있는 것도 아니다.

이런 이중인격적 자기위장은 대체 어디서 나오는 것일까? 인간은 여러 동물 가운데서 '생각을 할 수 있는 유일한 동물'이기 때문일까? 아니면 인간만이 신의 선택을 받아 '거룩한 영혼'을 갖고 있는

'만물의 영장'이 되었기 때문일까? 아니 꼭 그런 것 같지만은 않다.

　기독교의 『구약성서』에 따르면 에덴동산에서 '철'이 나지 않은 상태 즉 '야한 상태'로 살고 있던 아담과 이브는, 벌거벗고서도 전혀 부끄러움과 죄스러움을 느끼지 않았다. 그런데 하느님의 명령을 어기고 선악과를 따먹어 이른바 '원죄'라는 것을 저지르고 난 뒤부터는, 부끄러운 마음이 생겨 나무 잎사귀로 생식기 부분을 가렸다고 한다.

　그들은 원죄를 짓기 전까지는 아무런 거리낌 없이 성행위를 하며 천진난만한 삶을 즐길 수가 있었다. 그런데 선악과를 먹은 뒤부터는 이것은 선이고 저것은 악이라는 식의 상대적 흑백논리에 빠져들게 되어, 자신들에게 가장 큰 즐거움을 주었던 성행위를 '추악한' 것으로 여기게 된 것이다. 요컨대 아담과 이브의 이야기는 인간이 순수한 본능을 은폐된 장소에서 몰래 해결하게 된 까닭이, 윤리와 비윤리·선과 악 따위를 억지로 따지고 드는 '이성적 분별심' 때문이라는 것을 상징적으로 시사해 주고 있다.

　'아름다움'이란 것도 따지고 보면 '성적 쾌락'과 다른 것이 아니다. 아름다움은 곧 관능적 쾌감을 주는 것이요, 관능적 쾌감은 아름다움으로부터 나오기 때문이다. 수사슴이 늠름한 자태로 뿔을 자랑하고 있는 것은 아름다운 모습이다. 그런데 그 뿔은 암컷을 유인하기 위해 만들어진 것이고, 암컷을 차지하기 위해 수컷들끼리 싸움을 할 때 사용되는 무기이기도 하다. 다시 말해서 뿔의 아름다움 자체를 감상하려고 조물주가 만들어낸 것은 아닌 것이다. 수공작이 화려한 깃털을 자랑하는 것도 암컷을 유인하여 성적 쾌락을 누리려고 하는 것이요, 꽃들이 화사한 자태를 뽐내는 것도 벌과 나비를 유혹하여 자웅교배를 하려는 목적에서이다. 이렇듯 '아름다움'의 뒤에는 언제나 성적 쾌락이 도사리고 있다.

게다가 인간은 다른 동물들보다 더 많은 '아름다운 성적 유인물'들을 후천적으로 창조해 내었다. 색색가지 가발이나 선정적인 장신구, 다양한 색조화장품이나 여러 종류의 향수 같은 것들은 인간만이 갖고 있는 성적 상징물들이다. 또한 인간은 거기에다 아름답고 화사한 옷을 창조해 놓고서도, 그것을 다시 삐딱한 눈길로 바라보는 이중성을 갖고 있는 게 바로 인간이다.

인간도 속으로는 다른 동물들과 마찬가지로 본능적 욕구의 충족을 갈망한다. 그러면서도 인간은 아름다움만은 관능적 쾌락에서 따로 떼어내 추구하려고 애쓴다. 이른바 고상한 아름다움, 숭고한 아름다움, 성스러운 아름다움, 윤리적인 아름다움 따위가 바로 여기에 든다. 그런 '이상한' 아름다움에 대한 갈망을 통해 본능적 욕구를 좀더 '승화'시켜 보려고 만들어낸 것이 바로 예술이요 문화인 것이다.

다른 동물들 같으면 구태여 그런 중간 매개장치가 필요 없고, '승화'라는 거창한 이름을 갖다 붙여야만 하는 껄끄러운 '은폐행위' 역시 필요 없을 것이다. 그런데 인간은 본능적 욕구를 배설하는 일을 윤리적으로 비난받지 않으면서 교묘하게 해내기 위해, '아름다움' 자체를 관능적 쾌감과 따로 구분지어 놓았다.

이광수의 『사랑』이나 톨스토이의 『부활』 같은 소설은 본능적 욕구를 교묘하게 은폐시킨 좋은 보기라고 할 수 있다. 이광수의 『사랑』은 정신적 사랑만이 아름다운 사랑이요, 육체적 쾌락 위주의 사랑은 더러운 사랑이라는 생각으로 가득 차 있다. 이광수는 예쁜 여자를 만날 때마다 '저 여자는 나의 누이다, 누이다, 누이다'라고 마음속으로 수없이 중얼거리며 자기암시를 했다고 한다. 누이와 간음할 수는 없겠기 때문이다. 그러면서도 그는 두 번이나 장가가 섹스하여 아이를 낳았고, 관능적 쾌락을 부정하고 윤리적·정신적 사랑만 강조하는 일을 그가 죽는 날까지 되풀이하였다.

톨스토이도 마찬가지다. 『부활』에 나오는 네플류도프의 지루한 설교와 참회는 카츄샤를 정말로 사랑해서 나온 것이 아니다. 톨스토이는 자기가 과거에 카츄샤 같은 하층 계급의 여자들에게 저지른 짓이 못내 찜찜하여, 그런 불편한 심리로부터 해방되기 위해 일종의 '거짓 사랑'을 관념적으로 만들어냈던 것이다.

지금까지 독자들 가슴 깊숙이 남아 있는 '명작 속의 여인상'은 『부활』의 카츄샤나 『사랑』의 석순옥 같은 여자들이 절대로 아니다. 내 생각엔 '마농 레스코'나 '카르멘' 같이 윤리와 도덕의 굴레에 아랑곳 않고 자신의 동물적 본능을 솔직하게 드러내며 살았던 여자들이, 독자들 가슴속에 더 생생하게 살아남아 있다고 본다. 따라서 나는 솔직하게 인간의 본능을 드러내 보여주는 문학작품만이 보편적 공감을 얻어 오래도록 살아남아 읽힌다고 생각한다.

건강을 유지하려면 먹는 것 못지않게 싸는 것도 중요하다. 그런데도 사람들은 여전히 먹는 것만 들입다 강조해댄다. 비타민·미네랄·정력 강장제 같은 것이 그것이다. 또 정신적으로도 다들 '먹는 것'만 강조해 댄다. 이를테면 이데올로기·문화이론·종교사상 같은 것들이 거기에 해당될 것이다. 만병통치의 완전한 영양물질은 결코 없을 터인데도, 모두들 어떤 '특효약'만을 노린다. 그러다 보니 새로 나온 약이나 영양물질, 또는 새로 나온 철학이나 종교에 대한 맹신(盲信)이 끊임없이 이어지고 있다.

인간의 내면을 솔직하게 해부해야 할 문학까지도 그런 경향을 좇고 있는 형편이니 더 답답하다. 먹는 것보다는 배설하는 것이 건강에 더 중요하다는 사실을 왜 모를까? 아리스토텔레스가 문학의 효용으로 강조한 '카타르시스'도 바로 '배설'을 뜻하는 것이 아니었던가? 그런데도 사람들은 먹는 것에만 관심을 두지 '푸는 것', '싸는 것'은 아예 모른 체하니 답답한 노릇이다.

인류의 역사를 돌이켜보면 문명의 전개과정에서 전쟁·차별·희생양 만들기·육체적 억압·성적 죄의식 조장·금욕주의적 종교 강요 등 여러 가지 변칙적 방법으로 성적 욕망을 대리충족시키려는 시도가 있었다. 서양의 중세기는 교회라는 거대한 '가학(加虐) 조직'과 민중이라는 거대한 '피학(被虐) 조직'이 서로 쿵짝을 맞춰 비정상적 광기(狂氣)로 본능을 충족시키려던 시대였다. 히틀러의 나치즘도 자신의 욕망을 온 국민을 동원히여 충족시킨 '비정상적 성행위'였다고 볼 수 있다.

엄격주의자요 채식주의자였던 히틀러는 성에 있어서도 결벽주의자였다. 그러니 그의 잠재된 본능은 심술을 부리지 않을 수 없었고, 민중들은 '애국·애족'으로 포장된 히틀러의 사디즘으로 인해 엄청난 희생을 치러야 했던 것이다. 히틀러 말고도 독재자들 중엔 강박증적 윤리관에 사로잡힌 검약형(儉約型) 청교도주의자들이 많다. 프랑스 혁명 과정에서 수많은 사람을 단두대의 이슬로 사라지게 한 피의 독재자 로베스피에르가 그랬고, 영국의 크롬웰이 그랬다. 그들은 자신의 본능적 욕구를 지나치게 억누른 끝에 마침내 진짜 사디스트가 되어버린 사람들이다.

어찌 보면 인류의 역사는 '가리자는 쪽'과 '벗자는 쪽'이 벌이는 격렬한 투쟁으로 이어져왔다고 볼 수 있다. 그 끝없는 대립과 갈등을 거쳐 점차 벗자는 쪽 즉 '인간의 원초적 자유로움을 인정하자는 쪽'이 우세해지는 양상을 띠어가는 듯하다. 그럼에도 불구하고 아직껏 어떤 사회도 개인에게 완벽한 자유를 보장해 주지는 못했다. 특히 한국같이 수구적 봉건윤리로 똘똘 뭉친 사회에서는, 겉으로는 자유와 민주를 내세우면서도 성의식에 있어서만은 여전히 중세기적 이중성을 유지하고 있다.

인간의 역사 전체를 통틀어 볼 때 다만 몇몇 개인만이 그런 상황 속에서 헤쳐나올 수 있었다. 그들은 주위의 비웃음과 경멸을 무릅쓰고, 피눈물 나는 노력으로 자신의 벌거벗은 모습 그대로를 당당하게 내보이려고 애썼다. 그런 솔직한 삶의 결과로 나타난 것이 바로 뛰어난 예술작품들이다. 보기를 들자면 선악을 뛰어넘는 무한한 상상력의 가능성을 일깨워준 에드거 앨런 포의 소설이나 보들레르의 시, 그리고 패륜아로 낙인찍히면서도 스스로의 본능을 숨김없이 고백하여 현대 심리학의 길을 열어준 사드나 마조흐의 소설이 그러하다.

사드의 소설에서 비롯된 사디즘이라는 개념과 마조흐의 소설에서 비롯된 마조히즘이라는 개념은 정신분석학이나 심리학 분야에서뿐만 아니라 현대예술 및 문화이론 전반에 응용되어, 프란시스 코폴라 감독의 〈드라큘라〉 같은 걸작 영화를 낳게도 하였다. 프란시스 코폴라는 이 영화에서 사디즘과 마조히즘 이론을 바탕으로, 드라큘라 전설(또는 그 전설을 토대로 쓴 브램 스토커의 소설 『드라큘라』) 및 여타 흡혈귀 이야기에 열광하는 민중들의 집단무의식을 재해석하고 있다. 즉 성적(性的) 결벽주의의 과잉으로 성을 죄악시하게 된 민중(특히 여성)들은, 그 대리보상을 '흡혈귀'에 대한 마조히스틱한 복종과 '사탄(악마)'에 대한 사디스틱한 적개심에서 찾았다는 것이다.

따지고 보면 사디즘이나 마조히즘은 결코 비윤리적인 변태심리가 아니다. 그것은 인간 누구나 갖고 있는 원초적 욕구 가운데 하나일 뿐이다. 이런 욕구들은 그것을 솔직하게 드러내어 말이나 글 또는 예술작품 등을 통해 대리배설시키면 어떤 부작용도 만들어내지 않는다. 그러나 그것이 윤리적 결벽주의자에 의해 음험하게 숨겨져 병적으로 변형될 때, 히틀러 같은 미치광이가 국민의 영웅이 되는 이상한 현상을 만들어내기도 하는 것이다. 곧 감추는 것에서 모든 문제가 발생한다. 나는 인간사회의 문화계가 이뤄내야 할 가장 큰 과제가 이 '은폐된 이중성'을 극복하는 데 있다고 생각한다.

문학작품이나 연극·영화 등을 분석하는 데 흔히 쓰이는 용어로 리얼리즘(사실주의)이라는 게 있다. 리얼리즘의 본질은 대체 무엇일까. 글자 그대로 '사실을 있는 그대로 그리는 것'이 참된 리얼리즘일 것이다. 그런데 요즘 쓰이고 있는 리얼리즘이란 말은 무척이나 변실되어 있다. 왠지 모르게 '권선징악'과 '이중적 위선'의 분위기를 풍기고 있는 것이다. 특히 성을 소재로 삼는 경우, 요즘 작가들은 그저 성 자체만을 묘사하면 리얼리즘이 되지 못한다는 생각을 갖고 있는 듯하다.

얼마 전에 나는 로만 폴란스키 감독이 만든 〈비터 문〉이라는 영화를 보았다. 이 작품은 남편과 아내 사이의 사디스틱한 성애를 그린 영화였는데, 꽤 많은 관객을 동원했고 평판도 괜찮았던 걸로 기억한다. 내가 보기에 이 작품의 생명은 리얼한 에로티시즘이었다. 그러나 마지막 장면에 가서 나는 깜짝 놀랐다. 영화가 마지막 부분에 이르자 난데없이 '상투적 도덕'이 개입하고 나서서, 영화 속의 변칙적 에로티시즘에 대해 구차스런 사족을 붙였기 때문이다. 다시 말해서 영화의 결말을 두 남녀의 '갑작스런 파멸'로 만들어 전체적인 개연성을 깨뜨리고 있었다.

나한테는 그런 결말처리가, '당위적 윤리와 본능적 쾌락 사이의 갈등'과 '무분별한 애정행각에 따른 당연한 신의 응보'를 보여주기 위해 변칙적 에로티시즘을 소재로 삼을 수밖에 없었다는 감독의 변명처럼 들렸다. 그래서 나는 성에 대한 확고한 철학 없이 자극적인 장면을 과장적으로 집어넣고 나서, 그것을 다시 교훈주의로 교묘하게 포장하는 감독의 태도가 못내 서운하게 느껴졌다.

모든 병의 근원은 솔직하지 못해서 생긴다. 돈을 벌고 싶고 유명해지고 싶다고 생각하면 그런 마음을 그대로 드러내면 된다. 철저한 장인정신을 가지고 통속적인 작품을 만들어내면 되는 것이다. 돈을 벌고는 싶은데 통속적이라는 말을 듣기는 싫다 보니, 결국 이도 저도 아닌 '양다리 걸치기' 식의 어정쩡한 작품이 나오는 것이다.

상식적 지성의 수준이 특히나 낮은 한국 같은 나라에서 유명해지기는 쉽다. 서울 광화문 네거리에서 벌거벗고 뛰면 된다. 그렇게 하면 근처에 있던 사람은 누구나 다 돌아보게 될 터이고, 연때가 맞아 떨어지면 벌거벗은 몸뚱이가 이튿날 신문에 대문짝만하게 실려 전국적인 화제의 인물이 될 것이기 때문이다. 요즘 발표되는 영화나 소설에도 우선 한번 쳐다보게 하기 위해 벌거벗고 뛰기를 서슴지 않는 것들이 많다. 우선 아무런 필연성이 없는 관능적 장면을 많이 집어넣어 화려한 눈요깃감을 벌어놓는다. 그런데 문제는 그 다음에 있다. 벌거벗고 뛰어서 다들 쳐다보게 만들었으면 그것 자체로 끝내야 한다. 그런데도 그들은 나중에 가서 구차한 변명과 사족을 갖다 붙이는 것이다.

이를테면 '작가정신'이니 '실험정신'이니 하는 말들을 들먹여가며 상업주의와 매명주의와 선정주의를 덮어버리는 것이 좋은 예다. 상업주의나 선정주의는 절대로 나쁜 것이 아니다. 그런데도 그들은 문란한 성 풍속을 고발하기 위해서, 나아가 시대의 아픔을 같이 나누기 위해서 '할 수 없이' 벌거벗었다는 식의 설명을 갖다 붙인다. 나는 이런 투의 에로티시즘을 '이중적 선정주의'라고 부르는데, 이중적 선정주의를 가장 많이 써먹는 주체는 사실 예술가들이 아니라 매스컴이다.

차라리 『안방 철학』을 쓴 사드나 『모피코트를 입은 비너스』를 쓴 마조흐, 또는 『O의 이야기』를 쓴 포린 레아쥬나 『치인(痴人)의 사랑』을 쓴 다니자키 준이치로처럼 순수한 성 문학을 하거나, 〈소돔 120일〉을 만든 파졸리니 감독이나 〈엠마뉴엘 부인〉을 만든 저스트 재킨 감독처럼 성 자체를 솔직하고 적나라하게 파헤치는 영화를 만든다면, 그것 자체만으로도 예술적인 성과를 인정받을 수 있을 것이다.

그러지 못하면서 성을 오로지 '양념'으로 이용해 놓고 나서는, 끝에 가서 낯뜨겁게 '성도덕의 타락'이나 '사회의 모순'을 고발하는 체하는 것은 독자나 관객을 이만저만 기만하는 일이 아니다. 외국작품만을 예로 든다면, 중국의 고전소설 『금병매(金甁梅)』, 무라카미 류의 소설 『한없이 투명에 가까운 블루』, 베르톨리치 감독의 영화 〈파리에서의 마지막 탱고〉, 루이 말 감독의 영화 〈데미지〉 같은 것이 좋은 보기라고 할 수 있다.

이런 작품을 보는 독자나 관객들은 도대체 이 작품이 자유로운 성을 예찬한 것인지, 성에 너무 집착하면 반드시 망한다는 권선징악의 설교인지, 그도 아니면 성을 통해 정치적 설교를 하려는 것인지 종잡을 수가 없게 된다.

우리나라의 한 일간신문에 연재되어 인기를 끌고, 다시 영화화되어 상당한 관객을 모았던 어느 장편소설의 한 장면을 보자.

제임즈가 유라의 허리를 휘감았을 때, 유라는 스위치를 올렸다.

"제임즈, 저건 내가 아니야." 그때서야 제임즈는 화면과 유라를 번갈아 바라보면서 무엇인가를 확인하는 눈치였다.

"유아 낫 미스 오?(너 미스 오 아니잖아?)"

그는 이름을 혼동했음이 분명했다. 제임즈는 몸을 일으켰다가 그 순간 눈을 찡그렸다.

"오, 슬리피(아. 졸려)."

방안의 불빛으로 희미해진 스크린 속의 종미는 남자의 말채찍을 맞고 있었다.

남자가 종미를 정말 때리는 것 같았고 종미는 아픔으로 신음하는 표정이었다. 변칙 성애의 한 장면이 유라의 눈살을 찌푸리게 했다.

신문에 연재될 때 실린 이 대목의 삽화는, 말채찍을 든 건장한 사내와 그것에 얻어맞고 쓰러진 벌거벗은 여자를 그린 것이었다. 이 소설의 작가는 여자가 말채찍에 얻어맞는 것을 분명히 '변칙 성애'라고 했고, 그것 때문에 '눈살이 찌푸려진다'고도 했다.

그런데도 작가는 왜 소설의 구성상 논리적 필연성이 없어 보이는 사디즘과 마조히즘 장면을 굳이 삽입해 넣은 것일까? 사디즘의 심리나 행동 자체를 적나라하게 묘사했다면 문제는 아주 다르다. 그러지도 못하면서 사디즘을 단지 양념으로 이용하여 독자를 꼬드기고 있으니 문제인 것이다.

이런 얘기를 하면 선진국은 그래도 표현의 자유가 있어 작가가 '자기검열'로부터 한결 자유로울 수 있다는 얘기가 나오고, 우리나라도 한시바삐 예술관계 법령을 개정해서 영화나 문학의 검열(심의)이나 형사처벌 같은 것을 철폐해야 한다는 주장이 나올 법하다. 나는 더 그럴 수밖에 없는데, 외설적인 소설을 썼다는 이유로 긴급 체포까지 당해본 경험이 있기 때문이다.

그러나 설사 기적이 일어나 한국에서 검열제도가 없어지고 외설에 대한 형사처벌 같은 야만적 관행이 없어진다 하더라도, 작가 아니 인간의 의식 속에 '성에 대한 이중성'이 숨어 있다면 '양다리 걸치기' 식 성 묘사가 개선되기를 기대하기 어렵다. 이것은 앞에서 예로 든 최근의 외국작품 경우를 봐도 알 수 있는 일이다(선진국에서는 예술에 대한 검열제도나 형사처벌이 전혀 없다). 물론 한국의 경우라면 '표현의 자유'의 명실상부한 확립이 우선 절대적으로 시급한데, 그렇게 되면 적어도 작가의 자기검열이 줄어들게 되어 진짜 솔직하게 리얼한 에로티시즘 예술이 드물게나마 나올 수는 있겠기 때문이다.

아무튼 눈 가리고 아웅하는 식의 성의식, 이를테면 "너무 더러워서 차마 눈뜨고 못 보겠어요"라고 말하면서 두 손으로 눈을 가리고는 손가락 사이로 슬쩍 훔쳐보는 식의 이중적 허위의식이 작가나 독자들 마음속에 도사리고 있는 한, 진정한 리얼리즘에 바탕을 둔 '벗는' 예술이 이루어지기는 불가능하다. 바꿔 말해서 성에 정면으로 도전하여 그것을 파헤칠 수 있을 때, 인류의 정신문화는 성적 죄의식으로부터 해방되어 한결 건전해질 수 있다.

왜 인간은 성과 '윤리적 죄의식'을 연결지어 생각하는 버릇을 가지게 되었을까? 우선 그 이유로 꼽을 수 있는 것은 인간이 너무나 성적인 동물이기 때문이라는 것이다. 1년 내내 섹스를 할 수 있을뿐더러 온몸이 성감대이고, 특히 여성은 다른 동물들의 암컷에 비해 탁월한 '오르가슴'의 메커니즘을 확보하고 있다.

그러다 보니 일은 안 하고 만날 섹스만 할까 봐 통치세력은 일반인들의 성을 억제시키려고 애쓰게 되었다. 그리고 성적 쾌락을 소수의 특권층에게만 허락하고 일반인들에겐 성적 죄의식을 주입시켜 오로지 '자식생산'만 하게 했다. 그러나 점차 인권이 신장되어 가면서 일반인들도 '쾌락 자체만을 위한 성'을 즐기게 되었고, 그렇게 되는 과정에서 성에 대한 보수도덕과 진보도덕이 맞서게 되었다. 그렇지만 아직은 보수도덕이 우세한 편이라서, 대다수의 사람들은 재래의 성적 죄의식에 따른 '자아분열'을 겪고 있다고 볼 수 있다.

나는 성에 대한 지식이거나 다른 것에 대한 지식이거나, 일체의 제한을 두지 말고 모든 것을 누구한데니 공개해야 한다고 생각한다. 그러나 성에 대한 지식만큼은 특별하게 취급하여 내용에 제한을 둬야 한다는 주장이 아직까지는 훨씬 우세한 듯하다. 무엇에 관한 것이든 제대로 알지 못하고 행동하는 것보다 확실히 알고서 행동하는 것이 바람직한 일임에도 불구하고, 성에 관한 지식에 대해서만은 이런저런 핑계로 제한을 가하고 있는 것이다. 심지어 성에 대한 호기심 자체가 죄라고 주장하는 사람조차 있는데, 이는 참으로 개탄스러운 일이다.

아이들은 다 자동차를 좋아한다. 그런데 자동차에 관심을 갖는 것은 나쁜 일이라고 가르쳤다고 가정해 보자. 어떤 아이에게 자동차라는 말도 쓰지 못하게 하고, 자동차를 탈 때마다 눈을 붕대로 감아 교통수단이 무엇이었는지도 모르게 한다. 그렇게 한다고 해서 자동차에 대한 아이의 호기심을 없앨 수 있을까? 오히려 그 아이는 자동차에 대한 호기심이 더욱더 늘어날 것이고, 나아가 자동차를 미칠 듯 짝사랑하게 될 것이다. 문제는 여기서부터 생긴다. 그때부터 그 아이는 병적인 죄의식을 갖게 되기 때문이다. 적극적인 호기심을 가진 아이라면 아마도 신경쇠약에 걸리지 않을 수 없겠다.

특히 우리나라 문화계의 상황이 바로 이와 견주어질 만하다. 한국의 지식인들은 성에 관해서만은 신경쇠약에 걸려 있는 것처럼 보인다. 이런 성적 신경쇠약과 죄의식이 마침내 가학심리로 변하여, 대리보상적 '화풀이'를 위한 희생양을 목마르게 찾게 될지도 모른다. 그렇게 되면 걷잡을 수 없이 많은 부작용이 나타날 것이다.

흔히 외쳐지는 '민주화'는 인류의 오랜 소망이요 과제다. 말로만 떠드는 '민주화'가 아니라 진짜 '민주화'가 이루어질 수 있을 때, 인류는 한결 행복해질 수 있다. 나는 이 '민주화'를 어렵고 복잡한 개념으로 받아들이지 않고 '정신과 육체가 두루 억압 없이 자유롭게 살 수 있게 되는 상태'를 가리키는 개념으로 받아들인다.

정신과 육체를 서로 다른 것으로 여겨 육체적 본능을 정신의 하위개념으로 놓는 편협한 정신우월주의는 반드시 어떤 신념을 낳고, 그 신념은 독선과 광신으로 이어지기 쉽다. 이런 그릇된 정신현상이야말로 우리가 바라는 '민주화'를 해치는 주된 요인이다. 그런 관점에서 보면 정신과 육체가 서로 협력하는 관계에 있다고 본 고래(古來)의 동양사상을 더욱 새롭게 인식할 필요가 있다.

한방의학사상을 보기로 들어보자. 한방의학에서도 병의 일차적 원인을 정신에 두기는 한다. 그래서 울화병이니 상사병이니 하는 병명들이 나왔다. 그러나 실제 치료 면에서는 육체에 더 중점을 두는데, 정신질환을 다른 말로 '간증(肝症)'이라고 표현하는 것이 좋은 예다.

정신병에 걸린 이는 대개 간에 이상이 있다. 간은 스트레스에 약하기 때문이다. 한방의학에서 정신분열증의 치료제로 쓰는 약 가운데 가장 유명한 것이 '대시호탕(大柴胡湯)'인데, 이 약은 배설작용을 도와 설사를 하게 만들어 간에 쌓여 있는 불순물을 몸 밖으로 쫓아내는 작용을 한다. 정신적 충격이 만든 병을 육체를 치료하여 낫게 하는 심신일원론적(心身一元論的) 치료철학이다. 이는 서양의학의 전통적 정신치료 방식과는 판이하다

이와 같은 이치로 인류사회가 이루어야 할 민주주의를 정신을

통해서보다 육체를 통해서 이루어볼 수는 없는 것일까? 정신과 육체가 어차피 하나인 바에야 어느 쪽을 먼저 '민주화'하거나 결과는 마찬가지가 아닐까? 육체의 솔직한 욕구를 은폐하지도 않고 왜곡하지도 않는 사회, 그런 사회야말로 정신도 솔직하게 살 수 있는 사회가 아닐까?

8. 인간은 순간적이고 육체적인
행복감밖에 느낄 수 없다

　인간은 누구나 행복해지고 싶어한다. 그래서 인간의 '운명'은 크게 두 가지로 나뉜다. 하나는 '행운'이고 하나는 '불운'이다. 그렇다면 대체 '행운'이란 무엇일까? 나는 그것을 '행복감(幸福感)을 온몸으로 감지할 수 있는 상태'라고 정의하고 싶다.

　'행복'과 '행복감'은 사실상 일치하지 않는다. 남이 볼 때 행복한 상태에 있는 사람일지라도 당사자 스스로는 행복감을 전혀 못 느끼는 경우가 많기 때문이다. 이를테면 부자는 가난한 사람이 보기에 분명 '행복한 사람'이다. 그러나 부자이면서도 행복감을 못 느끼며 사는 사람이 꽤 많다. 가정불화가 있거나 신병(身病)이 있어서만은 아니다. 그 사람 자신이 정신적·육체적으로 '쾌감'을 느낄 만한 체험을 못해 보며 살아가기 때문이다. 석가가 남 보기엔 그만하면 '행복한 상태의 극치'인 왕자의 지위에 있으면서도 왕위를 버리고 출가한 것은 바로 그런 이유에서였다. 그는 전혀 행복감을 느낄 수 없었던 것이다.

그러므로 인간의 본질을 밝히기 위해서는 다른 무엇보다도 "무엇이 행복인가", "구체적으로 어떤 상태가 인간에게 행복감을 느끼게 해주는가" 등의 문제에 대한 확실한 논의가 이루어져야 한다. 그러자면 아무래도 나의 체험에 바탕을 두면 좋을 것 같아, 우선 나 자신의 이야기로부터 논의의 실마리를 풀어나가 보기로 한다.

지금까지의 인생을 되돌아볼 때 내가 '행복하다'고 느꼈던 때는 별로 많지 않다. 우선 기억나는 대로 꼽아보면 이렇다.

대학 입학시험에 합격했을 때 나는 행복했다. 대학교수로 취직해 첫 월급봉투를 받았을 때 나는 행복했다. 연애에 골몰하던 젊은 시절 내가 미치도록 쫓아다니던 여자와 첫 데이트가 이루어졌을 때 나는 행복했다. 결혼을 전후한 반년 가량의 기간 동안 나는 행복했다. 내가 낸 책이 어쩌다 베스트셀러가 되어 많은 공감자들을 얻게 됐을 때 나는 행복했다. '여자의 긴 손톱'을 통해서 맛보는 관능적 쾌감에 굶주린 지 오랜만에 손톱을 길게 기른 여자를 만날 수 있었을 때 나는 행복했다. 1992년 10월에『즐거운 사라』필화사건이 일어난 후, 제자들이 이 사건의 진상과 문화사적 의미, 그리고 내 문학세계를 조감해 보는 책『마광수는 옳다』(1995, 사회평론 간)를 고생 끝에 쓰고 엮어 출간해 줬을 때 나는 행복했다. 1998년 3월 사면·복권이 되어 학교에 복직하게 됐을 때 나는 행복했다……. 대략 이런 정도다.

반면에 불행하다고 느꼈던 때는 다음과 같다. 불행하다는 느낌은 행복하다는 느낌보다 훨씬 더 장기간에 걸쳐 감지되는 게 특징이다.

전기(前期) 중학입시에 실패했을 때 나는 불행했다. 연애하던 여자가 나를 버리고 도망가 버렸을 때 나는 불행했다. 결혼 후 이혼을 생각하기 시작하며 별거생활에 들어갔을 때 나는 불행했다. 견딜수 없는 통증을 가져다주는 병을 오랫동안 앓았을 때 나는 불행했다. 내가 애써 쓴 작품이 어이없는 매도의 대상이 됐을 때 나는 불행했다. 믿었던 동료 교수들이 나를 집단 따돌림했을 때 나는 불행했다. 고독에 찌들어 지낼 때 나는 불행했다.『나는 야한 여자가 좋다』와『가자, 장미여관으로』를 출간한 후, 내가 교수의 품위를 손상시켰다는 이유로 학과의 동료 교수들이 나의 강의권을 박탈하기로 결의했을 때 나는 불행했다.『즐거운 사라』때문에 감옥소까지 가게 됐을 때 나는 불행했다. 또 그 뒤 3년 동안의 '종교재판'을 거쳐 전과자가 되고 교수직을 박탈당했을 때 나는 불행했다. 필화사건 이후 문단에서 배척당하고 과도한 피해의식과 자기검열 때문에 글이 잘 안 써질 때 나는 불행했다…….

위에 열거한 경험들은 대개 행·불행의 감정을 '극도로' 느꼈던 기억을 기준으로 한 것이다. 전반적으로는 '대충 행복하다'고 느끼거나 '대충 불행하다'고 느꼈던 때가 훨씬 더 많은 것 같다.

이를테면 내 입에 딱 들어맞는 음식을 먹게 될 경우 나는 대충 행복했다. 내가 완전히 푹 빠져버릴 만한 상대는 아니지만 그래도 웬만큼 관능적 매력을 가진(물론 '제 눈에 안경' 입장에서) 여자와 애무를 나눌 수 있게 됐을 때 나는 대충 행복했다. 오래도록 밀렸던 원고를 다 쓰고 났을 때 나는 그런대로 행복했다. 한 폭의 그림을 완성했을 때 나는 그런대로 행복했다. 1979년 10·26 사건이 일어난 후 당장 민주화가 될 것 같은 분위기에 휩싸였을 때 나는 상당히 행복했다…….

대충 불행하다는 느낌을 가졌던 때도 많다. 감기나 종기 등 자잘한 병이 너무 오래갈 때 나는 대충 불행했다. 열정적인 연애를 하기엔 내가 너무 나이를 먹은 게 아닌가 하는 생각이 들 때 나는 상당히 불행했다. 장래에 대한 불안감(이를테면 청년기 때 내가 장차 문학 창작을 하지 못할 것만 같은 무력감에 빠진 것 따위)에 휩싸여 있을 때 나는 대충 불행했다. 연애하던 여자한테 싫증을 느꼈는데 헤어지는 절차가 두려워 건성으로 데이트를 할 때 나는 찝찝하게 불행했다. 보기 싫은 사람과 직장 관계로 늘 만날 수밖에 없는 상태에 있을 때 나는 은근히 불행했다. 내가 쓴 작품이 제대로 인정받지 못할 때 나는 꽤 불행했다. 1980년 여름 군사독재 정국이 굳어져갈 때 나는 답답하게 불행했다…….

좀 더 꼼꼼하게 짚고 넘어가 보자. 대학 입학시험에 합격했을 때 나는 과연 진짜로 행복했던가? 면밀히 따져보면 그건 행복한 감정이라기보다는 일종의 '통과의례'를 무난히 치러냈다는 '안도감' 비슷한 것이었다. 대학교수로 취직됐을 때 나는 과연 진짜로 행복했던가? 그것 역시 '이제 겨우 내 힘으로 먹고 살 수 있게 됐구나' 하는 정도의 안도감 같은 것이었다. 내가 열심히 쫓아다니던 여자와 데이트가 이루어졌을 때 나는 과연 진짜로 행복했던가? 그건 '승부욕'에 따른 순간적 성취감 비슷한 것이었지 진짜 행복감은 아니었다. 첫 데이트가 이루어진 후, 나는 그 여자를 확실한 애인으로 만들기 위해 계속 초조해하며 안달복달하는 기간을 가져야만 했기 때문이다.

내가 처음으로 낸 에세이집 『나는 야한 여자가 좋다』가 베스트셀러가 됐을 때 나는 과연 진짜로 행복했던가? 물론 어느 정도 성취감을 느껴 그동안의 노력에 대한 보상감 비슷한 걸 맛보긴 했다. 그러나 그건 행복한 기분이라기보다는 노출증적 쾌감에 따른 순간적 만족감에 가까운 것이었다. '공적(公的) 노출'에 따른 만족감은 곧바로 괴로운 후유증으로 이어졌다. 갖가지 험구와 매도에 맞서 끊임없이 싸움을 계속해야 하는 골치 아픈 전장(戰場)이 기다리고 있었기 때문이었다(하긴 내 경우는 좀 특별한 경우지만).

손톱을 길게 기른 여자를 만났을 때 나는 과연 진짜로 행복했던가? 확실히 행복하긴 했다. 그렇지만 너무나 잠깐이었다. 그 여자가 오로지 손톱을 길게 기르는 일에만 진념하며 나르시시즘적 쾌감을 즐기는 여자가 아니었기 때문이다. 다시 말해서 '손톱이 긴 인형'이 아니었기 때문이다. 그녀는 내게서 정신과 육체를 통틀어 사랑받길 원했고, 그래서 나는 장광설로든 선물로든 '정신적 사랑'을 끊임없이 가식적으로 표시해야만 했다.

결혼을 하게 됐을 때, 또는 결혼을 하고 난 직후에 나는 과연 진짜로 행복했던가? 그때의 느낌 역시 오랜 기간의 '힘겨루기' 끝에 따라온 성취감 비슷한 것이었지 정말로 행복한 기분은 아니었다. 상사상애(相思相愛)하는 연애과정을 거쳤다면 문제가 달라졌을지도 모른다. 하지만 내가 하게 된 결혼은 나의 고집스런 구애의 결과였을 뿐, 두 사람 간의 육체적 일체감을 경험한 뒤에 자연스럽게 추진된 결합은 아니었던 것이다.

제자들이 나를 복직시키는 운동의 일환으로 7백 쪽 가까이나 되는 두꺼운 책 『마광수는 옳다』를 내주었을 때 나는 과연 진짜로 행복했던가? 물론 눈물겹도록 고마웠고 그동안 내 나름대로 열심히 선생 노릇을 한 데 대한 뿌듯한 보람을 느꼈다. 하지만 따지고 보면 그 책은 나와서는 안 될 책이었다. '사라' 사건이 없었더라면 제자들을 고생시킬 필요가 없었을 테니 말이다. 그래서 나는 행복감을 느끼기보다는 제자들의 수고에 그저 미안하다는 느낌이 들 뿐이었다.

사면·복권이 되어 복직이 됐을 때 나는 과연 진짜로 행복했던가? 솔직히 말해서 행복감은 잠깐뿐이었고, 극도의 피로감(마치 힘겨운 전쟁을 치른 후에 병사가 겪게 되는 심한 우울증과도 같은)과 여전한 피해의식이 이내 몰려왔다. 또 『즐거운 사라』가 여전히 판금상태에 있다는 사실이 나를 우울하게 했고, 학교나 문화계의 주변

사람들이 전보다 더 무서워졌다.

위에서 따져본 것들을 요약하면 이렇다. 한마디로 말해서 행복하다고 느꼈던 시간들은 금세 지나갔고, 그 행복을 놓치지 않으려는 안쓰러운 집착과 앞날에 대한 막연한 불안감이 이내 따라왔다. 반면에 불행했을 때의 느낌은 아주 생생하게 다가오고 질깃질깃 나를 괴롭혔으며, 또 후유증도 오래갔다. 그래서 나는 석가모니가 말한 '일체개고(一切皆苦)'를 일단 인정할 수밖에 없다.

삶에 관련된 대부분의 교양서에는 행복에 관해서 쓴 글이 많이 들어가 있다. 하지만 이상하게도 불행 특히 '육체적 고통'에 관해서 쓴 글은 거의 들어가 있지 않다. 내가 치과의사의 잘못된 시술로 악성 치조염(齒槽炎)에 걸려 밥도 제대로 못 먹고 말도 제대로 못하면서 괴로운 통증으로 연일 고생할 때, 나는 마음의 위로를 받기 위해 '통증(痛症)'에 대해서 쓴 글이 있나 하고 열심히 찾아보았다. 그러나 '육체적 고통'을 소재로 한 글을 도무지 찾아낼 수 없었다. 고통에 관해서 쓴 글은 많았지만 모두가 '마음의 고통'을 소재로 했을 뿐이었다.

꽤 유명한 행복론인 버트런드 러셀의 『행복의 정복』에는 인간을 불행으로 이끄는 여러 요인들이 열거되어 있었다. 그러나 '질투심'이나 '이기심' 등 모두 다 도덕에 관련된 것들뿐이지 육체적 고통에 관련된 것은 하나도 나와 있지 않았다. 그래서 나는 러셀의 책이 생각했던 것보다 엉터리라고 느꼈다.

비극적 플롯을 채택하고 있는 소설을 봐도 대개가 다 주인공이 겪는 '마음의 고통'만 그리고 있을 뿐이다. 설사 주인공이 병으로 일찍 죽는다고 해도 모두 다 '곱게 죽는 병'만을 소재로 하고 있다. 폐병(『춘희』의 경우)이나 백혈병(『러브스토리』의 경우) 같은 것이 그것이다. 교통사고 같은 것으로 고통을 받다가 죽는다고 해도, '죽었다'는 표현만 나올 뿐 육체적 통증을 자세히 묘사하진 않는다.

마찬가지로 행복에 관해서 쓴 그토록 많은 글 가운데, 육체적 느낌으로 다가오는 행복감을 묘사하고 있는 글은 드물다. 알랭의 『행복론』이나 칼 힐티의 『잠 못 이루는 이 밤을 위하여』 등 대개의 책들이 다 '마음의 행복'만을 다루고 있을 뿐이다. 이를테면 "남을 위해 희생하고 봉사할 때 진정으로 행복해진다", "촛불을 켜놓고 혼자서 사색에 잠겨 보라. 그러면 아늑한 평온감과 더불어 행복감을 느낄 수 있다", "사랑을 받으려고만 하지 말고 사랑을 줘보라. 그러면 행복해질 수 있다" 등의 설교가 나오는 게 보통인데, 나한테는 도무지 아리송하기만 한 거짓말들이었다.

남에게 베풀고 나서 느끼는 행복감은 건방진 시혜의식(施惠意識)과 우월감에서 나오는 만족감일 뿐 진짜 행복감은 아니다. 촛불을 켜놓고 있을 때 느껴지는 행복감은 센티멘털한 마취상태는 될 수 있어도 오래 갈 수는 없는 허망한 행복감이다. 사랑을 주기만 한다는 것은 도저히 있을 수 없다. 맹신적이고 마조히스틱한 신앙심에 근거한 것이라면 혹 몰라도, 어린아이처럼 본능에 솔직한 사람이라면 그런 행복감을 인간끼리의 애정관계에서 느낄 수는 없다.

고통에 관한 것이든 행복에 관한 것이든, 사람들은 대체로 진짜 핵심을 피해가는 버릇이 있다. 그런 버릇은 이른바 지식인이라는 사람들일수록 더욱 심하다. 대다수의 지식인들은 육체적 행복보다는 정신적 행복을 좇고, 그들이 바라는 행복은 대개 '명예욕의 충족'이다. 그들은 위장된 경건주의와 체면치레를 통해 어떻게 해서라도 '명예'를 획득하여 행복감을 성취해 내려고 애쓴다.

명예욕은 성욕이나 식욕에 비해 훨씬 저열한 욕망이다. 성욕과 식욕은 모든 동물에게 다 있다. 그러나 명예욕은 인간에게만 있다. 내가 보기에 명예욕은 단지 '사회규범이 성욕을 제약하는 데 따른 박탈감'을 보상받기 위한 '변칙적 오르가슴 확보 수단'에 불과하다.

나 역시 지식인인지라 명예욕이 없을 수는 없다. 그러나 나는 체질상 성욕이 명예욕보다 훨씬 더 강하다고 생각했기 때문에, 글로든 행동으로든 성욕에 보다 솔직해 보려고 바득바득 애써왔다. 내가 생각하기에 '명예욕의 성취'는 진짜 행복감과는 거리가 먼 것이다. 진짜 행복감이란 글자 그대로 '감(感)'으로 전달돼 오는 육체적·관능적인 것이 아니면 안 되기 때문이다. 명예욕은 정신에 속하는 것이기 때문에 관능적 행복감을 가져다 줄 수 없다. 정신적 만족감만을 추구하는 사람들은, '육체적 쾌감에 대한 갈구(渴求)'와 '육체적 고통에 대한 공포'를 애써 떨쳐버리기 위해 의식적으로든 무의식적으로든 진짜 핵심을 피해가려 한다.

나는 『권태』라는 장편소설에서 똥 누는 행위와 거기에 따라오는 배설의 쾌감을 20여 페이지에 걸쳐 길게 묘사해본 적이 있다. 사람의 일상생활에서 배설행위가 차지하는 비중이 상당히 높은데도 불구하고, 그것을 묘사한 소설을 한번도 읽어본 적이 없었기 때문이다. 마찬가지로 나는 장편소설『페티시 오르가즘』에서 여자가 화장하고 옷 입고 장신구를 걸치는 행위와 거기에 따른 쾌감을 수십 페이지에 걸쳐 길게 묘사해 보았다. 역시 그런 '자잘한 행위'의 묘사를 시도한 소설을 보지 못했기 때문이었다.

육체적 통증에 대한 정밀묘사는 너무 기분 나쁜 것이라서 시도해 보지 못했다. 하지만 앞으로 기회가 생기면 시도해 보리라 마음먹고 있다. 아무튼 내게 있어 '행복감'이란 일종의 육체적 쾌감만을 가리킨다. 반면에 불행하다는 느낌은 육체와 정신 양쪽으로 온다는 게 내 생각이다. 그러나 그것도 굳이 경중을 따지자면 역시 육체 쪽에 더 가깝다. 내가 '사라' 사건으로 졸지에 감옥에 끌려들어 갔을 때, 가장 참기 어려웠던 고통은 가슴을 불에 달군 송곳으로 찌르는 것 같은 '통증'이었다. 이른바 '심화증(心火症)'이라는 것이다.

그러므로 진짜 '행복감'은 지극히 순간적이고 찰나적으로 온다. 성교행위의 경우를 두고 봐도, 내가 남자라서 그런지 오르가슴을 느끼는 시간은 1분도 채 되지 않는다. 그놈의 오르가슴이 너무 짧아 나는 '긴 손톱' 등의 페티시(fetish)를 통해 얻어지는, 그만하면 오래가는 '관능적 관음(觀淫)의 쾌감'에 눈 돌리게 되었다. 하지만 앞으로 완벽한 생물학적 로봇이 나오지 않는 한, 그것의 실현 또한 당장은 어렵다는 것을 깨달았다. '손톱을 길게 기르며 스스로 나르시시즘을 느끼는 것으로만 만족하는 여자'를 찾기가 거의 불가능했기 때문이다.

'긴 손톱'의 대가로 나는 여자에게 '상투적인 성적 만족감'을 선물하지 않으면 안 되었고, 여자에게 상투적인 성적 만족감을 느끼게 해주려면 나 역시 안쓰러운 '순간적 오르가슴'을 경험하지 않을 수 없었다.

그래서 내가 대안으로 생각해 낸 것이 바로 '인공적 길몽(吉夢)을 만들어내는 행위' 즉 창작행위에 의한 '관능적 공상의 쾌감'이나 '대리배설의 쾌감'이다. 그만하면 괜찮은 쾌감이고 꽤 지속적인 쾌감이라고 생각했는데, '검열'이라는 이름의 방해꾼이 지긋지긋 따라붙어 그것조차 마음대로 못하는 지경이 되었다.

성(性) 아니면 식(食)이라, 식욕을 통한 관능적 쾌감의 충족도 가능할 것이다. 하지만 나는 만성 소화불량이라서 그런지 식도락과는 거리가 멀다. 로마시대의 식도락가들은 미각의 쾌감을 충족시키기 위해 먹고 토하기를 수차례 반복해 가며 하룻밤의 파티를 즐겼다고 한다. 하지만 그것은 나뿐만 아니라 소화가 잘 되는 사람에게도 지금은 불가능한 행복추구행위일 것이다. 배변행위를 통한 행복감의 획득 역시 마찬가지다. 하루 종일 똥만 눌 수는 없지 않은가.

그러므로 인간이 육체적 쾌락을 통해 그만하면 진짜로 행복하다고 느끼게 되는 경우는, '오랜 허기증' 끝에 찾아 오는 '급속한 포만감' 비슷한 경우에 한정되는 게 아닌가 한다. 먹는 경우를 두고 말한다면 오랫동안 갈증에 시달리고 난 후에 마시는 시원한 냉수의 맛과 같은 것이고, 싸는 경우를 두고 말한다면 오랜 변비 끝에 누게 되는 시원한 설사의 쾌감 같은 것이다. 성에 관계된 것이라면 오랜 '성적 고독' 끝에 나누게 되는 살갗접촉 등의 애무행위나 성교행위 같은 것이 여기에 해당된다.

말하자면 일체의 행복감은 '가뭄 끝의 단비' 같은 성격을 띠고 있다. 그러나 그 비가 '단비'로 끝나는 게 아니라 '장마'나 '폭우'로 이어지면 오히려 고통스럽게 마련일 터이니, 어쨌든 행복감은 순간적인 것일 수밖에 없다는 안타까운 결론에 이르게 된다.

연애행위를 놓고서 생각해 보자. 어떤 이성을 공략할 경우, 상대방이 애정의 포만감 상태에 있다면 아무리 애써 구애하고 하소연하고 아부해도 말짱 헛일이다. 그렇지만 상대방이 사랑에 몹시 굶주린 상태에 있다면 단 한방의 공략에 대개는 넘어간다. 그것은 이쪽 역시 마찬가지다. 나의 경우, 워낙 오랫동안 사랑에 굶주린 상태에서는 손톱이 길든 짧든 그런 것은 문제도 되지 않았고, 그저 꾸밈새만 대충 관능적이면 됐다. 물론 그런 상대와 하게 되는 연애행위는 아주 짧게 지속됐다. 하지만 어쨌든 순간적인 행복감을 느낄 수는 있었다.

일정한 목표를 달성시켰을 때 얻어지는 정신적 행복감 역시 마찬가지다. 내가 대학입시에 합격했을 때 느꼈던 행복감은 괴롭기 짝이 없는 오랜 수험생활 끝에 찾아온 순간적인 행복감일 뿐이었다.

정치적 분위기의 쇄신이 가져다주는 정신적 행복감도 '가뭄 끝의 단비'에 해당될 것이다. 하지만 그런 행복감 역시 순간적으로 끝나고, 대개는 '단비'가 '폭우'로 변해 참담한 불행감이나 허탈감으로 이어지는 게 보통이다. 1979년 박정희 시해사건이 일어난 후 '서울의 봄'이 찾아오긴 했지만 금세 광주항쟁의 비극이 일어났다. 일제의 오랜 식민통치 끝에 찾아온 해방은 곧바로 남북분단과 6·25로 이어졌다. 제정 러시아의 붕괴가 가져다 준 민중들의 행복감은 스탈린의 무자비한 독재로 금세 박살이 났다. 1930년대 초 독일 국민들은 히틀러의 출현을 '가뭄 끝의 단비'로 보았지만, 곧바로 2차대전의 소용돌이에 휘말려들어 무진 고생을 해야만 했다.

하지만 사람들은 '고통 끝에 오는 순간적 행복감'이나마 어떻게 해서든지 맛보려고 아등바등 애를 쓴다. 그래서 스스로 일부러 '고통'을 만들어내는 짓도 서슴지 않는데, 그것이 바로 마조히즘의 심리다.

죽은 뒤 천당에 가기 위해서, 아니 죽는 순간 천당을 '환상 속에서'라도 경험하는 행복감을 성취하기 위해서 기독교인들은 살아 있는 긴 세월 동안 '가난'이나 '핍박' 등의 고통을 기쁨으로 받아들인다. 외부로부터 가해지는 핍박이 없을 경우 일부러 핍박을 만들어내기도 하는데, 그 좋은 예가 바로 '수도원' 제도의 고안이다. 로마 정부가 기독교를 국교화하자 기독교인들에 대한 박해가 갑자기 없어져버렸다. 그래서 그들은 오히려 불안해져서 일부러 '고난받는 상황'을 만들어냈는데, 그것이 바로 무시무시한 중세 수도원 제도의 시작인 것이다.

　그러므로 마조히즘의 심리는 고통을 통해 무조건 기쁨을 느끼는 심리가 아니다. 마조히즘이란 말을 만들어낸 장본인인 오스트리아 작가 마조흐가 쓴 소설 『모피코트를 입은 비너스』에 나오는 남주인공은, 여주인공 '반다'가 자기를 채찍질하며 괴롭힐 때 기쁨을 느끼진 않는다. 그는 그저 참고 기다릴 뿐이다. 무엇을 기다리는가? 그것은 그녀가 긴 시간의 가학행위 끝에 자기를 불쌍히 여겨 베풀어주는 한순간의 키스와 애무이다. 긴 고통 끝에 따라오는 애무의 쾌감은 순간적으로 느끼는 행복감을 두제곱 세제곱으로 늘려주기 때문이다.

　대다수의 민중들도 그렇다. 그들은 '진짜 행복해지는 상태'를 막연하게 바라며 기다린다. 자살은 비겁한 짓으로 간주되므로, '죽지 못해 살아가는 상태'로 무작정 '그날'을 기다린다. 그동안의 고통을 보상받는 순간을 양같이 순한 마음으로 그저 기다리고 기다린다. 기독교인들은 예수가 재림할 때 맛보게 되는 순간적 황홀경을 2천 년이나 기다려 왔다. 2천 년에 비하면 사람의 한평생쯤은 아무것도 아니다.

　따라서 마조히즘을 없애버리는 방법은 '순간적 행복감' 자체를 없애는 길밖에 없다. 말하자면 순간적 행복감을 가져다주는 '긴 시간의 인내와 고통'이 무의미해지도록 만드는 것이다. 만약 대학입시를 없애버리면 입시에 합격했을 때 맛보게 되는 순간적 행복감도 없어지게 되므로, 수험생활의 고통과 그 고통에 대한 인내가 가져다주는 마조히즘적 충족감이 없어질 것이다. 결혼제도를 없애버리면, 결혼할 때까지의 오랜 기간 동안 어정쩡한 금욕생활을 하며 맛보게 되는 마조히스틱한 쾌감이 없어질 것이다. 종교를 없애버리면, 죽어서 내세에 들어갈 때 느끼는 한순간의 행복감을 위해 현실에서의 고통을 참으며 은근히 마조히스틱한 쾌감을 맛보는 심리가 없어질 것이다.

하지만 그런 식으로 나가다 보면 인생이 너무나 무미건조해진다. '권태'란 가장 참기 어려운 것이기 때문이다. 마조히즘(또는 사디즘) 심리가 생겨난 것도 결국은 권태로운 삶을 때워나가기 위한 안쓰러운 모색 때문일 것이다. '남녀간의 민주적 섹스'가 현재로서는 신기루일 수밖에 없는 것은 그 때문이다. 남녀평등의식에 바탕을 둔 이상적 의미의 '민주적 섹스'는 사디스틱한 '순간적 정복'이나 마조히스틱한 '순간적 피정복'이 없어 지속적인 권태감을 동반하기 쉽다('사디스틱한 정복'의 주체가 꼭 남자여야 한다는 말은 아니다. 마조흐의 소설에서처럼 여자가 주체가 될 수도 있다). 이래저래 인간은 '지속적인 행복감'을 맛보기 어렵다는 게 내 생각이다.

어쨌든 인간은 순간적 행복감을 언젠가는 맛볼 수 있다는 희망 때문에 그럭저럭 목숨을 지탱해 가고 있다. 그러므로 '순간적 행복감' 자체를 나무라서는 안 된다. 인생 자체가 일체개고(一切皆苦)라는 생각은, 어찌 보면 살아 있을 때 맛보게 되는 순간적 행복감들을 죄악시하는 부정적 사고에서 나온 것일 수도 있다.

'순간적 행복감', 그중에서도 특히 '육체적 행복감'이란 마치 꽃이 활짝 피어났을 때와 같고, '존재의 절정' 또는 '분출'과도 같은 것이다. 다시 말해서 '생명유지'라는 길고도 험한 과정 중에 얻어지는 절정의 상태가 바로 꽃이 활짝 피어난 상태라고 할 수 있다.

체념적 운명론자들은 꽃의 본질이 결국은 '시들다 땅에 떨어져 썩어지는 추한 모습'에 있다고 말한다. 소승적(小乘的) 불교나 금욕주의적 기독교의 육체인식이 바로 이런 것일 것이다. 하지만 꽃은 어쨌든 아름답고, 우리의 시선은 시들어 떨어진 꽃보다 아름다운 자태와 색깔과 향기를 자랑하는 '피어 있는 꽃'에 머물 수밖에 없다.

마찬가지로 성애적 사랑이나 창조적 노동(즉 자신의 취향에 맞는 일. 다시 말해서 일 자체가 성적 대리배설이 될 수 있는 것)을 통해서 얻어지는 행복감에 있어, 그 과정 가운데 생겨나는 '순간적 절정감'은 값진 것이고 그것을 무리하게 폄하할 수는 없다. 그렇게 되면 절정감 뒤에 오는 권태보다 더 무서운 권태, 즉 '무기력'이 우리를 지배하게 되기 때문이다.

순간적 행복감이 곧 시들어버린다고 해서 그것 자체를 부정하거나 거기까지 가는 과정 자체가 무의미하다고 선전해대는 사람들이 가진 부정적 사고방식의 이면에는, 언제나 '심통'과 '질투'가 자리 잡고 있다. 나는 순간적 절정감과 그런 절정감에 이르기까지 가는 과정에 대해 스스로 격려하는 자세야말로, 고달픈 인생길을 그나마 행복하게 걸어갈 수 있는 유일한 수단이 되어준다고 생각한다.

앞에서 나는 내가 겪고 있는 삶이 고달프고 재미없는 삶이라고 꽤나 투덜댔었다. 하지만 다른 한편으로 생각해 보면, 그래도 나는 지금 비교적 행복한 상태에 있는지도 모른다는 생각을 해보게 된다. 어느 한순간의 '관능적 쾌감'만이 참된 행복을 느끼게 하는 유일한 방도라고 믿고 있는 나에게 있어, 내가 지금 독신상태로 있다는 것은 '그 어느 한순간'을 기대할 수 있게 하는 조건이 되어주기 때문이다.

다만 한국 사회의 폐쇄성을 절감하게 된 여러 가지 경험 때문에 사람에 대한 공포증이 생기고 상상력도 주눅이 들어, 연애도 제대로 못하고 '글을 통한 자유로운 대리배설'도 제대로 못하는 게 '억울한 고통'이긴 하지만, 그래도 결혼생활을 하고 있는 것보다는 낫다고 본다.

그러니까 나야말로 어찌 보면 '진짜 간교한 마조히스트'인지도 모른다. 어느 한순간 찾아올지도 모르는 '겉과 속이 다 정말로 야한 여자'와의 만남을 기다리며, 그때 맛보게 될 '관능적 절정감'을 위해 현재의 고독을 참아내는 고통을 감수하고 있으니까 말이다. 하지만 이런 마조히즘은 자학적 마조히즘이 아니라 생산적 마조히즘이라고 나는 생각한다.

'색즉시공(色卽是空)'이란 바로 이런 상태를 두고 한 말이 아닐까. 애정을 나눌 특정한 대상이 없는 '텅 빈 상태'야말로, 관능적 공상과 기대감을 통해 보다 재미있고 긴장감 넘치는 충족감을 맛볼 수 있는 상태라는 뜻이 아닐까.

세계는 지금 인간 개개인이 정신적 측면에서 행복감을 찾는 게 아니라 육체적 측면에서 행복감을 찾는 시대로 접어들어 가고 있다. 육체적 행복감을 줄 수 있는 것만이 선(善)이요, 미(美)요, 정의(正義)라는 생각이 차츰 젊은이들의 의식세계로 파고들어 가고 있다. 다시 말해서 육체중심적 쾌락주의 문화가 서서히 싹을 틔워가고 있는 것이다.

이런 현상을 '도덕의 타락'이나 '퇴폐풍조의 만연'과 연관시켜 한탄해대는 사람들이 한국 사회엔 꽤 많다. 하지만 도저히 시대의 흐름을 거스를 수는 없기 때문에, 한국 사회는 결국 육체주의 문화의 시대로 접어들게 되리라고 본다.

앞서 말했듯이 육체적 행복감 역시 순간적인 것이요, 찰나적인 것이다. 그렇지만 '가뭄 끝의 단비'를 기다리며 긴 고통의 시간을 참아내는 데는, 정신주의 문화보다는 그래도 육체주의 문화가 낫다고 본다. 정신주의 문화는 청교도적 금욕주의나 수구적 봉건윤리의 사유(思惟) 틀에 의존하고 있다. 그래서 '가뭄 끝의 단비'가 아니라 '가뭄 끝의 말라죽음'이 되기 십상인 것이다.

육체적 행복감이 그토록 '순간적'인 것이라면, "그것이 어째서 소중하며 왜 정신적 행복감보다 우위에 있어야 하는가"라는 반론이 제기될 수 있다. 그런 반론의 이면에는, 육체적 행복감이 순간적이고 찰나적인 것인 데 비해 정신적 행복감은 그래도 한결 지속적인 것이라는 믿음이 깔려 있다.

그런 반론을 펴는 사람들은 흔히 "호랑이는 죽어서 가죽을 남기고 사람은 죽어서 이름을 남긴다"는 속담이나 히포크라테스가 말한 "인생은 짧고 예술은 길다"는 말을 인용하며 정신적 가치의 우월성과 지속성을 입증하려 한다. 정신적 행복감을 대개 '한 개인이 사회와 역사의 발전에 이바지할 수 있을 때 느끼게 되는 보람'의 의미로 받아들이고 있기 때문일 것이다. 이럴 경우 예술이나 정치처럼 사회적으로 두드러지게 이름을 남기는 일이 아니더라도, '어버이가 자식을 훌륭하게 키우는 일'이나 '국가와 사회를 위해서 성심껏 봉사하는 일' 같은 것 역시 은은하게 오래가는 정신적 보람을 선물해 준다는 말이 따라붙는 게 보통이다.

그러나 '정신적 행복감'은 그 자체가 지극히 애매모호한 것이어서 실체를 파악하기 어려울 뿐더러, '권력'에 의해 끊임없이 악용되기 쉽기 때문에 위험한 것이다. 국가를 위한 충성에서 오는 정신적 행복감은 전사(戰死)를 기쁨으로 받아들이게도 하고, 잔인한 집단 살상을 보람된 일로 느끼게도 한다. 자식을 잘 기르는 데서 오는 정신적 행복감은 곧바로 효(孝) 사상의 강요로 이어져 강압적 지배 이데올로기로 변하기 쉽다. 사제 간의 관계 역시 마찬가지다.

그러므로 앞으로의 '행복론'은 정신적 메커니즘보다는 육체적 메커니즘 위주로 씌어져야 한다. 육체적 행복감을 부정적으로 인식하는 데서 정신우월주의가 나오고, 거기서 다시 종교적·정치적 행복감이나 '명예욕의 성취에 따른 행복감' 따위가 나온다. 그런데 그런 것들은 모두 남을 지배하거나 남에게 영향을 미칠 수 있는 데 따른 일종의 '사디스틱한 만족감'이기 때문에 위험한 것이다. 정신적 사디즘은 성애적 사디즘과는 달리 타인에게 엄청난 피해를 준다.

위대한 종교적 성인 한 사람 때문에 얼마나 많은 순교자들이 나왔으며, 위대한 혁명가 한 사람 때문에 얼마나 많은 집단살상이 '역사발전을 위한 불가피한 희생'이라는 미명하에 자행되었던가. '몸의 민주화'가 외쳐지는 지금까지도 '정신'만 중요시하다 보면, 또 다른 형태의 암흑시대가 다시 도래하지 않는다는 보장이 없다. 또한 갖가지 해괴한 이데올로기에 의한 정치·문화적 독재가 다시 생기지 않는다는 보장도 없다.

9. 인간은 법에 짓눌려 산다

법은 인간사회에 꼭 필요한 것이지만, 사실 '법대로 하자'는 말처럼 무서운 말은 없다. 법은 때에 따라서는 고무줄 잣대일 수 있고, '귀에 걸면 귀걸이, 코에 걸면 코걸이' 식일 수도 있기 때문이다.

'법대로 돌아가는 사회'나 '법치주의 국가'라는 말이 언제나 다반사로 외쳐진다. 틀린 말은 아니다. 그러나 역사적으로 보아 법이 권력의 편에 서서 '법을 빙자한 테러'를 감행했던 경우도 꽤 많았다는 사실을 상기해 볼 때, 무소건적인 '법치주의' 주정은 자유민주주의 발전에 큰 이익을 주지 못한다.

아이러니컬하게도 우리는 법을 어긴 사람들을 위인으로 떠받들기도 하고 의사(義士)나 열사로 기리기도 한다. 안중근 의사가 그렇고 윤봉길 의사가 그렇다. 그분들이 재판을 받았던 때가 일제 통치 기간이어서 예외가 된다면, 식민지 시절이 아닌 때 법을 어긴 사람들 가운데도 나중에 훌륭한 인물로 기려진 예를 얼마든지 찾아볼 수 있다. 세조에게 반기를 들었던 사육신(死六臣)이 그렇고, 가깝게는 김지하 시인이나 그 밖의 많은 시국사범들이 그렇다.

그런 경우가 어찌 우리나라에만 한정되겠는가. 예수도 법 때문에 십자가에 못 박혔고 소크라테스도 법 때문에 독약을 마셨다. 『유토피아』의 저자 토머스 모어도 법의 심판을 받아 목이 잘려나갔고, 『역사를 위한 변명』의 저자 마르크 블로흐도 히틀러에 대항하다 법에 의해 총살을 당했다. 그렇다면 법이란 대체 무엇인가.

법이 없으면 안 되지만 '법 만능주의'는 곤란하다. 법보다 '상식'이 앞서가는 사회가 좋은 사회다.

독립전쟁 직전 미국 사회의 분위기는 여론이 통일되지 못하고 있었다. 워싱턴 같은 사람조차 국법을 어기면서까지 조국인 영국에 반기를 드는 것을 주저하고 있을 정도였다. 그런 어정쩡한 분위기에서 독립전쟁에 불을 당긴 것이 바로 토머스 페인의 저서 『상식』이었다. 식민지 국민들을 악법으로 괴롭히는 조국(영국)에 반항하는 것은 법을 위반하는 것이 아니라 '상식'에 속한다는 것이 그 책의 요지였다.

『상식』은 엄청난 부수가 팔려나갔고, 대다수의 미국 거주민들에게 독립전쟁의 당위성을 일깨워주었다. 그러므로 '법대로만 하면 만사 오케이'는 언제나 꼭 들어맞는 처방은 아니다.

『상식』만큼 큰 영향을 미친 저서로는 미국의 헨리 데이비드 소로가 쓴 『시민으로서의 저항』이 있다. 이 책은 정부가 그릇된 법으로 국민을 괴롭힐 경우 국민은 당연히 저항할 권리가 있다는 내용으로 되어 있다.

이 책은 한참 후 인도의 간디에게 영향을 미쳐 영국의 식민통치에 저항해야 한다는 결심을 굳히게 만들었다. 그 이전까지 간디는 변호사로 일했기 때문에 어쨌든 법을 존중해야 한다는 강박관념에 휩싸여 있었다. 그러던 중에 그는 소로의 저서를 읽고 나서 법을 뛰어넘는 저항을 결심하게 됐던 것이다.

'죄형법정주의'가 헌법에 명문화되어 있음에도 불구하고 법은 언제나 추상적이고 포괄적이기 쉽다. 나는 『즐거운 사라』 필화사건 때 그것을 절감하였다. 헌법에는 죄형법적주의뿐만 아니라 언론·출판의 자유 역시 명시돼 있음에도 불구하고, 나는 '미풍양속을 해칠 가능성이 있다'는 막연한 추정 하나만으로 구속되었다.

그래서 내가 알기로는 우리나라뿐만 아니라 세계적으로도 유례가 없는 '외설소설 사건'이 일어났는데, 판금이나 부분삭제 등을 겨냥한 재판이 20세기 중반까지 몇 번 열린 일은 있어도(플로베르의 『보봐리 부인』 사건, 보들레르의 『악의 꽃』 사건, 로렌스의 『채털리 부인의 애인』 사건 등) 외설적 표현을 이유로 작가를 현행범으로 전격 구속한 일은 없었던 것이다.

나는 내가 구속되고 실형선고를 받은 것을 아직도 '상식'으로 이해하지 못하고 있다. 법적 형식논리로는 설명이 가능할지 모르지만, 어쨌든 '가능성' 하나만으로 인신구속까지 했다는 것은 지나치게 가혹한 법집행이었다는 생각이 들기 때문이다.

1992년 10월 29일 긴급체포될 당시 나는 학교에서 강의를 하고 있었고 증거인멸과 도주의 우려도 없는 상황이었다. 그리고 내가 아는 법적 상식으로는 징역 3년 이상의 구형이 예상되는 현행범일 경우에만 구속이 가능한 걸로 알고 있었다. 그런데도 나는 구속적부심에서도 구속이 해제되지 않았고 보석신청도 기각되었다. 그래서 1심에서 집행유예로 풀려나온 것만 해도 다행이라고 생각했는데, 어쨌든 3심까지 가는 3년 가까운 '계란으로 바위 치기' 식의 재판기간 동안 나는 법의 위력에 공포심을 느껴야 했다. 그리고 법의 형평성과 합리성에 대해 많은 것을 생각해 보게 되었다.

현실적으로 보아 '법대로 하자'는 말은 '판사에게 맡기자'는 말과 통하기 쉽다. 특히 우리나라는 배심원 제도를 채택하고 있지 않기 때문에 더욱 그렇다. 민사사건과 형사사건, 그리고 이혼사건이나 내가 겪은 문학사건 등에 이르기까지, 모든 것이 담당 재판부의 '고유권한'에 의해서 결정된다. 법관은 그야말로 무불통지(無不通知)의 만물박사인 것이다.

현재의 법제도는 설사 죄 없는 사람을 사형시키는 오판을 저질렀다는 것이 나중에 밝혀지더라도 판사는 전혀 책임을 지지 않는 체제로로 되어 있다. 하긴 판결 결과를 가지고 문책을 한다면 법의 집행이 어려워지겠지만, 어쨌든 직업의 측면에서 볼 때 별 불안감 없이 권위를 행사하는 것이 가능한 직업이 법관이라고 할 수 있다.

내가 서울 구치소에 수감되어 1심 재판을 받고 있을 때, 그곳 교도관 한 명이 내게 해준 말이 있다. 특히 내가 연루된 사건 같은 것일 경우 판사야말로 '신(神)'이라는 것이었다. 오로지 재판부의 시각에 따라 유죄냐 무죄냐, 또는 형량이 얼마냐가 결정되는 사안이기 때문이라는 것이다.

나는 참담한 심정으로 그 말에 고개를 끄덕일 수밖에 없었다. 누가 봐도 유죄가 분명한 절도나 강도 같은 명백한 범죄라 할지라도, 어떤 판사를 만나느냐에 따라 형량이 몇 년씩 줄거나 늘어나는 것이 현실이다. 그러니 판사는 신이라는 그 교도관의 말은 맞는 말이었다.

2심 재판을 받고 있을 때 재판부가 지정한 두 명의 감정인(작가와 문학전공 교수)이 무죄취지의 감정을 했다. 그랬더니 재판장은 너무 예술적 측면에 치우친 감정이라 믿을 수 없다며, 변호인의 강력한 이의제기에도 불구하고 감정을 다시 해보겠다고 했다. 그러면서 "이 사건은 10년만 지나가도 문화사적 코미디가 될 확률이 높지만, 현재로서는 어쩔 수 없이 사회적 통념을 따라갈 수밖에 없다"는 얘기를 하며 궁색한 사족을 달았다. 이미 유죄를 예단(豫斷)하고 있는 듯한 태도였다. 그러자 변호인은 내게 재판부의 공판 집행이 불합리하다고 하면서 재판부 기피신청을 고려해 보자고 했다. 하지만 나는 재판에 너무 지쳐 있었고 또 판사가 바뀌어봤자 별로 달라질 게 없을 것 같아 그냥 따라가자고 했다.

재판부는 실제적인 처벌 건의자라고 할 수 있는 '간행물윤리위원회'의 한 심의위원과 어느 정신과 의사, 그리고 어느 법학 교수를 새 감정인으로 위촉했다. 간행물윤리위원은 당연히 유죄취지의 감정을 했고, 법학 교수는 양비론에 가까운 어정쩡한 말을 하다가 나중에 가서 '사건'임을 내세워 유죄취지의 감정을 했고, 정신과 의사는 무죄취지의 감정을 했다(이상의 여러 감정서 및 기타 재판관계 문건들은 연세대 국문학과 학생회가 쓰고 엮어 사회평론사에서 펴낸 『마광수는 옳다』에 수록되어 있다).

그리고 나서 한참 시간을 끌다가 사법부의 인사이동으로 재판부 3인이 다 교체되었다. 새 재판부는 변호인의 변론과 내 최후진술만 듣고 나서 선고를 했는데, 항소기각 즉 유죄판결이 나왔다. 무죄취지의 감정들은 받아들일 수 없다는 이유에서였다. 그러니 재판과정이 어떻든 간에 결정은 판사의 고유권한이라는 말이 맞는 셈이 되었다.

나중에 재판기록을 떼어보니 1심부터 2심까지 내가 진술한 것은 모두 너무 간단히 요약되어 기록돼 있어 핵심을 놓치고 있었고, 1·2심의 최후진술 같은 것은 아예 기록도 안 돼 있었다. 그런 불충분한 기록을 갖고서, 또 증인이나 피고인의 진술을 직접 들어보지 않은 새 재판부가 판결만 내린다는 것은 피고인에게 너무나 불리한 일이라는 생각이 들었다. 아무튼 재판부가 너무 자주 바뀌고, 그럴 때마다 피고인 측은 '이번에 어떤 판사를 만나나' 하고 마음을 졸이게 되는 게 현실이라는 것을 나는 알 수 있었다.

그러니 재판부는 무섭다. 아니 법은 무섭다. 나는 『즐거운 사라』 사건으로 감옥에 갇혀 있는 동안, 평생 동안 '법에 대한 막연한 공포심'을 느끼지 않고서 살아갈 수 있는 직업은 오직 '법관'뿐이 아닐까 하는 생각이 들었다. 그리고 우리나라에서 아직도 사법고시 합격이 최고로 안전한 출세의 관문이 될 수밖에 없다는 사실을 슬픈 마음으로 인정할 수밖에 없었다.

사형수들을 위한 전도와 구명운동을 하고 있는 박삼중 스님을 만나 길게 얘기를 나눠본 적이 있다. 그분 말로는 사형수 가운데 반수 이상이 '억울한' 사형수라고 확신한다는 것이었다. 그들 모두가 살인 등의 죄를 저지르지 않고 진짜 무고한 사람들이라서 억울하다는 게 아니라, 사건에 대한 정황판단 등에 있어 사형까지 가는 형량을 선고받지 않아도 될 사람들이 사형수가 된 경우가 많다는 것이었다.

판사도 인간이라 실수가 없을 수는 없겠지만, 만약에 어떤 피의자가 변호사를 제대로 댈 수 없는 형편이라서 사형수가 됐거나, 정말로 죄 지은 게 없는데 억울하게 몰려 사형수가 됐다면, 이는 참으로 무섭고 황당한 일이다. 오판에 의해 무고한 사람이 사형당하는 예를 우리는 가끔 보는데, 그것도 나중에 가서 진실이 밝혀진 경우에 한한다.

한 사람의 목숨이 왔다갔다하는 판결을 인간이 내린다면, 그것도 사후(事後)에 전혀 책임추궁을 받는 일 없이 내린다면, 그게 바로 신이 아니고 무엇이겠는가. 그래서 선진국에서는 점차 사형을 폐지하는 추세로 나가고 있는데, 우리나라에서는 이상하게도 사형폐지운동이 별 반응을 얻지 못하고 있는 것 같아 안타깝기 짝이 없다.

전에 독일에서는 나치스에 협력한 법관들이 나치스 패망 후에도 계속 법관 노릇을 했다 하여 뒤늦게 사회문제가 된 바 있다. 나치스가 망하고 난 지 50여 년이나 되어 그런 문제가 터진 것을 보니 법관의 권위가 대단하긴 대단한 모양이다. 우리나라의 경우에도 일제시대부터 해방 이후 정권이 여러 번 바뀔 때까지, 법관들은 한 번도 문책을 당하지 않았다. 뒤늦게라도 친일파 법관이라든가 어용 법관 문제에 대해 독일에서처럼 범사회적 논의가 일어난 적이 한 번도 없다. 오판을 하거나 독재정권의 시녀 노릇을 한 법관들이 책임추궁이나 처벌을 받은 적이 한 번도 없다. 그러니 법관은 참으로 부러운 직업이다.

사람이 사람의 운명을 직접적으로 좌지우지하며 사디즘에 가까운 야릇한 쾌감을 은연중 느낄 수 있는 직업으로는 법관과 의사가 있고, 넓게 보면 교육자도 그 안에 들어간다. 그런데 그중에서도 가장 능동적으로 사람의 운명을 바꿀 수 있는 직업이 바로 법관인 것이다.

의사는 잘못 치료하면 고소당하기 쉽다. 교육자도 언제나 문책당할 소지가 많다. 나는 선생 노릇을 하면서 학생들의 학점을 매길

때마다 막연한 두려움(잘못 채점했을 경우 항의가 들어올까 봐서)과 야릇한 쾌감을 함께 느끼곤 했다. 그러나 점수를 잘못 매겨 시말서를 쓰게 되는 경우도 있었으므로 두려움 쪽이 점점 더 커졌다.

법관도 물론 고민이 많을 것이다. 그러나 적어도 잘못 판결했다고 (검사의 경우는 잘못 기소했다고) 고소당하지는 않는다. 혹 나중에 문제가 돼 시끄러워지면 법복을 벗고 변호사가 되면 그만인 걸로 나는 알고 있다.

'법치주의' 이상 가는 질서유지책은 사실상 아직 없다. 그러나 법을 감시하는 기능 역시 함께 발전해야만 진정한 법치주의가 이루어진다. 중세기의 마녀사냥도 '법'의 이름으로 했고, 갈릴레이의 재판도 '법'의 이름으로 했다는 사실을 우리는 늘 기억해야 한다.

인간은 왜 법을 만들게 된 것일까? 다수의 인간이 사회라는 것을 만들어 그 안에서 살아가게 됐기 때문일 것이다. 사회를 유지해 나가려면 일정한 규약이 필요할 수밖에 없다. 마음대로 죽이고 마음대로 훔친다면 인간사회는 야만 그대로의 상태로 변해버릴 것이다.

서구법의 근간이 되는 로마법은 원래 개인의 이익을 보호하기 위해서 생겼고, 특히 르네상스 이후 그런 성격은 더욱 강화되었다. 그러나 20세기에 들어서면서부터 '공동체 의식'이 법의 개념 안에 포함되어, 개인의 권리만을 강조하던 것을 중지하고 '윤리적인 의무'를 개인의 권리 속에 포함시켰다. 이를테면 재벌의 독과점 금지 조항 같은 것은 20세기 이후에 생겨난 것이다.

개인의 이익추구권이나 자유권을 중시할 것이냐, 공동의 이익을 중시할 것이냐 하는 문제는 법학자들 간에 상투적인 논쟁거리로 되어 있다. 그런데 그런 논쟁의 와중에서 마음을 졸이는 것은 피의자들인 것이다. 말장난에 가까운 법적 논쟁이 교묘한 결과를 낳는 예를, 우리는 셰익스피어의 『베니스의 상인』에서 볼 수 있다. 탐욕스런 유대인으로 그려진 샤일록은 당시의 유대인 멸시풍조 때문에 희생된 '억울한 죄인'이라는 판단을 내리는 현대의 법학자들이 많다.

법의식이나 법철학이 어떻게 변천해 왔든지 간에, 실제로 법이 인간 개개인에게 얼마나 많은 이득을 주었으며 얼마나 행복하고 안전한 삶을 보장해 주었는가 하는 문제를 놓고 생각해 본다면, 우리는 법에 대해 상당한 회의를 품지 않을 수 없다. 법은 정의의 편이 되어 정의를 구현하는 데 선봉이 돼야 마땅한 것으로 되어 있지만, 실상은 그렇지 못한 경우가 많았기 때문이다. 당장 우리나라의 헌법 변천사만 생각해 봐도 그렇다. 법은 언제나 권력의 편이라고 생각하는 사람들이 법을 진심으로 신뢰하는 사람들보다 훨씬 더 많은 게 우리나라의 현실인 것이다.

도둑질을 하면 벌을 받는다거나, 사람을 죽이면 벌을 받는다거나 하는 식의 기초적 법의식 면에 대해서는 이의를 제기할 사람이 별로 없을 것이다. 하지만 그런 상식적인 법의식에조차 장자(莊子)는 회의를 표시했다. "사과 한 알을 훔치면 도둑이 되고, 나라를 훔치면 왕이 된다. 한 사람을 죽이면 살인범이 되고, 수만 명을 죽이면 영웅이 된다. 그러니 '훔친다'는 것과 '죽인다'는 것이 진짜 죄라는 근거가 무엇인가?" 이것이 장자가 한 말이다.

1995년에도 한국 검찰에서는 '성공한 내란은 처벌할 수 없다'는 법이론을 내세워 논란의 표적이 된 바 있는데, 법이론을 가지로 왈가왈부하는 것을 볼 때마다 나는 법이 '상식'을 못 따라간다는 것을 절감하곤 한다.

법은 원래 원시공동체의 합의적 규약이었고 그때의 법은 간단했다. 우리나라 고조선 시대의 법이라고 하는 '8조(條) 금법(禁法)'이나 이스라엘의 '십계명' 같은 것이 그것이다. 그러나 사회가 커지고 국가권력이 강해질수록 법은 점점 더 복잡해지고 형벌은 더욱 강화되었다.

중국의 문헌들을 보면 태평성대를 묘사할 때 '법이 간단했다'고 표현하는 말이 많이 나온다. 노자(老子)는 "법이 없어야 법이 선다"고 말했는데, 그때부터 벌써 법이 복잡해지기 시작해서 백성들을 괴롭혔기 때문에 나온 말일 것이다.

법을 가지고 국가권력을 강화하고 백성들을 복종시키려고 했던 대표적인 군주는 진시황이다. 그는 법가(法家)의 통치이론을 받아들여 세세한 법을 만들어 백성들을 꼼짝 못하게 만들고 불평을 막았다. 동시에 많은 죄수를 양산하여 그들을 강제노역에 종사케 함으로써 만리장성이나 아방궁 등 위압적인 건조물들을 만들어낼 수 있었다.

그러나 진나라는 진시황의 아들 대(代)로 끝나고 말았는데, 그렇게 빨리 망하게 된 이유는 결국 엄혹한 법 때문이었다. 내란 진압을 위해 징집된 장정들은 기일 안에 집합 못하면 법에 걸려 죽게 될 것을 겁내어, 이래도 죽고 저래도 죽을 바에야 차라리 반란을 택하는 편이 낫다고 생각했던 것이다.

법이 아주 없으면 안 되지만, 법이 권위주의로 흐르거나 지나치게 개인의 자유권을 억압하고 인권유린의 수단 역할을 하게 되면 일반 백성들이 살아가기 힘들어진다. 나는 인류의 역사가 '법에 의한 질곡의 역사'였다고 봐도 과언이 아니라고 생각하는데, 외형상 법이 어떤 형태로 만들어졌든지 간에 법은 언제나 개인의 권익옹호나 인권신장의 편에 서기보다 권력유지의 수단으로 더 기능한 것 같다는 생각이 들기 때문이다.

그래서 동양이든 서양이든 예부터 명문가(名文家)의 자제들은 '법을 집행하는 사람'으로 키워졌고, 지금도 그것은 마찬가지라고 본다. 그러니까 인간사회는 '법을 집행하는 사람'과 '법에 공포를 느끼며 살아가는 사람' 두 부류로 나뉘어, 두 부류 간의 끊임없는 갈등 속에서 유지되어 온 셈이다.

법이 얼마나 가혹하게 인권을 유린하는지, 그리고 법을 집행하는 사람들의 냉혹한 사디즘이 얼마나 무서운 것인지를 파헤친 작가들은 무수히 많다. 그중에서도 가장 대표적인 작가를 들라면 역시 빅토르 위고가 될 것이다. 그가 쓴 소설 『사형수 최후의 날』과 『레 미제라블』은 법 때문에 망그러져가는 인간 개인의 불행을 그리고 있다. 또한 그의 『파리의 노트르담』 역시 종교재판관의 위선과 가학성을 그린 소설이라고 할 수 있다.

장 발장은 빵 한 덩이 훔친 죄로 19년을 옥살이하고 나와서도 평생 동안 자베르 형사의 추적을 받아야 했다. 소설에는 장 발장이 나중에 돈도 벌고 인격적으로도 성숙해지는 것으로 그려져 있지만, 실제로 그런 예는 거의 없을 것이다. 그것은 뒤마의 『몽테 크리스토 백작』 같은 소설 역시 마찬가지다. 억울한 옥살이 끝에 기적적으로 탈옥하여 벼락부자까지 되는 사람이 어디 있겠는가.

유명한 법언(法諺)에 "열 사람의 범인을 놓치는 한이 있더라도 한 사람의 억울한 죄인을 만들어서는 안 된다"는 말이 있다. 나도 『즐거운 사라』 사건 재판 최후진술 때 이 말을 인용했다. 그러나 현재의 사법제도로는 이런 말이 별 소용이 없다는 것을 알게 되었다. 이것은 우리나라뿐만 아니라 선진국의 경우라도 결국은 마찬가지일 거라고 생각되는데, 아무리 사법제도를 합리적으로 개선시켜 봤자 '인간이 인간을 심판하는' 범주를 넘어설 수는 없겠기 때문이다.

공자가 희구한 성군(聖君)에 의한 덕치(德治)가 불가능한 것처럼 솔로몬의 재판 같은 명판결을 희구하긴 어렵다. '명판결'이란 말이 존재한다는 것 자체가, '판결'이 그만큼 어렵고 억울한 희생자가 나올 가능성을 내포하고 있다는 사실을 증거해 주는 것이라고 할 수 있다.

아득한 고대에는 인간이 인간을 판결하지 않고 점(占)에 의해 판결했다. 법(法)이라는 한자의 자형은 물이 흘러가는 모양으로 되어 있지만, 원래의 고자(古字)는 흐르는 강물을 이용하여 점을 쳐보는 형태로 되어 있다. 그래서 나는 인간이 인간을 심판하는 것보다 점을 쳐서 판결하는 것이 차라리 더 나을지도 모른다는 역설적인 생각조차 해보게 된다. 왜냐하면 유죄냐 무죄냐 하는 심각한 판단은 별개로 치더라도, 구속·불구속의 결정이나 형량의 결정, 그리고 집행유예 유무의 결정에는 운(運)이 따른다고 믿는 사람들이 실제로 많기 때문이다.

양형(量刑)의 형평성이 부족하다는 것은 요즘 법조계 자체 내에서도 논의가 될 정도로 중대한 문제로 되어 있다. 같은 죄를 짓고서도 어떤 사람은 3년 징역살이를 하고 어떤 사람은 5년 징역살이를 한다면 그 차이는 엄청나다. 감옥살이 2년이란 실로 무서운 것이다. 그래서 나는 사법연수원에서 연수과정의 하나로, 법관 후보생들에게 하루라도 감옥살이 체험을 시키는 프로그램을 집어넣도록 권하고 싶다.

형벌을 강화하고 구금률을 높인다고 해서 범죄가 감소하지는 않는다고 보는 것이 진보적 법학자들의 견해이다. 이를테면 빵을 훔치는 절도범이 늘어날 경우, 빵의 공급은 늘리지 않고 형벌만 강화시킨다면 절도범은 절대로 줄어들지 않는다.

이것은 성(性)과 관련된 사안도 마찬가지다. 성적 정보나 성적 카타르시스에 대한 수요가 늘어나고 개인의 성관(性觀)이 달라져가는 추세에서, 음란물규제법이나 미성년자보호법 등 지나치게 수구적인 윤리에 치중해서 만들어진 법들을 더 강화시켜 나간다면 별 효과가 없을 수밖에 없다. 풍속에 관련된 법률에 대해 회의와 의구심을 느끼는 사람들이 늘어나고 있는 것이 현금의 추세라는 것을 직시해야 한다.

그런데도 우리 사회에는 수구적 봉건윤리 신봉자들이나 법 만능주의자들이 많아서, 개인의 사생활이나 생각 또는 상상까지도 법으로 규제할 수 있다고 믿는 이들의 발언권이 의외로 드세다. 그래서 법을 점점 더 퇴보하게 만들고, 법에 대한 신뢰를 떨어뜨리는 것이다.

사형제도의 존폐여부도 마찬가지다. 사형제도로 인해 억울한 사형수가 나오면 어떻게 하느냐는 질문에 어느 사형제도 옹호론자가, "그것도 자기 팔자지요"라고 대답하는 것을 듣고 나서 나는 기가 막혔다. 성범죄도 노출이 심한 의상이나 야한 표현물들을 단속하면 싹 줄어들 거라고 생각하는, 단순하다 못해 무서운 사고방식을 가진 사람들이 우리나라엔 의외로 많다.

우리는 암울했던 1970년대 유신시절의 기억을 가지고 있다. 남자의 머리카락이 길면 경찰이 가위로 자르거나 유치장에 처넣고, 여자의 치마가 짧으면 즉심에 회부했다. 노래 가사가 '허무'해도 걸리고 성을 조금만 암시해도 걸렸다. 소설이나 영화는 더 말할 것도 없었다. 그런데도 요즘 다시 '파괴적인 내용으로 된 노래 가사' 단속 얘기나 이른바 '퇴폐적 표현물' 처벌 얘기가 버젓이 나오고 있다. 당국을 비난하기 전에 그런 발상을 지지하는 극우적 도덕주의자들이 나는 더 얄밉다.

자유민주주의 국가에서는 물론 어떤 주장이라도 할 수 있다. 설사 모든 국민들을 갓 쓰고 상투 틀게 강제하자고 해도 그런 주장 자체를 나무랄 수는 없다. 그러나 문제는 그런 주장이 반드시 '법'과 연대하여 이루어진다는 사실이다. 역사의 시계바늘을 거꾸로 돌려 놓으려고 하는 이들이 다반사로 외쳐대는 게 바로 '법'이다.

인류의 역사가 '법이 점점 더 복잡해지고 세밀해져 간 역사'였다고 본다면 인류의 미래는 어둡다. 미래소설이나 미래영화들 중에는 과학이 엄청나게 발전했음에도 불구하고 세세하고 황당한 법으로 국민들을 괴롭히는 사회를 그리고 있는 것이 많다. 조지 오웰의 『1984년』이 그렇고 헉슬리의 『멋진 신세계』가 그렇다. 작가 개인의 발상이나 예감이라기보다는 인류 전체가 갖고 있는 집단무의식이 작용한 탓일 것이다.

판사 출신의 어느 변호사는 내게 이렇게 말했다. "형사사건에 걸려들었다면 몰라도, 민사소송을 걸어 재판을 하려는 사람들은 정말 재고해 봐야 합니다. 법은 절대로 정의의 편이 아닙니다. 결국은 사람이 판단을 내리는 것이라서, 여러 가지 변수나 감정이 작용하게 마련이기 때문이지요."

이런 형편이니 법철학이나 법이론을 운위하며 논의를 거듭한들 무슨 소용이 있겠는가. 우리는 우선 '법'에 대한 과다한 공포심이나 경외심, 그리고 불신감을 갖는 사회분위기를 개선시키기 위해서라도, '상식'의 중요성에 대해 다시 한번 진지하게 생각해 봐야 한다.

2000년 전에 태어난 예수는 법의 희생자이기 이전에 법을 미워한 사람이었다. 그는 바리새인들을 중심으로 하는 '율법주의자'들을 증오했다. 『신약성서』에 나와 있는 예수의 언행을 면밀히 음미해 보면, 율법주의자들에 대한 신경질적인 분노와 증오심이 지나치다 싶으리만치 자주 나타난다. 그린 점에서 볼 때 예수는 법에 짓눌려 살아갈 수밖에 없는 인간의 질곡을 정확히 꿰뚫어봤던 인물이었다. 그런데 아이러니컬하게도 그런 예수를 교조로 떠받든 서양 중세기의 기독교는 법에 의한 종교재판으로 인류를 더욱 괴롭혔다.

공자의 언행을 기록한 책 『공자가어(孔子家語)』를 보면 이런 얘기가 나온다. 공자가 제자들과 함께 산중을 지나가다가 어떤 여인이 슬프게 울고 있는 것을 보았다. 그 까닭을 묻자 여인은, 시아버지와 남편 그리고 아들이 호랑이에게 잡아먹혔기 때문이라고 했다. 그래서 공자는 여인에게, 그럼 왜 이 산중을 떠나 마을로 내려가서 살지 않느냐고 물었다. 그러자 여인은 '잔학한 정치'가 호랑이보다 더 무섭기 때문이라고 대답했다.

그 여인이 말한 '학정(虐政)'은 곧 '법'을 가리킨 것이나 다름없다. 그런데도 공자는 계속 덕치(德治)나 떠들며 핵심을 놓치는 말만 하고 있었으니 꽤나 답답한 사람이었다.

법은 인간사회를 유지시켜 나가는 동맥이나 다름없다. 그러나 법이 너무 고압적으로 나가면 핏줄이 터져 생명까지 잃게 된다. 이제부터라도 인류는 법과 형벌, 그리고 인간 개인의 권리에 대해 새롭게 생각해 보는 전기를 마련해야 할 것이다.

10. 인간은 상징의 울타리에 둘러싸여 있다

인간은 '상징적 시각'을 갖게 되면서부터 다른 동물들과 구별되는 특징을 지니게 되었다. 상징은 인간을 '생각'으로 이끌어간 원천적 에너지였다. 인간을 동물과 가장 다르게 만든 것은 인간 특유의 복잡한 '언어'인데, 언어야말로 상징의 산물이었던 것이다. 언어는 인간이 현실세계와 교섭하고 현실세계를 이해하는 데 있어 없어서는 안 될 도구인 바, 이 언어의 속성 전부를 상징이 지배하고 있다.

인간은 언어를 발달시켜 나가면서 이른바 '이성'이라는 것을 갖게 되었다. 그렇지만 인간으로 하여금 현실을 직관하게 하고 현실에 대한 상념을 결정·조형하도록 만들어주는 것은 이성이 아니라 '인간의 심성' 전체라고 할 수 있다. 인간의 심성은 본능적 감각과 직감, 상상력과 잠재의식, 감정과 의욕, 논리적 사고와 추상적 사고 등이 합쳐진 것인데, 이러한 심성의 활동을 전반적으로 지배하고 있는 것이 바로 '상징'인 것이다. 따라서 인간의 본질에 관한 문제를 이성적 성찰이나 외부적 관찰로만 해결할 수는 없다. 인간 심성의 본질인 상징기능을 분석하고 연구해야만 해결의 실마리를 찾을 수 있는 것이다.

'상징(symbol)'과 비슷한 것으로 '신호(sign)'가 있다. 상징이 다의적(多義的)인 데 비해 신호는 일의적(一義的)이라는 점이 다르다. 신호에 대해서는 동물이나 인간이나 모두 즉각적인 반응을 한다. 다시 말해서 거기에 대해 깊이 있게 사고하는 일 없이 곧바로 행동으로 나아간다. 그러나 상징에 대해서는 인간만이 특별한 반응을 보인다. 즉 더딘 속도로 대상을 해석해 나가면서 깊이 있는 다원적 사고로 몰입해 들어가는 것이다.

교통신호등의 '빨간색'이 신호라면 추상화에 칠해진 '빨간색'은 상징이다. 교통신호등의 빨간색은 '정지'의 의미만을 갖지만, 추상화의 빨간색은 '열정'·'피'·'저녁노을'·'관능' 등 다양한 의미를 갖는다.

인간은 정신생활의 여러 가지 의미를 상징에 담는다. 그래서 인간의 문화는 무수한 '상징적 표현물'로 이루어져 있다. 인간은 깊고 복잡한 정신생활, 즉 생각하는 생활을 하지 않으면 안 되게끔 진화되어 있기 때문이다.

"신은 죽었다"고 외치며 성서에 대해 지나칠 정도의 비방을 해대던 프리드리히 니체는, 뜻하지 않은 심대한 타격을 받고 성서에 대한 그의 태도를 1백 80도로 회전시켰다. 그는 『신약성서』가 '상징의 세계'에 속한다는 위대한 인식을 하게 되었던 것이다. 그래서 그는 그의 저서 『안티 크리스트』에서, 초기의 사도들이 '다의적인 상징으로 표현된 예수의 사상'을 그들의 '단순하고 조잡한 사고방식'으로 안이하게 해석해 버린 사실을 비난하게 되었다. 니체의 주장에 의하면, 교회조직은 그들 나름대로의 자의적(恣意的) 해석을 통해 예수가 말한 상징을 왜곡시킴으로써 역사를 '야비(野卑) 상태'로 이끈 죄를 범했다는 것이다.

이런 측면에서 볼 때 니체는 다분히 예언자적 면모를 갖추고 있던 사상가였다. 그는 상징은 인간을 본질에 도달하게 하는 유일한 통로요, 규격화된 이성을 자유로운 상상력으로 연결시켜 주는 유일한 도구라는 것을 이미 깨닫고 있었다. 그의 예리한 직관력은 현대인들에게 섬광과 같은 충격을 주며 더욱 접근해 오고 있다. 그의 혜안은 상징의 문제를 새롭게 조명하여 신학의 일대 전환기를 마련해 놓았다.

니체가 제시한 해석에 의하면, 상징적 표현으로서의 '아버지'와 '아들'이 뜻하는 바를 명백히 파악하기는 어렵지만, 대체로 다음과 같은 의미를 지니고 있다는 것이다. 즉 '아들'이란 말은 모든 사물들이 총체적으로 변화되어 도달하게 되는 '축복받은 상태'로의 첫 출발을 의미하는 것이며, '아버지'란 말은 그런 축복받은 상태 곧 '영원성과 완전성이 갖추어진 상태'를 나타내는 것이라고 한다. 그의 이런 상징 해석에 비추어볼 때, 니체가 기독교의 역사를 '예수의 상징적 담론을 난폭하게 오해해 간 역사'로 간주한 것은 당연한 추론이라고 할 수 있다.

상징의 본질은 무엇일까? 이런 물음에 뚜렷한 해답을 제시할 수는 없다. 왜냐하면 설사 해답을 제시한다 하더라도, 그것은 또 다른 '언어적 상징'의 도움을 필요로 하지 않으면 안 되기 때문이다. 우리는 온갖 상징형식들에 둘러싸여 살아가고 있는데, 그중 가장 큰 상징형식은 역시 언어라고 할 수 있다. 그런데 언어는 별다른 이유 없이 사물에 자의적 명칭을 부여하여, 사물을 언어적 상징의 범주 안에 가둬버리고 있는 것이다.

인간은 언어적 상징의 울타리에 갇혀 일정하게 한계 지어진 사고방식을 갖고서 살아갈 수밖에 없다. 이런 측면에서 보면 인간이 이룩한 모든 철학적·종교적 사고는 그것이 언어에 바탕을 두고 있다는 점에서 한계성을 벗어날 수 없을 것 같아 보인다. 따라서 우리는 인간이 '상징적 인식 안에 머무르는 존재'라는 사실을 우선 인정해야 한다. 모호하기 짝이 없는 '상징'의 속성이 가져다주는 여러 가지 혼합된 의미들이 인간의 시야를 가리고 있다.

그럼에도 불구하고 상징이 인간을 형이상학적 인식의 상태로 이끌어 복합적인 문화(긍정적 의미로든 부정적 의미로든)를 창출시켰다는 것 또한 의심할 수 없는 사실이다. 인류의 역사를 살펴보면 모든 정신문화의 결과물들은 '뭉뚱그려진 상징의 형태'를 표상의 형식으로 삼고 있고, 특히 종교적 게시나 예술적 표현은 모두 상징의 형태에 담겨 있다는 것을 알 수 있다. 억압된 잠재의식이 작용하여 생기는 '꿈'을 현실화시키려고 노력하게 된 것도, 상징적 인식에 보다 깊숙이 접근해 들어가려는 인간 특유의 의지가 발현됐기 때문이었다.

하지만 상징은 여러 가지 복잡한 의미들이 엇갈려 복합된 형태로 드러나게 마련이어서, 인간을 신비주의적 미망(迷妄)과 시행착오에 빠지게 만드는 요인이 되기도 한다. 상징은 인간으로 하여금 총체적 우주관에 접근할 수 있는 기회를 마련해 주지만, 상징의 그릇된 해석은 인간을 본원적 진실로부터 더욱 멀어지게 하여 전혀 엉뚱한 결과를 빚어내기도 하는 것이다.

인간은 마치 커다란 뭉게구름에 휩싸여 있는 것처럼 희미하고 불가해(不可解)한 상징체들에 둘러싸여 살아가고 있다. 상징이 갖고 있는 여러 가지 다원적 특성 중에서 인간에게 가장 큰 영향을 미치고 있는 것은 역시 '역동적 기능'으로서의 '상징의 연역성(演繹性)'일 것이다.

중국 청나라 시대의 포송령(蒲松齡)이 편찬한 전기소설집(傳奇小說集) 『요재지이(聊齋志異)』에는 상징을 주제로 한 여러 가지

이야기들이 실려 있는데, 그 가운데서도 「금고부(金姑夫)」라는 소화(小話)는 상징이 발휘하고 있는 연역적 기능을 단적으로 시사해 주고 있다. 다음에 그것을 그대로 인용해 본다.

회계(會計)에 매고(梅姑)의 사당이 있다. 신(神)인 매고는 본디 성을 마(馬)라 하였고 일족은 동원(東苑)에서 살았다. 시집가기 전에 약혼자가 죽었으므로 다시는 시집가지 않겠다는 맹세를 세우고 삼십 일쯤 해서 죽었다. 일족이 이를 사당에 제사지내고 매고(梅姑)라고 했던 것이다.

병신년에 상우(上虞)의 금(金)이란 사람이 시험을 보러 가는 도중 이곳을 지나갔다. 금은 사당에 들어가 어슬렁어슬렁하면서 이런저런 명상에 잠겨 있었다. 밤이 되었을 때 꿈에 여종이 나타나 매고의 분부라고 하며 부르러 왔다고 말했다. 금이 그 뒤를 따라 사당 안으로 들어가니 매고가 마루 아래서서 기다리고 있었다. 매고는 웃으면서 말했다.

"잘 오셨습니다. 진심으로 흠모하고 있었어요. 만약 이곳의 누추함이 싫지 않으시면 이 사람은 즐겨 그대를 모시고자 합니다."

금이 승낙하자 매고는 밖으로 전송해 나오면서 말하였다.

"우선 밖에 나가 계십시오. 제가 집안을 정돈해 놓고 나서 맞으러 가오리다."

금은 꿈에서 깨고 나니 그 여인이 밉살스러웠다.

그날 밤 그 지방의 주민이 꿈에 매고를 보았는데,

"상우(上虞)의 금 도령님이 지금 내 남편이 되었으니 상(像)을 만들어 드리셔요."

하고 말하는 것이었다.

이튿날 아침에 마을 사람들이 모여 얘기하니 모두가 같은 꿈이었다. 그러나 마씨(馬氏)의 족장(族長) 되는 사람은 매고의 정절을 더럽히는 것이 두려워 신의 분부를 좇지 않았다. 그런데 얼마 지나지 아니하여 마씨 일족(一族)이 병이 났으므로 크게 두려워해 금의 초상을 매고의 왼편에 만들어놓았다. 초상이 만들어진 뒤 금은 그의 부인에게,

"매고가 영접을 왔다."

하고 말하며 의관을 정제하더니 죽어버렸다.

처는 원통히 생각하여 사당에 나아가 여인의 초상을 더럽히며 욕을 하고, 또 신(神)의 자리에 올라가서 네댓 번 뺨을 치고 돌아갔다. 이제 마씨는 금씨의 부인, 즉 금고부(金姑夫)라 불리워지고 있다.

위의 이야기에서 우리가 주목해야 할 것은 매고(梅姑)의 변절이 아니라 금(金)의 초상에 관한 기록이다. 금이 매고의 사당에서 잠들었을 때 매고를 꿈에서 보고 매고의 남편이 되기를 승낙했으나,

당장은 죽지를 않았다. 주민들이 결국 매고가 시키는 대로 금의 상(像)을 만들어놓자 그때 비로소 금이 죽었던 것이다. 금의 죽음은 매고가 영접을 왔기 때문이기도 하지만 자신의 초상 때문이라는 것을 알 수 있다.

마씨의 족장 되는 사람이 매고의 정절이 더럽혀지는 것이 두려워 상(像)을 만들지 않자 매고는 노여워하여 그들에게 병을 내리는 벌을 줬는데, 그 정도의 신력(神力)을 갖고 있는 매고도 마음대로 금을 죽여 남편으로 맞이할 수가 없었다. 마씨의 족장이 사당에다 금의 상(像)을 만들어놓은 다음에야 비로소 금을 데려갈 수 있었던 것이다.

그렇다면 매고 역시 사람들이 그녀의 상(像)을 만들어놓은 다음에 가서야 비로소 신력(神力)이 생겨났다는 말이 된다. 만약 주민들이 금의 초상을 만들지 않고 매고의 상(像)을 아예 없애버렸다면 어떻게 되었을까? 그러면 매고의 신력(神力) 자체가 소멸해 버리지 않았을까? 이런 가정을 충분히 해볼 수 있다.

우리는 여기서 상징이 갖고 있는 위력을 쉽게 추리해 낼 수 있다. 금의 초상은 일종의 상징이다. 그것은 금 자신과는 하등의 관련도 없는 한낱 그림에 불과한 것이지만, 그 그림이 만들어지고 나서야 매고는 금을 자신의 곁에 불러들일 수 있었다. 말하자면 금 스스로가 먼저 있고 그 다음에 금을 본떠 만든 초상이 생긴 것이지만, 오히려 나중에 생긴 초상이 금의 운명을 결정하고 만 것이라고 볼 수 있다.

이런 식으로 생각해 보면, 매고가 신령으로서의 힘을 발휘하게 된 것도 사람들이 사당을 세우고 초상을 걸었기 때문이라고 할 수 있다. 말하자면 어떤 대상물이 먼저 있어 거기서 상징이 생겨나는 것이 아니라, 상징이 먼저 있어 거기서 대상물이 생겨나고 상징의 지배를 받게 되는 것이다. 이런 현상을 '상징의 연역작용(演繹作用)'이라고 이름붙일 수 있다.

우리는 상징적 표현물을 '상징화되기 이전의 실체'와 동일시하게 되는 수가 많다. 인간의 언어 자체가 이미 상징적 성격을 갖고 있기 때문에 더욱 그렇다.

가령 아름다운 여인을 표현할 때 그저 "그 여인은 아름답다"라고만 하면 의미가 잘 전달되지 않는다. 상징적 표상을 동원하여 "그 여인은 장미꽃 같다"라고 해야 오히려 의미가 잘 통하게 되고 더 충실한 표현이 되어주는 것이다. 그러면 그 말을 듣는 사람은 일반적인 여인의 얼굴에다 장미꽃의 이미지를 포개어 여인의 아름다움을 연상해 보게 되고, 나중에는 오히려 여인의 실체보다도 '장미꽃'이라는 상징물을 더욱 중요한 실체로 머릿속에 떠올리게 된다.

'상징의 연역작용'은 이렇듯 인간의 사고구조 전체를 지배하고 있는데, 특히 관념적 언어들을 주의 깊게 살펴보면 그런 사실을 감지할 수 있다. 이를테면 철학에 있어 형이상학이나 실재론 같은 것은, 일종의 상징으로 표현된 비본질적 명칭들을 탐구의 대상으로 삼고 있다는 점에서 직접적인 대상과는 거리가 먼 것이다.

그것은 자연과학에 있어서도 마찬가지여서, 과학적 추리의 기본 단위인 양자니 전자니 하는 것들은 사실 과학자들이 구성한 일종의 상징적 개념에 불과하다. 형이상학적 개념이 아닌 물질적 개념이라고 해도 그것 역시 상징의 산물임에 틀림없다. 인간은 이런 상징적 개념어(概念語)에 생각을 투영시켜 본질을 추리해 내고 있는 것이다.

예를 들어 우리가 '공간(空間)'에 대해서 생각해 본다고 할 때, 처음 뇌리에 떠오르는 것은 공간의 본질보다는 '공간'이라는 말이 갖는 언어적 음감(音感)과 글자의 자형(字形) 등이다. 말하자면 우리는 본래의 존재로서의 공간보다는 '공간'이라는 언어형상을 통해 비로소 공간을 생각해 내게 되는 거꾸로 된 과정을 밟고 있다. 즉 사고(思考)를 본질적 대상물에서 귀납적으로 끄집어내는 것이 아니라, 간접적 상징형식을 통해 연역적으로 끄집어내는 것이다.

이러한 '상징의 연역현상'이 우리의 모든 사고과정을 지배하고 있는데, 그것은 사고의 도구역할을 하는 언어라는 매개물이 다분히 모호하고 추상적인 성격을 갖고 있는 데 기인한다. 모든 만물은 스스로의 '독자적 실체'로 인간에게 인지되지 않는다. 무엇이든 그것을 뭉뚱그려 표상해 줄 수 있는 상징물이 필요한 것이다.

상징의 긍정적 효용은 한 가지로 다른 것을 추리하여 무한히 많은 사실들을 유추해 낼 수 있다는 점에 있다. 하지만 그 과정이 연역적일 수밖에 없으므로, 오히려 실상(實相)의 본질이 가려지고 독단적 선입관의 오류 속에 빠져들 위험성이 생긴다. 그러므로 우리는 상징의 효용성을 인정하는 동시에, 또한 그것이 야기하는 위험성을 경계하는 유연성 있는 자세를 취할 수 있어야 한다.

'상징의 연역성'이 가장 큰 영향을 미치고 있는 것은 아마도 종교와 관련된 방면에서일 것이다. 앞에서 예로 든 금고부(金姑夫)의 이야기에서 매고는 민간신앙의 대상이 되고 있는데, 그녀 스스로가 죽어서 신이 된 게 아니라 주민들의 신앙심이 그녀를 신으로 만든 것이라고 볼 수 있다. 고등종교의 형태로든 미신의 형태로든, 모든 종교는 다 이런 '상징의 연역성'으로부터 출발한다.

'신(神)'이라는 말로 표현된 막연한 상징적 개념이 많은 사람들을 광신으로 몰아가기도 했고, 깊은 신념을 줌으로써 정신적 평안을 맛보게 하기도 했다. 기독교 신학자 폴 틸리히는, "신을 인격적 개념으로 이해해서는 안 되고, '인간들 마음속에 공통으로 작용하고 있는 궁극적 관심'의 상징으로 이해해야 한다"고 주장한 바 있다. 이런 주장이 나오게 됐다는 것은, 인간의 사고구조가 상징의 속성을 이해하는 쪽으로 발전했다는 것을 보여주는 한 증거가 될 것이다. 또한 인도의 힌두교 철학자 라드하크리슈난은 신의 상징적 의미를 '우주만물 상호간의 사랑'으로 보았는데, 이 역시 한 걸음 앞서 나간 상징 이해의 측면이라고 볼 수 있다.

종교적 신앙은 어떤 대상물에 대해 상징적 신격성(神格性)을 불어 넣는 것에서부터 출발한다. 그러면서 신격화된 대상물에 대한 '이름 붙이기'로 이어지는데, 그 대표적 예로 중국의 '천(天)'이나 이스라엘의 '여호와(하늘에서 온 사람이라는 뜻)'를 들 수 있다.

이런 명명작용(命名作用)은 인간의 마음속에 최면적 신념을 불러일으켜 종교적 신앙심을 자리 잡게 만든다. 『구약성서』에 나오는 '모세의 십계명' 가운데 "신의 이름을 함부로 부르지 말라"가 들어 있는 까닭은, 어떤 대상물(이를테면 '우상' 같은 것)이든지 간에 그것에 일단 상징적 명칭을 부여하게 되면 미신적 신앙으로 화할 가능성이 높다는 것을 모세가 알고 있었기 때문일 것이다.

이런 설화가 있다. 어느 마을에 홍수가 나서 냇물이 불었다. 그때 냇물 위로 커다란 뱀 한 마리가 떠내려가는 것이 보였다. 그러자 어떤 아이 하나가 그 뱀을 보고 "야, 저 용(龍) 좀 봐라!" 하면서 동무들에게 떠들어댔다. 아이들은 그것이 용이 아니라 큰 뱀에 불과하다는 것을 알고 있었기 때문에 소리 지른 아이를 보고 웃으며 나무랐다. 그러고 나서 다시 냇물을 보자, 그 뱀은 갑자기 커다란 용으로 변해 하늘로 날아올라 가는 것이었다.

이 이야기는 명명행위(命名行爲)가 사물의 실상에 얼마나 큰 영향을 미치며, 영향을 미치는 정도가 아니라 아예 사물의 본질을 변화시키는 데까지 이른다는 것을 보여주는 좋은 예라 하겠다. 동서양을 막론하고 사람의 이름으로 운명을 점치는(또는 이름을 바꾸면 운명이 바뀐다고 믿는) '성명학'이 발달한 것은 이런 맥락에서일 것이다.

어떤 형태의 종교라 할지라도 그것이 생겨난 배경에는 상징의 연역작용으로 인해서 빚어진 오해가 개입하고, 그런 오해가 오히려 신앙의 주축을 이룬다. '신'이라는 단어가 이 세상에 존재하고 나서부터, 인간의 마음속에는 이미 신의 실상이 자리 잡고 있다고도 볼수 있는 것이다. 종교적·철학적 도그마로서의 '상징적 이름'이 갖는 연역적 위력을 보여주는 다른 예로, 동양철학의 이기(理氣) 개념과 『주역(周易)』에 나오는 예순네 개의 괘(卦) 명칭을 들 수 있다.

　　상징은 '자유'와 밀접한 관련성을 가지고 있다. 상징적 사고는 다원적이고 개방적인 사고로 가는 길을 열어주기 때문이다. 하지만 상징은 엉뚱하게 부풀려져 해석될 가능성을 동시에 갖고 있으므로, 우리는 상징이 다만 '상상의 길을 넓혀주는 역할'을 할 뿐이라는 사실을 확실하게 인지해야 한다.

　　모든 상징적 표현물들을 '계시'니 '영감'이니 하는 따위의 개념을 동원하여 이해하려 한다면 우리는 더욱 큰 미망 속에 빠져들게 된다. 우리는 여러 가지 상징적 표현물들을 통해 자유로운 상상적 사고를 위한 '적극적 직관'의 계기를 마련하면 그만인 것이다. '천국'이나 '지옥' 같은 위압적이고 권위적인 상징체들에 굴복하지 말고 그것을 문학적 상상의 산물로 받아들여야 한다. 그러기 위해서는 인간의 사고구조가 다음과 같은 궤도 속을 맴돌고 있다는 사실을 알아둘 필요가 있다.

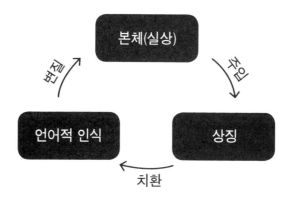

상징은 인간 의식의 가장 밑바닥 심층에 '본원적(本源的) 표상'의 형태로 자리 잡고 있다. 상징은 다시 언어적 인식으로 치환(置換)되면서 문화의 간섭과정을 거쳐 변질되어 본체적(本體的) 인식(즉 실재적 인식)처럼 지각되어진다. 그리고 그렇게 왜곡된 실상(實相)이 다시 상징으로 주입되어 변형된 상징을 만들어낸다. 그렇게 변형된 상징이 다시 또 언어적 인식을 거쳐 실상의 본질을 변형시키고……. 말하자면 끊임없는 악순환의 되풀이다. 인간의 인식은 결국 끊임없는 변질의 경로 안에서는 혼란스럽게 맴돌고 있는 셈이다.

이(理)라든가 기(氣)라든가 하는 따위의 형이상학적 상징이나 '신', '원동자(原動者)' 등의 종교적 상징 또는 암호의 문제는, 그런 것들이 이런 삼각형의 궤도 안을 맴도는 '순환적 전이과정(轉移過程)' 중에 생겨난 '임의적 표상'에 불과하다는 관점에서 새롭게 검토되어져야 한다.

인간은 이런 순환궤도 안에서 이루어지는 무한한 변모작용을 거쳐 일시적으로 고착(固着)된 것에 불과한 어떤 상징체를 붙잡아, 그것에 과도한 의미를 부여한다. 하지만 그런 상징체들은 '유전(流轉)하는 본체의 일부'이거나 '무휴(無休)의 운동을 계속하고 있는 궤도 속의 한 점'에 불과하다. 이런 사실을 깨달을 수 있을 때, 상징에 대한 올바른 인식이 이루어질 수 있다.

인류는 지금 대단히 중요한 일이 재발견되는 전환기를 맞고 있다. 즉 본체(本體) 또는 실재(實在)의 세계에는 지금껏 생각해 왔던 것과는 전혀 다른 차원의 진실이 존재한다는 것과, 그 진실은 다른 연구방법과 다른 표현방식을 요구한다는 것을 인류는 차츰 깨달아 가고 있다. 실재의 세계는 수리과학적 언어로는 터득되지 않는다. 이런 한계적 상황에 대한 통찰이야말로, 상징의 문제를 더욱 중요하게 인식하도록 하는 가장 적극적인 요인이 될 것이다.

현대철학은 인간의 실존을 사변적·분석적·논리적 조작을 배제한 주체적이고 자각적인 방법으로 파악하는 데서부터 출발했다고 볼 수 있다. 거기서 비로소 '진정한 지혜'의 회복에 주력하고 있는 인간의 주체적 노력이 시작된다. 그리고 그것은 언제나 상징의 문제에 귀착하게 되는 것이다. 야스퍼스가 말한 '암호'나 사르트르가 말한 '무(無)' 등은 바로 상징을 변형시켜 표현한 것이라고 볼 수 있다. 실재의 세계를 암시하는 상징을 대할 때 인간이 느끼게 되는 과학적 인식의 유한성과 무력성, 그것이 곧 '암호'나 '무'로 집약된 것이다.

이런 철학적 태도는 모든 것에 고정된 실체는 없다고 보는 동양 철학의 무상관(無常觀)이나 불교적 허무주의와도 일맥상통한다. '모든 것은 변한다'는 생각과 '인간의 인식이 붙잡을 수 있는 것은 아무것도 없다'는 믿음을 견지하는 동양의 불가지론적(不可知論的) 태도를 뭉뚱그려 일단 '무(無)'라고 이름붙일 수 있다.

상징은 사물의 밑바닥에 숨어서 빛을 내고 있다. 그것은 논리적 인식과는 아무런 상관이 없다. 인간이 상징을 통해 얻어낼 수 있는 것은 '비전(vision)'과 '직각(直覺)'뿐이다. 비전과 직각은 인간의 무의식 세계에 잠재되어 있는 '본능적 육감'이 의식세계로 떠오른 것이라고 할 수 있다. 상징은 보편타당성에 입각한 경험이라든가 논리적 실증 가능성 같은 것과는 전혀 관계가 없다. 상징의 비밀은 우주적 느낌 곧 '인간적 인식의 범주를 떠나 모든 사물을 포용할 수 있는 텅 빈 마음'을 통해서만 찾아진다.

상징은 존재의 공간을 열어준다. 그러나 그것은 인간의 현실적 이해득실을 떠나서 존재한다. 여기서 현실적 이해득실이라 함은 도덕적·정치적 의식구조 안에서 이루어지는 계량적 유토피아니즘을 가리킨다. 그런 이기적이고 시혜의식적인 차원의 물음에 대한 해답을 상징을 통해서는 찾을 수 없다. 이를테면 말세론적 우주관이나 국수주의적 미래관 같은 것에 관련된 상징은 거짓 상징이고, 그런 상징이 시사해 주는 해답은 인위적 조작의 범주를 넘어설 수 없는 것이다.

상징의 본질을 파악하는 데 있어 가장 중요한 것은 이 세상 모든 사물들에 대한 인식을 근본적으로 무화(無化)시켜 새롭게 하는 일이다. 일체의 고정관념을 배제한 무념(無念)의 경지에서만 상징은 암호의 베일을 벗어던지고 빛을 낸다.

인간의 마음속에 주입된 상징을 실제적 효용으로 이어지게 만드는 가장 직접적인 매재(媒材)는 바로 상상력이다. 상상력을 창조의 원동력으로 보아 적극적으로 활용하느냐, 아니면 퇴폐적 몽상이나 백일몽에 불과한 것으로 보아 무시해 버리느냐에 따라, 인간의 실제적 행복 수준은 크게 달라질 수밖에 없다.

지금까지 인류가 갖고 내려온 온갖 인습적 미신과 고정관념들은, 상징이 당초에 갖고 있던 의미와 효용을 창조적 상상력을 통해 이끌어내지 못하고, 단순한 계량이나 억측을 통해 그릇된 방향으로 전이시켰기 때문에 생겨난 것이다. 자유주의 문화가 발달하고 관능적 감성이 계발된 지역에 사는 사람들일수록, 그들의 종교관은 미신적 성격을 안 띠게 되고 행복관 또한 탈(脫)금욕주의적이면서 실용적인 것이 된다. 그 까닭은 또한 그들의 개방된 지혜가 상상력을 제대로 활용하여 '상징의 세계'를 현실 속에 바르게 적용시켰기 때문일 것이다.

상징은 인간에게 주어진 하나의 특수한 존재양식이다. 그것은 인간에게 고정된 형태로 지각되지 않고 유동적으로 변화된 상태로 지각된다. 상징은 인간의 자잘한 실생활에까지 파고들어 인간의 운명을 실제적으로 지배하는 거대한 영향력을 행사하고 있다. 그러므로 인간이 창조의 출발점으로 돌아가 현상적 질서를 뛰어넘는 본체적 실상을 파악해 내려면, 상징적 사고(즉 다원적 사고)와 시적(詩的) 직관을 생활화할 수 있어야 한다.

상징의 울타리에 둘러싸여 있는 인간이 긍정적 진로로 나아가느냐 못 나아가느냐를 결정하는 것은, 거듭 말하지만 인간 고유의 심성활동인 상상력이다. '상징'과 '상상력'을 인간 정신의 기본형식으로 인정하고 그 둘을 결합시켜 활용하게 될 때, 인간의 의식은 좀 더 본질을 향해 전진하게 되고 나아가 삶 자체를 변화시킬 수 있다. 다시 말해서 '예술'과 '과학'의 결합이 이루어질 수 있게 되는 것이다.

예술과 과학의 결합이 이루어지면 우리가 꿈꾸는 것이 모두 다 현실적으로 이루어지게 된다. 그리하여 보편화되고 일반화된 '자유의지(自由意志)'가 관념과 현상 사이의 장벽을 부수고 넓은 범위에 걸쳐 실현되게 되는데, 이런 실현의 계기를 마련해 주는 것이 바로 '상징과 상상력에 대한 새로운 인식'인 것이다.

11. 인간은 반항한다, 그러므로 존재한다

기독교의 『신약성서』「마태복음」10장에서 예수는 다음과 같이 말하고 있다.

> "내가 세상에 화평을 주러 온 줄로 생각하지 말라. 화평이 아니요 검을 주러 왔노라. 내가 온 것은 사람이 그 아비와, 딸이 어미와, 며느리가 시어미와 불화하게 하려 함이니 사람의 원수가 자기 집안 식구리라."

일반적으로 예수는 '사랑'을 외치며 사해동포주의를 통한 '지상의 천국'을 이룩해 보려고 애쓴 사람으로 알려져 있다. 이런 일반적 평가에 비춰볼 때 위에서 인용한 예수의 말은 섬뜩한 공포감과 전율감을 불러일으키기에 족하다.

도대체 예수는 왜 이런 말을 했을까? 가족 간의 갈등과 애증병존이 모든 불행의 근원이므로 각자 '홀로 서기'를 도모해야 한다는 뜻에서 이런 설교를 한 것일까? 아닌 게 아니라 예수는 가족을 별로 달가워하지 않았던 것은 물론, 아버지 '요셉'의 존재를 아예 부정하여 '하느님'이 자기 아버지라고 선언하기까지 하였다.

그러나 '홀로 서기'를 도모하라는 말치고는 그 내용이 너무나 전투적이다. 석가가 아버지와 아내를 버리고 말없이 왕궁을 나와 '천상천하유아독존'을 도모한 것과는 달리, 예수는 집안 식구들은 모두 다 '원수'이므로 그들과 적극적으로 싸워나가라고 설교하고 있다.

그래서 그런지 예수가 의도했건 의도하지 않았건, 예수를 교조로 받들어 이룩된 기독교는 끊임없는 '집안싸움'을 겪어야 했다. 같은 기독교도들끼리 교리의 다름을 핑계 삼아 피나는 투쟁을 벌였고, 하느님과 예수의 이름으로 '이단자'들을 살육하는 데 미칠 듯이 골몰했다. 그렇다면 그것은 예수의 '사랑 정신'에 위배되는 행위였던 게 아니라 예수의 가르침을 좇는 행위였던 셈이 된다.

예수를 신이 내려보낸 대리인이 아니라 평범한 인간으로 간주하여 위의 말을 해석해 보면, 그가 한 말은 특별한 뜻을 지니지 않는 신경질적 발언이 될 수도 있다. 예수는 당시의 유대교 종단 지도자

들을 몹시도 미워하여 '위선자'로 몰았고, 유대나라를 지배하고 있
던 로마제국보다 자신의 조국을 더 적대시했던 인물이었다. 그래서
그의 설교는 조국의 저주받은 미래에 대한 확신 어린 예언으로 가득
차 있다.

예수의 이런 면모는 사실 구약시대의 선지자들과 일맥상통하는
것이다. 구약시대의 선지자들은 조국과 동포에 대한 사랑 어린 축복
보다 동포들의 '죄'를 핑계 삼은 '살기 어린 저주'에 한층 더 골몰해
있었던 것처럼 보이기 때문이다. 말하자면 적개심에 가득 찬 야인정
신(野人精神)이 이스라엘 예언자들의 공통점이었다고 할 수 있다.

그런 맥락에서 보면 예수 역시 같은 동포들끼리의 '막연한 유대
감'보다는 '철저한 변별과 응징'을 강조하기 위해 이런 말을 했을지
도 모른다는 생각을 해보게 된다. 하지만 "원수를 사랑하라"고 외치
며 '용서'를 강조한 예수의 다른 설교들과 비교해 볼 때, 위의 말은
아무래도 모순과 혼란을 내포하고 있는 것처럼 느껴진다.

그래서 나는 예수의 이 말을 일단 인간에 대한 '일반론'으로 해석
하여, "인간은 누구나 같은 인간을 증오하고 적대시하여 늘 괴롭히
고 싶어하는 특성을 지니고 있다"는 의미로 받아들이면 어떨까 하는
생각이 들었다. 같은 종(種)끼리 이를 갈고 미워하며 싸우는 동물
은 사실 인간 이외엔 별로 없기 때문이다. 물론 먹을 것을 놓고 다툰
다거나 '사랑 뺏기'를 위해 다투는 일은 어느 동물에게나 있는 공통
적인 현상이다. 하지만 인간처럼 대규모의 살육전을 벌이면서까지

서로 싸우는 동물은 없는 것이다. 게다가 예수의 말에 나오는 것처럼 같은 집안 식구들끼리조차 이를 갈며 싸우는 동물은 인간 이외엔 없다.

하지만 이렇게 해석해 본다고 해도 여전히 의문은 남는다. 예수는 인간의 그런 속성을 비난하기는커녕 오히려 더 싸우라고 부추기고 있기 때문이다. 예수는 인간 각자에게 '화평'보다는 '검'을 주려고 애쓰는 게 자신의 사명이라고 했다.

그렇다면 예수는 대체 무슨 속셈에서 이런 말을 한 것일까? 나는 좀 더 곰곰이 생각해 본 결과, 예수가 인간의 '공격성향'을 긍정적인 측면에서 인정하여, 그것을 적극 활용하라는 뜻으로 이런 말을 했다는 결론에 다다를 수밖에 없었다. 말하자면 그는 같은 집안 식구라 할지라도 서로 부단히 비판하며 싸워나가야만 참된 진리에 이를 수 있다고 강조하고 있는 것이다. 예수는 특히 혈연이나 인맥을 내세워 상명하복(上命下服) 식 질서를 강요하는 '집단주의 문화'가 인간사회를 병들게 하는 원흉이라는 인식을 가졌던 것 같다.

사람의 공격성향이 본능적인 것이든 학습에 의한 것이든 간에, 우리는 인류의 역사를 수놓은 수많은 전쟁을 보면서 인간에겐 남다른 공격 성향이 잠재해 있다는 사실을 인정하지 않을 수 없게 된다. 이러한 공격성향을 '사디즘'이라고 이름붙일 수도 있고 '가학욕구'라고 이름붙일 수도 있다. 그러나 그런 공격성향이 사디즘이나 가학욕구가 아니라 '반골정신'이나 '불복종'으로 나타날 때, 그것은 곧바로 '반항'으로 이어져 인류 역사에 여러 가지 '변화'를 초래하게 했던 것이다. 예수도 그런 반골정신과 반항의식으로 똘똘 뭉쳐 있던 인물이었다.

물론 '반항인'들이 불러일으킨 여러 변화들이 반드시 '인류의 진보'로 이어졌다고는 볼 수 없다. 어떤 때는 발전적 변화가 되기도 했고 어떤 때는 퇴영적 변화가 되기도 했다. 그러나 부단히 반항하는 인간이 없었다면 인류의 역사는 퍽이나 무미건조한 역사가 됐을 게 틀림없다.

인간의 공격성향이 '창조적 불복종'이나 '생산적 반항'으로 이어지지 않고 '단순한 적개심'의 차원에 머물러 역사를 퇴보시킨 예를 우리는 1차 세계대전 이후의 독일에서 찾아볼 수 있다. 1차대전의 승전국들은 세계 평화와 질서를 지나치게 강조한 나머지, 전쟁을 일으킨 독일을 가혹하게 징계하여 턱없이 많은 전쟁 배상금을 물게 했다. 그러다 보니 독일 국민들은 엄청난 적개심과 가학욕구를 느낄 수밖에 없었고, 그 결과 히틀러가 범국민적 지지를 받고 등장하여 2차 세계대전을 일으키고 유대인들을 학살하는 만행을 벌이게 되었던 것이다.

반면에 인간의 공격성향이 '창조적 불복종'으로 이어져 발전적 변화를 초래한 예를 우리는 '프로메테우스 신화'와 '이브의 신화'에서 찾아볼 수 있다. 프로메테우스는 제우스 신의 명령을 어기고 인간에게 불의 사용법을 가르쳐주었고, 이브는 여호와 신의 명령을 어기고 선악과를 따먹음으로써 신권적(神權的) 독재질서로 유지되던 에덴동산에서 탈출해 나올 수 있었다. 또한 코페르니쿠스의 지동설이나 다윈의 진화론, 아인슈타인의 상대성이론이나 프로이트의 정신분석이론 같은 것들 역시, 기존 학문에 대한 공격성향을 '창조적 불복종'으로 승화시킴으로써 인류 전체의 긍정적 변화를 초래한 실례로 지적될 수 있다.

인간이 갖고 있는 유별난 공격성향은 원시시대 때부터 나타난 게 아니라 공격성향을 자극하는 어떤 계기가 생겼을 때 나타났다. 그런 계기를 만들어준 것이 바로 집단생활양식의 정착 이후에 생긴 '지배욕'과 '소유욕'이라고 할 수 있다. 인간은 항상 지배욕과 소유욕에 결박당해 있다. 심리학자 알프레드 아들러는 프로이트의 '성욕 중심설'에 반기를 들어 '지배욕 중심설'을 세웠는데 일리가 있는 얘기다. 인간이 가진 생래적(生來的) 공격성을 완화시킬 수 있는 처방으로 흔히들 '사랑'을 제시하지만, 따지고 보면 그 '사랑'이라는 것조차 소유욕과 지배욕이 심리적 밑바탕을 형성하고 있기 때문이다.

인간이라는 동물이 지배나 소유의 욕구를 다른 동물들보다 특별히 더 많이 갖고 있는 이유는, 인간이 집단을 이루고 사회생활을 하게 되면서 '다른 사람'과 '자기'를 견주며 상대적인 행복감과 박탈감을 맛보는 습관을 굳히게 됐기 때문이다. 사람은 다른 동물들과는 달리 생존과 번식에 필요한 물자나 짝을 소유하는 데 만족하지 않는다. 자기의 목숨을 유지하는 데 꼭 필요하지도 않은 엄청난 물자를 소유하려 하고, 번식에 꼭 필요하지도 않은 수많은 짝을 소유하려 한다. 그리고 타인들로부터 턱없는 사랑과 존경을 받으려 하고, 남에게 자기의 영향력을 행사함으로써 정신적 만족감을 얻으려 한다.

이렇게 서로가 끊임없이 많은 것을 소유하고 지배하려다 보니 자연 이해득실에 따른 충돌이 생겨날 수밖에 없다. 그래서 인간의 과도한 공격성향이 생겨나게 된 것인데, 재미있는 것은 이러한 소유 쟁탈전에서 욕망의 대상이 됐던 물건이 완전히 '파괴'된 다음에는 슬그머니 싸움을 그만두는 일이 반복된다는 사실이다.

전쟁이 바로 그런 경우다. 전쟁의 기본 목적은 상대국가의 영토와 국민을 온전한 상태로 빼앗는 것이다. 그런데도 적국의 영토를 초토화시키고 적국의 국민들을 거의 다 몰살시키고 난 다음에 가서야, 폐허 위에서 승리냐 패배냐 휴전이냐 따위를 결정짓는 일이 흔하다. 이럴 경우 공격욕 자체는 소유욕에서 나왔지만 소유욕보다는 '파괴욕'이 전쟁 수행에 더욱 큰 매력으로 작용했다는 것을 알 수 있다.

그러므로 인간의 소유욕과 파괴욕, 그리고 지배욕은 서로 밀접한 관계를 유지하며 인간의 모든 활동을 추진시켜 나가고 있다. 설사 '숭고한 사랑'이나 '희생과 봉사의 정신'에 바탕을 둔 활동이라 할지라도, 그것의 배후엔 '명예'를 소유하여 타인을 지배하고 복종시키고 싶어하는 심리가 자리 잡고 있다. 남녀 간의 사랑의 경우 "너무나 사랑했기 때문에 결국 죽일 수밖에 없었다"는 핑계를 내세우는 치정적 살인사건이 종종 일어나곤 하는데, 이것은 상대방을 완전히 파괴시켜 소유욕과 지배욕을 한꺼번에 맛보려는 욕구에서 비롯된 것이다.

하지만 인간이 다른 동물들보다 훨씬 더 복잡하고 다양한 생활, 즉 권태롭지 않은 생활을 꾸려나갈 수 있게 된 것은 이런 과도한 소유욕에서 파생된 공격성향을 갖고 있었기 때문이다. 인간은 학문이나 예술 또는 스포츠 등 복잡한 '놀이'들을 개발함으로써, 다른 동물들보다 훨씬 더 재미있는 생존양식을 확보하게 되었다. 그런데 이런 놀이들이 개발된 이면에는, 자기와 남을 비교할 때 생기는 질투심과 공격심이 자리 잡고 있었다고 볼 수 있다.

나는 인간의 역사가 '발전'해 왔다고는 생각하지 않지만 어쨌든 다양하게 '변화'해 왔다고는 본다. 그리고 이런 변화가 '생산적 변화'로 이어져 인류를 보다 즐겁고 행복하게 만들어주기 위해서는, 인간의 공격성향이 '창조적 반항'의 양상으로 바뀔 수 있어야 한다고 믿는다. 지금까지의 인류 역사는 '창조적 반항'을 한 사람들보다 '적개심 어린 반항'을 한 사람들에 의해 이끌려간 적이 더 많았기 때문이다.

『이방인』이란 소설로 유명한 알베르 카뮈는 인간의 반항정신을 중요시하여『반항인』이라는 장편 에세이를 썼다. 그 책에서 카뮈는 스파르타쿠스의 노예반란을 예로 들면서, 스파르타쿠스의 반항은 진정한 반항이 아니라 '복수심에 불타는 반항'이었기 때문에 실패할 수밖에 없었다고 진단하고 있다. 즉 스파르타쿠스는 '노예제도' 자체에 대한 반항 심리에 근거를 두고 반란을 일으킨 것이 아니라 단지 귀족들에 대한 적개심과 복수심, 그리고 자신이 귀족 지배자가 되어 호의호식하고 싶은 욕구(즉 신분상승욕구)에 근거해 반란을 일으켰기 때문에, 결국 로마 정부군에게 패배할 수밖에 없었다는 것이다.

카뮈의 역사 진단은 사실 피상적이고 낭만적인 명분론에 치우쳐 있다. 역사는 '힘'이 있는 자들에 의해 이끌려왔지 '명분'에 좌우되지는 않았기 때문이다. 그러나 앞으로 우리가 전개시켜 나가야 할 역사를 생각해 본다면 카뮈의 진단은 상당히 많은 것을 시사해 준다.

최근 우리나라의 형편을 생각해 보면 더욱 그렇다. 그동안 우리는 수많은 '반항인'들을 만나볼 수 있었다. 때로는 '반체제 인사'로 때로는 '재야 인사'로 지칭되는 사람들이 출현하여, 국민들에게 막연한 존경심과 더불어 조국의 미래에 대한 긍정적 희망을 심어주었다.

그러나 막상 '군사독재'가 없어진 지금, 한국의 현실이 완벽한 자유민주주의 국가의 형태를 띠고 있다고 보는 국민들은 거의 없다. 과거의 민주 투사가 지금은 기득권 수호자로 돌변해 있는 경우가 많고, 옛날의 재야 인사가 지금은 제도권 실력자로 변신하여 거의 '변절'에 가까운 행태를 보여주는 일이 자주 벌어지고 있기 때문이다.

나는 강의를 할 때 재미 삼아 이런 얘기를 자주 한다. "한국에서는 '요절'해야만 '변절'하지 않는다." 그리고 스물여덟 살에 옥사한 윤동주 시인마저도, 그가 만약 죽지 않고 살아남아 문단의 지도적 위치에 이르렀다면 추한 권력욕과 명예욕을 드러내 보였을지도 모른다고 덧붙인다.

우리나라의 최근세사(最近世史)는 그만큼이나 변절과 변신으로
얼룩졌다. 요컨대 '창조적 반항'이 아니라 '적개심 어린 반항'이나
'못 가진 데 따른 반항'이 '정의를 위한 저항정신'이라는 허울을 쓰고
나타난 예가 너무나 많았다는 얘기다. 이를테면 신소설의 개척자인
이인직은 중인계급 출신이어서 크게 출세할 수가 없었다. 그래서 그
는 이완용의 측근이 되어 친일행위를 했던 것이고, 조선조의 구도덕
에도 반기를 들었던 것이다. 그의 개화정신은 새로운 '저항'이긴 했
지만 창조적 반항은 못 되었다.

특히나 유교적 가족이기주의에 함몰돼 있는 한국 지식인들은 혈
연이나 지연 또는 학연 등을 내세워 '아는 놈은 봐주고 모르는 놈은
괴롭히는' 일을 당연한 듯 되풀이하고 있다. 그런 측면에서 볼 때,
예수가 '부자지간이나 모녀지간에 싸움을 붙이기 위해서 왔다'고 언
명한 것은 자못 의미심장한 화두(話頭)가 될 수밖에 없다. 말하자면
가족이기주의와 혈연·지연 등을 초월해야 한다는 의미가 되기 때
문이다.

내가 볼 때 인간은 생각하는 동물이기 이전에 싸움하는 동물이
다. 옳은 명분을 위해 싸우든 그릇된 명분을 위해 싸우든 인간은 한
시라도 싸우지 않고서는 살아갈 수 없다. 부부관계를 놓고 보더라
도 전혀 싸우지 않고 사는 부부는 결코 행복한 부부가 아니다. 끊임
없는 '사랑싸움'으로 이어지는 부부가 그래도 궁합이 맞는 부부요,

권태감을 이겨나갈 수 있는 부분다.

인간 개인을 놓고 봐도 그렇다. 사랑을 쟁취하기 위해 싸우고, 돈을 벌기 위해 싸우고, 승진하기 위해 싸우고, 명예를 위해 싸울 때 인간은 그래도 행복감을 맛본다. 그러나 싸울 대상이 사라져버렸을 때, 말하자면 소기의 목적을 달성하여 안정된 상태로 접어들었을 때, 그 사람은 일종의 '성공 우울증'에 사로잡혀 권태의 늪에서 허우적거리게 되거나 돌연한 죽음을 맞이할 확률이 높다. 과도한 스트레스는 물론 정신과 육체에 해로운 것이지만, 스트레스가 전혀 없을 때 몸과 마음은 더 큰 피해를 입게 되는 것이다.

인간이 일생 동안 벌이는 싸움은 소유욕과 지배욕을 충족시키기 위한 싸움이고, 그런 싸움의 이면에는 '반항정신'이 도사리고 있다. 회사에서 승진하기 위해서 벌이는 싸움은 '상사'에 대한 반항정신이 기초가 되고, 이성(異性)을 소유하기 위해서 벌이는 싸움은 '상대방의 냉담함이나 건방짐'에 대한 반항정신이 기초가 된다. 독창적인 학설을 만들어내기 위해서 벌이는 싸움은 '기존 이론'에 대한 반항정신이 기초가 되고, 정치적 민주화를 이루어내기 위해서 벌이는 싸움은 '집권자'에 대한 반항정신이 기초가 된다.

낭만적 휴머니스트들은 흔히 인간만이 갖고 있는 고귀한 특성(이를테면 맹자가 '성선설'에서 주장하는 것 같은)을 찬양하고, 이러한 특성 때문에 인류의 장래엔 반드시 평화가 올 것을 기대하며, 인간은 문화생활을 함으로써 야수성(野獸性)을 없앨 수 있다고 믿는다. 그러나 아이러니컬하게도 '평화'를 위한다는 명분으로 여전히 전쟁은 벌어지고 있고, '문화생활'을 보호한다는 명분하에 갖가지 무기가 개발되고 있다. 그리고 인간의 선성(善性)을 보호한다는 명분을 내세워 갖가지 자유권의 침해가 이루어지고 있는 것이다(이를테면 건전한 윤리의식이 훼손되는 것을 막는다는 이유로 향락의 자유를 억압하거나 개인의 독특한 성 취향, 예컨대 동성애나 양성애 같은 것을 억압하는 짓 따위).

그러므로 낭만적 휴머니즘에 기초한 긍정적 인간 인식은 성악설에 바탕을 둔 부정적 인간 인식보다 한결 더 위험하다. 차라리 '인간은 무조건 반항하고 싸워나갈 때 그래도 실존적 아이덴티티(Identity)를 확보할 수 있다'고 보는 현실적 인간 인식이 실질적 효용가치가 있다.

내가 문학을 하면서 사디즘과 마조히즘의 심리에 관심을 갖게 된 것은 이 때문이다. 마조히즘이 사디즘의 이면이라면(다시 말해서 사디즘의 대상이 '자기 자신'인 것이 마조히즘이라면) 인간은 누구나 사디스트인 셈이고, 사디스틱한 공격욕은 인간 실존의 근거가 되는 것이다. 문제는 그런 사디즘을 어떻게 '창조적 반항'이나 '창조적 공격욕구'로 승화시킬 수 있느냐에 있는 것이지, 사디즘 자체가 무조건 나쁜 것은 아니다.

예수는 사디스트적인 면모를 가끔 보여주었다. 그는 자기가 목마를 때 열매가 달려 있지 않았다는 이유로, 무화과 나무에다 대고 신경질적 저주를 퍼부어 나무를 말라죽게 했다. 그렇지만 무화과 나무에겐 죄가 없었다. 그때는 열매가 달릴 철이 아니었기 때문이었다.

예수는 또한 먹고 살겠다고 성전 안에서 장사를 하는 불쌍한 잡상인들을 채찍으로 내리쳐 가며 쫓아내는 몰인정한 과단성을 보여주기도 했다. 그리고 조국이 곧바로 멸망해 버리기를 기원하는 듯한 발언을 자주 했다. 말하자면 그는 자신의 본성에 무척이나 솔직했던 것이다.

그러나 예수를 교조로 받드는 기독교가 로마의 국교로 되어 곧바로 세계의 종교(당시는 로마가 곧 세계였으므로)로 제도화되면서, 예수의 솔직한 사디즘은 왜곡된 상태로 정치에 이용되었다. 그것은 어찌 보면 당연한 귀결이었다. 로마는 정치적 사디즘을 기초로 해서 번성한 무력국가였기 때문이다.

정치권력과 연대하는 사디스틱한 투쟁정신이 문제가 되는 것은, 그것이 안고 있는 위험성 때문이다. 사디즘은 자칫하면 '극단적 저항'으로 치달을 위험이 있다. 극단적 저항이란 '너 죽고 나 죽자' 식의 논리에 바탕을 두는 테러리즘을 말한다.

예수는 반항과 투쟁을 강조하긴 했지만, 그가 주장한 반항은 정치적 반항이 아니라 '수구적 윤리에 대한 반항'이었다. 예수는 특히 국수주의적 애국심과 무조건적 가족단합주의, 즉 '충효사상'을 혐오했던 것 같다. 그는 그런 것들에 대항해서 끝까지 싸우고 싶었을 것이다. 그래서 십자가에 못 박혀 죽을 때도 스스로의 어이없는 희생을 한탄하며 "주여, 어찌하여 나를 버리시나이까" 하고 울부짖었다.

하지만 예수의 저항을 '정치적 반항'으로 잘못 알고 있던 제자들은 예수의 돌연한 죽음에 '정치적으로' 실망할 수밖에 없었고, 결국에 가서는 자신들이 가졌던 신앙을 합리화하기 위해 '부활'과 '대속(代贖)'의 교리를 만들어내게 되었다.

내가 보기에 예수의 저항은 분명 '창조적 불복종'이요 '창조적 반항'이었다. 그는 혈연과 지연까지 무시하는 과감한 면모를 보여주었다. 그러나 예수가 죽은 후 그를 따르는 많은 신도들이 순교자가 되어 희생되거나 교리다툼의 와중에서 희생된 것을 모두 창조적 반항의 결과라고 보기는 어렵다. '교주에 대한 맹목적 충성심'이나 '내세의 보상을 희구하는 마조히스틱한 자해의식(自害意識)'에서 나온 희생이 더 많았기 때문이다.

반항에는 폭력적 반항과 비폭력적 반항이 있다. 폭력적 반항의 외형적 표출이 '테러리즘'이라면, 비폭력적 반항의 외형적 표출은 '문화적 투쟁'이다. 테러리즘을 무조건 나무랄 수는 없지만, 어쨌든 거기엔 많은 희생이 따른다는 점을 감안할 때 테러리즘에 무조건 찬동할 수도 없다. 특히 나같이 문약(文弱)한 기질을 타고난 사람으로서는 테러리즘에 공포심마저 느끼게 된다. 옳은 명분을 위한 테러리즘보다는 그릇된 명분을 위한 테러리즘(이를테면 전두환 정권 때의 '삼청교육대' 같은 도덕적 테러리즘이나, 스탈린의 대숙청 같은 이데올로기적 테러리즘이 좋은 예다)이 더 많았다는 것도, 테러리즘을 회의적 시선으로 바라보게 하는 한 원인이 된다.

인류사회가 앞으로 보다 평화스런 행복과 복지를 추구해 나가기 위해서는, 폭력적 투쟁보다 '문화적 투쟁'이 치열하게 계속돼야 한다는 것이 내 생각이다. 특히 예술을 예로 들어 생각해 볼 때, 예술은 더욱 더 '금지된 것에 대한 도전'이 되어야 하고 '상상력의 투쟁'이 되어야 한다.

예술은 당대(當代)의 가치관에 순응하는 계몽수단이 돼서는 절대로 안 된다. 예술은 언제나 기성도덕에 대한 도전이어야 하고, 기존의 가치체계에 대한 '창조적 불복종'이나 '창조적 반항'이어야 한다. 그러므로 예술인, 나아가 모든 문화인들은 "나는 반항한다. 그러므로 나는 존재한다"라는 명제를 가슴 깊이 새겨둘 필요가 있다.

진정한 반항인은 외로울 수밖에 없다. 참된 문화적 생산물은 당세풍(當世風)의 윤리에 대한 반발에서 나오는 것이므로, 창조적 문화인은 당연히 외로울 수밖에 없는 것이다.

창조적 문화인들은 구시대의 가치관과 윤리관을 해체하고 새 시대의 가치관과 윤리관을 제시한다. 문화인이 기존 사회의 지배적 가치관에 봉사하는 자세로만 일관한다면, 그것은 '문화인의 사회적 책임'을 회피하는 것이다. "현 사회의 지배적인 가치관이 정말 옳은 것인가"라는 문제를 놓고 끊임없이 회의하고 자문(自問)하는 것이 바로 문화인이 할 일이다. 우리가 알고 있는 것과 믿고 있는 것에 대해서, 그것이 정말 진실인지 아닌지를 집요하게 파고들어 가는 것이 바로 문화인의 참된 임무다.

기성도덕과 가치관을 추종하며 스스로 '점잖은 교사'를 가장하는 것은 문화인으로서 가장 자질이 나쁜 자들이나 하는 짓이다. 문화적 생산물은 무식한 백성들을 훈도(訓導)하여 순치(馴致)시키는 도덕 교과서가 돼서는 절대 안 된다. 문화인이 근엄하고 결벽한 교사의 역할, 또는 정치지도자의 역할까지 짊어져야 한다면 문화적 상상력과 표현의 자율성은 질식되고 만다. 문화의 참된 목적은 지배 이데올로기로부터의 탈출이요, 창조적 일탈(逸脫)인 것이다.

지금까지의 역사를 살펴보면 '문화적 반항'보다는 '폭력적 반항'이 더 큰 역할을 해왔다. 문화적 반항의 주체인 문화인들은 오히려 기회주의자로 시종하여 권력의 꼭두각시가 돼버리는 일이 많았고, 결과가 어떻게 나왔든 '역사에 있어서의 혁명적 변화'는 모두 다 '민중적 테러리즘'에 의해서만 이루어졌다. 그러나 그런 집단적 테러리즘의 결과는 인성(人性)의 황폐와 인권 경시로 끝나는 게 보통이었기 때문에, 폭력적 투쟁보다는 비폭력 투쟁이 소중하다는 것을 인류는 점점 더 절감하게 되었다.

예수가 원수를 사랑하라고 가르치며 비폭력적 문화운동(말하자면 종교개혁 운동)을 일으키면서 '투쟁'을 강조한 것은 바로 이런 '문화적 투쟁'을 가리킨 게 아닌가 한다. 그는 설사 어버이와 자식 간이라 할지라도 문화적인 반항과 투쟁을 멈춰서는 안 될 것이라고 역설하고 있다. 그러나 예수의 진의를 왜곡한 초기 기독교 조직은 예수가 폭력에 의해 희생된 것을 합리화시키기 위해 '거룩한 마조히즘'의 개념을 만들었고, 그런 마조히즘은 다시 폭력적 사디즘으로 이어져 많은 문제를 야기시켰다.

이제부터라도 우리는 폭력적 사디즘도 없고 폭력적 마조히즘도 없는 '문화적·창조적 투쟁'의 역사를 만들어 나가야 한다. 그럴 수 있을 때 인간은 '진정한 반항인'으로서의 진면목을 보이며 보다 많은 자유와 행복을 평화적으로 쟁취할 수 있을 것이다.

12. 광신은 인간의 천적(天敵)이다

　　로마제국이 왜 멸망했는가 하는 문제에 대해서는 아직도 역사학
자들 간에 확실한 원인 규명이 이루어지지 않고 있다. 물론 대체적
인 원인 규명은 어느 정도 이루어졌다. 어느 나라든지 융성의 절정
기를 지나면 통치자와 국민들이 안이하고 오만한 방심상태에 빠져
들게 되는 말기 증상을 보이게 마련이므로, 로마 역시 역사의 그런
일반적 흐름에서 예외가 될 수 없었다고 보는 견해가 그것이다.

　　그러나 로마제국(여기서는 물론 서로마를 말한다)의 멸망은 너
무나 급작스럽게 이루어진 것이어서, 여러 가지 상식적 이론만으로

는 도저히 납득하기 어려운 부분들이 너무나 많다. 그래서 호사가들은 로마제국 멸망의 결정적 원인이라고 할 수 있는 어떤 특별한 사유를 추정해 보려고 노력한다.

그 가운데서 사람들 입에 가장 흔하게 오르내리는 것이 바로 '목욕탕설(說)'이다. 로마 사람들이 너무나 목욕을 좋아했기 때문에 나태하고 향락적인 생활습관이 더욱 가속화되어 결국 로마를 멸망시켰다는 것이다. 목욕은 발가벗고 하게 마련이어서 아무래도 성적 충동을 불러일으키기 쉽고, 그것이 결국 문란한 성도덕으로 이어져 로마를 무기력하게 만들었다는 얘기다. 로마가 목욕탕 때문에 망했다고 믿는 사람들은, 그래서 요즘 우리나라 사람들이 '사우나'니 '증기탕'이니 해가며 목욕을 단지 몸에 붙어 있는 때를 떨어내는 청결행위로서가 아니라 일종의 관능적 쾌락추구의 행위로 즐기고 있는 세태를 개탄·비난하곤 한다.

그러나 내가 생각할 때 이 설에는 뭔가 모순이 내포되어 있다. 로마 사람들은 로마의 쇠퇴기라고 할 수 있는 4세기 이후에만 목욕을 즐긴 것이 아니라 로마 건국 초기부터 목욕을 즐겼기 때문이다. 로마의 위정자들은 로마 시민들을 위해 거대한 공중목욕탕을 건설하는 것을 가장 큰 과업으로 여겼다. 목욕을 자주 하지 못하면 신경질이 뻗쳐 군중심리적 적개심을 정부를 향해 표출시킬지도 모르기 때문이었다.

두 번째로 조금 일리 있어 보이는 주장이 있는데, 그것은 '납 중독설'이다. 납 중독이 인체에 미치는 나쁜 영향에 대해서는 요즘도 왕왕 거론되고 있다. 로마 사람들은 납 파이프를 통해 들어오는 납 성분이 섞인 물로 목욕을 했고, 또 납으로 만든 컵과 납으로 만든 요리냄비를 썼다. 그리고 여자들은 납으로 만든 분으로 얼굴을 화장했는데, 이런 생활이 결국 납 중독을 초래했다는 것이다.

로마 사람들은 특히 포도주를 매우 즐겨 포도주의 질을 높이기 위해 납을 입힌 냄비에 끓인 포도시럽을 첨가했는데, 이 과정에서 상당량의 납이 포도주 속에 스며들었다. 그 결과 로마 남성들의 인체에 퍼진 납 성분은 불임증을 유발시켰고, 따라서 로마의 인구는 말기로 갈수록 격감될 수밖에 없었다고 한다.

로마의 인구가 급격히 줄어든 원인을 납 중독과는 다른 측면에서 '목욕'과 관련시켜 얘기하는 사람도 있다. 남성 고환의 정상온도는 다른 신체 부위의 정상온도보다 낮기 때문에, 뜨거운 물로 목욕을 자주하면 고환에 장애를 초래한다는 것이다.

로마 인구의 감소와 관련된 이런 주장들은 상당히 일리 있는 주장이긴 하다. 하지만 로마 사람들이 건국 초기부터 납을 많이 사용했었다는 점을 감안해 볼 때, 로마 멸망의 결정적 단서가 될 수 있을 것 같지는 않다. 또한 금욕주의적 입장에서 목욕을 좋지 않게 생각했던 중세 시대의 유럽이 공중위생 면에서 여지없이 퇴보하여 로마시대보다 인구를 더 격감시켰다는 사실을 생각해 볼 때, 로마의 멸망을 납 중독이나 잦은 목욕과 관련지어 해명하는 것은 무리라고 본다.

세 번째로, 마치 정답처럼 얘기되곤 하는 '성도덕의 극단적 타락설'이 있다. 로마가 급작스런 멸망을 맞이하게 된 것은 로마 시민들의 지나친 사치와 방탕, 그리고 난잡한 성생활 때문이라는 것이다. 역사를 공부하지 않은 일반인들에게는 이 설이 가장 보편적인 교훈성을 갖고서 주입되고 있고, 현대의 성 문란을 걱정하는 도덕군자들의 설교 시에 예화(例話)로 곧잘 동원되곤 한다.

사실 로마는 성적 욕망의 자유로운 추구나 동성애를 위시한 여러 가지 특이한 성 취향에 대해 현대에 살고 있는 우리로서는 상상할 수 없으리만치 관대한 나라였다. 특히나 로마 귀족들의 향락주의적 생활태도는 대단했다. 그래서 밤새워 먹고 마시고 다시 그동안 먹은 것을 토해내고 먹고 마시며 성희를 즐기는 것이 되풀이되는, 식도락과 성도락의 자유로운 추구로 점철된 질탕한 연회가 매일 저녁마다 베풀어졌던 것이다.

그렇지만 나는 로마가 꼭 쾌락주의의 만연 때문에 멸망하게 되었다고는 보지 않는다. 앞서 설명한 것과 마찬가지로, 로마인들의 향락주의는 로마 말기 때만 아니라 로마 초기부터 당연한 생활습관으로 받아들여지고 있었기 때문이다. 오히려 로마의 쇠망기라고 할 수 있는 4세기 이후에는 로마 시민들의 향락추구가 점차 줄어들어간다. 콘스탄티누스 황제가 기독교를 로마의 국교로 삼은 이후, 쾌락주의에 반대되는 내세(來世) 중심의 금욕주의적 생활태도가 서서히 로마인들의 생활양식에 파고들었기 때문이다.

폭군의 대명사처럼 불리는 악명 높은 '네로 황제'(A.D.54~A. D.68년 재위)가 다스리던 시대는 귀족으로부터 평민에 이르기까지 자유로운 쾌락주의가 유행처럼 번져나가 있던 시대였는데, 당시의 로마는 오히려 가장 국력이 튼튼했던 전성기였다.

영화 〈쿠오바디스〉에 나오는 왕궁의 질탕하고 사치스런 연회 장면과 갖가지 잔인한 격투기가 난무하는 원형극장 장면은 우리의 눈살을 찌푸리게 한다. 그래서 마치 네로 황제가 방탕한 놀이와 잔인한 격투기를 특별히 즐겼기 때문에 황제 자리에서 쫓겨난 것처럼 생각하기 쉽다. 특히 로마 시내에 불을 지르고 불타는 광경을 바라보며 태연하게 시를 읊어대는 네로의 미치광이 같은 행태는, 더욱 편협한 금욕주의의 시각으로 로마제국을 평가하게 만든다.

하지만 네로 황제가 로마시에 불을 질렀다는 것은 역사적으로 확실한 근거가 없는 이야기다. 역사책에 나오는 기록을 보면 네로는 로마 교외의 별궁에서 쉬고 있다가 로마시에 불이 난 것을 알고 허둥지둥 달려와 진화작업에 총력을 기울인 것으로 되어 있다. 우리는 폴란드 작가 센키비치가 소설 『쿠오바디스』에서 네로의 행적을 문학적으로 과장되게 서술한 것에 속고 있는 셈이다.

이런 식의 문학적 과장은 우리나라에도 많다. 춘원 이광수가 『이순신』이라는 전기소설에서 원균(元均)을 극도로 타락한 졸장(拙將)으로 묘사하고 있는 것이 대표적인 예다. 이광수는 원균이 전쟁 중에도 언제나 기생을 품에 안고 술과 가무를 즐겼다고 묘사하고 있는데, 이것은 『조선왕조실록』에 나오는 원균의 모습과는 천양지차기 있다. 원균은 다만 작전에 실패한 패장(敗將)이었을 뿐 주색에 찌든 엉터리 장수는 아니었다. 그래서 임진왜란이 끝난 후 원균은 이순신과 함께 정란(靖亂) 일등공신(一等公臣)의 예우를 받았던 것이다.

로마인들의 향락추구를 〈쿠오바디스〉보다 더욱 극렬하게 묘사한 영화는 틴토 브라스 감독의 〈칼리귤라〉이다. 이 작품은 면밀한 고증을 거쳐 만들어진 영화로서, 폭군 칼리귤라(A.D.37~A.D.41년 재위)의 특이한 성생활과 로마 시민들의 거리낌 없는 쾌락추구를 리얼하게 묘사해 내고 있다. 그러나 칼리귤라가 보여주고 있는 특이한 성행동은 칼리귤라 황제 한 사람에게만 한정된 것은 아니었다.

칼리귤라가 황제가 되기 전에 로마 황제로 있던 티베리우스 황제(A.D.14~A.D.37년 재위)의 궁중생활이 이 영화 초두에 잠깐 등장하는데, 그 역시 칼리귤라 못지않게 특이하고 요란한 성도락을 즐기는 황제로 나온다. 티베리우스 황제는 로마제국의 황금시대라고 할 수 있는 아우구스투스 황제(B.C.27~A.D.14년 재위) 바로 다음의 황제로서 로마의 기틀을 굳건하게 다져나간 인물이었다.

그러므로 칼리귤라가 부하들에게 암살된 것은 그의 변태적 방탕때문이 아니라, 그가 궁중의 대신들을 정치적으로 잘 컨트롤하지 못해 왕위 찬탈의 명분을 주었기 때문이라고 볼 수 있다.

로마의 황제들 가운데 가장 뛰어난 지성을 가진 인물로 숭앙받는 사람은 『명상록』으로 유명한 마르쿠스 아우렐리우스(A.D.161~A.D.180년 재위)이다. 그는 황제이기 이전에 철학자로서 많은 저술을 남겼기 때문에 지금까지도 위대한 황제로 추앙받고 있다. 「페이터의 산문」이라는 제목으로 우리나라 고등학교 교과서에까지 실려 있던 그의 『명상록』 발췌는, 그것을 배우며 자라난 사람들의 마음을 오랫동안 뿌듯한 감동으로 적셔주었다.

그러나 마르쿠스 아우렐리우스 황제시대는 로마가 융성기를 끝내고 쇠망기로 접어드는 분수령에 해당되는 시대였다. 그는 잦은 반란과 내전에 시달리며 시행착오를 많이 했다. 그가 갖고 있던 허무주의적 인생관이 정치적 판단을 흐리게 했는지도 모른다. 상식적으로 생각해 봐도, 황제가 현실적 정치보다 철학적 명상에만 주력한다면 국가발전에 해가 될 수밖에 없을 것이다.

그렇다면 로마는 어째서 멸망한 것일까. 사실 어떤 나라든 영원히 지속적으로 번영할 순 없으므로 로마의 멸망이 특별한 호기심의 대상이 될 수는 없다. 그러나 계속 우리의 관심을 끄는 것은, 로마가 왜 그리 '급격히' 멸망하게 되었는가 하는 점이다.

역사가의 입장에 서기보다 문화인의 입장에 서서 살펴볼 때, 나는 로마 멸망의 근본적 원인이 '쾌락주의의 쇠퇴' 내지는 '내세중심주의의 대두'에 있었다고 본다.

전성기의 로마는 쾌락지상주의를 국가이념으로 삼았다고 볼 수 있다. 그들이 추구한 쾌락은 우선 귀족들 중심의 쾌락이었지만 일반인들도 상당한 쾌락을 보장받았다. 물론 노예는 예외였다. 하지만 노예제를 기본으로 하여 유지된 고대 경제사회에서는 범민중적 쾌락이 불가능했기 때문에, 귀족과 시민 중심의 문화를 비방할 수만은 없다.

초기 로마의 문화는 그리스의 정신주의 문화와는 달리 철저하게 육체주의적인 것이었다. 연극을 예로 들어봐도 로마의 연극은 그리스의 연극과는 달리 철저한 '오락물'로서의 특성을 지니고 있었다.

로마의 연극 가운데 지금껏 전해지는 것은 세네카의 작품이 대부분인데, 그의 희곡을 '복수극'이라고 부를 정도로 잔인한 사디즘이 연극 전체를 이끌어가고 있다. 사람을 산 채로 찢어죽인다든가 사람의 배를 갈라 내장을 끄집어낸다든가 하는 식으로, 세네카의 복수극은 인간이 원초적으로 지니고 있는 사디즘적 욕구를 카타르시스시키는 데 주력하고 있다. 그리스 연극이 '마음의 고통'을 주제로 삼아 철학적 측면에 주력했던 데 비해, 로마 연극은 '육체적 고통'을 주제로 삼아 관객의 본능적 욕구를 대리배설시켜 줬던 것이다.

로마인들이 믿는 신(神)은 그리스인들이 믿는 신보다 한층 더 인간화된 신들이었고, 그들이 만든 예술작품들은 모두 다 에로틱한 선정성(煽情性)에 기반을 두고 있었다. 따라서 로마 사람들은 죽은 다음에 찾아오는 내세의 문제라든가 형이상학적 문제 같은 것에 대해 별 관심을 쏟지 않았고, 오직 현실 안에서의 행복 및 쾌락 문제에만 모든 관심을 집중시켰다.

전성기의 로마가 문(文)보다 무(武)를 숭상했던 것은 '힘의 원리'야말로 이 세상을 지탱해 나가는 기본원리라는 것을 알고 있었기 때문이었다. 그래서 그들은 수많은 전쟁을 통해 영토를 확장시켜 나갈 수 있었고, 식민지들로부터 막대한 경제적 이득을 취할 수 있었다.

그러나 콘스탄티누스 황제가 기독교를 공인한 313년을 전후로 해서 로마제국은 서서히 붕괴되어 가기 시작한다. 콘스탄티누스 황제의 결단은 종교적 신앙심에 의한 것이었다기보다 정치적 계산에 의한 것이었다고 봄이 옳다.

잉글랜드로부터 소아시아에 걸쳐 광대한 지역을 차지하고 있는 거대한 로마제국의 판도 안에서는, 여러 가지 종교가 잡다하게 퍼져 세력을 이루고 있었다. 그래서 콘스탄티누스 황제는 여러 민족들이 뒤섞여 있는 로마제국을 하나로 뭉치게 하려면 '종교의 통일'이 필요하다는 것을 절감하게 되었고, 통일된 종교로는 기독교가 안성맞춤이라고 생각하게 됐던 것이다.

기독교가 로마의 국교처럼 되자 기독교는 곧바로 놀라운 조직력을 과시하기 시작한다. 정치적 행정단위와 비슷한 형태의 여러 교구(敎區)들로 구성된 교회조직은 로마제국의 잡다한 인종들을 하나로 통일시키는 데 성공했다. 하지만 그것이 로마제국의 번영에 도움을 준 것은 결코 아니었다.

기독교가 로마를 지배하게 되면서부터 중세기적 암흑시대의 전조(前兆)가 생겨나기 시작했다. 기독교의 교부(敎父)들은 우민정책(愚民政策)을 폈기 때문에 읽고 쓰는 일은 오직 귀족과 승려들의 전유물이 되었고, 일반 백성들에게는 전혀 교육을 베풀지 않았다.

또한 무엇을 읽고 무엇을 쓸 것인가 하는 문제가 순전히 교회의 결정에 따라 좌우되었기 때문에 다양한 문화의 발전은 생각할 수조차 없게 되었다. 그래서 사람들은 육체적 쾌락을 죄악시하며 오직 죽은 뒤에 내세에서 받을 하느님의 심판에만 목을 매달고 살아가는 인질의 신세로 전락해 버리고 말았다.

더욱이 기독교 지도자들은 이교도를 배척하라고 가르쳤기 때문에, 전성기 로마인들이 가졌던 유연한 외교술과 융통성 있는 '혼혈 문화'를 상실하도록 만들었다. 그러다 보니 로마는 도량이 좁은 종교적 국수주의에 머물지 않으면 안 되었고, 결국은 어이없게도 졸지에 멸망해 버릴 수밖에 없었다.

겉으로 보면 로마의 멸망은 적은 숫자의 민족이 많은 숫자의 다수 민족을 통치하다가 결국 힘에 부쳐 손을 들게 된 것이 주된 원인이고, 싸움에 싫증을 느끼는 로마인의 숫자가 점차 늘어나 용병을 쓰게 됐다는 것이 보조적 원인일 것이다. 그러나 로마 사람들이 왜 그토록 멸망의 징조에 무심했을까 하는 점을 생각해 보면, 더 깊숙한 곳에 자리 잡고 있는 진짜 이유가 도출된다.

내 생각으로는, 현실적 쾌락(또는 행복)을 선(善)으로 인정하지 않고 헛된 신기루로 보아 금욕생활로만 일관할 것을 주장한 당시의 기독교 교리가 로마 멸망의 주된 원인으로 작용한 것 같다. 말하자면 별 형이상학적 이념에 신경 쓰지 않고 실용주의로만 일관했던 로마가 기독교라는 거대한 이념에 잡아먹혀버린 셈이라고나 할까. 이런 원인진단에는 이견이 많겠지만, 어쨌든 콘스탄티누스 황제의 기독교 공인 이후 서양 문명이 발전의 속도를 급격히 늦추고 정체되기 시작했다는 사실을 부인할 수는 없을 것이다.

또한 기독교 자체만을 놓고 생각해 봐도, 그때부터 기독교는 초기 기독교가 가지고 있던 순수한 신앙심과 사랑의 정신을 망각해 버리고 정치세력과 결탁하기 시작한다. 그리고 예수의 진의를 무시한 채 급격한 타락의 길로 들어서게 되는 것이다.

서양의 이런 기형적인 역사변화 추세와 비교해 볼 때, 동양(특히 중국)에서는 이렇다 할 '급격한 침체' 같은 것이 발견되지 않는다. 동양에서는 기독교만한 획일적 이데올로기나 종교가 존재하지 않았기 때문이다. 그래서 동양은 서양과는 다르게 실용주의적 가치관을 견지해 나갈 수 있었고, 마녀사냥이나 종교재판, 또는 극단적인 성 억압 같은 것을 피해 나갈 수 있었다.

물론 르네상스 이후 화약을 발명하고 항해술을 익힌 서양인들은 '근대화'를 이루어가면서 동양을 능가하기 시작한다. 특히 근대 이후의 유럽 기독교는 '교리에 대한 광신적(狂信的) 집착'을 차츰 반성하게 되면서, 성적 쾌락이나 세속적 안락을 용인하게 되어 합리주의적 과학발달을 촉진시켰다.

하지만 데카르트의 합리주의조차 신의 개념을 전제하고 있고, 공산주의를 주창한 마르크스의 '이상국가론' 역기 기독교적 교조주의와 유토피아니즘을 흉내 내고 있다. 이런 점에서 볼 때 서구의 미래는 여전히 불안을 내포하고 있다고 볼 수 있다. 슈펭글러가 『서양의 몰락』을 쓴 것은 이 때문일 것이다.

요즘도 상당수의 우리나라 지식인들은 정신우월주의에 빠져, 한국의 현실을 진단할 때 로마제국의 퇴폐적 사회풍조를 예로 들어가며 경종을 울리곤 한다. 이럴 때 우리는 한국의 대학교수나 지배 엘리트 대부분이 '미국 박사'들이라는 점을 놓쳐서는 안 된다. 한국의 학문풍토가 미국의 절대적 영향하에 놓여 있다는 것은 대단히 심각한 문제가 아닐 수 없다. 미국이라는 나라는, 지나치게 결벽증적인 금욕주의 때문에 유럽에서 쫓겨난 청교도주의자들이 세운 나라이기 때문이다.

미국의 지배 엘리트들은 겉으로는 자유주의를 표방하고 있지만 속으로는 여전히 종교적 극우노선을 고집하고 있는 답답한 도덕만능주의자들이요 꽉 막힌 기독교 근본주의자들이다. 1926년에 '금주법(禁酒法)'을 국회에서 통과시켜 1933년까지 유지시켰을 정도로, 그리고 지금도 주(州)에 따라서는 '진화론'이나 '빅 뱅(Big Bang) 이론'을 학교 교재에 넣지 못하도록 법제화시켜 놓고 있을 정도로, 여전히 중세기적 사고에 머물고 있는 나라가 바로 미국인 것이다.

한국의 지식인들 중에는 '도덕'에 대한 광신에 빠져 있는 사람들이 특히나 많다. 그래서 '퇴폐', '향락', '음란', '사치' 등의 애매모호한 개념을 적으로 모는 일을 되풀이하고 있다. 그런 것들을 '척결'하자는 말을 전가(傳家)의 보도(寶刀)처럼 써먹으며 스스로의 도덕적 인격을 과시(또는 위장)하는 고질적인 자기은폐 심리가, 그들을 일종의 마녀사냥꾼으로 만들어가고 있는 것이다.

'쾌락'을 좀 더 적극적으로 추구하는 것을 가리켜 '퇴폐'라고 표현하는 경우를 나는 자주 발견하게 된다. '쾌락'은 '행복'과 같은 의미를 지니고 있는 말이고, '향락'이란 '즐거움을 누린다'는 뜻이다. 그것이 어째서 나쁘단 말인가.

지금도 미국과 한국을 비롯한 세계 곳곳에서는 광신적 종교집회가 열리고, 그 집회에서는 말세를 외쳐대는 사람들이 '속세의 사람들'을 적개심에 가득 찬 눈빛으로 바라보며 저주를 퍼붓고 있다. 그들에게는 이 세상이 '소돔과 고모라'에 다름 아닌 것이다. 말세를 원하는 사람들이 그토록 많다면, '집단무의식'이 갖고 있는 힘에 의해서라도 이 세상은 결국 망하고 말 것이다.

과연 이 시점에서 우리는 어떻게 해야 할까. 나 역시 답답한 마음으로, 소설 『쿠오바디스』의 마지막 부분에서 사도 베드로가 하늘을 향해 비통하게 절규했던 것처럼 이렇게 외쳐보는 수밖에 없다.

"쿠오바디스 도미네(주여, 어디로 가시나이까?)."

인류 역사를 돌이켜볼 때, 특정한 종교를 국교로 삼아 지나칠 정도로 충성을 바쳐대던 나라들은 다 망했다. 로마제국은 기독교 공인 이후로 급격히 쇠퇴하기 시작했고, 결국은 중세 천년의 암흑시대로 이어졌다. 우리나라에 불교를 전해준, 중국 남북조(南北朝)시대 5호(胡) 16국(國) 가운데 하나인 동진(東晋)은 불교를 그토록 숭상했음에도 불구하고 금세 망해버릴 수밖에 없었다.

한국이 그토록 협소한 국토와 미미한 국세에도 불구하고 지금까지 오랫동안 단일 인어를 보존히면서 존속해 올 수 있었던 까닭은, 내가 보기에 특정한 종교를 가지고 있지 않았기 때문이다. 물론 우리나라도 고려시대에는 불교가 국교였고 조선시대에는 유교가 국교였다. 그러나 그것이 범국민적 신앙으로 확산된 적은 한번도 없었다. 고려시대라 해도 유학(儒學)이 거기에 침투해 있었고, 조선시대라 해도 불교와 도교(道敎)가 민중신앙의 큰 몫을 차지하고 있었다.

단군 이래 우리나라 사람들에게 가장 보편적으로 신앙돼 온 종교는 역시 '샤머니즘'이라고 볼 수 있다. 그런데 샤머니즘은 모든 만물에 정령(精靈)이 깃들어 있다고 믿는 신앙체계로 되어 있어 특정한 유일신만을 섬기는 데 따른 배타주의적 행태를 보여주지 않았고, 따라서 한국인들은 유연하면서도 융통성 있는 인간관과 세계관을 유지해 나갈 수 있었다.

특히 조선시대의 유학은 특정한 신을 섬기거나 미신적 광신에 빠져드는 것을 허락하지 않는 반(反)종교적 면모를 보여주었다. 문제는 다양한 세계관을 인정하지 않는 철저한 '유교 독재'에 있었다. 획일주의적 문화독재(유교의 경우는 일종의 '이데올로기 독재')는 서양 중세기의 암흑시대나 다름없었던 것이다.

그래서 불교조차도 오직 민간신앙으로서의 기복(祈福) 종교로만 명맥을 이어갈 수 있었다. 이율곡이 젊었을 때 잠깐 절에 들어가 불교를 공부했다는 이유만으로 계속 탄핵을 당했다는 사실만 가지고 보더라도, 조선시대의 이데올로기 독재는 아주 대단했다. 하지만 조선조의 정치윤리가 철저히 반종교적이었다는 사실 하나만은 긍정적으로 평가해야 할 요소가 많다.

그러다가 우리나라는 조선시대 말엽에 천주교가 들어오면서 세계에서 가장 많은 숫자의 순교 성인을 배출하게 되었고, 지금에 이르러서는 엄청난 숫자의 신도를 갖고 있는 기독교 세력이 광신과 뒤섞어 위세를 떨치게 되었다. 한국인의 전통적 종교관에 비추어볼 때, 이런 사실은 참으로 납득하기 어려운 일이다.

그 이유를 간단히 추려해 보자면, 조선조 후기부터 공자의 생각과는 거리가 먼 주자학(朱子學)의 형이상학적 요소, 즉 이기론(理氣論)이 판을 쳐 공리공론에 빠짐으로써 실학의 발전을 막았다는 사실을 첫 번째 원인으로 꼽을 수 있다. 그리고 조선조 말기에 이도(吏道)가 극도로 부패·타락하여, 가렴주구(苛斂誅求)에 지친 민중들이 기독교 교리에서 내세적 구원을 찾을 수밖에 없었다는 것을 두 번째 원인으로 꼽을 수 있다.

그러나 어쩐지 그것만으로는 석연한 해답이 될 수 없다는 생각이 든다. 우리보다 훨씬 먼저 천주교를 받아들인 일본은 지금 기독교인의 숫자가 전 인구의 2퍼센트에도 채 못 미친다. 그런데 우리나라는 점점 더 미국 같은 '기독교 국가'가 되어가고 있는 것이다. 이런 현상을 '하느님의 축복' 탓으로 봐야 할지, 미국의 영향 탓으로 봐야 할지, 아니면 왜곡된 집단무의식 탓으로 봐야 할지, 나는 정말 판단을 내리지 못하겠다.

내가 보기에 일본이 지금 세계에서 가장 부유한 나라 가운데 하나로 발전하게 된 근본적 이유는, 일본의 국민성이 '무종교성(無宗教性)'에 뿌리박고 있다는 사실에 있다. 물론 일본인들 대다수가 믿고 있는 전통종교인 '신도(神道)' 사상이 범국민적 결속력을 유지시

커 줬기 때문이라고 보는 시각도 있을 수 있다. 하지만 신도사상은 관습적 제의(祭儀)의 형태로만 존속해 왔을 뿐 종교의 차원에까지는 이르지 못했다. 그렇기 때문에 일본이 번영하게 된 근본 원인을 신도사상에 두기는 어렵다고 본다.

아무튼 일본은 신도사상과 결합한 천황제도를 호전적 국수주의로 변질시키지 않는 한, 앞으로도 계속 실속 있는 발전의 길을 걸어가게 될 것이 틀림없다. 우리는 일본에 뒤지지 않기 위해서라도, '광신'이 두렵다는 사실을 확실히 깨달아야 한다.

13. 인간의 청소년기는 '지옥'이다

청소년의 성문제는 현재 인류가 직면하고 있는 가장 큰 당면과
제 중 하나다. 성에 관련된 모든 자유로운 논의에 있어, 청소년의 성
문제만큼은 언제나 예외로 취급되는 경우가 많기 때문이다.

21세기에 들어선 인류는 성에 대한 죄책감과 공포, 그리고 거기
에 기인하는 성신성주의(性神性主義)로부터 서서히 벗어나고 있
는 듯이 보인다. 많은 진보적 성해방주의자들이 주위의 따가운 눈총
을 무릅쓰고 범사회적 성 억압에 저항하고 있고, 보다 자유롭고 건
강한 성관(性觀)의 보급을 위해 노력하고 있다. 그러나 한국보다는

훨씬 더 개방적인 나라로 보이는 미국 사회에서조차도, 청소년의 성 문제에 대해서만큼은 극단적 퓨리터리즘을 내세우며 반동적 태도를 취하고 있는 지식인들이 많은 것이다.

지금까지 성해방론자들의 끊임없는 노력과 투쟁이 있어왔고, 또 예전에 비해 훨씬 이른 나이에 성적 체험을 하는 젊은이들이 점점 더 늘어나고 있는데도 불구하고, '청소년의 성해방' 문제가 중요한 현안이라는 사실을 명백하게 인식하고 있는 사람은 아직도 드물다. 그러다 보니 구체적이고 현실적인 성교육 프로그램의 연구 역시 확실한 당위성과 목표를 설정하지 못한 채 답보상태에 머물고 있다.

이 시대의 청소년들은 모든 것에 대해 거의 다 배우고 있으면서도, 인류의 존립(存立) 근거라고 할 수 있는 '성의 본질과 생리적 역할'에 대해서는 정작 아무것도 배우지 못하고 있다. 그러면서 죄의식 섞인 암중모색 끝에 안쓰러운 자위행위와 찜찜한 성행위를 도둑질하듯 되풀이하고 있을 뿐이다.

이 시대는 어쨌든 '혁명의 시대'이다. 그러나 '정치적인 혁명'은 이제 유행이 지난 낡은 어구(語句)가 되어버린 것 같아 보인다. 마르크스주의자들의 상투적 구호들은 의미를 잃은 지 이미 오래다. 그래서 진정 우리가 필요로 하고 있는 혁명이 지금에야 겨우 그 싹을 보이고 있는데, 그 싹이 바로 '이중적 위선과 권위주의적 심통으로 가득 찬 기성인 사회를 향한 청소년들의 도전'인 것이다.

겉만 번지르르한 기성인 사회의 허구적 윤리는 청소년들을 어둡고 삭막한 절망과 고뇌의 구렁텅이에 빠뜨려버렸다. 기성인 사회의 규범은 청소년들을 어린애로 취급하지도 않고 어른으로 취급하지도 않는 어정쩡한 자세를 취하고 있기 때문에, 청소년들은 자신의 진정한 위상과 정체성(正體性)을 찾지 못한 채 방황하고 있다.

기성인 사회의 위선적 도덕률과 이중적 성윤리는 청소년들의 생리적 욕구를 무시하면서, '미성년자 보호'라는 미명하에 낡은 윤리와 도덕의 굴레를 씌우려고만 한다. 청소년들의 '건강한 본능'을 '건전한 윤리'라는 그럴듯한 구실로 억눌러 그들을 아예 미숙아(未熟兒)로 취급함으로써, 청소년들의 자유분방한 정신구조를 황폐화시키고 있는 것이다. 이런 억압은 비단 청소년들에게만 해당되는 것은 아니다. 청소년보다 나이 어린 소년기의 아이들 역시 터무니없는 성 억압에 시달리고 있다.

여기서 한 가지 분명히 짚고 넘어가야 할 사실은, '아이들의 순수성 보호'라는 감상적 구호가 매우 최근에 생긴 개념이라는 것이다. 서구의 경우 오히려 중세사회에서는 성행위를 '지극히 자연스러운 것'으로 여겨 아이들이 성행위 장면을 보는 것에 대해 아무런 염려도 하지 않았다. 부모들은 아이들 앞에서 성행위를 마음대로 했고, 아이들이 그런 행동을 흉내 내는 것을 꾸중하기는커녕 귀엽다고 생각했다.

이런 사실은 필립 어리어스가 쓴 『아이들의 시대』라는 책에 기록돼 있는데, 그 시절에는 성(性)이 아이들의 천진성을 더럽힐 수 있다는 개념조차 전혀 존재하지 않았다고 밝히고 있다. '마녀사냥'은 간혹 있었어도 '음탕한 아이들 사냥'은 없었다는 것이다.

아이와 어른 사이의 장벽은 서구의 경우 18, 19세기에 와서 생기게 된다. 그런데 이로 인해 피해를 받은 쪽은 오로지 아이들이었다. 그들은 집에서마저 쫓겨나 기숙사라는 명칭 아래 세워진 감옥 아닌 감옥으로 보내졌다. 찰스 디킨스의 여러 소설에서는 그런 기숙학교의 음습한 분위기가 리얼하게 묘사되고 있다.

동양의 경우에는 20세기 초엽까지 청소년의 개념이 없었고, 열서너 살 정도만 돼도 이미 어른 취급을 받았다. 또 그 나이 이하의 아이들도 성에 대한 '결벽증적 순수성'을 강요당하지는 않았다.

우리가 살고 있는 시대는 이른바 '첨단과학 시대'이다. 그래서 과학적인 교육을 받은 세대가 사회의 중견층을 형성하고 있다. 그럼에도 불구하고 기존의 성윤리가 갖고 있는 모순과 위선에 대한 냉정한 점검과 비판이 거의 이루어지지 않고 있다는 것은 참으로 기이한 일이다. 특히 청소년의 성문제는 완전한 사각지대로 방치돼 있는데, 그러다 보니 자라나는 신세대들은 기존 도덕의 바탕을 형성하고 있는 금욕주의적 도그마의 그림자에서 벗어나려고 몸부림칠 수밖에 없다.

그들은 육체적 생리에 대해서 구체적으로 알 권리와 성적 행동을 주체적으로 실천할 권리를 끊임없이 추구하고 있다. 적어도 그들 모두의 잠재의식은 성적 욕구의 보다 당당한 배설을 요구하며 다음과 같은 질문을 지속적으로 제기하고 있는 것이다.

"무슨 이유로 우리는 너무나 당연한 생리적 욕구인 성적 충동을 마치 병이나 되는 것처럼 취급당해야 하고, 우리 자신의 본능과 힘겹게 싸워나가야 하는가?"

"왜 우리는 성적 충동을 옳은 방향으로 떳떳하게 배출하지 못하고 음습한 죄의식을 동반하는 관능적 공상에만 의존하며 살아가야 하는가?"

"왜 우리는 다른 기술을 배우는 것과 마찬가지로 성이라는 기술을 배울 수가 없는가?"

"그 기술을 우리에게 가르쳐줄 수 있는 사람들은 왜 입을 다물고 있으며, 왜 우리는 그것을 혼자서 시행착오를 거듭해 가며 어둠 속에서 더듬거리듯 배워가야만 하는가?"

이런 질문들이 앞으로는 점점 더 강한 어조로 터져 나올 것이고, 사회를 이끌어가는 기성인들은 이에 대한 떳떳한 대답을 준비하고 있지 않으면 안 될 것이다.

그렇다면 위의 질문들에 대한 떳떳하고 설득력 있는 대답은 과연 무엇일까?

보다 실증적인 대답을 마련하기 위해서는, 인간사회가 아닌 다른 집단에서 일어나는 현상을 참고자료로 삼는 것이 바람직할 것이다. 다른 집단은 결국 인간 이외의 동물 집단이 될 수밖에 없는데, 예를 들어 원숭이들의 성생활을 연구함으로써 우리는 많은 것을 배울 수기 있다.

그러기 위해서는 우선 인간이 동물보다 우월하다는 편견을 떨쳐버려야 한다. 원숭이 같은 동물을 문명을 창조해 낸 인간과 비교할 수는 없다고 생각하는 사람이 많겠지만, 근본적인 본능의 문제를 처리하는 데 있어서만큼은 원숭이가 인간보다 훨씬 더 현명한 것이 사실이다.

인간과 동물이 같다는 생각은 인간과 관련된 여러 가지 골치 아픈 문제들을 해결해 준다. 나아가 인간을 만물의 영장으로 보지 않고 '윤리라는 쇠사슬로 자신의 타고난 본성을 결박해 버린 불쌍한 동물'로 볼 수 있을 때, 인간은 보다 행복해질 수 있다.

성문제에 관련해서 우리가 원숭이들에게서 배울 수 있는 것은 무엇일까? 우선 그들은 나이가 어릴 때 나이 많은 원숭이들을 흉내 내면서 성에 대해 배워간다는 사실에 주목할 필요가 있다. 성적 욕구는 본능적인 것이지만, 성적 욕구를 적절한 행위로 옮기는 데는 어느 정도의 '배움'이 필요하다는 것을 원숭이의 성행동은 가르쳐준다. 적어도 이런 배움을 통해 성행위의 기술이 훨씬 더 세련돼질 수 있는 것이다. 독습(獨習)에 의한 성적 기술의 연마는 자칫하면 위험한 선입관을 심어주기 쉽다.

할로우 박사의 실험에 의하면, 철저하게 고립된 상황에서 성장한 원숭이는 성에 대한 제반 지식이 전혀 없었다고 한다. 상당수의 숫원숭이들은 암원숭이를 보고도 성교에 대한 흥미를 전혀 나타내지 않았고, 성적 욕구를 보이는 숫원숭이조차 어떤 자세를 취해야 할지 몰라 쩔쩔매더라는 것이다. 심지어 머리부터 공격하거나 옆으로 접근하는 숫원숭이도 있었다고 한다.

재미있는 것은, 할로우 박사가 성행동을 연구하려는 목적으로 그런 실험을 한 것이 아니라는 것이다. 본래의 의도는 원숭이들을 따로따로 키움으로써 병이 없는 소집단을 구성해 보자는 것이었다고 한다.

또 다른 중요한 사실 하나는 위에 소개한 실험내용이 단지 숫원숭이들에게만 적용된다는 것이다. 암컷은 아무런 배움 없이도 성에 대해 자연적으로 알게 된다는 사실이 실험을 통해 확인되었다. 다시 말해서 암원숭이들은 별다른 성교육 없이도 자신들의 성적 역할을 잘 수행할 수 있었다. 그러니까 숫원숭이들만이 자기보다 나이가 많은 선배 원숭이들의 성행위를 흉내 냄으로써 성교 기술을 배운다는 얘기가 된다.

원숭이들의 성지식 습득과정을 보면서 우리는 '아이들의 순수성을 보호한다'는 것이 얼마나 불합리한 일인지를 확인할 수 있다. 성교 기술을 배우는 것은 먹을 것을 찾고 야수를 피하는 방법을 배우는 것과 마찬가지로, '생존을 위한 교육'과 같은 궤(軌)의 개념으로 파악돼야하는 것이다.

다만 암원숭이들이 성적 학습 없이도 성교행위를 할 수 있었다는 사실에 의문을 품을 수 있는데, 인간의 성행위는 '성교' 자체보다 '성희'가 더 중요하다는 점에서 원숭이와는 조금 다르다고 본다. 인간은 여자든 남자든 성희 기술을 배워야만 원활한 성생활을 할 수 있다는 게 내 생각이나.

아무튼 아이들에게 구체적으로 '야한' 성교육을 베푸는 것을 '비도덕'으로 몰아 매도하는 것은 결코 바람직한 태도라고 볼 수 없다. '모르는 게 약'이던 시대는 이미 지나갔다. 무엇이든 '아는 것이 힘' 인 것이다. 게다가 요즘같이 매스컴이 발달한 시대에 아이나 청소년 의 눈과 귀를 막아버리는 것은, 오히려 더 큰 부작용을 초래한다.

위에서 소개한 원숭이의 행태가 인간의 모든 사회를 지배하는 공통적 행태는 아닐 것이다. 그래서 프랭크 비츠와 클렌린 포드가 공저한 『성행동의 양태들』이라는 책의 내용을 소개해 보려고 한다. 이 책에는 아이들의 성표현에 대해 절대적인 관용을 베푸는 서른두 개 집단(사회)의 사례가 실려 있는데, 그 중 몇 가지 보기를 들어보 면 다음과 같다.

아프리카 츄와 집단에서는 아주 어릴 때부터 성을 배우고 연습 하지 않으면 자식을 낳을 수 없다고 믿는다. 그래서 그곳의 남자 아 이들과 여자 아이들은 부모들의 완전한 허가 하에, 마을에서 조금 떨어진 곳에 지어놓은 작은 오두막집에서 남편과 아내가 되는 연습 을 한다. 소년 소녀들은 사춘기가 될 때까지 상대를 바꿔가며 그 오 두막집을 드나들다가, 마침내 상대를 찾아 결혼하게 된다.

역시 아프리카에 있는 일라 집단은, 아동기를 성인의 성역할을 배우고 준비하는 과정이라고 믿는다. 여자 아이들은 별도의 집을 따 로 가지고서 자신이 선택한 남자 아이를 데리고 가 섹스를 연습한 다. 그래서 그 집단에 소속된 10세 정도의 소녀라면 처녀는 한 명도 없게 된다고 한다.

필리핀의 이푸가오 집단에서는 남자 아이가 매일 다른 여자 아이와 자는 것을 아무렇지도 않게 받아들인다. 이것을 제지하는 사람이 있다면 그것은 어른이 아니라 여자 아이 자신이다. 여자 아이들은 남자 아이와 잔다 하더라도, 결혼할 준비가 됐다고 생각하기 전까지는 한 남자 아이와 너무 오랫동안 교제하려 하지 않는다. 한편 아버지들은 자식에게 일찍부터 섹스를 배우도록 권유하고, 만약 자식이 그것에 대해 부정적인 반응을 보이면 창피스럽게 여긴다.

인도의 레프차 부족은 성교행위를 경험하지 않은 여자 아이는 완전한 여자로 성숙해질 수 없다고 믿는다. 아이들은 아주 일찍부터 성생활을 시작하게 되는데, 서로 마스터베이션(자위)을 해주는 기술부터 배우고 나서 나중에 성교행위로까지 발전하게 된다. 그래서 11세나 12세가 되면 여자 아이들은 모두 완전한 성교행위를 경험하게 된다. 어떤 경우에는 나이 많은 남자가 8세 정도의 여자 아이와 섹스를 할 때도 있는데, 부족 사람들은 이것을 오히려 흥미있는 일로 생각한다.

서북 뉴기니의 트로브리안더스 집단에서는 여자 아이가 6~8세 사이에, 남자 아이는 10~12세 사이에 성생활을 시작한다. 이 집단의 아이들은 그들의 선배들로부터 섹스에 대한 자세한 설명과 교육을 받고 그들을 흉내 냄으로써 성생활을 시작하게 된다. 이 집단 아이들의 성행위는 상호 간의 마스터베이션으로부터 오럴섹스(남자와 남자, 여자와 여자, 남자와 여자, 이 세 가지 형태를 모두 포함하고 있다) 및 성교행위까지 매우 다양하다. 아이들은 같이 놀다가 서로 마음만 맞으면 아무 때라도 숲속으로 사라지거나 작은 오두막집 같은 곳으로 간다. 그들은 이렇게 오랜 기간 동안 성적 교제를 충분히 가진 뒤, 서로가 성적으로 잘 맞는다는 것이 확인됐을 때만 비로소 결혼을 한다.

이러한 성적(性的) 시험 기간은 대체로 3년인데, 특이한 것은 이 3년 동안 여자 아이가 임신을 하는 경우가 아주 드물다는 사실이다. 그래서 이 집단 사람들은 성교행위와 임신 간의 인과관계를 의심하는 동시에, 임신은 어떤 미지의 신비한 힘에 의해 이루어지는 것이라고 믿는다. 그들이 어떤 형태로든 피임 방법을 사용하지 않는 한, 이와 같은 현상에 대한 명확한 해답을 내리기는 어렵다. 다만 여자 아이들이 너무 어려서 배란이 이루어지지 않거나. 임신을 한다 하더라도 태아를 끝까지 키우지 못하는 것이라고 추측할 수는 있다.

서구인들은 관대하고 자유로운 성풍속을 폴리네시아인들의 사고방식과 연관시켜 생각하는 버릇이 있는데, 제임스 미치너는 『파라다이스로의 회귀』라는 책에서 폴리네시아인들의 흥미로운 성행동을 기술하고 있다.

미치너에 의하면, 보라보라라는 곳에서는 사춘기 소녀들이 아이를 낳아 그 아이를 자식이 적은 부부에게 주는 것을 큰 자랑으로 여기고 있다고 한다. 부모는 딸을 위해 따로 작은 집을 지어주고, 친척들과의 접촉이 아니라면 어느 누구와도 마음대로 섹스를 할 수 있도록 허락해 준다. 이렇게 해서 생겨난 아이들을 자식이 적은 부부들이 기꺼이 받아들여 양육하는 것이다. 이런 식으로 아이를 한둘쯤

낳은 후에야, 즉 불임이 아니라는 것이 확인된 후에야 비로소 결혼할 준비가 되어 있다고 생각한다는 것이다. 그러니까 이 집단에서는 '사생아'라는 말 자체가 존재할 수 없는 셈이다.

요즘 세계적으로 청소년의 성폭행 문제(또는 성의 억압에 기인한 화풀이로서의 폭력문제)가 심각하게 대두되고 있다. 이럴 때 성인들이 취할 방도란 두 가지밖에 없다. 하나는 '더욱 억누르는 것'이고 다른 하나는 '조금씩 풀어주는 것'이다.

우리나라의 경우, 경제상태가 전보다 나아져 소년 소녀들의 발육이 빨라지고 성징(性徵)이 나타나기 시작하는 연령도 낮아져간다. 게다가 엄청난 양의 섹스 홍보물들이 음성적·양성적으로 떠돌아다니고 있다. 위에서 제시한 여러 인간집단의 사례들을 당장 실천적으로 수용할 수는 없다 하더라도, 우리는 어떤 방식으로든 아동기와 청소년기의 성문제 해결을 위해 진지하게 연구해 봐야 한다.

내가 어렸을 때 겪은 일을 한번 얘기해 보겠다. 지금은 내가 비교적 자유로운 성의식을 갖게 되어 스스럼없이 마스터베이션을 즐길 수가 있지만, 내가 처음으로 마스터베이션을 배울 때 생각을 하면 정말 이가 갈리고 치가 떨린다.

초등하고 4, 5학년 때쯤 해서,『금병매』나『아라비안 나이트』중에 나오는 야한 장면들을 보면 공연히 사타구니 언저리가 근질거려오고 자지가 발기되곤 하는 바람에, 나는 마스터베이션을 순전히 독학으로 배우게 되었다.

그때 내가 쓴 방법은 발기된 자지를 두 허벅지 사이에 끼우고 두 허벅지에 힘을 줘가며 조여대거나, 아니며 허벅지 아래쪽 틈새로 대가리를 삐죽 내밀고 있는 귀두를 손가락 끝으로 비벼대는 것이었다. 그때까지만 해도 아직 정액이 생산되기 전이라 나는 별 생각 없이 마스터베이션의 쾌감을 즐길 수가 있었다. 물론 집안 식구들의 눈을 피해가면서 마스터베이션을 한다는 게 무척 껄끄럽기도 하고 괜한 죄의식을 느끼게 하는 일이었지만 말이다.

그런데 진짜 문제는 그 다음에 일어났다. 중학교 1학년 때쯤 해서 자위행위 도중 갑자기 허연 고름 같은 것이 나오기 시작하는 게 아닌가. 그때 나는 그게 정액인 줄을 꿈에도 몰랐다. 아무도 가르쳐주는 사람이 없었고 또 누구한테 물어볼 수도 없는 일이었다.

그때 내가 혼자서 끙끙거리며 고민했던 것을 생각하면 지금도 등에서 식은땀이 날 정도다. 나는 내가 너무 손장난을 많이 해서 무슨 병이라도 생긴 줄로만 알았다. 이래저래 끙끙 앓기만 했지 별 대책을 세울 수가 없었는데, 머리를 쥐어짜다가 기껏 생각해 낸 것이 앞으로는 절대로 마스터베이션을 하지 말아야겠다는 것이었다.

그 이전에도 손장난을 할 때마다 공연한 죄의식이 나를 괴롭히곤 했었다. 그런데 고름이 나오는 걸 보자 그 죄의식은 몇 십 배 몇 백 배로 커졌다. 지금 와서 생각해 보면 정말 쓸데없는 걱정이요 죄의식이었다. 이 세상엔 나 같은 일을 겪은 사람이 한두 명이 아닐 것이다. 이런 쓸데없는 시행착오가 사람들의 정신건강에 치명적인 외상(外傷)으로 작용할 것은 뻔한 일이다.

하지만 그 뒤에도 문득문득 충동적으로 엄습해 오는 성욕이라는 놈이 문제였다. 그래서 나는 자포자기인 심정이 되어 별로 재미도 느끼지 못하면서 마치 도둑질하듯 마스터베이션을 하고는, 그때마다 어김없이 쏟아져 나오는 허연 고름을 보며 미칠 듯한 공포심과 죄의식에 빠져들곤 했다. 이런 나날들이 1년 가까이나 계속되었고, 나중에 우연히 보게 된 어떤 책을 통해 나는 비로소 그 황당무계한 공포심으로부터 벗어날 수 있게 되었던 것이다.

우리나라 사람들은 모두 성에 대한 '논의'에 굶주려 있다. '성해방' 이전에 '성에 대한 논의의 해방'이 절실히 필요한 시기다.

요즘 들어 청소년 성폭행 사건이 증가하고 있는 이유는, 청소년들의 성적 기아증을 풀어줄 생각을 중견 지식인 어느 누구도 하고 있지 않을뿐더러, 청소년들의 성욕을 대리배설시켜 줄 수 있는 통로(이를테면 이른바 '야한 소설'이나 '야한 영화 등')조차 강제적으로 차단시켜야 한다는 주장이 우리 사회의 구태의연한 윤리풍토에 편승하여 군사문화적 힘을 떨치고 있기 때문이다. 그저 공부해라, 얌전해져라, 참는 것이 미덕이다, 라는 투의 낡디낡은 훈계로 청소년들의 당연한 욕구를 억누르고만 있으니, 혈기 방장한 청소년들 중에 신경질적인 일탈자가 나오는 게 당연하다.

성범죄는 언제나 배가 고플 대로 고파진 극한상황에서의 '빵 도둑질' 같은 형태로 나다니게 마련이다. 민주회의 사회복지를 주장하는 우리나라의 식자(識者)들은 이 문제에 대해 전혀 관심을 기울이지 않고 있다. 그러고는 오히려 자신의 잠재의식에 쌓인 성적 일탈 욕구를 위장하려는 의도에서, 더욱 소리 높여 윤리·도덕·절제만을 상투적으로 외치고 있다. 불쌍한 것은 아이들이요, 청소년들이요, 나아가 그들이 어른이 되어 '화풀이 형태'로 꾸려갈 한국의 어두운 미래인 것이다.

근대화 이후의 인류가 개인의 인권이나 행복추구원 등의 문제에 대해서는 이전보다 훨씬 더 큰 관심을 기울이면서, 왜 소년이나 청소년의 성문제에 대해서는 그것을 이전보다 한층 더 억압하고 금지시키는 쪽으로 갔는지는 정말 알다가도 모를 수수께끼이다. 앞서 얘기했다시피 서구 중세사회에서는 청소년의 성뿐만 아니라 소년기 아이들의 성조차 억압하지 않았다. 우리나라의 경우에도 그래서, 성춘향과 이도령은 15세 나이에 온갖 질탕한 성희를 즐기고 있다.

그런데 옛날보다는 훨씬 더 인권과 자유권이 보장되고 에로틱 아트가 늘어난 현금에 있어, 청소년기의 성만큼은 중세기보다 훨씬 더한 '암흑기'를 겪고 있다. 우리는 여기서 '역사의 진보'라는 신화에 다시 한번 회의를 느끼게 된다.

청소년기의 성 억압은 '왜곡된 성적 환상으로의 도피'나 '무의식적 적대감'을 불러일으킨다. 특히나 성적 환상으로의 '죄의식 섞인 도피'는, 그들의 정신을 황폐화시키고 심지어 죽음으로까지 몰아간다.

얼마 전에 나는 한 남자 중학생이 '목매달아 자살하는 놀이'를 즐기다가 결국 죽고 말았다는 기사를 신문에서 읽었다. 그 학생은 친구들이 보는 앞에서 그 놀이를 즐기곤 했기 때문에 매번 위기를 넘길 수 있었는데, 어느 날 혼자서 대들보에 목을 맸다가 끈이 풀리지 않는 바람에 그만 변을 당하고 만 것이라고 한다. 그 학생은 숨이 완전히 끊어지기 직전의 상태에서 맛보게 되는 황홀한 환상체험 때문에, 그 놀이를 버릇처럼 즐겼다는 것이다,

나는 그 기사를 읽으면서 그 학생한테 여러 가지 면에서 동정을 느낄 수밖에 없었다. 그 학생의 죽음은 청소년들의 정신건강에 심각한 위협이 되고 있는 '본드 냄새 맡기'나 환각제 등의 약물 복용 문제와 무관하지 않다. 요즘 청소년들은 어떤 방법으로든 현실을 도피하고 싶어하고, 잠깐 동안만이라도 황홀한 환각상태 속에서의 성적 오르가슴을 맛보고 싶어하는 것이다.

최근 우리 사회에서는 자살하는 청소년이 점점 더 늘어나고 있다. 그 숫자가 해마다 백여 명씩이나 된다는 사실은 우리를 몹시 우울하게 한다. 얼마나 현실을 지탱해 가기 힘들면 그토록 어린 나이에 자살이라는 극한적 결단을 내리게 되는 것일까.

이유는 물론 여러 가지일 것이다. 학업성적인 떨어진 것을 비관하여 자살하는 일이 제일 많다고 하지만, 단지 그것만이 자살의 근본 동기가 되지는 않을 것 같다. 뭔지 모를 불안감과 외로움, 그리고 무조건 인내와 극기(克己)만을 강요하며 자신들의 본능적 욕구를 억누르려고만 드는 기성세대에 대한 원한 같은 것이 겹쳐, 결국 그들을 허무감과 무력감 속으로 빠뜨리는 게 분명하다.

이상하게도 목을 매달아 죽는 순간에는 황홀한 성적 극치감을

맛보게 된다고 한다. 그래서 교수형을 당하는 남자 사형수들 가운데는 목숨이 끊어지는 순간 성적 오르가슴을 느껴 사정(射精)을 하는 경우가 많고, 또 그런 극단적 쾌감을 맛보기 위해 서로 목을 졸라가며 성행위를 벌이는 기이한 성 취향도 있다.

또 완전히 죽었다가 다시 살아난 사람들의 사후(死後) 체험을 기록한 책들을 보면, 그런 사람들은 대개 죽어가는 순간에 즐겁고 신비감 넘치는 환상을 경험했다고 고백하고 있다. 그리고 성적 오르가슴 비슷한, 이루 말할 수 없이 감미로운 느낌을 온몸으로 느꼈다는 얘기가 곁들여진다. 그것이 진짜 영적 체험인지 단순한 성적 환각에 불과한 것인지는 잘 모르겠지만, 어쨌든 인간이 정신적·육체적으로 가장 고통스러운 시기에 신비한 관능적 체험을 갈구하게 된다는 것만은 사실인 것 같다.

나는 남자 중학생이 위험을 무릅쓰고 목매달아 죽는 놀이를 할 정도로 관능적 환상체험에 빠져 있었다는 기사를 읽고 나서, 요즘 청소년들이 성적 체험에 몹시도 굶주려 있다는 사실을 새삼 깨달을 수 있었다.

생리적 측면에서 봐도 성적 능력이나 정자(精子)·난자(卵子)의 신선도는 청소년기 때가 가장 뛰어나다. 그런데도 근대화 이후의 문명사회는 '건강한 성'을 부정하고 '늙고 지쳐버린 성'만을 용인하려 드는 것이다. '늙고 지쳐버린 성'은 대개 당당한 성행동으로 표출되지 못하고 '권위주의적 사디즘'으로 '화풀이'되기 쉽다. 그래서 모든 독재행위나 파시즘적 행동의 배경에는 청소년기의 성 억압이 깔려 있게 마련이고, 권위주의 사회일수록 청소년들의 성을 억압해 그들을 인내력 많은 마조히스트로 순치시키려고 하는 것이다.

한국은 청소년기의 성 억압이 특히나 심한 나라에 속한다. 그래서 정치독재보다 더 무서운 '문화독재'가 '전통윤리의 수호'라는 명분을 내세우는 지식권력에 의해 여지껏 자행되고 있다.

청소년을 볼모로 한 문화탄압이 계속되면 문화도 망치고 청소년도 망친다. 미래사회를 이끌어갈 주역이 청소년들이라는 점을 생각하면 끔찍한 공포감을 느끼지 않을 수 없는데, 끊임없는 '보복'과 '한풀이'가 계속될 것이 분명하기 때문이다. 성에 굶주린 채 청소년기를 보낸 사람이 성인이 되어 제도권 세력에 편입되기라도 하면, 그 사람은 자기가 겪은 고통을 남에게 돌려주고 싶어 더욱 무서운 문화탄압을 자행하게 된다.

이런 우울한 상황을 타개하려면, 우선 청소년에서 성년으로 넘어가는 시기를 낮춰 조절하는 것도 한 해결책이 될 수 있다. 15세나 16세 이후를 성년으로 취급해 주면, 그들의 지적 성숙도는 급격히 상승할 것이다. 그리고 애무 위주의 자유로운 성애와 떳떳한 대리배설(예컨대 에로틱 아트의 죄의식 없는 감상 등)을 할 수 있게 해주면, 정서적 안정이 이룩되어 성범죄도 훨씬 줄어들 것이다. 구체적인 성교육은 바로 이럴 때 필요하다. 즉 철저한 피임교육과 성희기술 교육이 그것이다. 청소년기의 성 억압이 개선되면 유교적 입신출세에만 집착하는 권위주의적 사회풍토도 한결 누그러들 수 있다.

14. 인간은 '문자'의 굴레 속에 있다

데카르트는 자신이 생각하고 있던 것만큼 치밀하지는 못하였다. 적어도 회의방법(懷疑方法)에 있어서만은 그랬던 것 같다.

그는 『방법서설(方法序說)』에서 이렇게 말한다. "만약 우리가 학문을 통해 견고하고 항구적인 진리에 이르려면, 우리는 지금껏 갖고 있던 모든 전제와 사상을 파괴하지 않으면 안 된다. 조금이라도 불확실하다고 생각되는 것은 모두 의심하지 않으면 안 된다." 그러면서 그는 "우리의 감관(感官)이 흔히 우리를 속이므로 감각적 사물의 존재를 의심하지 않으면 안 될 뿐만 아니라, 수학과 기하학의 진리까지도 의심하지 않으면 안 된다"고 주장한다.

왜냐하면 "2+3=5"나 "정사각형은 네 개의 변을 가졌다"라는 명제가 아무리 명백한 진리처럼 보인다고 할지라도, "인간이라는 유한한 존재가 과연 진리를 인식할 수 있을까? 또 신이 인간을 만들 때 모든 것을 잘못 알도록 만들지는 않았을까?'라는 의문이 뒤따르게 마련이기 때문이라는 것이다. 이런 맥락에서 그는 '모든 것을 의심하는 것, 모든 것을 부정하고 모든 것이 잘못이라고 생각하는 것'이 가장 바람직한 태도라고 결론 내리면서, 진정한 학문은 일체의 모든 명제들을 의심하는 것으로부터 출발해야 한다고 강조하고 있다.

데카르트는 이성의 선험적 근거에 의지하여 '최초의 명제'를 찾아내려고 노력한 사람이다. 그 결과 그는 "나는 생각한다. 그러므로 나는 존재한다"라는 명제를 찾아낼 수 있었다.

하지만 그는 그 명제를 말이나 글로 표현한다는 사실 자체에 대한 회의를 하는 것은 잊어버린 듯싶다. 판단을 언어로 표현한 것을 명제라고 할 때, 그는 '정신적 판단 그대로를 과연 언어로 나타낼 수 있을 것인가'하는 문제에 대한 회의와 논증을 빠뜨리고 있다.

또한 더욱 중요한 것을 그는 미처 깨닫지 못하였다. 그는 『방법서설』에서 '이성을 잘 인도하고 뭇 학문에서 진리를 찾기 위한 사고의 방법'을 기술하고 있는데, 그러한 사고방법을 출판행위를 통해 설명할 때, 즉 사고방법이 '글'로 표현되어질 때, 원래의 의미가 바르게 전달될 수 있는가 하는 문제에 대해서는 관심을 두지 않고 있는 것이다.

다시 말해서 그는 '머릿속에서 추리된 사고'의 '문자에로의 전이 (轉移)'가 과연 올바를 수 있을 것인가 하는 문제에 대한 회의는 하지 않았다는 얘기다. 그는 "2+3=5"라는 수학적인 진리는 의심해 보면서도, "나는 생각한다. 그러므로 나는 존재한다"라는 그의 최초의 확실한 판단이 문자적 표현을 통해 발표될 수밖에 없다는 사실에 대해서는 의심해 보지 않았다.

이것은 내가 보기에 매우 중요한 문제다. "신이 인간을 만들 때 모든 것을 잘못 알도록 만들지는 않았을까?"라는 의문과 똑같은 비중을 갖고서, 아니 오히려 그보다 더 가능성 짙게, "글이 인간의 생각과 판단을 잘못 전달하지는 않을까?"하고 회의해 볼 필요가 있는 것이다. 이런 회의는 나아가 "글이 과연 글을 쓴 사람의 인격이나 성품을 그대로 드러내줄 수 있을까?"라는 의문으로 이어질 수 있다.

어느 헌 책방에서였다. 이 책 저 책을 뒤지고 있던 내 손에 아주 낡은 책 한 권이 무심코 집혔다. 『여성과 교양』이라는 책이었는데, 겉장을 들여다본 나는 그 책의 저자가 이승만 정권 때의 실권자였던 이기붕의 처 박마리아인 것에 놀랐다. 박마리아라면 지금까지도 세상 사람들 입에 '나쁜 여자'로 오르내리는 사람이다. 그 사람이 4·19가 있기 몇 년 전에 쓴 책이었던 것이다. 속 겉장엔 '이화여자대학교 부총장 박마리아'라고 되어 있었고, 이대 출판부에서 간행한 것이었다. 그리고 본문 앞에는 당시의 이화여대 총장 김활란의 서문이 들어 있었고, 박마리아를 대단히 칭찬하는 내용으로 되어 있었다. 책의 내용을 훑어보니 박마리아 자신의 성장기와 신변적인 얘기를 써 나가면서 교양 있는 여성이 돼야 한다고 강조한 것이었다.

나는 그 책을 보고 나서 깊은 회의에 빠져들었다. 그 책에 씌어 있는 글 자체를 놓고 박마리아를 평가한다면 누가 그녀를 악인이라 할 것인가? 그만큼 그 책은 품위 있는 내용의 글들로 채워져 있었다. 책이 출판됐을 당시에 그 글을 읽은 독자들은 박마리아의 인품을 흠모했을 게 분명하다. 박마리아의 인격과 그 글을 분리시켜 놓고 생각해 본다면, 그 글 자체는 너무나 훌륭한 것이었다.

그러나 박마리아의 존재가치가 떨어진 요즈음, 사람들은 숫제 그 책을 읽으려고도 하지 않을 것이다. 그렇다면 그 책을 쓸 당시에 는 박마리아가 한없이 선량하고 양심적인 사람이었다가 그 후에 나쁜 사람으로 변한 것일까? 그럴 수는 없는 게 아닌가. 한 사람의 인간성이 그토록 쉽게 바뀔 수는 없을 것이기 때문이다. 물론 박마리아가 정말로 나쁜 사람인지 아닌지는 함부로 속단할 수 없는 문제다. 하지만 그녀를 일단 역사적 통념으로 평가한다고 할 때, 박마리아가 쓴 글은 인격적으로 불완전한 사람이 가식적으로 쓴 글이 될 수밖에 없는 것이다.

글 자체가 그 글을 쓴 사람의 '인격의 허위성 유무(有無)'를 판별해 줄 수 있을까? 그것은 힘든 일이다. 박마리아가 쓴 글은 4·19라는 역사적 사건이 개입하면서 판별이 쉽게 이루어진 경우인데, 그것도 사실 확실히 믿을 것은 못 된다. 일반적인 글이라면 시간이 흘러가 작자의 생애와 배경과 인간관계 등 주변적인 자료들이 다 조사된

다음에라야 어느 정도의 판별이 가능한데, 그것 역시 정확한 것이 될 수는 없다.

바로 이 점에 의외로 심각한 문제가 있다는 것을 나는 깨달았다. 즉 우리가 책이나 신문·잡지 등을 통해서 대하고 있는 글들이 모두 다 허위의식으로 가득 찬 모순투성이의 글들이 아닐까 하는 의문이 일어났던 것이다. 사람들은 이런 의문을 별로 제기하지 않는다. 그들은 신문의 칼럼이나 잡지의 사회비평 같은 것을 읽으면서, 그 글이 갖고 있는 '품위'와 '조리'에 홀려 글을 쓴 필자의 인격을 높이 평가하게 되는 경우가 많은 것이다.

인간은 '자신의 인생' 하나만을 살고 있는 것이 아니다. '산다'는 말은 두 가지 의미를 포함하고 있다. 곧 '자신의 인생을 산다'와 '글을 통해 타인의 인생을 산다'가 그것이다. 다시 말해서 인간은 자신의 삶 이외에 '글 속에서의 삶'을 하나 더 살고 있는 것이다.

'글을 통해 사는 타인의 인생'은 곧 '문자적 경험'을 의미하는데, 때에 따라서는 문자적 경험(즉 간접경험)이 실제적 경험(즉 직접경험)보다 인간의 인식에 더욱 뚜렷한 인상을 주어 부작용을 일으키기도 한다. 실제적 경험과 문자적 경험의 차이는 크다. 그런데도 인간은 그런 차이를 느끼지 못하게끔 만성이 되어버렸다. 아니 문자적 경험을 실제적 경험보다 오히려 더 신뢰하는 지경에 이르고 말았다.

여기에 글의 모순이 있다. 아니 글 자체에 모순이 있는 게 아니라 우리가 여지껏 글에 대해서 갖고 있던 인식에 모순이 있다. 우리는 지금까지 "글은 곧 그 사람이다"라는 말을 철저하게 믿어왔었다. 거의 모든 작문 교과서 첫머리에 나오는 이 말은, 많은 사람들 머릿속에 큰 비중을 갖고서 주입되었다. 하지만 실제로는 이 말에 부합되지 않는 사례가 많다. 아니 거의 모든 글이 다 이 말에 부합되지 못하는 것 같다. 앞에서 예로 든 박마리아의 글이 좋은 보기이다.

물론 글로 표현된 자아(自我)는 그 글을 쓴 사람의 '표면적 자아'가 아니라 '심층적 자아'이고, 그런 심층적 자아가 필자 자신도 모르게 드러난 결과물이 곧 글이라는 견해가 있을 수 있다. 그렇지만 우선 글이 담당하고 있는 '전달자'로서의 기능을 생각해 볼 때, 글이 갖고 있는 위선성과 과장성, 그리고 안이성과 허위성이 독자들에게 미치는 영향은 자못 심각한 것이 아닐 수 없다.

글의 이런 속성이 나를 고민하게 만들었다. 사람들은 사실 '무엇을 쓰겠다는 확실하고 치밀한 계획'과 '사색의 정제과정'을 거쳐 글을 쓰는 일에 임하지는 않는다. 그저 대충 뭉뚱그려진 구상을 갖고서 글을 쓰기 시작하는 게 보통이다. 또 어떤 때는, 이것은 글쓰기에 꽤 자신이 붙은 사람들이 흔히 범하는 오류지만, 그런 구상조차 없이 무작정 '좋은 글'을 써야겠다는 의도만을 갖고서 글쓰기를 시작하는 경우도 있다. 그렇게 씌어진 글 중에는 전혀 예기치 않았던, 엉뚱하면서도 그럴듯한 내용으로 된 글이 상당히 많다. 그럼에도 불구하고 그 글을 쓴 사람은, 글의 내용이 모두 처음부터 자기 머릿속에 들어 있었던 것 같은 착각을 느끼며 의기양양해지기 쉽다.

글에 숙달된 사람의 경우가 아니더라도 이런 일은 흔히 일어난다. 우리는 모두 애초의 어렴풋한 생각이 글자로 종이 위에 옮겨져 윤곽을 뚜렷이 드러낸 다음에야, 비로소 자신의 생각에 대한 확실한 인식과 믿음을 갖게 되는 과정을 밟고 있다. 이것은 그리 탓할 일도 못 된다. 왜냐하면 인류 문화는 이런 문자적 표현과정을 거쳐 이룩되고 전승돼 내려왔기 때문이다. 그러다 보니 '문자'가 갖는 위압적인 권위(특히 법조문의 경우가 그렇다)가 사람들의 사고행위 자체를 '문자적 추리 과정'으로 이끌어가게 된 것이다.

보다 심각한 문제는, 어쨌든 문화의 중추적 역할을 하고 있는 '글'이 원래의 생각 즉 본의(本意)를 왜곡시킬 수도 있다는 사실에 있다. 글이 생각을 정리하여 표현해 주는 단계를 넘어, 원래의 생각을 과장·확대시키거나 축소·변질시키는 경우가 많기 때문이다. 대개의 글은 당초의 본의를 그래도 반영하지 못하고 있다. 생각과 글 사이에 '달라짐'의 메커니즘이 개입하면서, 글 자체가 하나의 독립된 '자의성(恣意性)'을 갖게 되는 것이다.

글이 갖고 있는 독립된 자의성은 생각이 문자적 표현으로 옮겨질 때 항상 위력을 발휘하는데, 자의성의 이면에는 글쓰는 이의 무의식적 '위장 의도'가 깔려 있다. 그러다 보니 글쓰는 이의 의식적 주관과는 별도로 엉뚱한 내용이나 의미가 글에 첨가되게 되고, 그런 메커니즘에는 글쓰는 이의 성격·환경·사상적 배경 등이 잠재적으로 작용하고 있어, 사람에 따라 '정직성'의 정도가 다르게 나타날 수 있다. 하지만 어쨌든 확실한 것은, 글이 글쓰는 사람이 갖고 있는 본래의 생각(또는 마음)을 그대로 전달하는 것이 아니라, 글 스스로가 독립된 유기체 같은 양상을 띠며 씌어진다는 사실이다.

인간의 생각이나 감정 같은 것들이 거의 다 '글'을 통해서만 기록되고 판별된다는 것은 사실 얼마나 맹랑한 일인가. 그만큼이나 글은 문화적 효용가치를 지니고 있고, 그런 역할을 해낼 수 있는 것은 현실적으로 글밖에 없기는 하다. 하지만 우리가 세심한 주의를 기울여 주변을 살펴보면, 인간의 문화생활을 꾸려가고 있는 '문자'라는 것이 얼마나 큰 모순을 갖고서 유동하고 있으며 얼마나 위험한 힘을 발휘하고 있는가를 곧 깨달을 수 있다.

쌓아둔 편지 뭉치를 뒤지다가 무심코 발견되는, 오래 전 첫사랑을 하던 시절에 연인에게 썼다가 왠지 쑥스러워 그냥 처박아둔 연애편지 같은 것을 읽을 때, 우리는 그 편지 속에 씌어져 있는 '자기'가 상상할 수조차 없는 별개의 타인으로 느껴질 때가 있다. 그 속에서 숨쉬고 있는 것은 한순간 열에 떠 있는, 생각할수록 신기하고 엉뚱한 '자기'이며, 자신의 본래 모습은 아닌 것이다. 그때의 연인은 오랜 세월과 더불어 이미 마음속에서 사라져버렸기 때문이다. 그러나 그 연인이 예전에 자기에게 보내온 편지는 어떤가. 그것을 다시 읽어보면, 자기가 그 연인에게 썼던 편지를 다시 읽을 때 느낀 낯선 경이(驚異)와는 달리, 훨씬 순화된 감동과 감미로운 추억이 뒤따를 게 뻔하다.

글은 그것을 쓴 사람의 전부가 아니건만, 우리는 남의 글을 읽을 때 흔히 그 글이 '글을 쓴 사람 자체'라고 판단하곤 한다. 연애편지 같은 것은 아주 사소한 예에 지나지 않는다. 글이 갖고 있는 이런 맹랑한 요소는 어디서나 찾아볼 수 있다. 교훈적인 주제를 내세우는 소설은 특히 좋은 예가 된다. 그런 소설의 작가는 독자가 소설 속의 '착한' 주인공과 작가 자신을 동일시하게끔 은연중 기도하고 있기 때문이다.

교훈주의적 소설을 쓰는 작가는 자기 속마음의 진지한 고백에 관심을 두지 않는다. 그들은 단지 당위적인 윤리를 독자들에게 마음대로 '설교' 할 수 있다는 사실에 만족한 나머지, 글이 자신의 진정한 모습을 가릴 수도 있다는 사실에는 무감각한 것이다. 그것을 모르는 독자는 그런 소설을 읽고 나서 감동받았을 때, 그 소설의 내용과 작가를 동일시하여 작가의 실생활에까지도 높은 가치를 부여하게 된다.

더 극단적인 예가 바로 민족주의를 표방하는 역사소설이다. 문학이나 역사에 특별히 조예가 깊지 못한 일반 독자들은, 그런 역사소설을 읽으면서 소설 속의 영웅적(또는 특출한) 인물들이 모두 역사적으로 검증된 실제 인물들이고, 그들이 보여주는 영웅적 행동이 실제 사건과 연관돼 있는 것으로 알기 쉽다. 다시 말해서 작가가 역사와 허구를 적당히 섞어놓으며 독자를 세뇌시키고 있다는 사실을 모르고 있는 것이다. 또 진짜 역사가 어떤 것인지 확실히 안다고 해도 별로 신경 쓰지 않고 그냥 소설가를 신뢰해 버린다. 소설가의 붓 끝에서 엉뚱한 역사에 바탕을 둔 국수주의가 마음대로 만들어지고 있는 셈이다.

그런데 이상한 것은, 우리 사회에서는 그런 역사소설이나 교훈주의 소설은 칭찬을 받고, 작가 자신의 본성을 솔직히 드러내는 소설은 오히려 폄하되고 있다는 사실이다.

글의 횡포는 신문·잡지 등의 보도물에서 더욱 심하게 나타난다. 설사 오보라 할지라도 그것이 일단 활자화돼 버리면 뻔뻔스런 권위를 갖고서 독자의 올바른 판단을 가로막는다. 이런 관점에서 보면 우리가 여지껏 너무나 무비판적으로 '글'을 신용해 왔다는 것을 알 수 있다.

모든 글이 정확할 수는 없다. 더구나 글은 절대로 '그 글을 쓴 사람'이 아니다. 글을 쓰는 일은 의식적으로든 무의식적으로든 스스로를 속이면서, 문자를 통해 자신을 손쉽게 위장하는 행위가 되기 쉽다.

그러므로 우리는 '말'과 '생각'과 '글'의 서로 다름을 우선 인정하지 않을 수 없다. 먼저 생각과 글의 '서로 다름'에 대해 생각해 보기로 하자. 이 문제는 촘스키의 생성문법적 언어이론, 즉 인간이 공통적으로 갖고 있는 '언어능력'이라는 심층구조 위에서 표면적·연역적으로 수행되는 것이 언어행위라는 주장과도 견주어 설명될 수 있다. 즉 언어적 표현뿐만 아니라 문자적 표현에 있어서도 '심층구조의 표면구조로의 이행(移行)'이 일어난다고 볼 수 있는 것이다. 그런 연관관계를 생각해 볼 때 역시 글이 갖고 있는 자의적(恣意的) 성격이 문제가 된다. 자의적 성격이란 앞에서 설명했다시피 글이 생각을 그대로 좇지 않고 '저절로 엉뚱하게 씌어지는 것'을 말한다.

글에 있어 심층구조 역할을 하는 것은 일단 '사고(思考)'라고 볼 수 있다. 그러나 사고의 집합체가 글로 정착되어 새로운 사고를 형성하는 데 영향을 미치기 때문에, 인간은 언제나 '문자에 의한 간접경험'에 의해 사고의 독립성을 봉쇄당하고 있다. 사람들은 사물을 있는 그대로 보지 못하고 오직 '문자적으로 결정된 형(型)'으로 볼 수밖에 없다. 즉 '이미 결정된 형(型)으로 굳어진 글'이 사람들에게 불어넣는 선입견이 '자유로운 사고의 차단'을 초래하고 있는 것이다.

여기서 우리는 모든 표현양식에 대해 가졌던 사고습관을 역전시킬 필요가 있다. 우리는 글을 '인간 상호 간의 이해와 사상표현을 위한 수단'으로 이해하여, '체험'에 바탕을 둔 주관(主觀)이 먼저 존재하고 그것이 다시 글로 표현되는 과정을 밟는 것처럼 생각하고 있다. 하지만 이런 생각은 오히려 역전되지 않으면 안 된다. 주관은 독자적 체험에 근거하여 자신의 생각을 정립하는 것이 아니라, '주변에 분포돼 있는 여러 표현양식(글도 여기에 포함된다)'에 근거하여 자신의 생각을 정립한다. 즉 글을 위시한 여러 표현양식들이 인간의 체험을 지배하고 있는 것이다.

난해한 시(詩)는 '최초의 사고'와 '그것이 글로 표현된 것' 간의 괴리가 가장 뚜렷이 드러나는 예다. 즉 '시적 표현'과 '시적 사색(思索)'의 관계에 있어, 그것이 동질적 관계인가 이질적 관계인가 하는 문제가 생겨나는 것이다. 예술적 표현양식은 작가의 독창적 사색이 미약할수록 난해해지는 경향이 있다. 무책임한 표현의 극단적 양상인 '자의성'이 '난해성'과 쉽게 결합하게 된다는 점을 감안하면, 우리는 시적 표현과 시적 사색 사이의 무분별한 괴리에 어느 정도 제어(制御)를 가할 필요가 있다. 비단 시의 경우뿐만 아니라, 글과 말과 생각의 모순적 상관관계에 대해서 우리는 보다 근본적으로 생각해 봐야 한다.

우리는 우리의 생각을 그대로 표현하고 싶어하지만, 그것이 마음먹은 대로 잘 되어주지 않는다. 말은 글에 비해 그것이 어느 정도 가능하다. 그러나 글에 있어서는 당초의 생각이 전혀 왜곡된 표현으로 치달을 위험성이 많다. 하지만 그런 사실을 깨닫는다 해도, 우리는 인간의 거의 모든 표현행위가 문자의 지배하에 놓여 있다는 사실을 시인하지 않을 수 없다. 즉 인간은 '말'과 '글'과 '사고'의 삼각궤도 안에서 악순환을 되풀이하고 있는 것이다. 언제나 글은 최우위에 서서 말과 사고를 지배하고 있다. 이것을 편의상 도식화해 보면 다음과 같은 것이 될 수 있을 것이다.

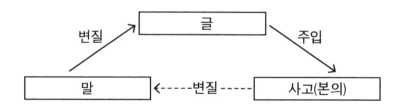

위의 도식에서 특별히 주목해야 할 것은, 당초에 '본의(本意)'가 불완전하게 수용되어 이루어진 '사고'가 '말'로 변질되고 말은 다시 '글'로 변질되는데, 글은 사고에 영향을 미치는 데 머무는 게 아니라 사고에 '주입'된다는 사실이다. 그러니까 우리는 '두 번의 과정을 거쳐 변질된 글'이 주입된 '사고'를 다시 또 변질시킨 '글'을 읽고서, 거기에 맞춰 사고를 하고 있는 셈이 된다. 이런 잘못된 순환과정에 공통적으로 삭용하고 있는 메커니즘을 결국 '자의성'이라고 부를 수 있다.

그렇다면 '자의성'의 본질은 과연 무엇일까. 당초의 생각과 그것이 변형되어 나타나는 글 사이의 상관관계를 촘스키 식 언어이론으로는 설명할 수 없다. 언어에 있어서는 심리적 심층구조가 언어적 표면구조로 자유롭게 이행(移行)되는 것이 가능하지만, 글에 있어서는 매우 제한된 이행만이 생각과 글 사이에서 이루어지기 때문이다. 언어능력은 사회에 속해 있는 모든 인간에게 어느 정도 고르게 나타난다. 하지만 글로 표현하는 능력은 그렇지가 않다. 글로 표현하는 능력은 언어능력과는 달리, 연역적인 것이라기보다 귀납적인 것이요 또 후천적인 것이다.

여기서 다시 또 '본의'의 문제가 제기된다. '원래의 생각'이라 하더라도 순수한 선험적 직관에 의해 실상을 파악한 것이 되지 못하고, 글을 통해 간접적으로 경험된 '변형된 실상'을 파악한 것에 불과하기 때문이다. 그러므로 글이 갖고 있는 자의성의 본질을 한마디로 설명하기는 어렵다. 우리는 단지 그것이 어떤 과정으로 나타나는가를 추측해 볼 수 있을 따름이다. 자의성의 본질을 해부하기 위해서는, 언어와 문자 표현 간의 비상관성(非相關性)에 대한 연구가 분석적으로 치밀하게 이루어져야 한다.

그렇다면 우리는 어떻게 해야 할 것인가. 불교의 선가(禪家)에서 말하는 것처럼 아예 붓을 집어던지고서 '불립문자(不立文字)'해야만 옳을 것인가. 이 글은 어디까지나 개괄적 문제 제기에 그치는 것인 만큼, 궁극적인 결론이나 처방을 제시할 수는 없다. 또 그런 것을 제시한다는 것조차 글의 형태를 빌리지 않고서는 불가능한 만큼, 계속 의문의 꼬리만 길어질 뿐이다. 여기서는 다만 문자적 표현문제에 대해 앞으로 연구해야 할 과제들을 제기해 볼 따름이다. 그런 의미에서 우리는 존 로크의 철학을 짚고 넘어가는 것이 필요할 것 같다.

서양철학사에 있어 존 로크의 출현은 획기적인 일이었다. 17세기에 활동한 그는 그리스시대부터 내려온 일관된 철학의 흐름에 회의를 느껴 '인간적 의식의 한계'에 주목했다. 그리고 인간의 인식이 가능한 범위를 의식적으로나마 한정하여 '인식론'을 새롭게 출발시켰다.

로크 이전의 철학자들은 인간이 무엇을 알 수 있는지, 또 안다면 어디까지 알 수 있는지를 따져보지 않고서, 즉 인식가능성의 한계를 조금도 고려하지 않고서 독단론(獨斷論)을 폈다. 다시 말해서 인간의 인식능력 자체를 검토해 보지 않고서 현상의 배후에 있는 본체

(本體)를 인식하는 과오를 범했다. 그러다 보니 사람들은 사변(思辨)에만 입각하여 신이나 우주니 하는 것들을 따지는 공허한 형이상학에 대해 의심하지 않을 수 없게 되고, 따라서 인간의 인식능력에 대해 반성·비판하게 되는 변화가 일어났다. 그 결과 로크의 『인간오성론(人間悟性論)』이 발표되었던 것이다.

로크는 이 책에서, "나의 목적은 인간 및 인간의 지식의 근원을 따지고 지식의 확실성과 범위를 연구하는 것이다"라고 말했다. 그리고 이어서 "우리가 형이상학을 논하려면 우선 인간의 인식이 그것을 다룰 수 있는지 없는지 검토해야만 한다"고 주장했다. 로크의 이런 비판은 그 뒤 더욱 발전하여, 칸트에 이르러 선험관념론적(先驗觀念論的) 인식론으로 일단 체계적 종결을 짓게 된다. 그러므로 로크가 인간의 지식 및 인식 자체를 비판하여 그 한계를 설정하려 한 것은, 인류의 정신사에 있어 획기적 전기를 마련해 준 것이었다고 볼 수 있다.

그런데 이상하게 생각되는 것은, 철학자들이 인간의 사유활동(思惟活動)에 대해서는 꽤 많은 분석과 비판을 가했으면서도, 그런 분석과 비판의 내용을 글로 표현하여 남긴다는 사실 자체에 대해서는 별로 관심을 보이지 않았다는 사실이다. 나는 인간의 인식가능성의 범위와 한계를 분석하는 데 들인 노력을, 문자적 표현가능성의 범위와 한계를 분석하는 데 들여야 한다고 생각한다. 물론 글에 대한 분석만으로 그쳐서는 안 되고 말에 대한 분석 역시 함께 이루어져야 한다. 그러나 말에 대한 분석은 지금까지 많이 이루어져 왔다.

언어학이 그렇고 언어철학이 그렇다. 그런데 유독 문자로 기술하는 행위나 글 자체에 대한 연구는 거의 없다시피 해왔던 것이다.

안타까운 것은, 아직도 많은 사람들이 말과 글을 동일시하고 있다는 점이다. 즉 언어표현이 문자표현이요, 둘은 서로 상이점(相異點)을 갖고 있지 않은 것으로만 알고 있다. 언어학자들조차 언어에 대한 분석은 점점 더 치밀하게 하고 있으면서도, 정작 그런 분석의 내용을 문자로 기록하는 것 자체에 대해서는 논의를 하지 않고 있다. 말하자면 글은 이제껏 일종의 '신성화(神聖化)된 금역(禁域)'의 위치를 차지하고 있었던 셈이다.

글이 갖고 있는 자의적 메커니즘의 황포로 인해 지금까지 얼마나 많은 오류가 범해졌으며 얼마나 많은 와전(訛傳)이 이루어졌던 것일까. 최소한 우리는 글이라는 것이 우리가 생각하고 있는 것만큼의 신빙성을 갖고 있지 못하고 신성불가침의 능력 또한 갖고 있지 않다는 생각으로부터, 인간이 이룩한 문화에 대한 새로운 재평가 작업을 시작해야 한다. 그런 작업이 시작되면 예컨대 경전의 자구(字句) 하나하나에만 집착하여 엉뚱한 광신적 신조(信條)로 발전하는 근본주의적 신앙 같은 것이 우선 사라질 수 있을 것이다.

'언어도단(言語道斷)'이라는 말은 불교의 선가(禪家)에서 나온 말이다. 진리란 언어와 문자를 초월하는 것이므로, 진리를 말이나 글로는 표현할 수 없다는 뜻을 담고 있다.

생각하면 할수록 우리 주위에는 사물의 실상(實相)과는 하등의 관련 없이 이름이 붙여지고, 그 이름에 따라 실상의 본질이 연역적으로 이끌려가는 듯한 양태를 보이는 경우가 많다. 그야말로 '언어도단'인 것이다. 아무리 심오한 철학책이라 하더라도 내용의 핵심을 이루는 것은 결국 문자적 관념에 대한 해석이요, 그런 해석을 이용한 또 다른 문자적 관념의 뭉뚱그림이다. 어렵고 깊어 보이는 글일수록 말이나 생각과는 유리된 '글'만의 공전(空轉)인 경우가 많다.

그러므로 인간의 인식문제를 파고들어 가봤자 인식의 근원을 이루고 있는 것은 역시 '문자적 개념'이랄 수밖에 없다. 인간은 책을 통해 대부분의 간접경험을 하고 있고, 설사 직접경험을 했을 경우라도 책을 통해서 습득한 간접경험에 더 중점을 두게 되는 게 보통이기 때문이다.

생각건대 노자(老子)가 『도덕경』맨 끝에다가, "신언불미 미언불신 선자불변 변자불선 지자불박 박자부지(信言不美 美言不信 善者不辯 辯者不善 知者不博 博者不知 : 진실한 말은 밖으로 꾸미지 않고, 꾸민 말은 속에 진실함이 없다. 착한 사람은 말을 잘하지 않고, 말을 잘하는 사람은 착하지 못하다. 진리를 아는 사람은 자잘한 지식이 많지 않고, 자잘한 지식이 많은 사람은 진리를 알지 못한다)"라고 결론 내린 것은 그 속에 큰 뜻이 있다 할 것이다. 여기서 '언(言)'이란 물론 '말'의 뜻이겠으나, 그것을 '글'로 바꾸어놓아도 무방하다고 생각한다.

인간이 이룩한 문자문화(文字文化)를 되돌아보는 데 있어, 우리는 이 노자의 말로부터 출발할 필요가 있다. 우리는 우선 문자로 표현된 일체의 깃들이 갖는 확실성을 의심해 나가야 한다. 그러면서 또한 표현의 방법을 개조해 나가야 할 것이다.

생각해 보라. 인간은 지금까지 문화를 개혁하고 확충시켜 감에 있어, 지식의 도구인 '글'을 비판해 본 적도 개조해 본 적도 없었지 않은가. 인간이 사용하는 지식의 도구를 개조하지 않고서 머릿속의 사고방식을 개조한다는 것은 터무니없는 이야기다. 철학의 개혁을 논할 때 플라톤이 썼던 문자표현을 그대로 빌려 쓰면서 어떻게 철학을 개혁할 수 있단 말인가. 따라서 우리는 이제까지 지성의 도구 역할을 해왔던 문자적 표현의 굴레에서 벗어나 더 멀리 전진함으로써, 사물의 진정한 근본에 도달할 수 있어야 할 것이다.

만약 우리가 복잡·미묘한 현실을 고정적인 언어나 문자로 용이하게 표현할 수 있다고 단정하지만 않는다면, 우리는 현실을 보다 투명하게 꿰뚫어 사물의 본질을 파악해 낼 수 있다. 그럼에도 불구하고 우리는 '본질적 사실의 문자적 전달'이 용이하다는 그릇된 판단으로 인해 글이라는 피상적 표현방법을 사용함으로써, 사물의 본질로부터 점점 더 멀어져가는 오류를 범하고 있는 것이다. 이것이야말로 인간해방의 최대의 적(敵)이다.

일정한 형태의 표현구사만으로는 재래의 자가당착에 빠질 수밖에 없는데, 표현방법의 근본적 개혁을 가로막고 있는 것은 대체로 두 가지다. 첫째는 인간은 누구나 뭔가를 남기고 싶어하는 욕망을 명예욕의 형태로 갖고 있다는 것이고, 둘째는 문자기록 이외에는 '생각'을 후대에까지 확실하게 전할 수 있는 방법이 현재로서는 없다는 것이다.

물론 시대의 흐름과 함께 미디어의 다양한 발전이 이루어짐에 따라 사진이나 영화·텔레비전 등이 발명되어 문자기호적 표현수단이 영상기호적 표현수단으로 바뀐 것이 사실이다.

마셜 맥루한 같은 학자는 인쇄기술의 발전으로 인해 현대의 인간은 '눈의 문화'만 발전시켰으며, 결과적으로 시각과 두뇌만 발달한 불균형적인 인간을 양산하는 비극을 초래하게 됐다고 주장한다. 또한 그는 '음성 심벌'이 '문자 심벌'로 대체되고, '감각 심벌'이 '시청각 심벌'로 대체됨에 따라 인간은 동일정보를 획일적으로 받아들이게 되었고, 급속한 등질화(等質化)·융합화(融合化) 현상을 나타내게 됐다고도 말한다. 그는 문자표현에 의존하는 인쇄물이란 '핫 미디어'는 고급문화와 저급문화의 부당한 차별을 낳았고, 시청각 표현에 의존하는 텔레비전이란 '쿨 미디어'는 낮은 정보량에 높은 관심도와 넓은 등질화를 추구하는 획일화된 사회를 만들어놓았다고 보고 있다. 그의 주장에 의하면 표현수단(미디어) 자체가 곧 표현내용(메시지)인 것이다.

맥루한 이외에도 많은 미래학자들은 앞으로 다가올 미래세계에는 지금까지 존속해 온 문화형태에 큰 변혁이 초래될 것이라고 예언하고 있다. 문자적 기록으로 읽는 사람에게 시간적·현학적 부담을 주는 문학 같은 것은 점차 퇴화할 것이고, 미술이나 영화같이 시각적이고 즉감적인 것들이 더욱 발달하게 된다는 것이다.

이런 추세는 지금도 우리가 능히 경험할 수 있는 사실이다. 영화

예술의 출현으로 많은 문학작품이 영화화되어 소설을 읽는 것보다 영화를 보는 것이 더 편해졌으며, 또 비디오·환등기 등이 출현하여 종래의 주입식 학습방법에도 개혁이 일어나 시청각학습 같은 것이 가능해졌기 때문이다.

철학에 있어서도 단순한 강술(講述)에 의한 개념전달 방법 이외에 여러 가지 표현방법이 강구될 수 있다. 일례를 들어 불교의 선(禪) 사상에서 그 일면을 엿볼 수 있다. 선(禪) 대화중 갑자기 꽃을 들어 보인다든지, 혹은 갑자기 제자의 머리를 친다든지 하는 선사들의 '상징적 행동'이 바로 그것이다. 사물의 본질에 도달할 수 있고 또 그것을 표현할 수 있는 방법은 언어적 서술이나 문자적 서술 이외에도 얼마든지 가능하다.

착취·억압·인권유린 등 인류의 이상에 역행하는 비인간화(非人間化) 현상에 눈을 돌릴수록, 글이 갖고 있는 기능과 역할에 깊은 회의를 느끼게 된다. 글의 신빙성은 현대에 이르러 더욱 땅에 떨어졌고, 정치도구화된 글은 먼저 언론을 타락시켰다. 글은 이제 허식에 찬 구호와 위선적인 행동을 합리화시키는 도구로 전락하고 말았다. 우리는 이런 현실을 감안하여, 문자적 표현의 한계성을 규명함과 아울러 표현방법의 혁신을 모색해 나가야 한다. 문자 이외의 전달수단에 의한 '예지적(叡智的) 직관의 전수방식'은 확실히 존재한다.

우선 내 나름대로의 소박한 처방을 제시하자면, 홍수처럼 쏟아지는 물량 위주의 문자정보들을 일단 의연하게 물리쳐야 한다고 생각한다. 요즘은 특히 '인터넷' 같은 것이 발달하여 사람들을 '정보의 노예'로 만들어가고 있다. 정보의 노예가 되다 보면 사색할 시간이 줄어들 수밖에 없고, 사색 없이 쏟아내는 글은 질보다 양(量) 위주가 될 수밖에 없다.

따라서 지식인들은 경우에 따라 새로운 문자정보에 대한 '무지'와 '고립'을 감수해야 하며, 사색의 과정을 거쳐 정제된 생각의 알맹이만을 진정 '솔직하게' 글로 표현해야 할 것이다. 그런 과정을 거칠 때 생각과 글은 점차 근접해 갈 수 있을 것이고, 그렇게 씌어진 글은 생각을 보다 풍성하게 만들어 '본질의 발견'을 이루게 해줄 것이다.

문자적 표현의 불확실성 문제는 기호와 상징, 그리고 문장론의 문제와 결부되면서 인간의 본질을 밝히는 데 있어 다른 사안 못지않게 중요한 문제가 된다. 특히 우주적 실상을 문자적 상징으로 표현하는 데 따른 '무지(無知)의 가속화' 문제는 초지각적(超知覺的) 직관의 실체를 규명하는 문제와 아울러 새로운 연구과제로 대두되고 있다.

이제 '표현'의 영역은 말이나 글의 범주를 뛰어넘어, 인간의 유한한 표면의식이 미처 접근하지 못한 '육감적(肉感的) 심층의식'의 세계로 뻗어나가야 한다. 언어적·문자적 표현의 불완전성을 해결해줄 수 있는 단 하나의 열쇠가, 인간의 지성을 뛰어넘어 존재하는 '전신적(全身的) 감각'의 세계 안에 간직돼 있기 때문이다.

15. 인간은 '고난'을 즐기는 이상한 동물이다

인간의 역사를 되돌아보면, 모든 혁명은 언제나 낭만적인 열정과 정의로운 대의명분과 동지적 우애심으로 시작된다. 하지만 막상 혁명이 이루어진 뒤에는 현실적 계산에 따른 권력투쟁과 혁명동지들 간의 시기·질투, 그리고 적개심 어린 보복이 반드시 뒤따르게 된다.

프랑스 혁명은 순수하고 이상적인 개혁정신이 원초적 동기로 작용하여 이루어진 것이었나. 그러나 혁명이 성공한 후에는 마라·당통·로베스피에르 등 혁명 주체세력들 간의 이념대립과 권력투쟁으로 이어져 단두대로 상징되는 피의 공포시대를 몰고 왔다.

이성계의 역성(易姓) 혁명은 곧바로 피비린내 나는 골육상쟁으로 이어져 형이 아우를 살해한 '왕자의 난(亂)'을 불러일으켰고, 이성계는 그토록 어렵게 얻어낸 왕의 지위를 10년도 채 누려보지 못하고 아들에게 밀려 함흥으로 쫓겨 가야만 했다.

한고조(漢高祖) 유방(劉邦)이 진시황의 학정에 대항하여 반란을 일으켰을 때, 그가 내세운 대의명분은 지극히 옳았고 거룩했다. 그래서 그의 덕성에 감화된 많은 장수와 현인들이 그의 휘하에 몰려들었다. 번쾌·한신·장량 등 내로라하는 준걸들이 유방을 도와 항우를 물리치고 한나라를 이룩하는 데 성공한다. 그러나 정작 한나라가 세워진 뒤 번쾌나 한신 등의 장수는 유방의 의심을 사 역모죄에 걸려 사형을 당하고, 이를 미리 눈치챈 꾀 많은 장량만이 산속으로 은둔하여 화를 모면할 수 있었다.

러시아 혁명도 마찬가지였다. 일단 혁명이 성공하자 무자비한 권력투쟁과 숙청이 계속되었고, 레닌이 죽은 뒤에 등장한 스탈린의 독재정치로 어수선한 파워게임의 소용돌이를 일단 마감할 수 있었다.

한국에서 일어난 4·19도 그랬고 5·16도 그랬다. 특히 4·19 직후에 벌어진 민주당 신·구파 간의 대립과 투쟁은, 애써 얻어낸 민주정치의 기회를 하루아침에 무너뜨리고 말았다. 만약 그때 장면과 윤보선이 심각한 적대관계를 유지하지 않았다면, 5·16 쿠데타가 과연 성공할 수 있었을지 의문이다.

"고생은 같이 나눌 수 있지만 즐거움은 같이 나눌 수 없다"는 말이 있는데, 꼭 혁명이 예가 아니더라도 이런 원칙이 적용되는 경우는 얼마든지 많다. 사람들은 어려울 때 잘 뭉치고 화합하여 힘을 모아 목적하는 일을 이룩한다. 그러나 어려움이 사라져 즐거움을 같이 누릴 수 있게 되면, 곧바로 사분오열되어 파벌이 생기고 어제의 '동지'는 오늘의 '원수'가 된다. 친구끼리의 동업이 어려운 것도 이런 이유에서다.

어찌 보면 사람들은 모두 잠재의식 가운데 마조히즘을 지향하는 면을 갖고 있는 것 같은 생각조차 든다. 무언가 심각한 고난에 처했을 때나 위기의식을 느낄 때, 사람들은 질투심과 시기심 등의 잡생각을 버리고 서로 잘 화합한다. 그리고 삶에 긴장감을 느껴 자신의 생명력을 적극적으로 활용하는 것이다.

함석헌이 언제나 '고난의 역사'를 강조하며 고난을 낙으로 알고 살아가자고 역설한 것은 그 때문인지도 모른다. 함석헌은 그의 저서 『성서적 입장에서 본 한국 역사』에서, "민주주의는 사람의 가죽으로 된 병풍을 둘러치고 앉아서 사람의 피를 먹고 성장해 간다"고 말했다. 왠지 섬뜩한 느낌을 주는 말이다.

요즘도 젊은이들 가운데는 "민주주의는 피를 먹고 자라는 나무다"라고 서슴없이 말하는 이들이 많다. 그래서 우리나라에서는 대학생이나 젊은 노동자들의 분신자살이 그토록 많았던 것일까. 인류 역사의 전개과정을 살펴보면 인간은 줄곧 '전쟁'이나 '희생양 만들기' 같은 것을 되풀이하며 '피'를 즐겼다는 생각이 드는데, 그럴 때 느껴지는 착잡한 심정은 이루 말할 수 없다.

은근히 고통을 바라며 고난 속에서 오히려 생의 희열을 맛보고자 하는 인간의 이상스러운 본성과 결합하여 대성공을 거둔 것이 바로 기독교·불교·이슬람교 등의 거대 종교들이다. 예수·석가·마호메트 등의 교조들이 가졌던 사상과는 별도로, 그런 종교들은 초기부터 민간신앙화하여 일반 백성들과 천민들로부터 열렬한 환영을 받았다.

이를테면 처음부터 예수를 따라다닌 사람들은 모두 비천한 신분에 속한 사람들이었다. 그들은 기독교 교리를 통해 죽은 후의 신분 상승이 가능할지도 모른다는 희망을 품게 되었다. 죽은 뒤에는 자기네들 같은 피압박자들이 행복한 생활을 즐기게 될 뿐 아니라 일종의 권력까지 잡게 되어, 살아 있을 때 호강하던 지배계급을 향해 복수의 칼을 휘두를 수 있게 되리라고 굳게 믿었던 것이다. 그리고 이슬람교에서는 살아 있을 때 고난받는 이들이 사후에 받게 되는 보상을, 아예 '하렘' 식 관능의 파라다이스로 묘사하기도 했다.

현세에서 핍박받고 고통받는 이들은 죽은 뒤에 반드시 천국이 약속돼 있다고 믿고 싶어한다. 그러나 지상(至上)의 복락이 꼭 사후의 세계에서만 실현되는 것도 아니다. 죽은 뒤에 다시 태어나서 살게 되는 '현실세계'에서 지극히 복락을 누릴 수도 있는 것이다.

불교(또는 불교의 모체라고 할 수 있는 힌두교)에서는 흔히 '윤회'를 말하고 있는데, 고난받는 이들은 죽은 뒤 다시 태어날 때 '행복한 운명'을 갖게 된다는 것이다. 단 살아 있을 때 고난을 묵묵히 참고 견뎌야 한다는 조건이 따라붙는다. 그래서 그런지 힌두교 국가나 불교 국가들은 대체로 다 가난하다. 그런데도 민중들은 별 불평이 없다. 윤회 뒤에 이루어지는 '고난의 보상'을 굳게 믿고 있기 때문이다.

살아 있을 때의 '고난'을 특별히 강조하는 종교는 아무래도 기독교가 될 수밖에 없는데, 기독교 초기에 순교자가 많이 나오게 된 것은 그런 이유에서였다. 그러나 기독교가 정치세력화하여 더 이상 순교자가 나올 수 없게 되자 사람들은 권태와 무기력에 빠져들게 되었다. 그래서 갖가지 종파들이 출현하여 서로 헐뜯고 죽이기를 서슴지 않았던 것이다. 말하자면 고난을 같이하는 것은 가능했지만 고난의 대가로서의 즐거움을 공유하는 것은 불가능했던 셈이다.

그 결과 대안으로 고안된 것이 바로 '인위적인 고난'을 위한 수도원 제도요, 청교도적 금욕주의와 엄격주의의 만연이라고 할 수 있다. 순교까지는 못 간다 하더라도, 기독교인들한테는 그에 버금가는 고난과 자학(自虐)이 끊임없이 필요했던 것이다.

노동자 해방을 외치는 마르크스주의가 아이러니컬하게도 노동자보다 농민의 숫자가 훨씬 더 많은 러시아에서 혁명의 첫 결실을 맺게 된 것은, 기독교 성공 이유와 맥락을 같이한다. 19세기 후반에 이르러 영국이나 독일·미국 등지에 사는 임금노동자들은 상당히 안락한 생활을 누릴 수 있게 되어가는 중이었기 때문에, 마르크스주의를 신봉하는 사람들의 숫자가 별로 많지 않았다. 그러나 러시아는 정치적으로 차르의 전제정치에 시달리고 있었고, 경제적으로 가장 후진적이고 공업화가 되지 못한 나라였다. 그렇기 때문에 '민중의 집단적 고난'이 다른 나라보다 클 수밖에 없었고, 그것이 기독교의 내세적 유토피아니즘과 비슷한 성격을 갖고 있는 마르크스주의와 결합하여 혁명의 핵심적 기폭제로 작용하게 됐던 것이다.

따라서 로마제국에서 기독교가 성공한 것과 러시아에서 마르크스주의가 성공한 것은, 이데올로기 때문이 아니라 '민중의 고난' 때문에 가능했던 것이라고 볼 수 있다. 사람들은 고난 가운데서 내세의 보상을 꿈꾸기도 하지만, 일단 어떤 기회가 주어지면 적개심의 칼을 갈아대며 한데 뭉쳐 무서운 괴력을 발휘하기도 하기 때문이다.

하지만 인류는 20세기를 살아 나가면서 '고난'을 혁명이나 역사발전의 원동력으로 이용하기엔 대가가 너무 크다는 것을 뼈저리게 절감할 기회가 많아졌다. 20세기 전반기에 일어난 러시아 혁명과 1, 2차 세계대전은, 집단적 고통(또는 고난)을 담보로 한 '이념의 승리'가 얼마나 무의미한 것인지를 절실히 깨닫게 해준 사건이었다.

특히 히틀러의 나치즘과 무솔리니의 파시즘은 국민적 단합을 통해 민족적 긍지를 되살리기 위해 엄청난 모험을 저질렀는데, 그 결과로 나타난 것은 첩첩이 쌓인 주검들과 처참한 폐허뿐이었다. 특히 1차 대전 때의 독가스 사용과 2차 대전 때의 원자폭탄 사용은, '집단적 고난'이 역사발전에 더 이상 기여하지 못한다는 사실을 암시해준 사건이기도 했다. 어떠한 명분이나 이데올로기로도 전쟁이나 고난을 합리화시킬 수 없다는 생각이 많은 지식인들의 머릿속에서 서서히 싹터가기 시작했던 것이다.

헤르만 헤세를 비롯해 로맹 롤랑이나 슈바이처 같은 이들이 '휴머니즘의 부활'과 '생명 존중'을 외치며 반전운동을 전개했고, 레마르크의『서부전선 이상 없다』나 어윈 쇼의『젊은 사자들』같은 소설은 작품의 밑바탕에 깔려 있는 염전사상(厭戰思想)으로 인해 큰 공감을 불러일으켰다. 특히 빌헬름 라이히나 버트런드 러셀 같은 학자는 인간이 겉으로 내세우는 '도덕적 명분'의 허구성을 파헤쳐 나가면서 서양문화의 정신적 지주라고 할 수 있는 기독교 이데올로기까지 비판하고 나섰다. 그래서 두 사람은 사법당국에 체포된 일까지 있다.

그런 과정을 거치면서 많은 지식인들은 점차 이데올로기에 대한 혐오감과 염증을 느껴감과 동시에, 아무리 그럴듯한 명분에 의한 고난일지라도 그것은 결국 인류평화에 해가 될 뿐이라는 결론에 도달했다. 1960년대에서 1970년대에 걸쳐 서양을 휩쓸고 지나간 히피운동과 반전운동, 그리고 성해방운동이 좋은 실례라고 할 수 있다. 말하자면 실용주의적 입장에서 인간의 행복을 생각하는 육체적 쾌락주의나 복지지상주의(福祉至上主義)가 서서히 범인류적 공감대를 획득해 가기 시작한 것이다.

그러나 인간의 잠재적 본성 깊숙이 자리 잡고 있는 '고난에 대한 갈망' 또는 '마조히즘적 쾌락에 대한 갈망'은 그 뿌리가 너무나 튼튼하면서도 깊은 것 같다. 2차 대전의 상흔이 채 지워지기도 전에 세계 곳곳에서는 국지전(局地戰)의 형태를 띠고 갖가지 전쟁들이 끊임없이 벌어졌기 때문이다. 한국전쟁을 비롯해서 월남전쟁, 중동전쟁, 아프리카의 여러 내전 등 민족의 차이나 이데올로기의 차이, 또는 종교의 차이를 핑계로 내세우는 전쟁들이 아직도 끊임없이 이어지고 있고, 테러리즘 또한 여전히 난무하고 있다.

물론 구 소련과 동구권 국가에서 자유화운동이 거세게 일어나 공산권 국가마다 해빙 무드의 도미노 현상 같은 것이 생겨났다. 그리고 북한 또는 군사독재정책이 붕괴될 조짐을 보여주고 있다. 그리고 강대국들마다 군비축소 및 핵무기 감소 정책이 서서히 추진되어 우리에게 가냘픈 희망을 던져주고 있다. 하지만 인류의 장래는 아직도 여전히 불투명하고 어두운 상태다.

특히 1989년에 중국 북경 천안문 광장에서 일어난 데모군중 살상사건과 그 후 중국 정권이 보수지향으로 돌아섰다는 사실, 그리고 미국이 레이건 정부시대부터 '강력한 미국'을 이상으로 하는 보수정책으로 복귀하고 거기에 미국 국민들이 호응했던 사실은 우리를 무척이나 불안하게 한다. 또한 일본 자위대가 지니고 있는 막강한 군사력 역시 일본 국민들이 갖고 있는 사무라이 기질에 비춰볼 때 세계평화에 큰 위협 요인으로 작용하고 있다. 한반도의 남북간 군사력 대치 또한 오랜 기간의 피곤한 긴장감으로 우리를 지치게 한다.

종교적 이데올로기의 측면에 초점을 맞춰 봐도, 아직도 인류는 철학자 포이에르바하가 『기독교의 본질』에서 지적한 대로 '주체적 의지로부터의 도피'를 갈망하고 있는 것처럼 보인다. 자유보다는 구속을, 쾌락보다는 고통을 내심으로 원하고 있는 일종의 노예의식이,

종교라는 그럴듯한 가면을 쓰고 더욱 기승을 부리고 있는 것이다. 말세사상이 범세계적으로 유포되어 있는 탓인지, 갖가지 사교단체가 날뛰면서 허약한 심성을 가진 민중들을 현혹시키고 있다.

가히 '자살특공대'라고 이름붙일 만한 사교집단이었던 '인민사원'이나 '천국의 문' 신도들 수백 명이 벌인 집단자살극의 기억이 아직도 우리 뇌리에 생생하다. 그런 종교집단이 후진국이 아니라 세계 제일의 선진국이라고 자부하는 미국에서 창시되었다는 사실 또한 인간의 사도마조히즘 심리에 대한 새로운 각성을 촉구시켜 준다.

집단자살이든 집단살상이든 심리적 뿌리는 같다. 자살욕구와 살상욕구는 항상 종이의 앞뒷면처럼 병존하며 '고난'을 만들어가고 있다. 인류는 천재지변에 의해서가 아니라 종교·민족·인종·이데올로기 등을 핑계로 내세우는 인간끼리의 증오심에 의해 결국 멸망해 버릴 것만 같은 불길한 예감을 떨쳐버리기 어렵다.

1991년 5월에 김지하 시인은 「죽음의 굿판을 걷어치워라」라는 글을 신문에 발표하여 큰 논란을 불러일으켰다. 이른바 '진보적 운동권'이 벌떼같이 들고 일어나 김지하 시인의 '변절'을 공격했다. 학생들은 이제 정치 일선에서 물러나 공부를 열심히 해야 하고, 분신자살 같은 건 하지 말아야 한다는 충고가 그 칼럼의 주요 내용이었다. 만약 그 글이 노태우 정권 때 발표되지 않고 그 후에 발표되었다면 김지하 시인이 그때 같은 곤욕을 치르지 않았을지도 모른다. 시의가 적절치 못한 빌미이긴 했지만 김 시인의 지적은 그런대로 일리가 있는 말이었다.

기독교의 『구약성서』 「출애굽기」에 보면, 모세가 이스라엘 백성들을 이끌고 이집트를 탈출하여 가나안으로 가는 과정이 기록되어 있다. 그런데 도중에 40여 년이나 방황하며 고난받는 동안 애초에 이집트를 떠났던 사람들은 다 죽어버리고, 오로지 2세들만 가나안 복지(福地)로 들어간다. 모세도 거기서 예외는 아니어서, 그가 세운 지대한 공로에도 불구하고 가나안을 멀리서 바라다볼 수만 있었을 뿐이었다. 말하자면 '고난'의 대가가 너무나 허무했던 셈인데, 성경의 이런 기록은 '고난'은 단지 '고난'으로 그칠 뿐 '행복'을 보장해 주는 것은 아니라는 사실을 상징적으로 시사해 주고 있다.

우리 민족은 다행히도 다른 민족에 비해 위대한 선각자와 위대한 선열들을 많이 탄생시켰다. 하지만 최근에는 너무나 많은 투사들한테 일반 민중들이 시달리고 있지는 않은지 은근히 걱정이 된다. 안중근 의사를 비롯해서 이봉창 의사, 유관순 열사, 윤봉길 의사 등이 이룩한 업적은 숭고하고 거룩하다. 그러나 전국 각지에 서 있는 수많은 열사들의 동상을 보면, 왜 우리나라엔 의사·열사들이 그리 많은지 모르겠다는 생각이 들 때가 많다.

물론 정의를 위하여 목숨을 바치는 것은 거룩한 행위임에 틀림없다. 안중근 의사를 비롯하여 여러 선열들의 애국심 덕분에 우리는 이만큼이나마 살게 되었다. 또한 해방 이후 수많은 민주 투사들이 한국의 민주화를 위해 헌신적으로 노력한 것 역시 역사에 길이 남을 공적이다. 하지만 행여라도 꼭 죽어야만 애국이 되고 죽어서 피를 흘려야만 그 '피값'에 의해 정의나 자유가 보장된다는 생각이, 우리나라 젊은이들에게 당연한 논리로 퍼져나갈까 봐 나는 두렵다.

우리나라는 세계의 가톨릭 국가 가운데 가장 많은 순교자를 갖고 있다. 그래서 '성인' 칭호를 받은 분만도 1백여 명이나 된다. 중국이 단 한 명의 순교자도 갖고 있지 않다는 사실과 비교해 볼 때 실로 엄청난 차이라고 볼 수 있다.

몇 년 전에 나는 미국과 중국 합작으로 제작된 TV 미니시리즈 〈마르코폴로〉를 볼 기회가 있었다. 그런데 나는 그때 중국인(정확히 말하면 몽골인)들의 종교관을 암시하는 대화가 나오는 장면을 보고 신선한 충격을 받았다. 마르코폴로가 원(元)나라 황제 쿠빌라이의 총애를 받아 기독교 전파를 시작하자 황제의 신하들은 그것을 못마땅해한다. 그래서 그들은 이방의 종교가 들어와 백성들을 혹세무민하는 것은 좋지 않으니 금지시켜야 한다고 황제에게 간한다. 그때 쿠빌라이 황제가 대답한 말이 걸작이었다.

"나는 아직 죽어본 적이 없기 때문에 하늘나라에서 누가 진짜로 제일 높은지 알 수 없다. 석가인지 예수인지 공자인지 잘 모르겠다. 그러니 살았을 때 누구한테든 다 잘 보여 둬야 하지 않겠느냐. 그러므로 뭐가 뭔지 확실히 모르는 상태에서 특정한 종교를 탄압한다는 것은 위험천만한 노릇이고 내 신상에도 해로운 일이다."

이런 대답이 현실주의로 무장된 한족(漢族)의 영향을 받아서 나온 것인지, 몽골인들의 독창적 사고방식에서 나온 것인지 그것은 잘 모르겠지만, 아무튼 나는 쿠빌라이가 대단히 현명한 실용주의자라고 생각했다.

공자는 죽음 이후의 세계나 형이상학적 문제에 대한 언급을 회피했으면서도 점술서인 『주역』에는 깊이 심취했다. 그리고 귀신의 존재를 긍정하지도 부정하지도 않았다. 그는 어느 제자가 귀신 섬기는 법을 묻자 "경귀신이원지 가위지의(敬鬼神而遠之 可謂知矣 : 겉으로는 귀신을 존경하는 체하면서 실제로는 멀리할 수 있다면 그 사람은 지혜에 도달했다고 볼 수 있다)"라고 대답했다. 어떻게 보면 성인답지 않게 엉거주춤한 답변이요 적당주의적 태도지만, 실용주의적 관점에서 보면 현명한 삶의 자세를 가르쳐줬다고 볼 수 있다.

귀신이든 이데올로기든 종교든 간에, 그 어떤 이유에서라도 인간이 인간을 탄압하거나 증오해서는 안 된다. 공자의 사고방식대로 형이상학적 도그마로부터 한 발자국 물러서거나 아예 완전히 해방될 수 있을 때, 비로소 진정한 민주사회가 펼쳐질 수 있는 것이다.

박정희는 항상 입버릇처럼 자기가 민족을 위해 십자가를 걸머지겠다고 말했다. 박정희를 죽인 김재규도 자유와 민주의 실현을 위해 거사했다고 말했다. 육영수를 저격한 문세광도 반독재를 위해 총을 잡았다고 주장했다. 요즘 정치지도자들도 비슷한 말들을 많이 한다.

어떤 명분으로든 고난이 무조건 미화될 수는 없고 폭력이 정당화될 수는 없다. 요즘에는 여러 매체들을 통해 박정희의 발언이 많이 소개되고 있다. 어떤 신문에서는 아주 확신 있는 어조로 박정희는 잘못한 것이 하나도 없고 오직 아랫사람들이 권력을 남용했을 뿐이라고 주장한다. 박정희의 일기까지 인용하면서 독자들을 감동시키려고 애쓰는 신문도 있고, 박정희를 고독한 영웅에 비유하는 소설도 나왔다.

'10월 유신'까지도 박정희가 민족을 위해 십자가를 진 것이라는 투로 얘기하는 것을 보면서 나는 착잡한 기분에 빠져들지 않을 수 없었다. 말하자면 박정희는 민족을 위해 고난을 감수한 사람이라는 얘긴데, 무조건 '고난'을 감수하기만 하면 모든 게 다 해결되고 그 사람이 죽은 뒤 칭송을 받게 된다면, 역사에 이름을 남기는 것이 그리 어려운 일이 아닐지도 모른다는 생각조차 들었다.

공자 말투를 빌린다면 '고난 귀신'을 '경이원지(敬而遠之)' 할 수 있어야만 우리나라, 아니 세계의 정치상황이 제대로 풀려나갈 수 있다. 이젠 고난의 역사도 필요 없고 피의 역사도 필요 없다. 오직 실용주의의 역사, 쾌락과 복지의 역사를 만들어가야만 한다.

나는 황현 선생이나 민영환 공 같은 분들이 자살하지 않고 살아남아 어떤 형태로든 민족을 위해 일했더라면 더 좋았을 거라고 생각한다. 일제시대에는 고등계 형사한테 끌려가 지조를 굽히지 않고 저항하다 죽으면 분명 열사가 될 수 있었다. 그러나 이 시대에는 그런 열사보다 유연한 수단과 끈질긴 자세로 자기가 목표하는 일을 수행해 나가는 사람이 더 필요하다고 나는 생각한다. 과거와 현재는 다를 수밖에 없고, 언제나 '투쟁'의 방법은 유연성을 띠어야만 한다는 사실을 명심해 둘 필요가 있다.

어니스트 헤밍웨이는 1차 세계대전이 끝난 후 『무기여 잘 있거라』를 써서 크게 성공했다. '무조건 전쟁은 싫다'가 주제인 셈인데, 그래서 이 소설의 주인공은 탈영병이 되어 애인과 함께 스위스로 도망친다. 그런데 그 뒤에 헤밍웨이는 일종의 변절을 했다. 2차 세계대전 중에 발표한 『누구를 위하여 종은 울리나』가 『무기여 잘 있거라』와는 정반대의 내용으로 되어 있기 때문이다.

스페인 내전을 소재로 한 이 소설에서, 주인공은 자유를 위해 싸우다가 장렬하게 죽어간다. 평론가에 따라 이 작품에 대한 가치평가가 엇갈리고 있는데, 어떤 이는 이 소설을 헤밍웨이의 대표작으로 치기도 한다. 하지만 나는 이 소설이 헤밍웨이의 작품 가운데 가장 졸작이라고 본다. '명분을 핑계로 한 마조히즘으로서의 자기 희생'을 주제로 내세우고 있기 때문이다. '싸운다는 것' 자체가 미화되어서는 절대로 안 될 터인데도, 헤밍웨이는 그 뒤에 다시 대어(大魚)를 잡으려고 사투하는 늙은 어부를 찬양한 『노인과 바다』를 썼다. 아니, 물고기가 대체 무슨 죄가 있나?

명작으로 정평이 나 있는 앙드레 말로의 장편소설 『인간의 조건』도 이와 비슷한 내용으로 되어 있다. 이 작품 역시 '끊임없는 싸움'과 '고난의 의미'를 주제로 삼고 있기 때문이다. 『인간의 조건』은 자신의 정치적 신념을 관철하기 위해 용감하게 싸우다가 자살하는 혁명가의 얘기를 담고 있는데, 『누구를 위하여 종은 울리나』나 『인간의 조건』이나 쓸데없는 테러리즘을 옹호한 소설이라고 볼 수밖에 없다. 아무리 좋은 명분을 갖다 대더라도, 남을 죽이거나 자기를 죽이는 것은 테러리즘이 될 수밖에 없는 것이다.

중국에서는 예부터 '삼십육계 주위상계(三十六計 走爲上計)'라는 말을 좋아했다. 싸울 때 쓰는 서른여섯 가지 계책 가운데 도망가는 게 제일 상책이라는 뜻이다. 이런 '삼십육계'의 정신을 소설화한 『무기여 잘 있거라』가 '용감하게 싸우기'나 '고난을 참고 받아들이기'를 주제로 한 작품들보다 훨씬 더 한 수 위라고 나는 생각한다.

나는 이 점에 착안하여 「평화」라는 제목의 시를 쓴 바 있는데, 그 시의 전문을 한번 소개해 보겠다.

두 나라가 서로 전쟁을 한다
이쪽 군대가 비겁하게 도망간다
저쪽 군대도 비겁하게 도망간다
한쪽은 용감하게 싸우고
다른 쪽은 도망가면 그쪽은 비겁한 군인이 되지만
두 편 다 도망가면 둘 다 비겁하지 않다
용감해져라 용감해져라 하지 마라
용감보다는 비겁이 평화주의자
서로 다 도망가면
두 쪽 다 비겁해지면
전쟁은 없다

우리는 서기 2000년대를 맞은 지 오래다. 1800년대에 살았던 사람들은 비록 수많은 전쟁과 내란, 그리고 폭정이 계속되고 있었을망정 1900년대에 대한 벅찬 희망에 부풀어 있었다. 그러나 1900년대는 명분 있는 폭력과 명분 없는 폭력이 서로 비빔밥이 되어 얽혀 들어갔던 불행한 시대였다. 2000년대가 1900년대의 재탕이 되어서는 절대로 안 될 것이다.

　이제는 명분 있는 고난을 위한 의사도 열사도 투사도 필요 없어지는 사회를 한번 만들어보자. 또한 명분을 내세워 폭력이나 고통을 합리화시키는 일도 없애보자. 우선 모든 지식인들부터 '고난 콤플렉스'에서 벗어나라!

16. 인간의 미의식은 '자궁회귀본능'에서 나온다

'자궁회귀본능(또는 자궁회귀욕구)'은 인간이 여러 가지 어려운 문제에 부딪히며 현실을 살아가면서 곧잘 느끼게 되는, '과거로 돌아가고 싶은 무의식적 충동'의 밑바탕을 이루는 심리현상이다. 사람들은 어려운 현실상황을 타개해 나가기 어려울 때 생존의지가 약해지면서 과거의 어린 시절에 대한 향수에 젖게 되고, 그 시절의 편안한 상태로 돌아가고 싶은 무의식적 욕구를 느낀다.

어린아이 때는 모든 것을 어머니가 시중들어 줬기 때문에 자신은 아무런 노력도 할 필요가 없었다. 어떠한 책임도 의무도 주어지지 않았고 단지 무엇이든 요구하기만 하면 되었다. 현실의 실제상황을 인식할 필요도 없었고, 자기 스스로 미래를 개척해 나가겠다는 의지조차 필요 없었다. 그래서 사람들은 곤경에 부딪쳐 번민과 갈등에 빠져들 때마다 어린아이 시절로 퇴행하고 싶은 무의식적 충동을 느낀다. 이런 퇴행충동의 극단적 형태가 바로 '자궁회귀본능'이라고 할 수 있다.

프로이트는 『정신분석 입문』에서, "만약 꿈에서 '이곳은 내가 알고 있는 장소다. 전에 한번 여기 왔던 일이 있다'고 생각되는 장소나 경치를 보며 감미로운 향수에 젖어들었다면, 그것은 반드시 여성의 성기 내지 자궁의 상징으로 해석되어야 한다"고 말한 바 있다. 이런 유형의 꿈은 사실 누구나 곧잘 꾸게 되는 꿈이므로, 프로이트의 주장에 비춰보더라도 인간은 일반적으로 자궁회귀본능을 갖고 있다고 할 수 있다.

어머니의 자궁 속에서 태아로 존재했을 때 모든 것은 평화롭고 안락하였다. 가만히 있기만 해도 모든 영양물질이 저절로 공급되었고, 포근하고 부드러운 양수에 둘러싸여 한껏 편안할 수 있었다. 그래서 정신적으로 문제가 있든 없든, 모든 사람들은 자궁으로 돌아가고 싶어하는 본능적 소망을 잠재의식에 지니고 살아간다. 따라서 나는 인간이 문화를 꾸려가는 데 있어 중요한 역할을 하는 '미의식(美意識)'에도, 이런 자궁회귀본능이 가장 큰 영향을 미친다고 본다.

'아름다움'과 자궁회귀본능이 어떻게 서로 연관지어질 수 있는 것일까? '아름다움'의 중심을 이루는 것은 역시 인간의 '육체미'이고, 그것은 지금까지 주로 여성미에 치중하여 논의되고 개발돼 왔다. 그런데 여성의 육체미는 대체로 뭔가 비정상적이거나 병적인 것, 그러면서도 우아하고 귀족적인 것과 결부되어 표출돼 온 게 사실이다. 따라서 이런 '병약미(病弱美)'나 '귀족적 우아미'는 자궁 속에 있는 태아의 '불완전성(不完全性)'이나 '비노동성(非勞動性)'과 통하는 것이고, 그런 태아 상태에의 동경이 미의식으로 나타나는 것이라고 볼 수 있다.

극히 적은 예외를 제외하고는, 오래 전부터 미인의 조건은 대체로 새하얀 피부, 개미처럼 가는 허리, 작은 발, 희고 가느다란 손, 병색이 도는 핏기 없는 얼굴 등으로 결정지어졌다. 또한 미인은 거의 다 '귀한 신분'과 연결되어 형상화되었다. '귀골(貴骨)'로 태어난 사람은 '천골(賤骨)'로 태어난 사람보다 아름다움을 지니고 있는 것으로 간주돼 왔고, 어린이들이 읽는 동화책에 나오는 여주인공은 거의가 예쁜 공주라야만 되었다.

'노동미인'이란 말이 있긴 있다지만, 일을 많이 해 거칠어진 여성의 손이나 투박한 얼굴을 보며 아름다움을 느끼긴 어렵다. 요컨대 '일을 하지 않아도 되는 신분'이거나 '일을 할 수 없을 정도로 허약한 체질'이거나, 둘 중 하나가 돼야만 미인이 될 수 있고 또 소설의 여주인공도 될 수 있었던 것이다.

상상 위주의 고대소설에서부터 리얼리즘 위주의 현대소설에 이르기까지, 그런 식의 미녀가 여주인공으로 나오지 않는 소설이 실제로 어디 있었던가? 소설의 여주인공이 꼭 미녀여야 한다는 것 자체는, 따지고 보면 문학의 기본 요건처럼 되어 있는 '개연성'을 상실하고 있는 개념이다. 그런데도 거의 모든 소설의 여주인공이 미녀라는 사실에 아무도 의문을 느껴본 적이 없고, 문제를 제기한 문학이론가도 없다. 이른바 '민중문학'에 나오는 여주인공들도 대개는 다 미녀인 것이다.

민간설화나 전통적 근대소설에 나오는 '미녀'는 대개 두 가지 유형으로 나뉜다. 하나는 아주 고귀한 신분의 여자로 태어나 노동할 필요가 없는 유형이요, 다른 하나는 비록 신분은 천하더라도 빼어난 미모를 갖고 태어나 노동을 안 해도 되는 여인의 유형이다. 후자의 경우는 대개 돈이 많거나 권세 있는 남자의 눈에 띄어 신분이 상승되는 여인으로 그려지는 경우가 많다. 그리고 두 유형의 여인들은 거의 다 '허약한 체질'을 갖고 있다. 그러므로 미녀의 조건은 일단 신분과는 상관없이, '일을 하지 않아도 되거나 일을 하고 싶어도 못하는 것'으로 정리될 수 있다.

'일을 하지 않는다'는 것은 '가만히 있어도 된다'는 뜻도 된다. 그런데 이 '가만히 있어도 되는 상태'야말로 인간이 모태 속에 있을 때의 상태와 흡사하다. 그래서 나는 미의식의 원천이 '자궁회귀본능'에 있다고 보는 것인데, 이런 미의식은 사실 여성한테만 적용(여성해방론자의 시각에서 보면 '강요')되는 것이 아니라 남성한테도 적용된다.

'일을 하지 않아도 되는 상태'를 즐기기 위해 인간은 권력을 추구하게 되었다. 그러므로 '미의식'과 '권력욕'은 자궁회귀본능과 밀접하게 연관되어 있다. 그런데 사람은 최소한 손과 발은 움직여야 살아갈 수 있기 때문에, 자궁 속의 태아처럼 꼼짝도 안 하고 지내기는 힘들다. 말하자면 태아와 비슷한 상태로 살아갈 수는 있지만(이를테면 하루 종일 누워서 지내는 것), 완전히 태아처럼 될 수는 없는 것이다.

그래서 아예 자신의 신체를 '움직일 수 없도록' 불편한 상태로 만들어놓는 것이 필요해진다. 예컨대 손톱을 아주 길게 기르면 손을 쓸 수 없게 되듯이 말이다. 따라서 인위적으로라도 신체를 '불편하게 만드는 것'이 바로 권력의 상징이 되고 또한 미의 상징도 되게 되었다.

예컨대 고대의 왕(王)들은 남자일지라도 손톱을 길게 기르고, 무거운 귀걸이와 목걸이를 사용하고, 무거운 관(冠)을 즐겨 썼다. 겉으로 보기엔 이러한 관행이 사치스러운 상징물로, 가난한 피지배계급 위에 군림하려는 '권력의 과시' 정도로 여겨질 것이다. 하지만 무의식의 깊은 근저(根底)를 파고들어가 보면, 자궁회귀본능이 그런 관행의 심리적 동기로 작용하고 있다는 사실을 간파할 수 있다. 따라서 '미의식'과 '자궁회귀본능'과 '일부러 불편하게 하기'의 세 가지 개념은, 서로 밀접한 연관성을 가지면서 '권력욕'으로 이어진다.

에리히 프롬은 그의 저서 『자유로부터의 도피』에서, "정열적으로 권력을 추구하는 인간은, 누군가 자기에게 음식을 먹어주거나 자신의 행동을 돌봐주는 공상을 자주 한다"고 밝힌 바 있다. 이것은 권력을 추구하는 근본적인 목적이 결국은 자궁회귀본능을 만족시키는 데 있다는 것을 시사한 심리분석이라고 할 수 있다.

오래 전부터 왕이나 권력자들은 남녀를 불문하고 '일부러 불편하게 하기'의 원칙을 충실히 좇았다. 그래서 손톱을 길게 기른다든지 하여 모든 일상생활, 특히 가장 즐거운 노동의 하나라고 할 수 있는 '먹는 일'까지도 모두 다 시녀나 시동(侍童)들의 손을 빌려 해결했던 것이다. 자신은 죽은 듯이 무심히 누워 있고, 시녀나 시동들이 손으로 음식을 떠서 먹여주거나 입 안에 머금어 가지고 와서 먹여준다. 이것은 자궁 속의 태아와 아주 흡사한 상황이라 하지 않을 수 없다.

그래서 애초에는 왕이나 귀족들만이 남녀를 불문하고 길게 손톱을 기르던 관행이, 현대에 이르러서는 민주주의 개념의 확산과 더불어 일반인들에게까지 파급되게 되었다. 현대 여성들은 이제 자기가 원하기만 하면 손톱을 얼마든지 길게 기르고 색색가지 매니큐어를 칠할 수 있다. 자궁회귀본능이 '권력의 획득'에 의해서만 충족될 수 있었던 전제주의 시대와는 달리, 이제는 그것이 권력과는 무관한 '미의식'에 결부되어 일반 평민들한테까지도 합법적으로 허용되게 된 것이다.

반면에 현대 남성들은 손톱을 마음놓고 기를 수 없게 되었는데, 이는 참으로 묘한 '불평등'이라 하지 않을 수 없다. 현대 남성들은 사회 윤리가 요구하는 '씩씩하고 건실한' 남성상에 짓눌려 권력추구본능 또는 자궁회귀본능을 미적(美的)으로 충족시키지 못하고 있다. 현대 여성들은 남성들에 비해 '힘든 노동'이나 '병역의 의무'로부터 아직은 비교적 자유롭다. 그리고 '아름답게 꾸밀 수 있는 자유' 또한 남성들보다 훨씬 더 보장받고 있다. 그런데 현대 남성들은 그저 여성을 바라보며 자궁회귀본능을 간신히 대리해소(代理解消)시키고 있을 뿐이다.

이런 측면에서 볼 때 노동과 직결되는 손, 특히 손톱의 상징은 〈자궁회귀본능 → 권력욕 → 일부러 불편하게 하기 → 미의식〉의 심리적 추이체계(推移體系)를 극명하게 대표하고 있다고 할 수 있어, 각별한 관심의 대상이 되지 않을 수 없다. 시대와 문화권을 달리하는 수많은 사람들이, 어떤 형태의 육체노동도 할 필요가 없다는 표시로 손톱을 길러왔다. 상류계급의 이러한 전시행위(展示行爲)는 '절대로 수고할 필요가 없는 손'이라는 사실을 강조하기 위해, 손톱에다 화려한 물감을 칠해 더욱 돋보이게 하는 데 이른다.

고대 중국이나 로마, 이집트 등지에서는 귀족 남녀가 이런 심리적 동기에서 손톱을 길게 길렀고, 황금물감으로 칠했다. 이런 유행은 근대까지 계속됐는데, 톨스토이의 소설 『안나 카레니나』에는 손톱을 길게 기른 귀족 남성을 묘사한 대목이 나오고, 플로베르의 소설 『보봐리 부인』에도 손톱을 길게 기른 상류층 남성(보봐리 부인은 그 남자의 긴 손톱에 반해 혼외정사를 시작한다)을 묘사한 대목이 나온다.

손톱을 길게 기르다 보니 일상적인 손놀림을 하기가 너무 거북스러워 나중에는 새끼손가락만 특별히 길게 기르고 나머지 손가락들은 조금만 길게 길렀다. 또 다른 해결 방법으로는 평상시에는 모든 손톱을 적당한 길이로 기르고, 특별한 행사가 있을 때는 엄청나게 긴 모조손톱을 붙이게 되었다. 이런 관행은 지금도 서구에서 찾아볼 수 있다. 수많은 여성들이 사교적인 행사 때는 긴 모조손톱을 사용하고 평상시에는 뗀다. 또 그들이 손톱미용에 들이는 시간과 노력은 대단해서, 미장원과는 달리 손톱 손질만을 전문으로 하는 미조원(美爪院. Nail parlor)의 숫자가 점점 더 늘어나고 있다.

그런데 중국의 경우 손톱을 길게 기르는 관습은 단지 귀족이나 부자에게만 국한된 것은 아니었다. 20세기 초까지만 해도 일반 서민들은 남녀를 불문하고 생업에 종사하는 데 별 불편을 느끼지 않는 한, 왼손 한두 개의 손톱을 꽤 길쭉하게 길렀다. 그리고 금속이나 대나무로 만든 씌우개로 긴 손톱을 보호하며 애지중지하였다.

이런 사실은 '손톱 기르기'의 풍습이 권력자들의 시위용으로만 쓰인 게 아니라 누구에게나 '자궁회귀본능의 자연스러운 해소방안'으로 보급돼 있었다는 점에서, 중국인들의 쾌락지향적이고 육체주의적인 의식구조를 반영하고 있다. 서양에서는 청교도 윤리와 이성우월주의 등의 영향으로 이런 자연스런 '본능의 대리배설 행위'가 차츰 사치스런 퇴폐행위로 간주돼 갔기 때문에, 요즘에 와서는 '미(美) 자체의 추구'라는 명분으로 포장되어 오직 여성들만의 전유물로 굳어진 것이라고 볼 수 있다.

나는 '긴 손톱'이 갖는 미학적 측면과 자궁회귀본능적 측면의 결합에 의한 카타르시스 효과에 착안하여, 장편소설 『권태』와 『즐거운 사라』 및 여러 편의 시를 쓴 바 있다. 나 이전에도 몇몇 시인들은 긴 손톱의 이미지를 그들의 작품에 과감하게 등장시켰다. 프랑스의 시인 로트레아몽이 쓴 「말도로르의 노래」라는 산문시는 좋은 예가 될 것이다.

보름 동안 손톱이 자라도록 내버려두어야 한다. 활짝 열린 눈을 갖고 있고 입술 위에 아직 아무런 털도 나지 않은 어린아이를 침대에서 난폭하게 끌어내려, 아이의 아름다운 머리털을 뒤로 쓸어주면서 그의 이마에 그윽하게 손을 내미는 체하는 것, 아, 그것은 얼마나 감미로운가! 그러고 나서 아이가 예기치 못했던 순간에 갑자기 긴 손톱을 그의 부드러운 가슴에 박아 넣는다. 아이가 죽지는 않도록. 만약 아이가 죽어버린다면 그가 고통스러워하는 모습을 즐길 수 없을 테니까. 그런 다음 상처를 핥으면서 피를 마신다.

시인은 위의 시를 통해 날카롭고 긴 손톱의 이미지를 '잔인성의 미학'에 연결시킴으로써, 피에 집착하는 자신의 도착심리(倒錯心理)를 대리배설시키고 있다. 일종의 사디즘적 욕구를 시를 통해 발산하고 있는 셈이다. 사디즘과 지배욕은 서로 표리관계를 갖는 유사한 심리기제(心理機制)라고 할 수 있다. 왕이나 귀족들이 손톱을 길게 길러 자신의 권위를 과시하고, 또한 백성들 위에 지배자로 군림하고 싶어했던 것은 일종의 사디즘이다.

그런데 위의 시에서 특별히 주목되는 것은 '어린아이'를 희생물로 동원했다는 점이다. 시인은 긴 손톱으로 어린아이를 찔러 아이의 피를 받아 마시고 싶다고 했다. 이것은 아이와 동일해지고 싶어하는 잠재의식적 소망을 드러낸다. 시인은 '어린아이'가 갖는 상징적 의미를 통해 자신의 자궁회귀본능(또는 유아기로의 퇴행욕구)을 보다 확실히 시사해 주고 있는 것이다. 따라서 〈손톱을 기른다(지배욕의 상징) → 아이를 찌른다(사디즘을 통한 아이와의 결합) → 긴 손톱의 정당성과 효용성의 확인 → 자궁회귀본능의 충족〉이라는 심리적 전이과정이 여기서 명백해진다. 그러므로 위의 시에 등장하는 '긴 손톱'의 이미지는 자궁회귀본능의 간접적 표현으로 해석될 수밖에 없다.

중국의 신선도(神仙圖)나 신선을 소재로 한 전기소설(傳奇小說) 같은 것을 보면, 신선이나 선녀들은 남녀를 불문하고 길고 뾰족하게 손톱을 기르고 있다. 정신적으로 득도(得道)·달관한 신선들이 왕이나 귀족들과 마찬가지로 손톱을 길게 기르고 있다는 것은, 인간의 자궁회귀욕구가 얼마나 강한가를 잘 드러내 보여주는 실례라 하겠다.

속세에서 출세한 사람들이나 천상계(天上界)에서 출세한 사람들이나, 그들에게 부여되는 가장 큰 특권은 '손톱을 마음껏 기를 수 있는 것', 즉 '일을 안 해도 되는 것'이다. 물론 현세적(現世的)인 행복과 쾌락이 저승이나 신선세계까지 이어진다고 믿은 중국인들의 육체주의적 휴머니즘이 그런 표현을 가능하게 한 것이겠지만, 아무튼 많은 시사점을 주는 것이 사실이다.

포송령(蒲松齡)의 전기소설집(傳奇小說集) 『요재지이(聊齋志異)』에도 신선세계의 '긴 손톱'은 곧잘 등장한다. 예컨대 「백우옥(白于玉)」 편에 나와 있는 다음과 같은 대목이 그렇다.

> ……처마 밑에는 맑은 물이 흰 모래 위를 살랑살랑 흘러내리고, 예쁜 돌들이 깔려 있었다. 조각한 난간에 둘러싸여 마치 소문에 들은 계궁(桂宮)을 연상케 하는 것이었다. 자리에 앉자 16, 17세의 요염한 시녀가 나와서 차를 권하였다. 잠시 후에 술상이 나와 네 명의 미인이 공손하게 인사를 하면서 패옥(佩玉) 소리를 울리며 좌우 양쪽에서 시중을 들었다. 잔 등이 약간 간지럽다 생각하기 바쁘게 여인이 가는 손가락의 긴 손톱으로 옷을 더듬어 대신 긁어준다. 오(吳)는 어쩐지 마음이 흔들흔들해져서 안정할 수가 없었다.

윗부분은 주인공이 신선세계를 처음 구경하는 대목인데, 인간세계의 왕궁이나 귀족의 내정(內庭) 묘사나 다를 바가 없다. 중국인들의 현실주의적 사고방식으로는, 정신적으로 도를 깨쳐 신선이 되어 누리게 되는 혜택이, 속세의 인간이 누리는 부귀영화나 육체적 쾌락과 다를 바 없다고 봤던 것이다.

주인공은 어쩐지 마음이 흔들흔들해져서 결국 신선이 되기로 결심하고 수련을 시작하게 된다. 여기서 '마음이 흔들흔들해진' 것은 요염한 선녀들을 보고 섹시한 감정이 일어났기 때문이다. 그리고 그러한 감정을 유발시킨 직접적인 촉매제는 '선녀의 긴 손톱'이다. 또한 주인공은 '자기의 손을 전혀 쓰지 않고서도 남에 의해 자신의 감각적 관능을 충족시킬 수 있다는 사실'을 확인하고서 마음에 동요를 일으켰다고도 볼 수 있다.

자신의 손톱을 길게 길러 스스로를 움직일 수 없게 해놓고 시녀들을 부리는 것은 아니더라도, 이와 상통하는 심리적 쾌감이 위의 대목에서는 상징적으로 잘 드러나고 있다. 인간이든 신선이든 모든 노력의 종국적 목적은 결국 '권력의 획득'이고 권력의 획득은 곧 '자궁회귀본능의 충족'을 의미한다는 것을 암시해 주는 좋은 보기라 하겠다.

손만큼이나 요긴하게 쓰이는 것이 '발'이다. 발을 쓰지 않고서는 살아갈 수 없다. 그래서 일부러 발을 움직이기 어렵게 만들어 자궁회귀본능을 충족시키려는 시도가 생겨나게 된다. 중국의 일반적 풍습이었던 '전족'은, '일부러 불편하게 하기'를 실행에 옮긴 가장 극단적인 예라고 할 수 있다.

어렸을 때부터 발가락들을 발바닥에 눌러 묶어놓아 발의 성장을 막는 전족의 풍습은, 발의 길이를 정상의 3분의 1까지 줄일 수 있도록 만들었다. 여인들이 성인이 되었을 때는 이미 영구적인 불구가 되고 정상적으로 걸을 수가 없었다. 따라서 그들이 할 수 있는 육체적 활동에는 엄격한 한계가 있게 마련이었다. 하지만 그것은 발의 불구화(不具化)를 통해 얻어지는 사회적 보너스이기도 했다.

전족의 풍습을 남성들이 갖고 있는 여성지배욕구나 여성학대욕구의 산물로 볼 수도 있을 것이다. 하지만 신분이 높은 여성들의 경우, 그들은 전족 때문에 어떤 형태의 육체노동도 할 수 없었으므로(또는 하지 않아도 됐으므로) 오히려 평생 동안 높은 신분을 자랑할 수 있었다. 또한 실제로 아주 작게 전족을 할 수 있었던 여성들은 주로 상류층 여성들이었다. 그러므로 손톱을 길게 기르는 풍습과 마찬가지로, 전족의 풍습 역시 자궁회귀본능의 표출로 간주돼야 한다고 본다.

전족은 여인들이 남편이나 주인을 버리고 달아나지 못하게 하기 위해 고안된 것이 아니라, 주로 에로틱한 의미를 가지고 있었다. 중국 남성들은 성적 전희(前戱)를 할 때 여인들의 전족에 입맞추며 애무하기를 즐겼다. 이런 행위는 일부 현대 남성들이 여성의 하이힐에 집착하는 심리와 마찬가지로, 남성들이 갖고 있는 지겹기 짝이 없는 생래(生來)의 의무—즉 노동을 하여 가족부양을 책임져야 하는—를 벗어나 자궁으로 돌아가 안식하고 싶어하는 잠재의식에서 비롯된 것이나.

앞서 예로 든 『요재지이』의 「운라공주(雲蘿公主)」 편에도, 발을 움직이지 않음으로써 얻어지는 심리적 쾌감을 동경했던 중국인들의 의식구조를 반영하는 대목이 있다.

>   ……공주는 의자에 앉아 있을 때 시녀를 밑에 엎드리게 하고 시녀의 잔등에 오른쪽 발을 올려놓았다. 왼쪽 발까지 아래로 내릴 때는 다른 시녀를 왼쪽에 엎드리게 하였다. 또 두 소녀를 양쪽에 거느리고서, 한쪽 팔꿈치를 구부려 소녀의 어깨 위에 얹어놓고 있었다.

윗글에 나오는 공주는 천상계(天上界)의 공주인데, 전족을 했기 때문에 워낙 발이 약하여 걸어다닐 때도 시녀들이 양쪽에서 부축을 해야만 한다. 책에는 '시녀들의 어깨에 매달려 다닌다'고 묘사되어 있다. 정신적으로 고상한 경지에 이른 천상계의 여자라 할지라도, 지상의 여인과 다름없이 발이 약해야만 한다는 중국인들의 미관(美觀)을 잘 보여주고 있다 하겠다.

특히 시녀를 엎드리게 하고 그 위에 발을 올려놓거나 시녀의 어깨에 팔을 기대고 앉는 것은, 지배욕구의 충족에 따른 성취감을 최대한 즐기기 위해 사디스틱한 수법을 쓰는 행위로 해석된다. 그런 습관은 자신은 가만히 있고 타인의 조력에 의해서만 일거수일투족이 가능한 상황을 만들어내는 것이므로, 결국 자궁 속에서 누렸던 편안한 안식감을 재현시키는 것으로 볼 수 있다.

인간은 태아 상태로 자궁 속에 있을 때 '영양공급'이나 '태반에 의한 안전성의 유지' 등을 모두 어머니의 육체적 기능에 의지한다. 이런 점을 생각하면 시녀를 의자 대신 깔고 앉는다거나 발걸이·팔걸이로 사용하는 것이 자궁회귀본능을 충족시키기 위한 행위라는 것을 납득할 수 있다. 발을 불편하게 사용하기 위해 전족을 하는 것이나 손을 불편하게 사용하기 위해 손톱을 길게 기르는 것이나, 둘다 자궁 속에서의 상황을 재현시켜 보려는 안쓰러운 노력이라는 사실이 여기서 확실해지는 것이다.

기독교의 『구약성서』「창세기」에 의하면, 아담은 선악과를 따먹는 원죄를 저질러 평생 동안 노동하며 땀을 흘려야 하는 천벌을 받는다. 그래서 그런지 남자들은 모두 노동의 의무에 지쳐 있어 자궁회귀본능이 여자들보다 훨씬 더 강하게 마련이다. 그러다 보니 남자들의 성적 접근을 본능적으로 필요로 하는 여자들은, 남자들의 자궁회귀본능을 간접적으로 충족시켜 주는 형태로 미를 추구하게 된다.

발을 '일부러 불편하게 하는 것'은 중국에서는 '전족'의 풍습으로, 서구에서는 불편하기 짝이 없는 '뾰족구두'의 착용 습관으로 이어져 내려왔다. 「신데렐라 이야기」로부터 우리는 서구인들이 갖고 있는 '작은 발'에 대한 집착과 동경을 짐작해 알 수 있다. 하이힐의 미학은 뒷굽만 높게 만드는 것이 아니라 앞의 구두코도 될 수 있는 한 좁게 만들어 발 전체를 기형적으로 날씬해 보이게 하는 것인데, 걸을 때 불편한 것은 전족과 마찬가지다. 동양이든 서양이든 이런

'불편함의 미(美)'가 보편적인 여성미의 상징으로 정착돼 있었던 것이다.

「신데렐라 이야기」는 아름다운 동화로 알려져 있지만, 그림 형제가 『독일 민담설화집』에 기록해 놓은 원래의 전설은 잔혹하기 그지없는 이야기다. 어느 왕자가 신부를 구하고 있었는데, 그 왕자는 여자의 발이 비정상적으로 좁고 작은 것을 좋아했다. 그래서 두 자매(신데렐라의 의붓언니들)가 간택을 받으려고 엄지발가락과 발뒤꿈치를 자른다. 책에는 발은 비록 불구가 되더라도 일단 왕자와 결혼해서 왕자비가 되면 '다시는 걸을 필요가 없기 때문에' 그런 모험을 강행하는 것으로 되어 있다.

이 정도의 '육체 학대'에 비하면 중국의 전족은 아무것도 아니다. 서양 여인들은 거의 자학에 가까울 정도로, 기형적인 아름다움을 가꾸기 위해 안간힘을 썼다. 허리를 가늘게 하려고 코르셋을 지나치게 꽉 끼게 한 나머지 여러 가지 부인병이 유발됐다는 것은 이미 잘 알려져 있는 사실이다. 어떤 귀부인은 허리를 가늘게 하려고 맨 아래의 갈비뼈를 도려내기까지 했다고 한다.

이런 행위는 역시 미의식의 원천을 '일부러 불편하게 하기'의 심리에서 찾아 그것을 구체적으로 실천한 것이고, 그런 행위의 이면에는 자궁회귀본능의 충족에 따른 나르시시즘이 깔려 있다고 볼 수 있다. 이 밖에도 무서운 귀걸이·목걸이·팔찌 등을 하는 풍습, 특히 코·뺨·눈썹·배꼽·젖꼭지·입술·혓바닥·음순 등에까지 구멍을 뚫어 고리를 꿰는 최근의 유행 풍속은, 인간의 깊은 내면에 자리 잡고 있는 '마음대로 움직이지 못하는 것을 즐기는' 본능과 연결되어 있다.

　귀걸이나 코걸이·팔찌 등이 고대 노예의 심벌이었다고 보는 사람들이 많은데, 그렇다면 인간의 자유와 평등을 외치는 현대에 이르러서까지 왜 그런 풍습이 미의식과 결부되어 존속되고 있단 말인가? 이런 현상은 누구에게나 자궁회귀본능이 있고, 예전에는 그것의 표출이 특권층에게만 허용되다가 요즘에는 누구한테나 평등하게 허용된다는 관점에서 설명되어야 할 것이다. 요컨대 '미(美)의 민주화'가 여성한테만은 어느 정도 가능해진 것이다.

　'불편할 정도로 움직이지 못하는 것'을 동경하는 심리는 인간의 또 다른 본능인 '죽고 싶어하는 욕구'와도 관련이 있다. 자궁 속의 태아보다 더 안락하게 정지돼 있는 상태는 '시체'이기 때문이다. 그러나 죽음에의 욕구는 갖가지 우울증과 도피적 허무주의를 불러일으킨다. 죽음에의 욕구가 보다 건강한 쾌락과 결부되고 특히 '미의식'과 연결될 때, 거기서 좀 더 생산적인 '본능의 카타르시스'가 이루어질 수 있다.

　죽음에의 욕구는 완전히 '끝남'을 지향하기 때문에 자포자기적이고 피·가학적인 파괴주의로 흐르기 쉽다. 그렇지만 자궁회귀욕구는 '생명의 존재'를 인정하면서 편안한 안식을 추구하는 것이기 때문에, 님에게 피해를 주지 않으면서 인간의 본능을 훨씬 더 안전하게 대리배설시킨다. 그래서 인간을 오히려 정신적으로 건강하게 만들 수 있다.

손톱을 길게 기르고 굽이 15센티미터나 되는 높은 하이힐을 신는 여성의 심리는 '미적(美的) 나르시시즘'에 바탕을 두고 있다. 그런 여성들이 손톱과 하이힐에 매달리는 것은 남자를 유혹하기 위해서가 아니다. 그들은 자신의 스트레스를 당당하게 해소시키고 있는 것이다. 그런 여성들은 불편함을 감수하는 대가로 자궁회귀본능을 충족시키면서, 미적(美的) 성취감도 동시에 얻는다.

남성은 자궁회귀본능을 마음껏 대리배설시킬 방법이 없다. 오래 전 남성들은 손톱을 기르고, 화장을 하고, 화려한 옷을 입고, 장신구를 할 수 있었다. 그러나 현대 남성들은 '남성다움'이라는 가치기준에 얽매여 있기 때문에, 긴 손톱이나 장신구 등을 통해 자기 자신을 '불편하게' 할 수 없다. 아니 할 수 있긴 하지만 아무래도 한계가 있다. 그러다 보니 그저 여성을 바라보며 간접적인 카타르시스를 느낄 뿐이다.

그래서 남자들은 심리적으로 '자궁 속에서와 같은 안식'을 여자들만큼 충분히 취할 수가 없다. 그런 까닭에 남자의 평균수명은 여자보다 훨씬 짧고, 중년기의 사망률과 자살률이 여자의 세 배나 되는 것이다.

나는 예전부터 자궁회귀본능에 관심을 갖고 있었고, 그래서 늘 자궁 속의 태아상태로 되돌아가고 싶은 무의식적 욕구를 느끼며 살았다. 인생살이가 너무나 힘들었기 때문이다. 그래서「자궁 속으로」라는 제목의 시를 쓴 적도 있고, 그 시의 주제를 확대시켜『자궁

속으로』라는 장편소설을 만들어본 적도 있다. 여기서는 시 「자궁
속으로」를 소개해 보기로 한다.

나도 여자들처럼 귀·코·젖꼭지·배꼽 같은 곳에 구멍을
뚫고 싶다
한 곳에 한 다섯 개쯤씩 뚫고
구멍마다 아주 묵직한 고리들을 길게 늘어지게 매달아
놓으면
나는 몸이 무거워서라도
꼼짝도 할 수 없겠지
아무리 움직이고 싶어도 움직이기 어렵게 되겠지
그러면 나는 하루 종일
늘어진 수십 개의 고리들을 만지작거리며
별 걱정·고민 할 것 없이 가만히 얌전하게
혼자서 놀 수도 있을 거야
가만히, 가만히
아주아주 멍청하게
무념무상(無念無想)에
잠길 수도 있을 거야

17. 인간은 애써 예술과 외설을 구분지으려 한다

인간은 애써 예술과 외설을 구분지으려 한다. 그러다 보니 인류의 문화사는 언제나 외설시비로 얼룩졌다. 그래서 이 글에서는 예술과 외설 문제를 다뤄보기로 한다. 결론부터 미리 얘기하자면, '외설은 없다'는 게 내 생각이다.

'예술이냐 외설이냐'라는 문제를 놓고 따질 때 우리가 먼저 근본적으로 검토하고 넘어가야 할 일은, '외설이 왜 나쁘냐(또는 왜 죄가 되냐)'라는 문제가 될 것이다. 소설·영화·연극·미술 등에서의 '외설(또는 음란)'이란 쉽게 말해서 그것을 읽거나 보는 사람들에게 성적 흥분을 일으키는 것을 가리킨다. 그러므로 성적 흥분을 일으키는 것 자체를 과연 부도덕한 일, 또는 법적으로 규제해야 마땅한 죄라고 볼 수 있을까, 하는 내용의 논의로부터 예술과 외설의 변별성 문제에 대한 논의를 시작해야 한다.

성적 흥분을 일으키는 것 자체가 죄가 될 수는 없다. 흔히 말하듯 성(性)이란 신이 인간에게 내린 축복 중의 하나요, 인간이 마땅히 쾌락으로 누릴 자유를 갖고 있는 '행복추구'의 한 형태이기 때문이다. 약방에 가면 성적 흥분을 야기시키는 것을 목적으로 하는 약품들이 정부의 허가하에 제조되어 정력강화제 등의 이름으로 판매되는 것을 목격할 수 있고, 성 전문병원에 가면 불감증 환자의 치료를 위해 제작된 에로틱한 내용의 비디오들이 사용되는 것을 알 수 있다.

그러므로 우리는 우선 "외설적인 것은 무조건 나쁜 것이다"라는 선입견으로부터 벗어날 필요가 있다. 성은 그 성격상 당연히 외설성 또는 음란성을 수반할 수밖에 없는 것이기 때문이다.

물론 성을 일종의 '필요악'으로 간주하는 청교도주의적 입장에서 보면, 종족보존을 위한 섹스를 제외한 여타의 다양한 성희들은 오로지 '쾌락'을 위한 섹스이기 때문에 부도덕한 것이 될 수도 있을 것이다. 그러나 지금 우리가 살아가고 있는 시대가 중세기적 금욕주의 시대는 아니기 때문에, 종족보존을 위한 최소한의 성행위 이외의 것을 모두 다 악덕으로 몰아붙이는 것은 시대착오적 성관(性觀)으로 간주될 수밖에 없다.

성은 성 자체보다도 정치적·사회적 상황과 밀접하게 관련되어 변화해 왔다. '성의 자유' 또는 '성에 대한 표현의 자유'는, 한 나라의 민주화의 분배정의(分配正義)의 실현, 인권의 신장, 다원주의 문화의 발달 등과 정비례하는 관계를 가지고 있다. 그것은 역사의 전개 과정에서 자연스럽게 나타난 현상이다. 성에 대한 윤리적 억압이나 법적(法的) 간섭이 없어질수록, 그 나라의 구성원들이 누리는 정치적 자유가 확대되고 불평등이 축소되어 복지의 재분배가 가능해지고 있는 것이다. 이것은 북유럽 사회 등 사회복지제도가 완성도 높게 이루어진 나라들에서 볼 수 있는 현상이다. 그런 나라들은 또 사회의 '부패지수'도 낮다. 최근에 발표된 자료에 따르면, 세계에서 가장 부패가 적은 세 나라는 성의 자유가 보장돼 있는 덴마크·스웨덴·노르웨이였다.

성은 과거에는 전제군주와 귀족의 전유물이었고, 정치제도가 대중 중심으로 변화해 감에 따라 사회 하층구조로 내려와 누구나 즐길 수 있는 것이 되었다. 특히 경제가 발전할수록 성적 자유에 대한 대중들의 갈구는 커지게 마련인데, 그 까닭은 경제 형편이 열악할 때는 인간의 2대 본능인 식욕과 성욕 가운데서 주로 식욕에만 관심을 쏟다가, 경제 형편이 나아지면 성욕에 대해서도 높은 관심을 쏟게 되기 때문이다. 그러므로 최근 한국에서 성문화와 성적 표현물에 대한 관심과 수요가 늘어나고 있는 것은, 정치적 민주화와 경제적 발전의 추세에 따른 당연한 현상이라 하겠다.

그런데도 한국에서 '예술이냐 외설이냐'라는 문제가 끊임없이 사회문제로 대두되고 있는 이유는, 아직도 성을 죄의식과 연결시켜 생각하는 육체비하주의 또는 정신우월주의적 사고방식이 사회 상층부에서 보수 기득권자들의 기득권 유지 내지는 민중지배의 수단 역할을 하며, 일반대중을 옥죄는 메커니즘으로 사용되고 있기 때문이 아닌가 한다. 다시 말해서 열악한 봉건적 정치의식이 성윤리적 극우주의나 도덕적 수구주의와 연대하여 기능하고 있다는 얘기다.

도대체 예술과 외설의 차이는 무엇일까? 가장 흔히 얘기되는 상투적 구별법은, 성을 아름답게 묘사한 것은 예술이고 추악하게 묘사한 것은 외설이라는 것이다. 그러나 이런 구별법은 당장 자가당착적 모순을 불러일으킨다. 성뿐만 아니라 다른 어떤 소재라 할지라도, 그것을 아름답게 그리지 않고 추악하게 그렸다면 곧 예술이 아니라는 식의 단정이 따라오게 되기 때문이다.

우리는 근대 이후에 발표된 수많은 예술작품 가운데 '상투적 윤리로 포장된 아름다움'을 그린 것보다 '인간의 심층심리나 사회구조 밑바닥에 깔려 있는 추악한 모습'을 파헤쳐 드러낸 것이 우수작으로 꼽힌 사례를 많이 알고 있다. 에밀 졸라가 주장한 자연주의 문학은, 사물의 외면을 '관찰'하는 데 그치지 않고 사물의 내면을 '해부'하여 감춰진 추악성을 드러내는 것을 목적으로 하였다. 그래서 20세기 이후에는 미적(美的) 포장이나 교훈적 설교를 뛰어넘어 인간의 추악한 모습이나 동물적 야수성을 그리는 작품이 많이 출현하게 되었고, 또한 우수작으로 평가받게 되었다. 그리고 아름다움의 면에 있어서도 고전적 우아미보다는 '그로테스크(grotesque)한 아름다움'이 더 높은 평가를 받게 되었다.

성 역시 인생의 일부이니만큼 무조건 아름다울 수만은 없는 것이고, 때로는 추악하고 모순된, 그리고 동물적 욕망만이 지배하는 양상을 띨 수도 있는 것이다. 그러다 보면 읽는 이에 따라 구역질이 날 수도 있고 혐오감이 느껴질 수도 있는 것인데, 그런 것들을 무조건 다 외설로 몰아붙인다면 예술은 영원히 '가식적이고 위선적인 포장물'로 머물 수밖에 없게 된다. 범죄를 다룬 소설에서 잔인한 살인 장면의 묘사가 가능하듯이, 성을 소재로 한 소설에서도 역시 추하고 역겨운 것이 등장할 수 있는 것이다.

외설을 규정하는 또 하나의 비슷한 논리는, '성행위의 묘사가 변태적이거나 괴벽스러우면서 또한 그것이 지속적으로 반복되는 경우'는 외설이라는 것이다. 그러나 이러한 기준도 현대소설이나 영화에서 흔히 엽기적 살인이나 폭력행위 등이 리얼하고 집요하게 묘사되고 있고, 또 그것이 대체로 거부반응을 불러일으키지 않는다는 점 (거부반응을 불러일으킬 수 있을지는 모르지만, 적어도 작가가 '성에 관련된 묘사'를 한 작가처럼 죄인으로 몰리지는 않는다)을 감안하면 외설을 판단하는 기준으로 삼기 어렵다.

특히 현대에 이르러 변태성욕은 인간심리의 밑바닥에서 나오는 한 양상으로 인정되어, 많은 성애소설이나 성애영화에서 단골 소재로 사용되고 있다. 나아가 사디즘이나 마조히즘 등의 변태심리는 이제 단지 성애의 측면에서만이 아니라 정치학이나 사회학에서까지도 폭넓게 응용되고 있는 것이다. 에리히 프롬의『자유로부터의 도피』나 빌헬름 라이히의『파시즘의 대중심리』같은 책은 변태적 성심리를 정치사회학적 측면에서 다룬 명저로 평가받고 있다.

또한 성희묘사 장면이 지속적으로 등장한다고 해서 그것을 외설로 단정할 수 있는 근거도 없다. 개연성 있는 줄거리 없이 성희 장면만 나열한 것을 가리켜 흔히 '포르노'라고 부른다. 그런데 설사 포르노라해도 예술적으로 완성도 높게 만들어진 작품이 많고, 또 그것이 갖는 카타르시스적 효용성이 인정되어 허용되고 있는 것이 선진국의 통례다. 그렇기 때문에 그것을 무조건 금지시켜야 한다고 주장할 수는 없는 것이다.

나는 포르노라는 말 자체가 없어져야 한다고 본다. 전위적인 현대소설이나 영화에서는 '개연성 있는 줄거리'나 '기승전결식 구성'을 벗어나려는 노력을 많이 보이고 있기 때문이다. 어떤 소설가는 작품 전체를 주인공의 강박적 행동 묘사만으로 채우고, 어떤 영화감독은 사람들이 우는 모습만을 반복적으로 촬영한다. 따라서 성행위 역시 얼마든지 반복적으로 묘사할 수 있는 것이다. '반복'이라는 것 자체가 일종의 '의도된 예술성'을 내포하고 있기 때문이다.

외설을 규정하는 또 하나의 기준은, 반윤리적·반풍속적 성행위를 묘사하면 외설이 된다는 것이다. 그렇다면 어디까지가 반윤리적이고 반풍속적인 것인가 하는 의문이 제기된다. 윤리라는 것 자체가 자칫하면 '권위주의적 지배체제가 만들어낸 구태의연한 도덕률'의 성격을 지니기 쉬운 만큼, 이른바 '반윤리'에 해당된다고 해서 무조건 외설로 간주해서는 안 될 것이다. 사실 성애 묘사가 진하든 진하지 않든, 이른바 명작이라고 불리는 연애소설들 가운데 상당수가 반윤리적 사람을 그리고 있다. 플로베르의『보봐리 부인』이나 로렌스의『채털리 부인의 애인』은 유부녀의 간통을 다루고 있고, 톨스토이의『안나 카레니나』역시 유부녀의 간통이 소재로 되어 있다.

물론 톨스토이나 플로베르 소설의 경우는 유부녀의 간통이 결국은 비극적 결말로 끝나는 줄거리로 되어 있다. 하지만 현대문학이 절대적으로 지양하는 것이 구태의연한 교훈주의에 바탕을 둔 권선징악적 구성이라고 할 때, "성적으로 방탕하면 망한다"라는 투의 주제설정은 오히려 작품의 가치를 떨어뜨리기 쉽다. '불륜의 승리'로 끝나는『채털리 부인의 애인』이 예술로서의 리얼한 보편성을 훨씬 더 획득하고 있는 것은 이런 연유에서이다.

지식인들 가운데는 "사회 공동체가 묵시적으로 동의한 건강한 가치체계를 무너뜨리지 않는 범위 내에서만 창작의 자유가 허용된다"는 주장을 하는 이들이 상당히 많다. 그런 견해를 가진 이들은 문학작품 속에서의 성에 대한 표현의 한계는 분명히 있어야 한다고 주장한다. 하지만 그들은 '건강한 가치체계'만을 그리는 것이 예술작품으로 간주될 경우, 대부분의 작품이 도덕 교과서 수준으로 떨어질 수밖에 없다는 사실을 간과하고 있다. 그리고 건강하지 못한 가치체계를 드러낸다고 해서 그 작품이 그러한 가치체계를 독자에게 강요하는 것은 절대로 아니며(독자는 어리석지 않으므로), 다만 있는 그대로의 현실을 제시할 뿐이라는 사실 또한 모르고 있다.

참된 예술작품은 언제나 창작동기의 밑바탕에 '금지된 것에 대한 도전의식' 및 '과거에 대한 끊임없는 회의와 미래에 대한 끊임없는 꿈꾸기'를 갖고 있게 마련이고, 또 그래서 언젠가는 보편적 생명력을 획득하게 되는 것이다. 동시대적 가치체계에 무조건 맹종하는 것은 예술이 지향하는 미래지향적 반항정신과는 거리가 멀다.

문학작품을 보고 외설이라는 판정을 내리게 하는 가장 실제적인 근거는, 성희 묘사를 할 때 사용하는 단어가 비속어(卑俗語)인 경우라고 할 수 있다. 특히 우리나라의 지식인들은 지금까지도 한문을 숭상하고 한글을 폄하해서 보는 습관을 갖고 있기 때문에, 이를테면 '자지'나 '보지'라는 말을 쓰면 외설로 간주되고 '음경'이나 '질'이라는 말을 쓰면 외설이 아닌 것으로 간주되는 경우가 많다.

그러나 최근의 창작경향이 점차 귀족적인 것에서 민중적인 것으로 옮아가고 있다는 사실에 비추어볼 때, 한자어 또는 외국어를 사용한 완곡한 표현만이 점잖은 표현이고 순 우리말을 구사한 표현은 조악한 표현이라는 사고방식은 불식돼야 한다고 본다. 이것은 성행위의 묘사에 있어서도 마찬가지로 적용되는데, 이를테면 '핥았다', '빨았다'라는 표현이 자주 나온다고 해서 무조건 외설적인 느낌을 받는다면, 모든 문학작품의 문장이 구어체(口語體)로 변해가는 최근의 경향과 상치되는 구태의연한 문학관을 갖고 있는 것이다.

대체로 지금까지의 성애 묘사는 빙 둘러 변죽을 울리고 암시하는 식의 문장이 더 품위 있는 문장으로 간주되고, 직설적인 표현을 구사한 문장은 상스러운 문장으로 간주되는 경향이 많았다. 그러나 조선조 후기에 나타난 민중적 표현양식인 사설시조나 판소리·가면극 대본 같은 것들이, 그 이전까지 주류를 이루었던 사대부 중심의 문학작품에 비해 구어적 표현과 비속한 표현이 많이 들어가 있어 오히려 진솔한 민중문학으로서의 가치를 인정받고 있다는 사실을 상기해 볼 때, 위와 같은 시각은 그릇된 시각이 아닐 수 없다.

무릇 구어적이고 속어적인 표현들로 이어지는 이른바 음담패설은 그것 자체가 일종의 '위선적 허위의식에 대한 도전'일 수 있는 것이며, 지배계급의 이중적 도덕성과 엄숙주의적 예술관에 대한 풍자일 수도 있는 것이다. 또 설사 도전이나 풍자가 아니라고 해도, 묘사에 있어 특정한 금역(禁域)이나 특정한 어법이 있어서는 안 된다.

하나의 예술작품을 놓고 외설이냐 아니냐를 따질 때 현학군자들에 의해 흔히 거론되는 또 다른 기준 하나는, 성을 그리되 '존재론적 탐색'을 곁들였느냐 안 곁들였느냐 하는 기준이다. 이른바 존재론적 탐색은 때로는 '이데올로기적 탐색'이 될 수도 있고, '계급투쟁적 탐색'이 될 수도 있다.

이를테면 한 여성이 성 자체에만 탐닉하는 것을 그린 소설은 외설이고, 성을 통해 존재론적 깨달음을 얻는 것을 그린 소설은 예술이라는 식의 생각이 그것이다. 특히 사회주의적 리얼리즘 이론에서는, 사회의 구조적 모순을 성을 통해 고발하고 거기에 적절한 '전망'

을 덧붙여 제시하면, 아무리 성애 묘사가 진하고 괴벽스러운 것이라 할지라도 예술로 승화된 것으로 간주하는 경향이 있다.

'계급적 갈등'은 그래서 가장 흔한 방패막이로 사용된다. 노골적인 성희장면이 많아 화제가 된 영화 〈파리에서의 마지막 탱고〉는 비속한 대사의 남발과 항문성교 등 변태적 성애묘사가 많이 나오는 작품이었지만, 이젠 대체로 영화사에 길이 남을 명작으로 평가되고 있다. 그 이유는 그런 세기말적 성애의 배후에 '평민인 남주인공과 귀족집안인 여주인공 사이의 계급적 갈등'이 개재되어 있기 때문이라는 것이다.

그렇지만 나는 성행위는 성행위 자체로 그칠 뿐 그것이 반드시 어떤 이념이나 관념의 상징물 역할을 해야 한다고는 보지 않기 때문에, 그런 식의 평가기준에 찬동할 수 없다. 오히려 내가 보기에 〈파리에서의 마지막 탱고〉는 순수한 동물적 성욕을 '계급적 갈등'이라는 포장물로 은폐하여 주제의 초점을 흐리게 만든, 어정쩡한 '양다리 걸치기' 영화로 보인다.

또한 소설이나 영화의 경우 남자 하인이 주인마님을 욕보이는 소재로 되어 있으면 아무리 변태적인 성희장면이 나오더라도 주제의식이 있는 예술작품으로 인정되는 수가 많고, 변태성욕이 종교적 권위에 대한 저항의 모습으로 표현될 경우에도 훌륭한 예술작품으로 인정되는 수가 많다.

우리나라에도 번역 소개된 조르주 바타이유의 소설 『눈 이야기』에는, 평민 여자가 성직자를 죽여 눈알을 빼낸 다음 자기의 보지 안에 삽입하고 자위행위를 하는 장면이 나온다. 그런데 이것을 가리켜 많은 평자들은 '종교적 위선에 대한 저항의 상징'이라며 엽기적 성희장면을 용인해 주고 있는 것이다.

내가 쓴 소설 『즐거운 사라』에는 사라가 땅콩을 보지 안에 집어넣고 자위행위를 하는 장면이 나오는데, 그 장면이 대표적인 음란묘사 장면으로 지적되어 '사라 사건'을 유례 없는 작가 구속과 실형 판결로 이어지게 만든 계기가 되었다. 내가 묘사한 성희장면은 단지 쾌락을 위한 것일 뿐 존재론적·정치적 상징이 안 된다는 이유에서였다.

성이 허무주의와 결부될 경우에도, 이른바 외설적인 표현이 예술적 필연성의 산물로 간주되어 용서받는 수가 많다. 작가가 불구속 기소되었다가 최종심에서 무죄판결을 받은 염재만의 소설 『반노(叛奴)』가 대표적 예라고 할 수 있다. 무분별한 성의 향락이 결국 '허무'로 끝나는 구성으로 되어 있다는 이유로 그 작품이 무죄판결을 받은 것은, 합리적 지성의 수준이 낮은 한국에서는 '교훈주의적 주제'만이 리얼한 성적 표현을 감싸주는 유일한 방패 구실을 한다는 사실을 입증해 주었다. 한국에서 일단 '외설죄'로 걸려들었다가 무죄가 된 사건은 그 사건밖에 없기 때문이다.

이와 비슷한 경우를 일본 작가 무라카미 류의 소설 『한없이 투명에 가까운 블루』에서 찾아볼 수 있다. 이 작품은 젊은 남녀들의 상습적 마약사용과 혼음 등을 지속적 성희묘사 위주로 그린 것인데, 지금 우리나라에서 당국의 제재 없이 판매되고 있다. 제재 기준이 그때그때마다 변덕스럽게 달라지긴 하지만, 아마도 주인공이 그런 성적 방황 끝에 허무한 기분에 빠져든다는 결말로 끝나고 있기 때문이 아닌가 한다.

말하자면 지금까지의 성 묘사는 성 자체의 메커니즘을 추적하는 묘사로서가 아니라 교훈적 설교나 이데올로기적 주제를 위해 양념으로 끼어든 묘사로만 존재할 수 있었고, 또 그런 것만이 예술로 인정받았다고 볼 수 있다. 이런 관행은 "부분적 묘사가 아무리 외설적일지라도 작품 전체를 지배하는 주제나 사상이 훌륭하면 표현의 당위성을 인정받는다"는 모호한 '외설 변별 원칙'으로 굳어져, 어느새 교과서적 합법성을 갖게 되었다.

하지만 나는 이런 유치한 구별법이 예술의 발전을 크게 저해하고 있다고 본다. 그런 구별법은 '성에 대한 이중적 사고방식'에 바탕을 두고 창작된 작품만이 예술로 인정받고, 성 자체를 솔직하게 그린 작품은 외설로 매도되는 풍토를 만들어놓고 있기 때문이다. 그런 식의 생각은 에로티시즘 예술뿐만 아니라 다른 소재의 예술까지도 '도덕'과 '이념'의 노예로 전락시키는 역할을 하고 있기 때문에 문제가 된다.

예술과 외설을 갈라서 구분하려고 애쓰는 이들이, 사실상 비본질적인 논의에 속하는 것인데도 불구하고, 외설적 작품의 규제 또는 처벌의 당위성 있는 명분으로 끊임없이 내세우고 있는 것이 바로 '청소년들에게 미치는 나쁜 영향'이다. 그러나 청소년의 기준이 애매모호할뿐더러 또 청소년들을 위한 예술작품만 존재할 수는 없다는 이유에서, 이런 주장은 설득력을 갖고 있지 못하다.

　도대체 '청소년'이란 구체적으로 어떤 연령층을 가리키는 것일까? 만약 고등학생을 가리키는 것이라면 중학생은 어찌 되는가? 고등학생이 읽어도 무방한 작품이라고 해서 중학생이 읽어도 된다는 보장은 없다. 또 '청소년'이 중·고등학생을 두루 가리키는 것이라면, 그들이 읽어도 되는 책이라 할지라도 초등학교 학생한테는 해가 될 수도 있다.

　문학예술이 영화예술에 비해 검열(또는 심의)에 의한 강압적 제재에 훨씬 무방비 상태일 수밖에 없는 것은, 영화는 등급제(等級制)에 의한 관객 제한이 어느 정도 가능하지만 문학은 그러기 어렵다는 데 있다.

　외국의 경우에는 서점에 성인용 도서 판매대를 따로 설치한다든지, 도색 잡지의 경우 뜯어보지 못하게 포장을 해서 성인에게만 판매한다든지 하는 방법을 쓴다. 그러므로 우리나라의 경우에도 청소년이 정 걱정된다면 그런 식의 유통관리 방법을 강구해 보면서 독서지도를 해나가야지, 청소년에게 나쁜 영향을 미칠 가능성이 있다는 이유만으로 성을 다룬 모든 작품들에 대해 무차별적 규제나 사법적 제재를 가해서는 안 된다고 본다.

　청소년들이 담배를 피워서는 안 된다고 해서 성인들 모두에게 담배를 끊으라고 강제할 순 없듯이, 문학작품에 대해 그런 식의 억지 강요를 해서는 안 되는 것이다. 청소년 걱정을 빙자한 모럴 테러리즘은, 그것이 '표현의 자유에 대한 권위주의적 억압의 수단'으로 기능할 가능성이 훨씬 더 높기 때문에 지극히 위험한 발상일 수밖에 없다.

외설문제가 제기될 때마다 '청소년 걱정'과 함께 늘 따라다니는 것이 '정상적인 성인 독자들'에 대한 걱정이다. 외설에 대한 법적 제재 문제에 있어 1995년 6월 대법원 상고심에서 유죄로 확정된『즐거운 사라』사건 판결문에 의하면, 외설(음란)의 개념을 "그 시대의 건전한 사회통념에 비추어 그것이 공연히 성욕을 흥분 또는 자극시키고 또한 보통인의 성적 수치심을 해하는 것"이라고 정의하고 있다. 여기서 '보통인'이라는 표현이 보이는데, 보통인을 '정상적인 성인 독자'라고 봐도 무방할 것이다.

'건전한 사회통념'에 반하는 것이라고 해서 무조건 외설이 될 순 없다는 것은 내가 이미 앞에서 밝힌 바 있다. 문학작품이 '건전한 것'만을 다루는 도덕 교과서가 아니라는 것은 이미 상식으로 굳어져 있는 것이다. 또한 성욕을 흥분·자극시킨다고 해서 외설죄(형법상 규정은 '음란물 제조죄')로 처벌받아야 한다면, 불감증을 치료하는 의사나 약품까지도 처벌받아야 한다는 결론에 도달하게 되므로 역시 합리적 설득력이 없다.

그러므로 여기서 쟁점으로 제기될 수 있는 것은 역시 '수치심'이라는 단어일 것이다. '공연히 보통인의 성적 수치심을 해하면' 외설죄에 걸린다는 얘기인데, 우선 '성적 수치심을 해(害)한다'는 말 자체가 어법(語法)에 맞지 않는다. 어떻게 수치심을 '해'할 수 있단 말인가. 물론 '수치심을 느끼게 한다'는 뜻으로 받아들이면 그만이겠지만 그래도 어쩐지 석연치가 않다.

또 독자가 성에 관련된 책을 보고 수치심을 느낀다면 오히려 성적 일탈이나 성범죄가 예방되는 효과가 있을 것이기 때문에, 그것이 죄가 된다는 얘기는 더욱 설득력이 없다.

아무튼 '보통인의 성욕을 자극시켜 성적 수치심을 느끼게 하면 외설이 될 수밖에 없다'는 정의는, 요즘같이 에로틱한 의상이나 광고·연극·영화·홍보물 등이 홍수처럼 쏟아져 나오고 있는 상황에서는 지극히 애매모호한 정의일 수밖에 없다. 이를테면 어떤 사람은 '배꼽티'만 보고도 성적 흥분이나 수치심을 느낄 수 있지만, 어떤 사람은 '전라의 모습'을 보고도 성적 흥분이나 수치심을 전혀 안 느낄 수도 있기 때문이다. 말하자면 어떤 것이 딱 부러지게 성욕을 흥분·자극시켜 성적 수치심을 느끼게 하는지 알 수 없다는 얘기다.

또한 '공연히' 성욕을 흥분·자극시키는 의상 등의 표현물을 우리는 얼마든지 볼 수 있다. 선정성을 북돋우려는 의도에서 과잉된 노출 등을 통해 관음적(觀淫的) 쾌감을 유발하려는 노력을 우리는 여러 표현 매체 등을 통해 일상적으로 접하고 있는 것이다. 이럴 경우 여배우가 유방을 드러내고 나오는 연극만 보고도 퇴폐니 타락이니 해가며 처벌할 것을 주장하는 수구적 봉건윤리 신봉자들을 '보통인'의 기준으로 삼을 것인지, 아니면 그 정도 갖고는 너무 싱거워서 성적 흥분이 야기되지 않는다는 이른바 야한 신세대 젊은이들을 '보통인'의 기준으로 삼을 것인지, 참으로 애매하기 짝이 없다.

그러므로 "청소년에게 나쁜 영향을 줄 가능성이 있다"는 것이나 "보통인의 성적 수치심을 해할 우려가 있다"는 것이나, 둘 다 매한가지로 뜬구름 잡는 식의 기준이 될 수밖에 없는 것이다. 따라서 외설의 법적 판단은 결국 주관적·감정적이 될 수밖에 없고, 헌법에 보장된 표현의 자유에 대한 자의적 침해요소로 기능할 수밖에 없다는 결론에 도달하게 된다.

역사상 갖가지 외설시비 끝에 얻어진 결론은 이른바 외설적 표현에 대한 감상자 또는 수용자의 태도가 천차만별로 다를 수밖에 없다는 것이었다. 19세기 후반의 경우엔 플로베르의 『보봐리 부인』과 토머스 하디의 『테스』, 그리고 보들레르의 『악의 꽃』 같은 작품들이 외설시비에 휘말려들었다. 그러나 작가가 구속된 것은 없었고, 『보봐리 부인』은 무죄, 『테스』는 일부 지방에서의 유통제한, 『악의 꽃』은 부분삭제 판결로 결말을 맺었다. 20세기에 들어서도 로렌스의 『채털리 부인의 애인』이나 헨리 밀러의 『북회귀선』, 제임스 조이스의 『율리시즈』 등이 외설시비의 대상이 되었으나 결국은 문학의 승리로 끝났다.

우리나라의 경우 최근 들어 외설시비가 잦아지고 있는 것은 개방적 성의식과 포스트모더니즘 사조의 보급 등에 의해 관능적 표현물이 폭발적으로 늘어나고 있는 현실에 비춰볼 때 일종의 기이한 현상이라고 볼 수밖에 없다. 내가 보기에 '예술이냐 외설이냐'의 문제는, 논쟁이나 논란의 대상이 될 수는 있을지언정 중세기적 흑백논리에 의한 단죄의 대상이 될 수는 없는 것이기 때문이다.

'외설적 표현'은 '에로틱한 표현'과 별로 다를 것이 없고, 예술에 있어서의 에로티시즘은 이제 어엿이 한 분야로 굳어져가고 있다. 그러므로 "적당히 야하다"거나 "너무 야하다" 등의 구별이 수용자의 윤리관에 따라 달라질 수는 있지만, 이구동성으로 "이것은 틀림없는 외설이다"라는 결론을 이끌어내는 것은 도저히 불가능한 지경에 이르게 되었다.

외설시비가 늘어난 것은 에로틱한 표현물에 대한 수용자의 요구가 늘어났기 때문이지 창작자가 무조건 성을 상품화하여 돈벌이의 수단으로 이용하기 때문은 아니다. 또한 세계화와 개방화의 추세에 비춰볼 때 우리가 대원군식 쇄국주의 정책을 펴서 외래의 성문화에 대해 무조건 '빗장 걸어 잠그기'로만 대응할 수는 없는 이상, 조선조의 폐쇄적 봉건윤리만을 고집할 수는 도저히 없는 일이다.

내가 겪은 필화사건 경험에 비추어볼 때 가장 희화적으로 느껴졌던 것은, 1992년 10월 말 『즐거운 사라』가 외설이라는 이유로 전격 구속될 때 "포르노 전용 극장을 만들자"는 칼럼이 모 일간신문에 그것도 당시 공연윤리위원장의 기고문으로 게재되었다는 사실이다. 그리고 1994년 7월 『즐거운 사라』 사건 항소심 재판이 '항소기각'으로 끝난 직후, 영화 〈엠마뉴엘 부인〉이 개봉되었다는 사실이다.

〈엠마뉴엘 부인〉은 여성의 동성애와 자위행위, 그리고 변칙적 성희를 통한 성의 자유를 예찬한 작품으로서, 얼마든지 외설시비에 휘말려들 수 있는 내용으로 되어 있는 영화였다. 그런데 같은 시기에 연극 〈미란다〉는 전라의 장면이 나온다는 이유로 공연이 중지됨은 물론 연출자가 입건되었고, 곧이어 한국어판《펜트하우스》가 판금되었다. 또한 1997년 초에는 소설『내게 거짓말을 해봐』를 쓴 장정일이 외설죄로 불구속 기소되었다가 1심 판결 때 법정구속되었고, 얼마 후엔『천국의 신화』를 낸 만화가 이현세가 입건되었다.

또 신윤복의 야한 풍속화를 실었다는 이유로 미술잡지사의 대표가 입건된 적도 있고, 피카소가 그린 외설적인 그림을 실었다는 이유로 어떤 책이 판금된 적도 있다. 고야의 명화 〈벌거벗은 마야〉를 인쇄해 넣은 성냥을 만든 성냥공장 사장은 '음란물 제조죄'로 유죄판결을 받았고, 〈마지막 시도〉라는 연극은 전라 장면이 나온다는 이유로 연출자가 구속되었다. 이처럼 구속·불구속 및 유·무죄의 기준이 애매모호하고 또 판금의 기준 또한 아리송하여, 원칙과 기준이 없는 사법처리와 문화행정이라는 인상을 씻을 수가 없다.

외설이라는 죄목만 갖다 대면 창작자가 사회적으로 매장되는 '선별적 시범 케이스' 식 문화적 테러리즘은 이젠 정말 없어져야 한다. 이런 후진적 현상은 우리나라 지식인들의 양비론적 태도와 '성 알레르기' 증세의 극복에 의해서만 해결될 수 있다. 이른바 '외설적 표현'이라는 것도 결국은 '성에 대한 담론'의 일종이라는 사실을 부디 명심해야 한다.

18. 인간은 '실존적 인식'을 통해 거듭날 수 있다

　20세기 중엽까지만 하더라도 서구인들은 문명과 문화를 통해서 이룩되는 '인간성의 끊임없는 향상'을 믿어왔다. 무수한 전쟁이 일어나고 민족 간의 갈등과 종교적 충돌이 빚어지기는 했지만, 그것은 어디까지나 인간의 본질 문제를 떠난 2차적인 문제로 간주되었다.

　일찍이 쇼펜하우어가 『의지와 표상으로서의 세계』를 발표하며 '욕망의 포로로서의 인간'과 '비극을 자초할 수밖에 없는 인간성'의 문제를 제기했는데도 불구하고 사람들은 그의 주장에 관심을 기울이지 않았고, 종교적 인습이 가르쳐주는 대로 '신(神)'의 모습에 점점

다가가는 인간'을 믿는 안이한 인간관에 빠져 있었다.

중세 암흑시대에 대한 반성으로 일어난 문예부흥 운동을 통해 '신 중심으로부터 인간 중심으로의 환원'이 일단 이루어지기는 했었다. 하지만 그것이 인간성 자체에 대한 분석과 점검으로 이어진 것은 아니었다. 또한 그 뒤에 일어난 루터의 종교개혁 역시 신 중심의 '단일한 인간관'을 신 중심의 '복합적 인간관'으로 바꿔놓았을 뿐, '인간 중심의 인간 분석'을 시도하지는 못했던 것이다.

17세기 프랑스의 철학자 파스칼은 인간은 무력한 존재지만 신의 자비에 의지할 때 '인간성의 향상'을 이룰 수 있다고 주장했다. 또한 합리주의 철학자 데카르트 역시 신의 존재를 증명해 보이려고 무던히 노력하며, 신이 인간에게 선물한 이성에 의해 인간성이 점진적으로 발전해 간다고 확신했다. 말하자면 인간의 배후에 도사리고 있는 신의 존재와 인간에 대한 신의 사랑과 섭리, 그리고 그에 따른 인간성의 향상을 부정하려는 사람은 없었던 것이다.

근대 시민사회의 이론을 세운 장 자크 루소도 "인간의 영혼 속에는 진리와 정의의 선천적 원칙이 있는데, 우리는 신이 준 이 원칙에 따라 우리 자신과 남들의 잘못을 판정하는 것이다. 나는 이것을 양심이라고 부르겠다"고 말하면서 양심이 인간성의 본질이며 양심이야말로 갖가지 방황과 혼란과 악(惡)으로부터 인간을 마침내 구해줄 것이라고 역설했다.

비록 전쟁이 일어나고 질병이 퍼지는 일이 있어도 그런 것은 잠깐 겪어내기만 하면 되는 장애물에 지나지 않았고, 오직 신에 의해 약속된 '미래의 왕국'을 향한 미련스런 전진만이 계속되었다. 인간이 무섭게 이기적이고 탐욕스러운 모습을 보이는 경우가 많이 나타나도 사람들은 그런 것들에 대해 무심했다. 인간에게는 신으로부터 부여받은 '옳고 그른 것을 인식할 수 있는 능력'이 있으므로, 그런 능력을 낙관적 관점에서 계발시키는 것이 인간의 의무라는 주장만이 되풀이됐을 뿐이다.

이런 생각은 20세기에 들어와 1, 2차 세계대전을 겪으면서도 여전히 계속되었다. 프랑스의 철학자 베르그송은 '창조적 진화'라는 표현으로 인간성의 진보를 확언했고, 프랑스의 신학자 테야르 드 샤르댕 역시 '오메가 포인트'라는 개념을 내세워 '궁극적 지향점을 향해 부단히 전진해 가는 인간정신'을 강조했던 것이다.

그러나 20세기 후반에 들어서면서부터 인류는 새로운 경험을 치러내지 않으면 안 되었다. 그것은 두 가지 커다란 '상황 변화'로 요약될 수 있다. 즉 '문명 발달에 의한 공해의 증가'와 '식량 및 자연자원의 고갈'이 그것이다. 이전까지와는 전혀 다른 형태로 무수한 인명의 희생과 환경의 파괴를 경험하게 된 인류는 그래서 당황하지 않을 수 없었다.

1, 2차 세계대전 때만 해도 환경피해가 그렇게 심하지는 않았다. 그래서 그 이후의 예술풍토는 그래도 인간의 순수한 미의식이나 이성적 통찰력에 기반을 두는 '초현실주의'나 '모더니즘' 또는 '사회주의적 리얼리즘' 같은 쪽으로 기울어질 수 있었다. 물론 그런 사조들

은 세계적인 절망과 불안에 항거하는 뜻으로 '퇴폐적 반어(反語)'나 '유물론적 인상주의'를 내세웠다. 하지만 그것은 어디까지나 낙관적 세계관에 기초한 것이었고, 인간성 자체나 신의 섭리(또는 신에 버금가는 '절대적 이데올로기'의 섭리) 자체에 대한 본질적 회의와는 거리가 먼 것이었다.

더욱이 1980년대 이후에 일어난 여러 가지 현상들은 신의 섭리나 인간의 능력을 여전히 굳게 믿고 있던 사람들의 마음을 뒤흔들어 놓기에 충분하였다. 그것은 바로 에이즈의 만연, 아프리카의 사막화 현상, 지구 온난화에 따른 기상이변, 인구의 폭발적 증가, 식량부족에 따른 아사자의 증가, 대기 오존층의 파괴, 엔트로피(쓸 수 없게 된 에너지)의 급속한 증가 같은 것들이었다.

동양의 순환론적 역사관과는 달리 발전론적 역사관에 젖어 있던 서구의 지식인들에게 있어, 이러한 현상들은 매우 충격적인 것이었다. 그것이 신(또는 이데아)의 뜻 때문인가 인간의 뜻 때문인가 하는 문제로 지식인들은 고민하기 시작했다. 그렇지만 그들은 신이나 이데올로기의 능력에 대해 불안한 회의를 느끼면서도, 한편으로는 '신의 자비로운 손길'에 대한 희망이나 '이데올로기의 승리'에 대한 희망을 아주 버리지는 않았다. 인간은 신으로부터 선택받은 자 또는 스스로 신이 될 수 있는 자라고 굳게 믿고 있었기 때문이다.

그러나 구 소련의 붕괴를 겪고 나서 사정은 판이하게 달라졌다. 여러 가지 시행착오를 치르고 나서도 여전히 편의적으로 해석된 '이성'과 '양심'을 믿으며 번영과 진보의 노력을 가다듬고 있던 그들에게 철퇴가 내려진 것이다. 마르크스주의는 겉으로만 무신론을 표방하고 있었을 뿐, 실제로는 기독교적 유토피아니즘의 변형물에 다름 아니었다. 그리고 그것은 플라톤주의의 아류이기도 했다. 그렇기 때문에 구 소련의 붕괴는 신을 믿든 안 믿든 서구의 모든 진보적 지식인들에겐 치명타였다.

많은 지식인들은 심각하게 고민하지 않으면 안 되었는데, 그들로서는 천만 명이 넘는 희생 위에서 이룩된 러시아 혁명이 갑자기 '죽음'을 맞이한 것이 역사의 섭리에 의한 것인지 인간의 잘못에 의한 것인지 판단하기 어려웠기 때문이다. 또한 일종의 불가지론(不可知論)에 입각하여 인간성 안에 내재된 합리성과 양심에 희망을 걸고 있던 휴머니스트들에게도 그 충격은 마찬가지로 컸다.

그 사건을 계기로 2천 년 이상을 이어 내려온 서구 정신문명의 찬란한 전통은 갑자기 닥쳐온 스스로의 '몰락'을 뼈저리게 의식하기 시작했다. 수세기에 걸쳐 지켜온 가치관이 어이없게 무너져내리고, 희망은 하나하나 어긋나갔다. 파괴적이고 비극적이며 또한 부조리하기 짝이 없는 인간의 운명을 지켜나갈 이데올로기나 수호신은 없는 것 같아 보였다. 그래서 안쓰러운 해결책으로 등장한 것이 바로 '해체'와 '탈(脫)합리'를 내세우는 포스트모더니즘이다.

하지만 나는 지금 우리에게 필요한 것은 오히려 '실존의 재인식'이고, 재래의 실존주의 사상을 동양사상과 접목시키는 일이라고 생각한다. "하늘 아래 새로운 것은 없다"는 말도 있듯이, 위기에 처한 인류를 구원할 수 있는 길은 의외로 '새것'보다는 '헌것'에서 찾아질 수 있다고 보기 때문이다. 그럴 경우 모든 문제해결의 실마리는 결국 '인간 실존의 재음미'가 될 수밖에 없다.

인간의 실존적 본질에 대해서 숙고해 보려면 우선 1930년대 후반부터 싹튼 사르트르의 실존주의 사상을 재음미해 볼 필요가 있다. 물론 그 이전에도 실존주의 사상은 있었다. 그러나 그것은 유신론과 긍정적 낙관주의에 기초한 실존주의였기 때문에, 절망적 인간 인식에 바탕을 두는 진정한 실존주의와는 거리가 먼 것이었다.

'인간 존재의 근본에 대한 유추'는 관념이 아니라 체험에 의해서만 가능하다. 뼈저린 불안과 고독, 그리고 극한적 고통과 절망을 체험해 봐야만 인간은 스스로의 본질을 발견해 낼 수 있다. 그런 의미에서 볼 때 인류가 20세기 말엽에 체험한 여러 가지 돌발적인 상황들은, 사르트르가 주장한 '진정한 의미의 실존주의'를 새롭게 조명하게 하는 요인이 되고 있는 것이다.

그렇다면 도대체 '실존'의 진정한 의미는 무엇인가? 사르트르는 "존재는 본질에 선행(先行)한다"고 주장하면서, '인간은 아무런 의미 없이 그저 던져진 존재'라는 사실이 곧 인간이 '실존'이라고 말한다. 그래서 사르트르의 소설에서는 언제나 실존의 의미가 인간의 '한계상황'이나 '극한상황'과 결부되어 형상화되고 있다. 인간의 능력이 무엇을 할 수 있는가 하는 문제는, 고통의 밑바닥까지 가볼 대로 기본 연후에야 판단할 수 있는 문제라는 이유에서이다.

한계상황을 경험해 보지 못한 인간은 인류가 이룩해 놓은 '문화의 껍데기'만을 믿고서 살아간다. 하지만 문화의 산물이라고 할 수 있는 양심·도덕·종교·윤리 같은 것들은 사실 '본래의 인간성'과는 무관한 것이다. 인간은 먹어야 살고, 수면을 취해야 살고, 성 본능을 충족시켜야 산다. 그 이외의 요소들을 관심의 대상으로 삼는 것은 이런 본능들이 충족된 이후에만 가능하다.

그렇기 때문에 실존의 의미를 탐구하려 했던 카뮈 등의 실존주의 문학가들 역시, 인간이 모든 문화적 껍데기를 벗어버리고 인간 본래의 본성을 노출시킬 때 나타나는 '한계상황'에 초점을 맞추었다. 그들 또한 '현실적 상황 속에서의 인간 존재'가 '인간의 본질'에 선행한다고 봤던 것이다.

선천적 본질(또는 이데아) 없이 이 세상에 내던져진 인간은 자기가 처해 있는 상황 속에서 스스로의 힘으로 '자신이 본질'을 만들어 가야만 한다. 그런데 한계상황을 경험하기 이전의 인간은 산다는 것이 너무나 고달픈 일이기 때문에 '신으로부터의 타율(他律)'을 요청한다. 그리고 스스로의 '비참한 실존'을 망각하기 위해 정신적·종교적·이데올로기적 껍데기를 필요로 하게 되는 것이다. 대체로 이런 생각이 실존주의 문학의 기본 입장이라고 할 수 있다.

하지만 실존의 의미를 보다 확실히 재음미해 보기 위해서는, 동양철학의 도움을 필요로 한다는 게 내 생각이다. 서구의 실존주의는 20세기 중엽에 이르러 꽃피웠지만, 동양의 '실존주의적' 사상은 이미 수천년 전부터 일종의 상식처럼 정립돼 있었던 것이기 때문이다.

예전부터 중국철학에는 뚜렷한 인격적 신(神)이 존재하지 않았다. 공자가 '천(天)'을 항상 언급하고는 있지만, 그것은 기독교의 유일신과는 달리 '인간과 우주를 총괄하는 어떤 원칙으로서의 천(天)'이거나 '범신론적 우주관에 바탕을 둔 천(天)'이었다. 중국인들은 어디까지나 '인간'에 바탕을 둔 철학을 내세웠다. 그들에게 있어 '하늘'은 인간을 지배하고 인간에게 섭리를 베푸는 타자적(他者的) 존재가 아니라, 인간을 포함한 모든 우주 현상을 움직여 나가는 일종의 '자연질서' 그 자체였다.

그렇기 때문에 중국철학이나 중국문학에는 '한계상황'이나 '극단적 절망' 같은 것은 보이지 않는다. 어디까지나 상대적 가치관에 바탕을 준, 무한한 변전(變轉)과 순환의 끊임없는 운행(運行)만이 있을 뿐이다. 서구의 역사관이 기독교적 종말론이나 헤겔주의적 이성발전론에 입각한 전진적(前進的) 구조로 되어 있는 데 비해, 동양의 역사관은 영원한 반복의 논리에 입각한 순환적 구조로 되어 있는 것이다. 그래서 동양사람들은 일찍부터 인간의 본성이 자연 그 자체에 불과하다는 것을 겸손하게 깨달아 알 수 있었고, 극단의 희망이나 극단의 절망에 빠지는 것을 막아주는 중용(中庸)의 철학을 유지할 수 있었다.

중국사상의 대종을 이루는 『주역』이 제시하고 있는 '역(易)'(즉 '바뀜')의 철학이나, '달도 차면 기운다', '궁하면 통한다' 등이 바로 그런 생각을 보여주는 좋은 예다. 절대적인 '궁(窮)'도 없고 절대적인 '통(通)'도 없다. 궁하면 통하고 통하다 보면 궁해진다. 마치 경제이론에서 끝없는 호경기도 없고 끝없는 불경기도 없다고 말하듯이,

계속되는 변화의 사이클을 유지하고 있는 것이다. 그렇기 때문에 동양사람들은 언제나 비교적 침착할 수 있었고 느긋할 수 있었다.

동양의 물질문명이 서양의 물질문명에 비해 다소 더디게 진보한 까닭은, '끝없는 희망'이나 '끝없는 좌절'을 경험해 보지 못했기 때문이다. 서양인들은 언제나 끝없는 희망으로만 가득 차 있었기 때문에 일단 물질문명의 진보를 이룩할 수 있었다. 『구약성서』「창세기」에서 여호와 신이 약속한 '땅 끝까지 지배하는 인간'과 플라톤이 확언한 '인위적 이상국가 건설의 가능성'이 그들 사고방식의 전부였다.

이런 극단적 희망(또는 자만)이 무너질 때 인간은 극단적 좌절을 경험할 수밖에 없다. 1, 2차 세계대전이 야기한 절망적 상황 속에서 일부 서구인들이 재래의 가치관을 무너뜨리며 실존주의 철학을 뒤늦게 시작한 것은 이런 이유에서였다.

따라서 실존주의 문학가들이 인간의 절망과 불안을 중심적 소재로 취한 것은, 동양사상의 핵심인 '궁하면 통한다'의 '궁'에 초점을 맞춘 것이라고 볼 수 있다. 불경기가 있어야 호경기가 오듯이, 인간이 스스로의 힘으로 구원을 찾기 위해서는 궁할 때까지 궁해봐야 한다는 결의가 필요했던 것이다.

바로 이런 점 때문에 실존주의 문학에 대한 모든 오해가 빚어졌다고 볼 수 있다. 그들이 보여준 인간의 극한상황은, 그 극한상황을 뛰어넘어 더 멀리 전진할 수 있는 '근원적인 힘'을 이끌어내기 위한 일종의 '통과의례적 시련'의 의미를 갖는 것이었다. 그런데 대다수의 사람들은 문학 속에 나타난 극한상황을 극한상황 자체로만 받아들인 나머지, 극한상황의 이면에 내재하고 있는 원동적(原動的)인 힘을 의식하지 못했다.

여기서 실존주의 문학과 실존주의 철학 간의 괴리가 생겨난다. 실존주의 철학이 주장하고 있는 '실존적 인식으로의 회귀(回歸)'가 문학작품에서는 간접적으로 시사될 수밖에 없었기 때문이다. 그러므로 우리는 여기서 실존주의 문학이 시사하고 있는 '실존적 인식'의 의미를 편의상 정리하지 않으면 안 되겠다. 실존적 인식이란 한마디로 말해서 '인간의 생존을 방해하는 일체의 부조리한 여건들과 대결하려는 휴머니즘적 노력'이라고 할 수 있다. 사르트르가 그의 문학을 오해하고 있는 독자들을 위해 『실존주의는 휴머니즘이다』를 써서 발표한 까닭이 여기에 있다. 이 책에서 사르트르는 다음과 같이 말한다.

실존주의는 행동하는 인간을 대상으로 하는 것이므로 공소(空疎)한 관념 위주의 철학이라고는 할 수 없다. 실존주의는 또 인간을 비관적 입장에서 바라보고 있지도 않다. 인간의 운명은 인간 자신이 결정한다는 것이 실존주의의 주장이므로, 그보다 더 낙관적인 이론은 없을 것이다. 또한 실존주의는 사람에겐 자기 자신의 행동밖에는 희망이 없다는 것, 사람이 살 수 있도록 하는 유일한 힘은 행동이라는 것을 말하고

있기 때문에, 행동하려는 사람을 절망시키기 위한 시도라고
도 할 수 없다. 실존주의는 결국 행동과 앙가주망(참여)의 모
럴인 것이다.

사르트르는 『파리떼』『자유의 길』 등의 작품을 통해서, 개인이
'타인 및 자기가 처해 있는 환경'과 연대책임하에 있음을 보여주고
있다.

카뮈는 『이방인』에서 개인이 부조리한 상황과 맞서 싸우려면 니
체적 허무주의 윤리로 무장할 필요가 있다고 시사한 바 있다. 그러
나 그도 나중에 가서 『페스트』를 통해, "인간은 비록 우주적 부조리
에 절망할망정 상호 간의 유대를 맺어야 하며, 이 일을 위해서라면
개인적인 행복을 잃어도 하는 수 없다"고 말하게 된다.

이러한 '참여'의 모럴이야말로 실존주의 문학의 도덕적 기초가
된다. '참여'를 선택할 필요성, 다시 말해서 '절망적으로 위험한 상
황일지라도 그런 상황에 참여해야만 한다는 본능적 절박감'이야말
로 참된 인간성의 재건을 위한 밑거름이 되는 것이다. 관념적 심미
주의(審美主義)가 아닌 대중적 미감(美感)에의 참여, 초현실적 세
계가 아닌 현실적 세계에의 참여, 이것이 바로 실존주의 문학에 나
타난 '실존적 인식'의 본질적 의미라고 할 수 있다.

실존적 인간관이 단순한 절망으로서의 인간 인식이 아니라 인간

스스로의 노력을 강조하는 인간관이라는 것을 이해하기 위해서는, 실존주의 문학의 주된 소재가 되고 있는 '불안'과 '고독'의 의미를 찾아내지 않으면 안 된다.

그럼 먼저 불안의 의미를 살펴보기로 하자. 실존주의는 우선 '불안'을 '공포'와 구별하는 것에서부터 불안의 본질을 캐들어 가기 시작한다. 불안과 공포는 서로 가깝다. 그리고 둘은 가끔씩 서로 구별되지 않고 사용된다. 그러나 둘 사이에는 분명히 엄밀한 차이가 존재한다.

공포는 어떤 일정한 것에 관계되어 있다. 사람들은 재난·폭력·인격모독·처벌·치명적 질병 같은 것들에 대해 공포를 느낀다. 그런 것들은 인간에게 언제나 현실적이고도 구체적인 위협을 준다. 말하자면 공포는 인간을 해칠 수 있는, 따라서 인간은 그 앞에서 조심해야만 하는 그 어떤 것과 관련되어 있다. 인간은 일정한 위협에 당면할 때 공포를 느낀다. 그리고 예상되는 피해의 정도에 따라 공포가 더 커지기도 하고 작아지기도 한다.

그러나 불안은 공포와 다르다. 그것은 결코 일정한 대상을 갖고 있지 않다. 사람들은 자기가 무엇에 불안해하고 있는지를 구체적으로 말할 수 없다. 사람들은 무엇에 불안해하느냐는 질문을 받았을 때 누구나 당황하게 된다. 물론 그들은 자신이 느끼고 있는 불안이 '뚜렷한 근거가 없는 불안'이라는 사실만은 명백하게 알고 있다. 그러므로 불안의 특성은 공포와는 달리, 이성적 사고를 통한 논의나 타협으로는 그것을 제거할 수 없다는 데 있다.

불안은 반항할 수 없을 정도의 완강한 힘을 갖고서 인간 존재의 심연에 가로놓여 있다. 인간이 격렬한 노력과 희망을 통해 제아무리 불안을 잊어보려고 해도, 불안은 절대로 자취를 감추지 않는다. 인간이 느끼는 불안은 인간의 본질 깊숙이 내재해 있는 '실존적 불안'이기 때문이다. 사람들이 신을 찾게 되고 이데올로기에 매달리게 되고 문화를 이룩해 나가게 되는 것은, 모두 다 불안을 망각해 보려는 안쓰러운 노력의 소산인 것이다.

설사 불안을 망각해 버린다고 해서 우리가 곧장 긍정적 희망으로 줄달음칠 수 있는 것도 아니다. 병이 들었을 때 진통제만으로는 병을 고칠 수 없듯이, 불안을 망각하려는 것은 진통제의 헛된 사용과도 흡사하다. 오히려 우리는 병의 확실한 원인을 알고 났을 때 우선 안심할 수 있다. 병의 원인을 규명하지 못한 상태인 채로 잘못된 치료를 거듭하며 의사의 낙관적 위로를 받는다고 해서 병은 나아지지 않는다.

실존주의 문학이 대두하기 이전의 문학은 인간존재의 본질적 불안을 망각하기 위한 헛된 노력에 불과했다. 그러나 사르트르나 카뮈의 문학에서부터 '불안'은 비로소 모습을 드러내게 되었고, 불안이야말로 인간실존의 본질이라는 사실이 알려지게 되었다. 그리고 인간이 느끼는 불안은 '파악될 수 있는 일정한 근거'에 뿌리박고 있는 것이 아니라는 사실이 명백해졌다.

실존주의 문학은 결국 일체의 거짓된 태도, 즉 '불안을 일시적으로 해소해 보려는 맹목적인 노력'을 규탄하는 데서부터 출발한 문학이라고 할 수 있다. 인간을 불안한 상태로 발가벗겨 놓고서, 또 지성이라는 가면을 깨끗이 벗어던지게 해놓고서, 그 불안의 심연으로부터 탈출할 수 있는 '단말마적 노력'을 이끌어내려는 것이 바로 실존주의 문학의 목표인 것이다.

따라서 인간은 단순히 '신의 피조물'로 머물러 있어서는 안 되며, 인간으로서의 자존심을 갖고서 자신의 삶을 스스로 만들어보자는 것이 실존주의 작가들의 과제가 될 수밖에 없었다. 그래서 그들은 절망적 상황 속에서 역설적으로 솟아나오는 '자유에의 용기'를 즐겨 묘사하고 있는 것이고, 허위와 위선과 인습 속에 안주해 있거나 그 속으로 도피해 버리려는 사람들을 가차 없이 고발하고 있는 것이다.

가령 기존의 인습적 도덕률에 따라 신의 이름을 빌려 인간을 선과 악 양자로 갈라놓기를 주장하는 『이방인』에 나오는 검사나, 매일같이 되풀이되는 습관적 생활을 아무런 의심이나 회의 없이 이어가면서 소극적 자기만족을 얻는 『구토』에 그려진 부빌의 시민들은 '도피적 인간형'의 좋은 예다. 그들은 한마디로 말해서 실존적 불안을 망각하려고 발버둥치는 속물(俗物)의 표본인 것이다. 『이방인』의 마지막 부분에서 주인공 뫼르소는 자신이 처형될 시간을 앞두고 다음과 같이 말한다.

나는 아주 새롭게 소생된 것 같은 느낌을 느끼고 있다.

……나는 비로소 이 세계의 정다운 무관심에 마음을 열었다. 세계를 나에게 가까운 것으로 느끼고 또 형제같이 여기게 되니, 나는 내가 지금까지 행복했으며 또 지금도 행복하다는 것을 깨달았다. 나는 모든 것이 성취되어 전보다 고독하지 않다는 것을 느끼고 있다. 내게 남아 있는 희망이라면, 내가 사형당하는 날 많은 구경꾼들이 모여들어 증오의 소리를 외치면서 나를 맞이해 주는 것뿐이다.

뫼르소는 스스로 막연하게 느끼고 있던 불안의 의미를 발견하고, 고독한 실존 자체를 완전히 긍정적으로 받아들이게 되는 경지에 이른다. 말하자면 세상의 인과율과 도덕과 세평(世評)을 초월하여, 스스로의 존재에 만족할 수 있는 '행복한 자기'를 되찾게 된 것이다. 여기서 우리는 진정한 의미의 인간승리를 느낄 수 있다. 타자에 의해 가치규정된 자아가 아니라 '스스로의 노력과 깨달음에 의해서 만들어진 주체적 자아'의 확립이야말로 실존주의 문학의 목표가 된다. 그리고 이러한 깨달음은 '불안'의 체험 없이는 획득할 수 없는 것이다.

그 다음에는 '고독'의 문제가 제기된다. 고독의 문제는 존재와 무(無)의 관계에 대한 문제다. 또한 나와 너, 개인과 사회 간의 문제이기도 하다. 여기서 말하는 '무(無)'란 '대자적(對者的) 존재' 즉

'의식적 존재'의 '무'를 가리킨다. '즉자적(即者的) 존재' 즉 '물질적 존재'가 '유(有)'인데 반하여, 대자적 존재는 '무'일 수밖에 없다는 것이다. 그러므로 관념으로 강제된 불안에서 벗어난 뒤에, 사람들은 안도의 한숨을 쉬며 자신에게 이렇게 말할 수밖에 없다. 즉 "근본적으로는 아무것도 없었다"라고.

실존주의는 바로 이 '무(無)'의 확인, 즉 모든 정신적 관념들에 대한 개인적 자유의 확인으로부터 출발한다. '나의 현존(現存)' 이외에는 실제로 아무것도 존재하지 않는다. 인간은 본래 고독한 존재이며, '자유'라는 무거운 짐을 지고 있는 존재이기도 하다. 따라서 우리가 불안의 대상이 어떤 것인가를 따져 묻는다면 다음과 같은 대답이 나올 수밖에 없다. "그것은 자유 때문에 생기는 고독이다."

불안과 고독은 언제나 서로 대응한다. 인간은 죽음에 의해서 제한되어진 삶을 불안에 사로잡힌 세계 속에서 살아가고 있으며, 시간과 공간의 제한된 질서 속에서 고독하게 존재하고 있는 것이다. 데카르트처럼 "나는 생각한다. 그러므로 나는 존재한다"라고 말한다든가, 또는 플라톤처럼 "참된 존재는 이데아의 세계에 있다"라고 말한다는 것은 인간 존재를 허공에 뜬 관념 덩어리로 보는 것에 지나지 않는다.

어떠한 변명과 논증을 갖다대더라도, 인간은 정신만으로는 존재할 수 없다. 모든 정신적 표상들은 인간의 육체적 감성과 경험에 기인하여 생긴다. 그러므로 인간은 본래부터 '의식(또는 정신)의 무(無)'에 바탕을 두고 있는 존재이고, 따라서 어떤 사상이나 종교로도 위안받을 수 없는 '고독한 생명체'일 수밖에 없다. 이런 사실을 깨닫는 것이야말로 '인간에 대한 가장 확실한 인식'의 출발이 된다.

하지만 고독은 고독 그 자체로 끝나는 것이 아니다. 고독에 따라붙는 '자유'는 또한 고독으로부터의 탈출을 가능하게 한다. 여기서 실존주의 사상과 동양철학과의 만남을 다시 한번 확인할 수 있다. 노장사상이나 불교사상이 보여주고 있는 '무아(無我)'와 '허무'의 경지는, 곧바로 '실존적 자각'과 결부되기 때문이다. 『장자(莊子)』「제물론(齊物論)」편에 나오는 장자의 꿈 이야기는 인간의 정신적 실체가 무(無)일 수밖에 없다는 사실을 상징적으로 시사해 주고 있다.

언젠가 나 장주(莊周)는 꿈속에서 나비가 되었다. 훨훨 날아다니는 나비가 되었다. 나는 나비 상태를 마음껏 즐기는 가운데 내가 나라는 것마저 잊고 말았다. 얼마 후 문득 꿈에서 깨니 나는 여전히 나 그대로였다. 그렇다면 지금의 내가 꿈속에서 나비가 되었던 것일까, 아니면 그 나비가 꿈을 꾸면서 지금의 나로 변한 것일까. 물론 지금 모습으로는 장주와 나비 사이에는 뚜렷한 구별이 있다. 그러나 그것은 물화(物化) 즉 '온갖 것의 끊임없는 변화' 속의 거짓 모습인 것이다.

장자는 꿈을 통해 비로소 그가 나비일 수도 인간일 수도 있다는 상대적 진리를 체득했다. 즉 그는 절대적으로 나비일 수도 없고 절대적으로 인간일 수도 없는 것이다. 그렇다면 그의 존재는 '무(無)'일 수밖에 없다. 그것만이 우리가 할 수 있는 '존재에 관한 유일한 답변'이다. 인간 이성의 우월성에 대한 막연한 믿음이나 기독교에서 말하는 '하느님의 형상대로 지음을 받았다'는 것만으로는 충분하지 않다. 오직 '무(無)'로부터 우리가 출발했다는 것만이 확실한 진리이고, 그것을 깨달을 때 우리는 고독을 벗어난 '달관'의 경지로 들어가는 것이다.

이런 무(無)의 자각, 즉 '절대적 고독'과 '절대적 자유'의 자각이야말로 실존적 사고의 진정한 출발점이 된다. 그러므로 우리는 사르트르와 카뮈가 보여준 고독의 문제를 단순한 감상(感傷)으로 받아들이지 말고, 인간 심연에 가로놓여 있는 본질의 문제로 받아들여야 한다.

사르트르는 그의 소설 「벽」을 통해 다음과 같이 고백한다.

　　내가 죽은 것을 알면 콩샤는 눈물을 흘리리라. 여러 달을 두고 살 맛이 없을 것이다. 하지만 어쨌든 죽어가는 것은 나다. 그녀의 다정스럽고 아름다운 눈이 떠오른다. 나를 바라볼 때는 무엇인가 그녀한테서 흘러들어오는 것이 있었다. 그러나 그것도 다 끝난 일이라고 생각한다. 지금 나를 바라본다고 해도, 그녀의 눈동자는 눈 속에 담겨 있을 뿐 나에게까지 흘러들어오지는 않을 것이다. 나는 외로웠다.

비록 콩샤와 사랑을 불태웠지만 '죽어가는 것은 나'라고 주인공은 느낀다. 결국은 혼자인 것이다. 모든 사회적 관계나 애정의 갈등은 스스로가 혼자라는 것을 깨달은 다음엔 무의미한 것이 된다.

이런 절대적 고독의 자각으로부터 인간은 비로소 실존을 경험할 수 있다. 마치 공을 바닥에 내려치면 위로 튀어오를 수밖에 없듯이, 인간 존재도 밑바닥 즉 '고독의 심연'과 '허무의 경지'까지 내려갈 수 있어야만 비로소 '반동력(反動力)'에 의한 탈출과 비약'이 가능해지는 것이다.

'불안'과 '고독'과 '허무' 세 가지는 인간이 가장 피하고 싶어하면서도 결국은 피할 수 없는, 그리고 그것을 절감하는 과정을 거쳐야만 '새로운 희망'으로 튀어올라 갈 수 있는, 일종의 '필연적 고통'이다. 이를테면 '궁즉통(窮則通)'을 전제로 하는, '통(通)하기 위한 몸부림으로서의 궁(窮)'이라고나 할까. 위기에 처한 인류는 이런 '실존적 인식'을 통해야만 거듭날 수 있다.

19. '놀이 정신'만이 인류를 구원한다

인간은 생각하는 동물이기 이전에 '놀이하는 동물'이다. 네덜란드의 문화이론가 호이징하는 『호모 루덴스』라는 책에서, 인간의 문화 자체가 놀이의 성격을 갖고 있다고 주장하였다. 그리고 문화가 현대에 가까워질수록 놀이의 성격에서 벗어나 관념·도덕·이데올로기·규범 등으로 변질되어 가고 있음을 개탄하고 있다.

'놀이하는 인간'의 관점에서 바라보면 전쟁조차도 놀이가 된다. '원시적인 순수성을 시니고 있는 놀이'는 아이들의 유희를 통혜 발견되는데, 아이들이 전쟁놀이를 즐기는 것만 보더라도 전쟁이 원초적으로는 놀이에 가까운 것이었음을 알 수 있다. 그래서 그런지 고대로 올라갈수록 전쟁이 마치 아이들의 전쟁놀이처럼 '상대방에게 최소한의 피해를 입히는 놀이'였다는 사실을 발견하게 된다.

예컨대 고대 중국의 전쟁은 대장들끼리 벌이는 승부게임이었고 졸병들은 그저 응원부대 역할만을 했다. 『삼국지』만 보더라도 성곽 밖의 공간에서 벌이는 대장 대 대장 간의 일 대 일의 결투로 승부를 종결짓는 일이 흔하다. 졸병들은 욕설과 함성으로 적장을 흥분시켜 결투를 유도하거나 대장을 응원한다. 대장은 전장(戰場)에서 멀찌 감치 떨어져 작전지시만 내리고 졸병들끼리 백병전을 벌이거나, 비전투원까지 동원하여 전면전을 치르게 하는 잔인한 전쟁방식은 훨씬 뒤에 가서야 생겨났다.

제갈공명은 화공법(火攻法)을 써서 적군을 몽땅 섬멸해 버리곤 했는데, 그런 전쟁방식은 사실 '놀이의 규칙'을 어긴 '치사한 방식'이었다. 그래서 『삼국지』에서는 제갈공명이 화공법으로 너무나 많은 인명을 살상했기 때문에, 그 죄값으로 수명이 줄어들어 일찍 병사(病死)해 버렸다고 설명하고 있다.

인류는 중세기까지는 비록 '종교적 억압'은 심했을망정 그런대로 '놀이적인 문화'를 유지했다. 그런데 근대 이후로 이념이 과잉하게 되어 놀이적인 문화는 평가절하받게 되고 관념적인 문화만 대접받게 되었다. 이를테면 문학의 경우 '재미있는 것'보다는 무언가 고상하게 관념적인 주제가 내포돼 있는 것만이 '잘 쓴 작품' 취급을 받게 되었다. 그리고 '가벼움'보다는 '무거움'이, '솔직성'보다는 '교훈성'이 문학의 본령(本領)인 것처럼 간주되게 되었다.

인간은 기본적으로 동물과 같지만, 경작과 목축을 통해 잉어 에너지를 확보하게 됨에 따라 '단순한 놀이'를 '창조적 놀이'로 발전시켜 나가게 되었다. 그래서 문화가 생겨나고 예술이 생겨나게 된 것이다.

그런데 아무리 창조적인 놀이라 할지라도 그 근본 원동력으로 작용하는 것은 역시 '심심함을 달래기 위한 놀이욕구'라고 할 수 있다. 그러므로 소설의 경우 '재미있는 거짓말'의 성격을 벗어나기 어렵고, '관념적 주제'는 부차적 포장술의 역할만 하게 되는 것이다. 이것은 미술이나 음악 등 다른 예술장르 역시 마찬가지다. 이런 '관념적 포장술'이 예술의 본질인 것처럼 인식되는 상황에서는 '창조적 놀이'로서의 예술이 개발되기 어렵고, 나아가 '문화산업'도 결국 위축되게 된다.

근대 이후의 지식인들은 '고상한 놀이'와 '저급한 놀이'를 구별하여 '저급한 놀이'를 '문화적 타락'으로 규정짓기 시작했다. 관념과 이데올로기가 문화의 본질처럼 인식되게 됐기 때문이다. 그래서 서구의 경우 아리스토텔레스가 예술의 궁극적 효용으로 내세운 '카타르시스'를 '도덕적 정화(淨化)'의 의미로 해석하게 되었고, 카타르시스의 원래 의미인 '억압된 본능의 대리배설'은 '저급한 효용'의 뜻으로 폄하되게 되었다.

고대 시절에는 동양이든 서양이든 종교와 예술이 혼연일체가 되어 있었고, 그것은 다 '놀이'의 일부였다. 서구의 예술이 디오니소스제(祭)에서 출발했다고 본다면, 디오니소스제는 '열광적 황홀(恍惚)'을 유도하기 위한 광란의 축제요 난장(亂場)이었지 경건한 제의(祭儀)는 아니었던 것이다.

동양의 경우도 그것은 마찬가지여서, 종교적 제의는 모두 '축제적 놀이'의 형태를 띠고 있었다. 우리나라의 경우에도 삼국시대나 고려시대의 제의는 신나는 놀이였지 '경건한 예배'는 아니었다. 그래서 조선조의 사대부들이 남녀상열시자(男女相悅之詞)라고 하여 평가절하했던 「쌍화점(雙花點)」 같은 고려가요는 궁중에서도 당연히 연주되었던 것이다. 중국의 경우, 대성(大聖)으로 모셔지는 공자가 편찬한 『시경(詩經)』이 거의 모두 남녀 간의 애정을 노래한 시가로 이루어진 것은 그 때문이라고 할 수 있다.

'놀이'는 흔히 유한계급의 사치스런 도락으로 이해되기 쉽다. 계몽주의 시대의 사상가들은 사회적 불평등이 없으면 여가를 가진 인간이 존재할 수 없다고 보아 '놀이'를 극력 배척했다. 특히 루소의 생각이 그랬는데, 그는 놀이와 문화를 똑같은 것으로 간주하여 문화의 발달은 인간의 불평등을 확대시킨다고 주장했다. 문화란 귀족계급의 사치스런 여가 이용방법에 불과하다는 이유에서였다.

이러한 주장은 어느 정도 일리가 있다. 그러나 그의 생각은 놀이의 개념보다 문화의 개념에 치우쳐 있었고, '문화'를 고급스런 철학이나 예술과 동일시하고 있었다. 그는 '민중적 저급성'이 문화와 예술의 개념 안에 포함될 수 있다는 사실을 미처 깨닫지 못했다.

'천박한 아름다움'이나 '그로테스크한 아름다움'이 미(美)의 범주에 포함돼야 한다는 주장이 나온 것은 19세기 중반에 들어서였다 (특히 빅토르 위고는 그의 희곡『크롬웰』서문에서 그로테스크한 아름다움이야말로 현대예술의 핵심이라고 선언했다). 계몽주의 시대까지만 해도 고전주의적 숭고미(崇高美)의 개념이 사람들의 예술관을 지배하고 있었던 것이다.

　호이징하는 문화의 개념보다 놀이의 개념을 중시하여, 합리주의(또는 계몽주의) 시대 이후 '암흑시대'로 규정된 중세기를 재평가해야 한다고 주장하고 있다. 그는 중세기의 '바보제(祭)'나 '기사도 풍습' 등을 '놀이'의 형태로 규정하고, 민중적 저급성과 마술적 상상력이 결합된 중세의 문화가 인류를 훨씬 행복하게 해주었다고 말한다. 호아징하 이전에도 중세기의 황당무계한 공상적 민담인 '로맨스(romance)'는 '낭만주의(romanticism)'의 어원으로까지 격상되는데, 그 까닭은 합리주의 시대의 건조한 이성주의에 대한 반발심리 때문이었다고 볼 수 있다.

　인간사회의 불평등이 지배계급(또는 유한계급)을 낳았고, 지배계급의 관념적 문화가 민중수탈을 합리화시킨 것은 사실이다. 그러나 인간이 갖고 있는 '놀이 본능'은 문화와는 별개로 지배계급과 피지배계급 누구에게나 자리 잡고 있다. 다만 그것이 계급성분에 따라 달리 나타날 뿐인데, 이를테면, 지배계급에게는 장엄한 클래식 음악을 연주하거나 감상하는 것이 놀이이고, 피지배계급에게는 저속한 (또는 솔직한) 가요를 부르거나 듣는 것이 놀이인 것이다.

최근 '대중문화'에 대한 관심이 고조되고 예전엔 저급한 포르노로 멸시되던 노골적 성애문학에 대한 재평가가 시도되고 있는 것은, 민중적 놀이를 '문화적 놀이'의 개념 안에 포함시켜야 한다는 생각이 지식인들 사이에서 싹트고 있기 때문이다. 고상한 '관념적 문화'든 저급한 '육체적 문화'든, 그것은 모두 '놀이'의 다른 양태에 불과하다고 보는 것이다.

인간의 '놀이욕구'의 심리적 바탕을 형성하고 있는 것은 역시 '성적(性的) 쾌락에 대한 갈망'이라고 볼 수 있다. 예로부터 인류에게 가장 보편적인 놀이로 개발된 '춤'은 그 기본 골격이 성교와 애무의 몸짓으로 되어 있다. 또한 모든 노래 역시 '사랑'이 주제로 되어 있는데, 노래의 소재가 육체적 사랑일 때는 저급한 놀이로 취급되고 정신적 사랑일 때는 고상한 예술로 취급됐을 뿐이다. 이것은 춤도 마찬가지다. 고상한 예술로 취급되는 발레의 몸동작이나 대중적 오락 정도로 취급되는 디스코의 몸동작은, 둘 다 똑같이 에로틱한 선정성에 기초하고 있다.

지배계급은 언제나 민중들의 놀이를 저급한 통속물(通俗物)로 간주하여 억압하거나 규제한다. 성적(性的) 표현물들이 가장 좋은 예인데, 지배 엘리트들이 포르노니 외설이니 해가며 사법적 처벌까지 자행하는 '성적 대리배설'을 위한 놀이도구들(책·필름·그림 등)은 사실 가장 민중적인 놀이에 속하는 것이다.

지배 엘리트들은 그들만이 즐기는 사치스런 고급예술만이 진정한 '문화'라고 강변하며 민중들의 진솔한 놀이욕구를 억제시킨다. 그리고 일만 하고 놀지는 못하게 하는 강력한 '근면 이데올로기'를 조작하여 민중들에게 주입시키는데, 모든 사회적 억압의 토대는 바로 이 '근면 이데올로기'로부터 비롯된다. 그러므로 사회적 억압의 토대를 개선시키려면, 역설적으로 일은 안 하고 놀기만 하려는 정신이 필요하다고도 할 수 있다.

아직도 우리 사회에는 '놀이'를 삐딱한 시선으로 바라보는 사람들이 많다. 지배 엘리트들일수록 그런 시각을 갖고 있는데, 민중문화를 그토록 부르짖으며 대학축제를 '대동제(大同祭)'로 바꾼 대학생들조차도, 대동제 행사의 내용은 딱딱한 학술 심포지엄이나 예술제 등으로 채우는 경우가 많은 것이다.

대학축제가 진정한 대동제가 되려면 '무조건 놀자판'이 되어야 한다. 그것이 바로 '민중적 놀이'의 본질이요 핵심이기 때문이다. '일(즉 노동)'과 '사랑(즉 섹스)'과 '놀이' 세 가지가 혼연일체가 될 때 거기서 민중적인 예술과 문화가 생겨나는 것이며, 모든 예술이 그런 성격을 지닐 수 있을 때 비로소 '억압적인 문화'가 사라질 수 있다.

나는 인간의 역사가 '놀이의 시대'에서 '노동의 시대'로, 그리고 '노동의 시대'에서 다시 '놀이의 시대'로 이행되어 간다고 본다. 원시시대의 인류는 지금 우리가 보는 원숭이들과 비슷한 생활양식을 갖고 있었을 것이다. 원숭이들은 나무에서 나무로 춤추듯 날렵하게 이동하며 먹이를 구한다. 그들에게는 먹이를 구하는 것 자체가 '즐거운 놀이'이다. 말하자면 놀이와 일(노동)이 구별되어 있지 않다. 또한 원숭이들은 생식적 성교뿐만 아니라 자위행위나 동성애 등을 당연한 사랑의 유희로 즐긴다. 그들에게는 '정상적 섹스'와 '변태적 섹스'의 구별이 존재하지 않는다. 일하는 짬짬이 놀이하듯 성을 즐기는 것이다.

그러나 인간이 원숭이들과는 달리 땅 위에서 그들의 삶을 영위하기 시작하면서부터, 인간에게는 소유의 개념이 생겨나기 시작한다. 경작이나 목축을 위해서는 자기 또는 씨족 소유의 땅이 필요했기 때문이다. 그러다 보니 땅을 지키기 위한 수비대가 필요했고 수비대의 우두머리는 곧이어 일종의 지배자가 되었다.

지배자들은 차츰 폭군적 면모를 발휘하기 시작하여 피지배계급을 착취하는 데서 기쁨을 맛보기 시작했고, 피지배자들에게서 '놀이'의 기쁨을 빼앗고 근면 이데올로기만을 강요하게 되었다. 그러다 보니 성(性)조차 '놀이로서의 성'이 아니라 '자식생산을 위한 노동으로서의 성'의 의미로 축소되는데, 우수한 노동력의 생산이야말로 지배자의 부(富)를 늘려주는 유일한 수단이기 때문이다.

그러나 지배계급들에 의해 개발된 과학이나 기타 학문은 인류로 하여금 또 다른 노동수단을 발견할 수 있도록 만들었다. 즉 기계의 발명이 그것이다. 갖가지 기계가 발명되어 인간의 노동력을 대체해 나가기 시작하자, 처음엔 인간의 노동이 기계에 의해 소외되는 현상이 일어났다. 하지만 결국에 가서는 누구나 어느 정도 기계의 혜택을 보는 상황에 이르게 되었다.

물론 아직까지는 인간 누구에게나 그런 혜택이 고르게 돌아간다고는 볼 수 없다. 기계의 발달로 인해 생산이 자동화되고 인력의 수요가 줄어듦에 따라 많은 실직자가 생겨나, 자본가와 노동자 사이에 극심한 갈등이 빚어지는 사태가 세계 곳곳에서 여전히 벌어지고 있다.

하지만 나는 인류가 결국에 가서는 노동으로부터 해방되고 오로지 '놀이'만을 즐기는 시대가 반드시 도래하리라고 믿는다. 그럴 때 노동과 놀이는 하나로 합쳐져 혼연일체가 되고, 마르쿠제가 말한 대로 노동이 곧 '놀이로서의 섹스'가 되는 현상이 보편화될 것이다.

그런 시대를 맞아하기 위해서는 우선 실용적 쾌락주의에 바탕을 둔 문화관 또는 문명관이 정착되어야 한다. 다시 말해서 명분과 이데올로기로 포장된 일체의 비실용적 문화행위가 종식돼야 하는 것이다. 타 종교를 이단시하여 그들을 '악마'로 보아 사디스틱한 복수를 정당화시키는 종교사상이나, 국수적 호전주의에 바탕을 둔 민족주의 예술 같은 것이 바로 그것이다. 또한 형이하학적 과학의 발달로 형이상학적 관념들이 쇠퇴해 가는 것을 걱정하는 자들이 주장하는 정신우월주의나 육체비하주의, 또는 도덕적 금욕주의 같은 것들 역시 '민중적 놀이'보다는 '귀족적 문화'를 그리워하는 반동적 사상들이다.

그런 퇴영적 생각들이 지구를 전쟁의 도가니로 만들어 인류를 멸절시키지만 않는다면, 인류는 점차 '놀이적 삶'을 당당히 즐길 수 있는 환경을 만들어 나가게 되리라고 나는 확신한다. 특히 인공두뇌학의 발달은 우수한 '로봇 노예'들을 만들어내어 인간의 노동을 대신하게 할 것이다. 그렇게 되면 고급문화와 저급문화의 구별이 없어지고 모든 문화는 다 '창조적 놀이문화'로 된다.

성과 생식은 분리될 것이고, 여성은 분만의 고통을 겪지 않아도 될 것이다. 자식을 원하는 이들만 '시험관 아기'의 방법을 이용하여 자식을 가진다. 사람들은 오로지 예술과 성에만 몰두하게 되고, 그때 인류가 즐기게 되는 예술은 관념적 예술이 아니라 에로틱한 예술이다. 또한 인간의 본능인 가학성을 만족시키기 위해 '위험한 스포츠'가 더욱 개발되어 전쟁충동을 대리배설시키게 되는데, 그런 스포츠를 즐기는 사람들은 삶에 극단적 권태를 느끼는 부류가 될 것이다.

그런 상황에서 정치적 지배계급은 생겨날 수 없다. 정치란 인간의 권력욕에서 나오고, 인간의 권력욕은 성욕과 놀이욕구의 안쓰러운 대체물이기 때문이다. 정치가 대신 '관리자'의 개념이 생겨 일종의 조합국가(組合國家)의 관리와 경영을 맡게 되는데, 대부분의 사람들은 그런 역할을 맡기 싫어하여 윤번제로 맡길 확률이 높다. 형벌제도 또한 바뀌어 범법자의 범위를 최소화하게 되고, 범법자들은 가혹한 징벌 대신 차분한 심리치료를 받게 될 것이다.

가치관의 측면에서 볼 때 인류는 '신본주의(神本主義) 시대'에서 '철학의 시대'로 그리고 철학의 시대에서 다시 '실용주의 시대'로 옮겨간다고 볼 수 있다. 실증주의를 주창한 콩트는 '철학의 시대' 대신 '형이상학의 시대'라는 말을, 그리고 '실용주의 시대' 대신 '실증주의 시대'라는 말을 썼다. 콩트는 르네상스 이전까지의 서구 역사를 신본주의 시대로 보고, 그 이후를 형이상학의 시대로, 그리고 계몽주의 시대 이후를 실증주의 시대로 보았다. 실증주의의 보급을 통한 미신적 사고의 타파가 가능하다고 믿었기 때문이다.

그러나 계몽주의가 시작된 지 2백 년이 훨씬 지난 지금까지도 실증주의는 완전히 뿌리를 내리지 못하고 있다. 종교는 여전히 큰 힘을 떨치고 있고, 종교적 미신 때문에 실증주의적 가치관의 보급은 차질을 빚고 있다. 이럴 때 우리는 차라리 '실증주의'보다는 '실용주의'에 주목할 필요가 있다. 실용주의적 의도에서라면 종교적 미신까지도 '유용(有用)한 놀이'의 범주에 포함시킬 수 있기 때문이다.

카를 융이 프로이트와 결별한 것은 종교에 대한 두 사람의 입장차이 때문이었다. 프로이트는 종교를 '무가치한 환상'으로 돌린 반면, 융은 종교도 때에 따라서는 심리치료와 심성개발에 도움이 될 수 있다고 믿었다. 그래서 그는 샤머니즘의 의학적 효과를 긍정하기도 했고, 중국의 점술서(占術書)인 『주역』의 해석서를 내기도 했다.

물론 미신적 종교는 궁극적으로 없어져야 할 것이다. 그러나 인간의 사도마조히즘(sadomasochism) 역시 인간 실존의 한 양상인 이상, '신에 대한 절대복종'과 '이단(異端)에 대한 절대증오'에서 사도마조히즘적 쾌감을 구하는 종교적 최면효과를 아주 무시할 수는 없다.

사도마조히즘은 종교뿐만 아니라 정치·문화·성 등 여러 영역에 걸쳐 나타나고 있는데, 문제는 어떻게 하면 그것을 '놀이'로 승화시킬 수 있느냐 하는 것이다. 사도마조히즘은 그것이 실용주의적 목적의 '놀이'로 즐겨지지 않고 단지 억압된 욕구(특히 놀이욕구와 성적 욕구)의 '화풀이 양상'으로 나타날 때 커다란 부작용을 초래하기 때문이다.

종교적 법열감이 '유사(類似) 오르가슴'에 불과하다는 프로이트의 주장은 맞다. 다시 말해서 성적으로 외로운 사람들이 종교, 특히 신비주의적 종교에 광적으로 빠져들게 된다는 말이다. 이럴 때 '종교적 사도마조히즘'을 어떻게 하면 '성적 사도마조히즘'으로 환치(換置)시켜 놓을 수 있느냐 하는 문제가 대두된다. 남녀 간의 대등한 인격을 전제로 하는 이상적인 성관념이나 성행동은, 사도마조히스틱한 욕구를 만족시켜 주기엔 너무나 싱거운 것이기 때문이다.

이럴 경우 '놀이로서의 섹스' 개념을 적극 활용할 수만 있다면, 종교적 광신이 초래하는 부작용을 예방할 수 있다. 동양의 샤머니즘이 갖고 있는 '놀이적 성격'이 서구의 극단적 경건주의자들이 저지른 '마녀사냥' 같은 비극을 방지해 준 것처럼, '놀이로서의 섹스'에 사도마조히즘을 도입하면 인간이 가진 광신적 종교성향은 물론 극단적 가학성향까지도 완화시켜 줄 수 있다.

이럴 경우 우선 섹스의 신성성(神聖性)에 대한 편협한 집착이 사라져야 한다. 다시 말해서 섹스를 형이상학적 관점에서 바라보지 말고 실용주의적 관점에서 바라볼 수 있어야 한다는 말이다.

최근 서구에서 유행하고 있는 'S · M 클럽'은 사도마조히즘을 성적 유희의 방법으로 적극 활용한다는 점에서 자못 흥미롭다. 'S · M'이란 '사디즘과 마조히즘'을 줄인 말인데, 재미있는 것은 'S · M 클럽'의 단골 고객들이 주로 상류층의 '건전한' 남녀들이고, 그들 대부분이 사디스트 역(役)과 마조히스트 역을 교대해 가며 즐긴다는 사실이다. 마조히즘을 즐길 경우, 그들은 훈련된 사디스트에 의해 유희적으로 묶이기도 하고 채찍질을 당하기도 한다. '유희적'으로 피학(被虐)의 쾌감을 즐긴다는 사실이 중요하다. 진짜로 심하게 때리거나 고문할 경우에는 성적 쾌감이 아니라 진짜 고통만 느껴질 뿐이기 때문이다.

'S · M 클럽'뿐만 아니라 'S · M 부부'로 계약동거를 하는 일도 유행되고 있다는데, 이럴 경우에도 일정 기간을 정해 사디스트 역할과 마조히스트 역할을 교대해 가며 즐기는 게 보통이라고 한다. 'S · M 클럽'에서의 성희든 'S · M 부부' 간의 성희든, 생식적 삽입성교는 절대로 안 하는 것이 불문율로 되어 있다.

미래학자들 가운데는 지금껏 정상적인 성행위로 장려돼 왔던 삽입 성교가, 언젠가는 소수의 사람들만이 하는 '변칙적 성행위'가 될 가능성이 높다고 예측하는 이들이 많다. 어린아이의 성행동은 삽입 성교가 아닌 비생식적 성행동(구강성애, 페티시즘, 사도마조히즘, 항문성애 등)으로 가득 차 있는데, 앞으로의 인류는 언젠가 '어린아이의 성본능'과 '놀이본능'으로 되돌아갈 가능성이 높다.

어린아이에겐 신(神)이나 형이상학 등의 개념이 있을 수 없고,

오로지 실용적 쾌락추구만이 그들의 정신과 육체를 지배하고 있다. 그들에겐 노동과 섹스, 그리고 놀이와 종교가 혼연일체로 녹아들어 있는 것이다. 예수가 "너희가 어린아이같이 되지 아니하면 결단코 천국에 들어갈 수 없다"고 말한 것을 이런 맥락에서 음미해 보는 것도 의미 있는 일일 것이다. 인류가 꿈꾸는 유토피아는 이성 위주의 '어른스런 사색'에 의해서가 아니라, 어린아이 같은 '동물적 놀이본능'에 의해서 가능한지도 모른다.

니체는 『비극의 탄생』에서 소크라테스를 공격하고, 소크라테스의 연장선상에 있다고 본 근대적 학문에 대해서 비판한다. 니체에 의하면 소크라테스의 등장과 함께 그리스 연극이 누렸던 영광은 종말을 맞게 되고, 예술은 이성적 인식과 분석적 인식에 의해 해체되기 시작했다는 것이다. 그는 예술의 원리인 '디오니소스 정신'의 추방이 극에 달한 것이 바로 19세기라고 단정하면서, '세계의 과학화(科學化)와 산문화(散文化)'를 저지시키는 것이 현대의 과제라고 주장했다.

여기서 우리는 니체가 회복시키고자 노력한 '예술'을 '놀이'와 동일한 개념으로 받아들여도 좋을 것이다. 다만 그가 과학과 이성을 무조건 적으로 돌린 것에는 문제가 있다. '과학의 발달'과 '예술의 발달'이 사이좋게 공존할 수 있는 사회, 과학적 영감(靈感)과 예술적 영감이 서로 대치하지 않는 사회, 그런 사회야말로 가장 자유로운 사회요 창조적인 사회이기 때문이다.

과학을 만들어가는 것이 이성 하나만의 몫이 될 때, 예술은 폄하되고 과학 역시 비약적 진전을 이루지 못한다. 과학과 예술이 둘 다 '놀이 정신'에 바탕을 둔 창조 작업이 될 때, 인류는 비로소 종교나 도덕 또는 이데올로기의 질곡에서 벗어날 수 있을 것이다. 인간을 가장 괴롭히는 '정치적 억압' 역시 정치가 흥거운 놀이로 변할 때 비로소 사라질 수 있다.

'놀이 정신'이란 한마디로 말해서 놀이를 할 때만은 일체의 쾌락에 대해서 자유로운 정신을 가리킨다. 정신적 쾌락이 따로 있을 수 없고, 도덕적인 쾌락과 부도덕적인 쾌락이 따로 있을 수 없다. 사디즘도 당연한 쾌락이요 마조히즘도 당연한 쾌락이다.

이를테면 '놀이적 살인'이 당당하게 이루어져 '실제적 살인'보다 재미있을 때, 실제적 살인은 예방될 수 있다. 살인행위 자체를 갖고서 도덕·부도덕을 따지며 설교해 봤자 살인욕구는 줄어들지 않는다. 어떤 형태로든 놀이를 통해 그러한 욕구를 해소시켜 줘야만 실생활의 도덕이 유지될 수 있는 것이다.

극한적 기아상태 때만 빼고는 인간은 언제나 놀이욕구에 시달린다. 섹스 역시 놀이의 일부라고 할 수 있다. '놀이하는 인간'에 대한 재인식을 통해 인간은 자기파멸로부터 구원받을 수 있다. 인간 실존의 본질인 '고독'과 '불안'을 해소시켜 줄 수 있는 것은 오직 '놀이'일 수밖에 없기 때문이다.

20. '야한 사랑'만이 인간을 평화롭게 한다

인간이 비극적 인생관에서 벗어나 그래도 '웬만큼' 행복하게 살아갈 수 있는 비결은 과연 무엇일까? 인간은 죽음을 목전에 두고 갖가지 욕구들과 사회적 억압 사이에서 진저리나는 갈등을 겪으며 살아갈 수밖에 없는 존재다. 그러나 그런 와중에서도 최소한의 갈등만 겪으면서 살아갈 수 있는 방법이 아주 없지는 않다. 많은 사상가들이 고민하며 갈등했던 것도 바로 그런 방법을 모색하기 위해서였다.

실존주의 문학가로 각광을 받은 알베르 카뮈는 처음엔 인간 및 사회에 대한 부정적 인식을 바탕으로 장편소설 『이방인』을 썼다.

그러나 그가 두 번째로 발표한 장편소설『페스트』는 인간에 대한 긍정적 입장에서 집필된 것이었다. 그 뒤에 그는 마치 변증법적 발전의 도식을 빌리기라도 하듯, 세 번째로 계획 중인 장편소설의 주제가 '사랑'이라고 말했다. 그러니까 그는 인간에 대한 부정적 인식에서 출발한 자신의 문학세계를, 인간에 대한 긍정을 거쳐 '사랑'이라는 '구원의 메시지'로 끝맺으려 했던 것이다.

하지만 불행하게도 그는 세 번째 장편소설을 시작하기도 전에 불의의 교통사고로 유명을 달리하고 말았다. 어쨌든 카뮈의 예를 두고 생각해 본다면, 인간이 스스로 고통에서 벗어날 수 있는 구체적 방법은 '사랑'밖에 없다는 얘기가 된다.

사랑의 중요성을 강조한 사람은 얼마든지 많다. 고대로 거슬러 올라가면 플라톤이 그랬고 묵자(墨子)가 그랬고 특히 예수가 그랬다. 톨스토이는 "사람은 빵을 먹고 살아가는 존재가 아니라 사랑을 먹고 살아가는 존재다"라고 말하면서, 사랑이야말로 행복한 인생을 위해 가장 필수적인 것이라고 강조했다. 최근 우리나라에서는 정신신체의학을 전공하는 몇몇 의사들이, 육체적 건강의 원동력 역시 '사랑'이라는 사실을 생화학적 실험결과를 가지고 얘기하여 화젯거리가 된 일이 있다.

그러므로 사랑이 우리의 삶에 있어 가장 소중한 가치요 철학이요 실전목표가 돼야 한다는 주장에 새삼스레 이의를 제기할 사람은 아무도 없을 것이다. 그런데도 왜 지금까지 인류의 역사는 사랑보다는 '증오'의 역사요 '갈등'의 역사요 피비린내 나는 '전쟁'의 역사였을까? 왜 사람들은 겉으로는 사랑을 외치면서도 슬그머니 그것을 '적개심'으로 변모시켜 나갔을까?

내가 보기에 사랑의 절대적 가치와 중요성을 맨 처음 확실하게 인류에게 일깨워준 사람은 역시 예수이다. 예수가 역설한 '사랑의 정신'이 기독교라는 종교로 구체화되었고, 기독교 이데올로기는 중세 이후의 서양을 지금까지 이끌어왔다.

그렇지만 모든 나라가 다 기독교 국가가 된 중세 이후의 유럽이 예수의 가르침대로 다스려졌다고 볼 수는 없다. 예수는 '평화스런 이웃 사랑의 정신'과 '적개심 어린 폭력의 척결'을 외치며, 인류가 모두 하느님의 아들 딸이요 형제자매라는 생각으로 살아가자고 역설했다. 하지만 예수의 그런 가르침은 엉뚱한 종교적 도그마로 변질되어, 타 종교나 타 종파에 대한 적의(敵意)와 증오심을 가중시켰을 뿐이었다.

근대 이후 서양에서는 예수의 생각에 회의를 표시하거나 반대하는 사람들이 많이 나타났다. 포이에르바하의 『기독교의 본질』이나 돌바크의 『기독교의 정체』 같은 책이 대표적인 보기라고 할 수 있다. 그런 생각들이 발전하여 마르크스의 유물론으로 구체화되고, 마르크스의 사상은 제정 러시아를 무너뜨리고 새로운 공산주의 국가를 탄생시켰다. 하지만 내가 보기엔 공산주의라는 것 자체도, 종교는 아니지만 종교 비슷한 성격을 가진 이데올로기요 도그마라고 여겨진다.

그래서 그런지 공산주의 국가였던 구 소련이 결국 그 '도그마' 때문에 무너지고, 중국에서도 교조주의(敎條主義)에 대한 반성이 일어나 유화정책을 쓰기 시작하고 실용주의 노선으로의 방향전환을 시도하고 있다. 말하자면 '탈(脫)이데올로기 운동'이 가시화되기 시작한 것이다. 또 기독교가 국교화되다시피 한 미국을 비롯한 서구 여러 나라에서도, 많은 진보적 신학자들이 기독교의 교조주의적 도그마로부터 벗어나자는 운동을 활발하게 전개하고 있다.

기독교의 편협한 도그마가 서양의 몰락을 자초하고 있다고 단언한 20세기의 대표적 철학자는 버트런드 러셀이라고 할 수 있다. 그는『나는 왜 기독교인이 아닌가』라는 저서에서 기독교가 지니고 있는 호전적 성격과 이기적 배타주의를 신랄하게 공격한 바 있다. 나는 교회에 열심히 나가던 고등학교 시절에 이 책을 읽고 크게 감명받아, 종교든 이데올로기든 어떠한 형태의 '주의'라도 그것이 결국은 정치적 압제와 인성(人性) 파괴의 수단으로 변해버리고 만다는 사실을 깨닫게 되었다. 또한 러셀의 또 다른 저서인 『새 세계의 새 희망』을 읽고서, 이데올로기의 광신화(狂信化) 현상이 인류의 파멸을 재촉하고 있다고 판단한 그의 예리한 문명비판적 안목에 크게 감복하기도 하였다.

기독교적 이데올로기가 서구의 몰락을 재촉하고 있다는 것은 이젠 서구의 진보적 지식인들 사이에서 거의 합의된 사항이 되어버린 듯하다. 그렇다면 과연 예수의 사상 자체가 전혀 쓸데없는 과거의 유물로 사장(死藏)되어 버려야만 하는 것일까.

러셀은 중세 이후 서구의 '암울한 문화독재 체제'와 오만한 백인 우월주의적 발상에서 나온 '제국주의적 식민정책' 등의 책임을 모두 예수 개인에게 돌리고 있지만, 나는 꼭 그렇다고는 생각하지 않는다. 물론 예수의 사상이 잘못된 방향으로 이용되어, 1천여 년 간의 중세 암흑시대 같은 질곡의 역사를 초래하는 데 근원적 원인으로 작용한 것만은 틀림없다. 하지만 그렇다고 해서 예수의 '사랑 철학' 자체가 매도되거나 심판받아서는 안 된다고 생각한다.

프리드리히 니체도 지적하였듯이, 예수가 말한 '아버지'로서의 하느님과 '아들'로서의 인류는, 예수의 문학적 천재성에 의해서 만들어진 상징적 표현물이었다. 그러나 예수 이후의 기독교 철학자들 (대표적인 인물로 바울을 꼽을 수 있다. 『신약성서』 가운데 바울이 쓴 많은 서간들, 특히 「로마서」는 예수의 상징적 설교들을 규범적 명령으로 바꾸어놓은 잘못을 저질렀다)은 예수의 사상을 개인적 상상력과 명예욕에 의해 변질시켜, 기독교를 민중지배의 수단으로 전락시켰던 것이다.

그래서 나는 종교형태로서의 기독교가 내세우고 있는 '교리'보다도, 예수라는 한 젊은 종교개혁자가 주장했던 계시적 철학으로서의 '사랑'에 보다 소중한 가치를 매기고 싶다. 인류 역사상 이른바 '성인'으로 추앙받는 인물들 가운데, 인류의 평화와 복지를 위한 최선의 처방으로 '사랑'을 제시한 인물은 예수밖에 없다고 보기 때문이다. 공자가 주장한 '인(仁)'이나 석가가 주장한 '대자대비(大慈大

悲)'의 정신, 또는 소크라테스가 외친 '자아의 본질 확인' 같은 것도 귀중한 처방이긴 하지만, 내가 보기에 '사랑'만은 못한 것 같다.

왜냐하면 공자나 석가나 소크라테스 등의 성현들이 주장한 '인류 구제의 처방'은 결국 '당위론적 도덕률'의 범주를 넘어서지 못하는 게 아닌가 하는 생각이 들기 때문이다. 거기에 비해 예수가 주장한 '사랑'은 추상적 윤리로서의 사랑이 아니라, 정신과 육체를 아울러 포괄하는 '실존의 본질로서의 사랑'을 의미하고 있는 것 같다는 생각이 든다. 내가 보기에 예수가 말한 사랑의 개념 안에는 육체적 접촉을 당연한 것으로 받아들이는, 다시 말해서 인간의 순수한 본능으로서의 '성욕'을 인정하는 요소가 내포되어 있다.

그래서 나는 인류가 지금까지 구두선(口頭禪)으로만 외쳐온 사랑의 가치를 제대로 활용하여 그것을 인류파멸을 막는 새로운 복음으로 확장시키려면, 우선 보수적 기독교 철학자들이 내세우는 '사랑관(觀)'에서 벗어나야 한다고 생각한다. 그들은 예수가 주장한 '사랑'을 단지 정신적·윤리적 차원에서 해석하고 있지만, 이제는 그런 단순시각에서 벗어나 사랑을 정신과 육체를 통괄하는 일원론적 관점에서 받아들여야 한다고 보는 것이다.

내가 생각하기에 인류가 지금까지 사랑의 가치를 목 아프게 외쳐대면서도 평화와 복지를 실제로 실현시키지 못한 근본적 원인은, 사랑의 개념 안에 반드시 내포돼야 하는 '관능적 아름다움'의 요소를 무시했기 때문이다. 예수의 '사랑'을 이른바 아가페적 사랑의 의미로만 받아들일 게 아니라, '관능적 즐거움이 수반되는 사랑'과 '아름다운 심미감(審美感)이 수반되는 사랑'의 의미로 받아들여야 한다. 그럴 때 인류는 평화와 행복을 훨씬 더 보장받을 수 있다.

내가 예수가 말한 사랑을 '육체적 접촉'과 '아름다움의 향수(享受)'를 아울러 내포하는 개념으로 받아들이게 된 것은,『신약성서』「요한복음」 12장에 나와 있는 '예수와 마리아 간의 사랑의 교환(交歡) 장면'을 읽고 크게 감명받았기 때문이다. 그 부분을 그대로 인용해 보면 다음과 같다.

그때 마리아가 매우 값진 순 나르드 향유 한 근을 가지고 와서 예수의 발에 붓고 자기 머리털로 그 발을 닦아드렸다. 그러자 온 집안에 향유 냄새가 가득 찼다. …… 그때 유다가 "이 향유를 팔았다면 삼백 데나리온을 받았을 것이고, 그 돈을 가난한 사람들에게 나누어줄 수 있었을 터인데 이게 무슨 짓인가?'하고 투덜거렸다. …… 예수께서는 이렇게 말씀하셨다. "이것이 내 장례일을 위하여 하는 일이니 이 여자 일에 참견하지 말라. 가난한 사람들은 언제나 너희와 함께 있겠지만, 나는 언제나 함께 있지는 않을 것이다."

읽는 이에게 드라마틱한 감동으로 전달되는 이 장면은, 상징적 암시성을 강하게 내포하고 있다. 여기서 우리는 세 가지의 상징적 모티프를 발견하게 된다.

첫째는 물론 '예수에 대한 마리아의 지극한 사랑'이다. 그리고 둘째는 그 사랑이 단순히 정신적 교류의 형태로만 표현되지 않고 구체적이고 육체적인 '접촉(touch)'의 형태로 표현되었다는 점이다. 특히 향유를 가지고 예수의 발을 적셔주고 한술 더 떠 자신의 긴 머리털로 예수의 발을 훔쳐줬다는 대목에서, 나는 다른 어떤 애무보다도 관능적인 '페팅'의 이미지를 생생하게 전달받을 수 있었다. 따라서 셋째 모티프는 마리아의 긴 머리털이 보여주는 '아름다운 페티시(fetish)로서의 역할'이 된다.

신체의 일부분을 두드러지게 미화시켜 관능적 상징물로 만들어 육체적 애무에 사용할 때, 그것은 곧 '페티시'가 된다. 페티시란 말하자면 '탐미적 숭배물'이요, '관능적 페팅의 도구'인데, 페티시 중에서 가장 대표적인 것이 바로 '긴 머리털'이다. 이 밖에도 손이나 발, 뾰족구두, 젖가슴, 특이한 장신구 등이 다 페티시 역할을 하는데, 가장 보편적으로 많이 쓰이는 페티시가 바로 '긴 머리털'인 것이다. 여기서 우리는 아름다운 신체가 아름다움 자체에 머물지 않고 사랑의 구체적 표현 형태인 애무나 살갗접촉의 촉매제 역할을 할 때, 비로소 본연의 가치를 발휘하게 된다는 것을 알 수 있다.

『구약성서』에도 긴 머리카락이 힘의 원천 역할을 하는 이야기나 사랑의 행위를 위한 페티시 역할을 하는 이야기가 나온다. 긴 머리카락을 '힘의 원천'의 상징으로 삼은 것은 「판관기(判官記)」 13장에 실려 있는 투사 삼손의 이야기에서이다. 삼손이 요부 데릴라의 유혹에 빠져 자신의 긴 머리카락을 잘린 후 완전히 무력해져서 적의 포로가 되고 만다는 내용으로 되어 있다. 그리고 여인의 긴 머리카락을 관능적 페티시의 의미로 언급하고 있는 것은 「아가서(雅歌書)」이다. 사랑하는 여인의 아름다움을 묘사하는 부분에서 여인의 길고 풍성한 머리채가 자주 등장하는데, 그것은 언제나 사랑의 즐거움을 더해주는 '관능적 촉매제' 역할을 하고 있다.

마리아가 예수에게 바친 '사랑'은 아가페(Agape)적 요소와 필리아(Philia)적 요소와 에로스(Eros)적 요소가 혼연일체로 합쳐진 것이었다고 본다. 그런데 위에서 설명한 바와 같이, 예수와 마리아 간에 이루어진 사랑의 구체적 교환행위에는 '육체의 아름다움'과 '관능적 접촉'의 요소가 아울러 포함되어 있었다. 그래서 두 사람은 이심전심의 사랑을 더욱 완전무결하게 승화시킬 수 있었던 것이다.

제자인 유다가 투덜거리는 소리를 듣고 예수가 대답한 말도 많은 것을 상징적으로 시사해 준다. 가난한 사람들을 위한 적선행위는 '당위적 윤리'에 속하는 것이고, 마리아와 예수 간에 이루어진 사랑의 접촉은 '본능적 감성'에 속하는 것이라고 볼 수 있다. 그런데 예수는 본능적 사랑이 윤리적 의무감에 따른 시혜의식보다 훨씬 더 소중하다는 투로 얘기하고 있는 것이다.

예수는 자기가 십자가에 못박혀 속죄양이 될 운명에 처해 있다는 것을 알고 있었다. 그렇기 때문에 마리아가 보여준 사랑의 표현행위가 설사 나르시시즘에 기인한 과장된 해프닝이었다 할지라도,

그에겐 너무나 감동 깊은 사건으로 받아들여질 수밖에 없었다. 말하자면 예수는 사랑이란 '순간의 진실'과 '순간의 아름다움'만으로도 가치와 효용을 충분히 지니는 것이라고 생각했던 것 같다.

그래서 나는 이 장면이 이렇게 읽혀진다. 즉 "본능적 사랑이 먼저냐 도덕적 당위(當爲)가 먼저냐" 하는 문제로 고민에 빠져 있는 사람들에게, 예수가 확고한 어조로 "본능적 사랑이 먼저다"라고 가르쳐주고 있는 장면으로 말이다. 따라서 나는 성경의 이 대목이 '관능' 자체에 거부감을 느끼고 있는 사람들에게 새로운 각성의 계기로 작용해 주기를 바라고 있다.

사랑을 실천함에 있어 정신적인 면만 지나치게 강조하다 보면, 그것은 곧바로 '성적 기아증(飢餓症)'으로 이어져 위장된 행동으로 발산되게 마련이다. 말하자면 '도덕을 빙자한 심술'이나 '공분(公憤)을 빙자한 적개심'의 형태를 띠기 쉽다. 또한 본능적 사랑에서 관능적 아름다움의 요소를 분리시켜 버린다면, 우리는 '몰염치한 성적 소유욕'이나 '강박적 생식욕(生殖慾)'의 단계에 머물 수밖에 없다.

인간이 다른 동물들과는 달리 1년 내내 성행위(물론 성교만을 의미하는 것이 아니라 여러 가지 형태의 페팅을 포함하는)를 할 수 있는 즐거움을 누릴 수 있게 된 것은, 인간이 '사랑의 행위'에 에로틱한 심미감을 곁들일 수 있는 능력, 즉 '관능적 상상력'을 개발할 수 있었기 때문이었다. 그러므로 우리가 관능적 아름다움이 배제된 '순수한 아름다움'만을 추상적으로 강조하다 보면, 결국은 '자아분열'에 가까운 이중적 결벽주의로 흘러 우리의 삶을 피폐시키기 쉽다.

관능적 아름다움은 '타고난 외모'와는 상관없이 인간을 사랑의 황홀경에 빠져들게 하고, 사랑의 황홀경은 인간의 마음을 평화롭게 한다. 중·고등학교 학생들에게 자유로운 복장과 자유로운 멋내기를 허용하면, 남학생들의 거칠고 전투적인 매너가 사라질 것이고 여학생들 역시 '강요당한 촌티'에서 벗어날 수 있을 것이다. 헤어스타일을 규제하고 을씨년스런 유니폼을 입혀 한창 사랑에 갈증을 느낄 시기인 사춘기 소년 소녀들한테서 '관능적 미의식'을 박탈해 버릴 때, 학생들은 그것에 대한 반발로 적개심과 신경질만 늘어갈 게 뻔하다.

만약 군인들에게 자유복장을 허용하고, 머리를 마음대로 기르게 하고, 마음껏 몸치장을 하도록 허락한다고 가정해 보라. 그들은 차츰 '전투적 심리'에서 해방되어 결국은 전의(戰意)를 상실하고 말 것이 뻔하다. 두 나라가 서로 싸울 때, 한쪽 나라의 군인들만 멋을 낸다면 그 나라는 패전할 것이 분명하다. 하지만 두 나라 군인들이 다 같이 멋을 낸다면, 결국에 가서는 전쟁 자체가 없어지고 인류는 평화로운 행복과 사랑의 기쁨을 향유할 수 있게 될 것이다.

이제부터 우리는 '아름다움'의 본질을 '순수미'보다는 '관능미'에서 찾아야 한다. 그리고 '관능미'가 단지 퇴폐적이고 현실도피적인 아름다움에 머무는 것이 아니라는 사실을 깨달아야 한다. '관능적 아름다움'만이 인류 역사에서 도저히 근절시킬 수 없었던 전쟁과 폭력을 없애줄 수 있고, '착취적 성욕'이 아니라 '평화스럽고 심미적인 성욕'을 가능하게 해줄 수 있다. 관능미란 어찌 보면 인류의 자멸을 막아줄 수 있는 가장 효과 빠른 수단이 되는 것이다. 내가 '야한 여자' 이야기를 많이 하고 나아가 여자뿐만 아니라 모든 남녀들이 다 야해지기를 진심으로 바라는 것은 이런 까닭에서이다. 위에서 소개한 성경 기록에 나오는 '마리아'는 아마도 '야한 여자'가 아니었나 싶다.

'야한 아름다움'이 결코 사치와 퇴폐의 상징으로 매도돼서는 안 된다. 인간 모두가 '본능적 욕구의 당당한 노출'에서 우러나오는 진정한 관능미를 능동적으로 가꿔나갈 수 있을 때, 세계는 비로소 상쟁(相爭)을 멈추고 사랑의 낙원으로 바뀌어질 수 있다.

나는 '야한 사람'은 '야한 마음'을 간직하고 있는 사람이라고 생각한다. 야한 사람을 '야인(野人)'이라고 부를 수도 있는데, 야인은 '문명인(文明人)'과 대비된다. 문명인이 이기적 명예욕과 허위의식으로 가득 차 윤리적 명분을 좇아 살아가는 사람이라면, 야인은 스스로의 본성에 충실한 자연아(自然兒)를 가리킨다.

중국의 경우라면 문명인의 대표적 인물로 공자나 맹자를 꼽을 수 있고, 야인의 대표적 인물로 장자나 양주(楊朱)를 꼽을 수 있다. 우리나라의 경우라면 가장 야인다웠던 여성으로 기생 황진이를 꼽을 수 있다. 그 반대쪽에 서는 여성은 아마 신사임당쯤 될 것이다. 어쨌든 나는 남자든 여자든 관능적으로 자유로운 정신을 가진 사람을 일단 '야한 사람'으로 간주하고 싶다.

그래서 내가 좋아하는 '야한 여자'의 첫째가는 조건은 우선 '야한 마음'이다. 흔히들 '야한 여자'를 '화장을 덕지덕지 많이 한 여자', '퇴폐적으로 선정적인 옷차림을 한 여자' 등으로 보고 있는데, 그런 설명이 틀린 것은 아니지만 '겉으로만 야한 여자'를 가리키고 있어 충분한 설명은 되지 못한다고 생각한다. 물론 마음이 야하면 겉도 야해진다. 그러나 '진짜 야한 여자'가 되려면 겉과 속이 다 야해져야 할 것이다. 특히 요즘같이 '겉만 야한 여자'가 점점 늘어나고 있는 추세에서는, 겉만 야한 여자가 마치 '진짜 야한 여자'처럼 보여 속아 넘어가기 쉽다(나도 많이 속았다).

마음이 야하다는 것은 본능에 솔직하다는 뜻이다. 그리고 정신주의자가 아니라 육체주의자라는 뜻이다. 우리가 갖고 있는 본능은 동물의 그것과 크게 다르지 않다. 즉 식욕과 성욕이 우리가 살아가는 원초적 이유이며 우리의 실존 그 자체가 된다.

그 가운데서도 나는 성욕이 더 중요하다고 생각하는데, 사랑에 대한 욕구나 희망 없이는 식욕조차 충족시킬 수 없기 때문이다. 고독에 찌들어 지내거나 상사병에 걸렸을 때 제일 먼저 나타나는 증상은 '식욕의 감퇴'이다. 그리고 '사랑'은 '성적 욕구'와 크게 다르지 않다.

그러므로 야한 마음을 가진 여자는 성적 욕구에 솔직한 여자이고, 성적 욕구에 솔직하다 보면 아름다움에 대한 욕구에도 솔직해진다. 아름다움이란 결국 이성에게서 사랑받고 싶고, 이성의 눈에 쉽게 띄고 싶고, 이성에게 '섹스 어필'하고 싶은 욕구의 결과로 나타나는 것이기 때문이다. 흔히들 말하는 '고상한 아름다움' 같은 것은 원칙적으로 존재하지 않는다. 아름다움의 기준은 섹시하냐 못하냐로 결정될 뿐이다.

그래서 '야한 여자'는 섹시한 여자이고 스스로를 섹시하게 꾸미는 데 당당한 여자다. 남이 뭐라고 하든 화려하게 몸치장을 하고('화려한 몸치장'을 '사치스런 몸치장'과 혼동하지 말기 바란다) 선정적인 이미지로 자기 자신을 가꿔나가는 여자다.

예컨대 입술에 항상 립스틱을 바르거나 머리를 아주 길게 기르는 여자는 '야한 여자'다. 그럴 경우 입술이나 머리의 색깔은 분홍색이나 갈색 같은 '고운' 빛깔이 아니라, 새빨간색이나 노란색같이 '튀는' 느낌을 주어 관능적 열정을 유발시키는 빛깔이어야 한다. 노출이 많은 옷을 즐겨 입는 여자도 '야한 여자'다. 비싼 보석 장신구가 아니라 싸지만 그로테스크한 디자인으로 된 장신구를 좋아하는 여자도 '야한 여자'다. 그리고 살갗접촉에 용감한 여자 또한 '야한 여자'다.

그렇다면 마음이 진실로 야해져서 그것이 겉으로까지 드러나게 되는 것은 어떤 심리적 메커니즘에 의해서일까? 나는 '야한 마음'을 유지시켜 주고, 그런 마음을 '관능적 아름다움의 적극적 창조'로까지 발전시켜, 아름다운 사랑을 즐길 수 있도록 만들어주는 근본적 심리기제(心理機制)가 '자기애(自己愛 : 나르시시즘)'에 있다고 생각한다.

지금까지 많은 심리학자들은 나르시시즘을 일종의 변태심리로 보아, 이성과의 성적 접촉이 심리적으로 불가능할 때 할 수 없이 대용품으로 이용하게 되는 '변칙적 성애' 정도로 간주했다.

그렇지만 나는 나르시시즘을 좀 더 폭넓게 수용하여, '자기 자신의 주체적 자아가 확보되어 스스로의 군건한 가치관을 갖게 됐을 때 맛보게 되는 기쁨'이라고 정의하고 싶다. "저 잘난 맛에 산다"는 말이 있는데, 그것이 바로 진정한 나르시시즘이다. 남이 뭐라고 하든 저 잘난 맛에 살 수만 있다면, 그 사람은 자기 자신의 주체적 삶과 독창적 행복을 확보할 수 있는 것이다.

그래서 야한 여자는 '자신을 미적(美的) 즐거움의 대상'으로 삼는 여자다. 말하자면 누구를 위해서 화장하거나 다른 사람에게 보이기 위해서 화장하는 여자는 야한 여자가 아니다. 스스로 제멋에 겨워 화장하고 몸을 꾸미는 여자, 그런 여자는 애인이 없어도 행복할 수 있다.

굳이 화장의 예를 들지 않아도 된다. 누군가와 사랑을 나눌 때, 상대방을 소유하는 즐거움보다 나르시시즘을 맛보는 즐거움에 취할 수 있는 여자(또는 남자)는 야한 여자(또는 남자)다. 그런 사람은 애인이 떠나가도 별로 큰 상처를 받지 않는다. 혼자서도 얼마든지 관능적 나르시시즘을 즐길 수 있기 때문이다.

21. 인간은 관능적 상상력을 통해
고통과 권태를 극복할 수 있다

　　나의 경우, 서른다섯 살 전후까지는 비록 자잘한 육체적 아픔들을 겪었을망정 그래도 정신적으로는 철없이 순진한 낙관주의를 견지하고 있었다. 무엇보다도 나는 '사랑'에 대한 낭만적인 기대와 희망에 부풀어 있었다. 그리고 사랑 가운데서도 정신 중심의 플라토닉한 사랑에 중점을 두고 있었다. 물론 육체적 욕구를 아예 무시할 수는 없었다. 그래서 나는 남들이 보통 그러는 대로 '정신'이 주(主)가 되고 '육체'가 부(副)가 되어 서로 조화를 이루는 사랑을 꿈꾸었고,

또 그런 사랑이 어느 정도 가능하리라고 믿었다.

하지만 그 이후로 나는 결혼과 이혼 등 개인사적(個人史的)으로 중요한 몇 가지 사건을 경험하게 되면서 생각이 흔들리게 되었다. 그리고 내 나름의 절실한 '앎에의 욕구'에서 출발한 간접경험(주로 동양철학과 한방의학 이론, 그리고 정신분석학)을 통해 많은 것을 배우게 되었다. 그 결과 나는 인간의 정체와 내가 꿈꾸어온 욕구의 정체에 대해서 어렴풋하게나마 윤곽을 잡을 수 있게 되었던 것이다.

내가 진짜 마음속으로 꿈꿔온 사랑은 정신적인 것이 아니라 육체적인 것이었고, 현실에서 가능한 사랑이 아니라 일종의 관능적 판타지(fantasy)였다. 서른다섯 살 때까지만 해도 나는 시에서건 산문에서건 육체와 정신, 관능적 상상과 실제적 현실 사이에 교묘하게 양다리 걸치는 글을 쓰고 있었는데, 나중에 가서 생각해 보니 그때 내가 '보다 시원한 배설'과 '보다 짜릿한 글쓰기의 기쁨'에 굶주려 있었던 것은 그런 심리적 이중구조가 원인이었다는 것을 알게 되었다.

사람은 밤에는 잠을 자고, 잠잘 때는 꿈을 꾸며 살아가는 존재이다. 꿈이 없는 잠은 건강하지 못한 잠이며, 꿈속에 나타나는 비현실적이고 변태적인 판타지에 대해 규범적 윤리나 리얼리즘의 잣대를 들이대는 것은 부질없는 짓이다. 우리는 꿈속에서 맛보는 탐욕스럽고 황당무계한 경험들을 통해 동물적 본능을 간신히 충족시키면서 살아간다. 꿈속의 판타지조차 없다면, 우리는 극단적 금욕주의자나 극단적 쾌락주의자가 되어 미쳐버릴 수밖에 없다.

그러나 밤에만 수동적으로 꿈을 꾼다는 것은 무척이나 감질나는 일이다. 그러므로 대낮에도 꿀 수 있는 꿈을 창조해 낼 필요가 있다. 그래서 생겨난 것이 바로 시·소설·영화 등의 예술이라고 할 수 있다.

예전부터 나의 관능적 상상의 이미지 대부분을 차지하고 있는 것들은 '여인의 긴 손톱'을 중심으로 하는 각종의 페티시(fatish)였다. 나는 이런 상상적 습벽(習癖)을 남자들이 공통적으로 갖고 있는 그저 그런 성적 기호(嗜好) 정도로만 알았다. 그런데 나중에 가서 그것을 주위 사람들의 성적 기호와 비교해 보니, 보편적인 게 아니라 좀 특별하고 비상식적인 것이어서 부끄러워졌다. 하지만 차츰 나이를 먹어가면서 내가 갖고 있는 유별난 관능적 기호에 대해 일종의 체념 비슷한 것이 생겼다. 그리고 그런 성적 기호를 오히려 당당하고 긍정적인 측면에서 수용해야겠다고 결심하게 되기에 이르렀다.

그래서 나는 결국 '관능적 상상력을 통해 인간해방을 꿈꾸는 외로운 페티시스트(fetishist)' 이외엔 아무것도 아니라는 결론을 내리게 되었다. 나의 생명을 지탱하기 위해서는 관능적 상상력이 필수적이고, 또 어떤 형태의 관능적 상상이라 할지라도 그것에 현실적 논리가 개입돼서는 안 되며, 관능적 상상력이 결국 모든 문화발전의 원동력이 되어 준다는 사실을 확신하게 됐다고나 할까.

나는 시든 소설이든 모든 문학작품을 쓸 때 근본적 창작동기를 '펀디지의 창조'에 둔다. 그러나 아직도 이 땅에서는 낭만주의 이론보다는 리얼리즘 이론이 더욱 호소력 있게 문학창작가나 평론가들에게 먹혀 들어가고 있는 것 같다. 물론 그런 사람들의 문학관이 그릇된 것이라고는 말할 수 없다. 하지만 나는 한 나라의 문학이 자유롭게 발전하려면 리얼리즘과 낭만주의가 사이좋게 공존(共存)해 나가야 한다고 믿기 때문에, 획일적이고 흑백논리적인 문학관이 못마땅하게 느껴지는 것이다.

리얼리즘이 꼭 현실의 반영이어야 한다는 주장에도 나는 찬동할 수 없다. 어찌 보면 모든 문학작품은 다 리얼한 것이다. 낭만적 환상을 소재로 글을 쓴다 할지라도, 기법적으로 환상을 얼마나 '리얼하게' 묘사해 내느냐에 중점을 둬야 한다. 물론 요즘 얘기되는 리얼리즘은 묘사적 기법 위주의 리얼리즘이 아니라 일종의 '비판적 리얼리즘'이긴 하지만, 아무튼 인간의 마음속에 품고 있는 생각―이성적 판단에 의한 것이든, 감성적 공상에 의한 것이든―을 묘사한다는 점에 있어서는 낭만주의와 별 차이가 없다고 본다.

다시 말하지만 사람은 누구나 꿈을 꾼다. 밤에만 꿈을 꾸는 게 아니라 낮에도 백일몽을 꾼다. 우리는 꿈을 통해서 일상생활 중에 쌓였던 본능적이고 원초적인 욕구들을 풀어버린다. 풀어버린다는 말은 배설시켜 버린다는 말과 뜻이 같고, 또 아리스토텔레스가 말한 카타르시스의 의미와도 부합되는 말이다.

그래서 예술이란 말하자면 우리가 인공적으로 만들어낸 꿈이라고 할 수 있다. 프로이트 식 표현을 빌린다면, 윤리적 억압 즉 초자아(super-ego)에 짓눌려 질식상태에 있는 본능(Id)을 조금이라도 살려내기 위해, 잠재의식이 자연스럽게 창출해 낸 대리배설 장치가 바로 예술인 셈이다. 밤에 꾸는 꿈이나 백일몽만 가지고서는 감질만 날 뿐 완전한 충족이 어렵다. 둘 다 수동적인 꿈이지 능동적인 꿈은 못 되기 때문이다.

그러므로 예술표현에 있어 '판타지'는 필수적 요소인 것이며, 판타지의 내용이 아무리 탈(脫)상식적이고 탈이성적인 것이라 할지라도 그것을 현실의 잣대로 재단해서는 안 되는 것이다. 예술에 있어서의 판타지는 환상·공상·망상 등 다양한 용어로 표현될 수 있다. 상상이든 망상이든 공상이든, 거기에는 윤리와 비윤리, 건강성과 불건강성 등의 도덕적 기준이 개입할 수 없다.

나는 예술은 환상적 대리만족감을 감상자에게 주는 데 목적이 있다고 생각한다. 그래서 한시바삐 백일몽적 판타지의 예술적 효용가치에 대해 긍정적인 평가가 내려져야 한다고 본다. 인간은 일만 하고 살 수는 없고 반드시 놀이를 필요로 한다. 예술 역시 놀이의 일종이므로, 그 내용이 아무리 비상식적인 것일지라도 인간의 심성개발에 도움을 준다. 꿈속에서 사람을 죽였다고 해서 꿈을 깨고 난 뒤 진짜로 사람을 죽이는 일은 없다. 오히려 억압된 정서가 대리배설되어 평화로운 심성이 가능해지는 것이다.

예술가는 상상의 세계 속에 즐겁게 빠져들며 현실을 초월할 수 있어야 한다. 그런 심성은 예술적 테크닉의 숙련에 매우 큰 도움을 준다. 현실 속에서는 아무런 즐거움이나 쾌감도 주지 못하는 평범한 사물들이 예술가의 상상 속에서 재창조되어 판타지로 바뀌면서, 예술가 자신에게뿐만 아니라 예술감상자들에게도 창조적 환상의 놀이를 제공해 주는 것이다.

　나 자신의 경우를 예로 든다면 앞서 말했듯이 소설이나 시의 소재로 손톱을 즐겨 사용하고 있는데, 작품 속에 나타나는 손톱은 일상적 손톱이 아니라 엄청나게 길게 길러 관능적인 모습으로 변모된 '환상적인 손톱'이다. 내가 손톱을 소재로 하여 쓴 시만도 10편이 넘는데, 그중에 「손톱」이라는 작품을 한번 소개해 보기로 한다.

　　손톱을 엄청나게 길게 기른(적어도 15센티미터 이상) 여인은
아름답다
　　(매니큐어 색깔은 별 의미가 없다. 손톱의 길이가 긴 것이 중요하다)
　　비수처럼 긴 손톱은 예쁜 손톱이 아니라 '무시무시한 손톱',
'으스스한 공포감을 주는 손톱'이 된다
　　나태하고 권태로운 손톱도 된다

　　손톱이 아주 길면 손 놀리기가 불편해진다 그래서
　　밥 먹을 때, 단추를 잠글 때, 글씨를 쓸 때, 화장을 할 때
　　그녀의 손동작은 지극히 우아해진다 귀족적으로 된다
　　긴 손톱의 여인이 15센티미터도 넘는 하이힐을 신고 걸어가는 모습은 너무나 고혹적이다

모든 것이 위대롭게 보이고, 불안해 보이고, 가냘퍼도 보인다

무시무시한 가냘픔, '일부러 불편하게 하기'의 상징인 손톱
사디즘과 마조히즘의 복합이다

딱딱한, 그래서 감각도 생명도 없는 손톱이 마치 생명체처럼
자라난다는 것이 신기해서 나는 좋다
　손톱을 길게 기른 여인은 대개 본능적이다 백치미와 관능미
가 있다 오히려 착하다

그 여인의 긴 손톱에 긁히우고 싶다

　15센티미터가 넘게 긴 손톱을 판타지가 아니라 현실로 받아들인
다면 도저히 말도 안 되는 얘기가 되어버린다. 그렇게 손톱을 길게
기르기도 힘들고(물론 아주 불가능한 것은 아니지만), 그토록 높은
굽의 하이힐을 신고 걸어다니기도 힘들다. 아니 힘들고 안 들고를
떠나서, 현실적 사고(思考)에 빠져 있는 문학가의 눈으로 보면 '귀
족적인 것이 좋다'든가 '나태한 것이 좋다'든가 하는 표현이 아주 비
양심적이고 몰상식한 말로 들릴 것이다. 아예 반(反)민중적 발상이
라고 욕할 사람이 있을지도 모른다.
　하지만 문학에만은 이런 현실적 기준이나 이념의 기준 또는 도

덕의 기준이 개입돼서는 안 된다. 그것은 사회과학의 영역이지 예술의 영역은 아니기 때문이다. 시인이 무엇을 꿈꾸든, 그리고 꿈속에서 어떤 스타일의 여인을 사랑하든, 윤리적으로 간섭할 수는 없다.

그런데도 나는 그런 내용의 시나 소설을 발표하고 나서 험악한 비난과 욕설을 많이 얻어들어야 했다. '품격 없는 포르노다', '너무 사치스럽고 퇴폐적이다', '너무 변태적이다' 등의 비난을 퍼붓는 사람이 많았다. 그런 이들은 잠잘 때 꿈도 안 꾸고 자는 모양이었다.

또 설사 내가 쓴 작품의 내용이 판타지가 아니라 현실이라고 해도, 내가 손톱을 길게 기르고 화장을 많이 한 소위 '야한 여자'를 좋아한다는 것 자체가 비난받아서는 안 된다. 화장을 안 한 여성을 사랑하거나 화장을 많이 한 여성을 사랑한다는 것은 오직 취향의 차이일 뿐이다. 그런데 '내가 싫어하는 것을 너는 왜 좋아하느냐' 식으로 비난의 화살을 쏘아댄다면, 그런 사고방식은 진실로 반민주적인 것이 될 수밖에 없는 것이다.

아무튼 창조적 예술가는 어린아이다운 순진성을 갖고서 환상의 세계와 현실의 세계를 자유자재로 넘나든다. 창조적 예술가는 소꿉놀이를 하며 노는 아이들처럼, 환상의 세계를 창조하여 그것을 현실과 자연스럽게 분리시킨다. 이때 양심적 고뇌나 논리적 사고방식 같은 것이 개입되지 않는 건 물론이다.

환상의 원동력은 충족되지 않는 소망이다. 현실에서는 도저히 실현 불가능한 소망들을 예술가는 곧바로 환상의 영역으로 옮겨, 꿈속에서의 충족을 기도하는 것이다. 그래서 환상을 사랑하는 사람들일수록 우울증이나 노이로제에 걸리는 사람이 드물며, 특히 변태적 섹스를 모티프로 하는 환상에 빠져들기를 좋아하는 사람일수록 현실 속에서는 오히려 변태적 일탈(逸脫) 행동을 저지르지 않는다.

판타지의 내용을 차지하는 것은 대부분 에로틱한 것들이다. 현실 안에서 아무리 애써도 도저히 채워질 수 없는 욕망이 바로 성욕이기 때문이다. 특히 문명상태에서는 성욕 자체가 죄악시되기까지 하므로, 잠재의식 속에 있는 성적 욕구는 굶주림에 지쳐 더욱더 슬픈 비명을 지르게 되는 것이다. 시든 소설이든 미술이든 음악이든, 모든 예술작품의 주제에 공통적으로 깔려 있는 것이 사랑 즉 성(性)인 것은 바로 이런 이유에서이다.

그러므로 예술표현에 나타나는 에로틱 판타지를 불륜이나 퇴폐로 매도한다는 것은 언어도단이 될 수밖에 없다. 일정한 성적(性的) 금제(禁制)와 위선적이고 반(反)자연적인 윤리를 토대로 하여 이루어진 문명사회에서, 예술이 표현해 내는 에로틱 판타지마저 없다면 사람들은 모두 미쳐버릴 것이 틀림없다. 판타지의 효용은 긴장의 해방에 있고, 긴장의 뿌리는 개인보다는 전체를, 쾌락보다는 금욕을 강조하는 규범적 윤리와 사회제도에 있기 때문이다.

그러므로 예술이란 일종의 대용적(代用的) 만족이며 현실적 이성의 세계에 맞서는 비현실적 몽환의 세계이다. 리얼리즘의 시각에서 보면 이 말이 다분히 퇴폐적이고 퇴영적인 사고방식에서 나온 것으로 들리겠지만 어쩔 수 없다. 이가 없으면 잇몸으로라도 씹어야 한다. 언제나 리얼리티나 도덕이나 이성만 생각하며 살아가라는 것은, 마치 "이가 없으면 굶어죽어라"라는 말과 같다.

그런데 재미있는 것은, 이토록 비현실적이고 몽상적인 내용으로 가득 차 있는 예술적 판타지들이 실제로 현실화될 수도 있다는 사실이다. 그래서 과학 이전에 상상력이 있고, 실제적 발명과 창조 이전에 공상이 선행(先行)한다는 이론이 가능해진다.

비행기가 발명되기 이전에 '새처럼 날고 싶어'라는 내용의 시가 있었다. 잠수함이 발명되기 이전에 인어공주 이야기나 바닷속 용궁에 관한 설화가 있었다. 요즘 점점 더 개발에 박차를 가하고 있는 로봇 또는 인공두뇌의 발명 이전에 차페크라는 작가가 쓴 「로봇」이라는 희곡이 있었다. 당장은 황당무계한 망상으로 보이는 것일지라도, 시간이 흘러가다 보면 그것이 실제화(實際化)되는 기적이 일어난다.

내가 시집 『가자, 장미여관으로』에 수록한 「서기 2200년」이란 제목의 시에서 생물학적 로봇들을 이용한 하렘의 군주 같은 생활을 그렸더니, 어떤 이는 '도저히 말도 안 되는 변태적 망상'이라고 했다. 그리고 내가 쓴 소설 『광마일기』에서 주인공이 일부다처제식 환락의 장(場)을 꿈꾸는 것에 분개하여 '남성우월주의의 잔재'라고 꼬집은 이가 있었다. 그러나 그런 내용의 글을 쓴 건 내가 남자이기 때문이다. 여자의 경우라면 거꾸로 여왕이 되어 수많은 남자 로봇을 하렘의 후궁으로 둘 수도 있는 것이다. 문학작품을 현실의 잣대, 윤리의 잣대로만 재단하려고 하는 한국의 문학풍토가 안타깝기만 하다.

상상 속에서 왕이 되고 여왕이 되는 것을 죄라고 할 수 있을까? 상상력의 단죄(斷罪)란 도저히 있을 수 없다. 그것은 나다니엘 호손의 소설『주홍글씨』의 무대가 됐던 미국의 초기 식민지 시절에나 가능했던 일이다. 그때는 꿈속에서 정사를 벌이거나 몽정(夢精)을 하면, 곧바로 교회로 달려가 목사에게 고백하고 용서를 구해야만 구원받을 수 있다는 미신적 사고방식이 활개치던 때였다.

예술에 있어서의 판타지는 또한 치료적 효용을 가지기 때문에 소중하다. 현대인들은 갖가지 스트레스에 시달리다 병을 얻는 일이 많은데, 이럴 때 예술적 판타지는 스트레스를 풀어주는 역할을 한다.

학생시절에는 딱딱한 설교조(調)의 고전문학 작품을 즐겨 읽다가 나이를 먹어가며 세파에 시달리다 보면 점점 딱딱한 책(예컨대 도스토에프스키의 소설이나 릴케의 시 같은)을 멀리하게 되는 것은 이런 이유 때문이다. 문학작품에는 반드시 사상성이 있어야 하고, 두고두고 독자의 가슴에 파고드는 도덕적 메시지를 내포하고 있어야 한다고 믿는 이들이 많은데, 그것은 편협한 사고방식이라 아니할 수 없다.

앓아누워 있는 환자에게 칸트나 헤겔의 저서를 갖다 줘서 어쩌셨단 말인가. 그럴 때는 기분전환을 위해 일회용(一回用)으로 읽어 치울 수 있는 만화가 더 낫다. 만화는 훌륭한 치료효과를 발휘하며,

그래서 예술의 역할을 충분히 수행한다고 볼 수 있다.

음악 역시 마찬가지다. 대중가요와 가곡, 클래식과 경음악의 구별을 나는 인정하고 싶지 않다. 그때그때 감상하는 이가 처한 상황에 따라 대중가요가 필요할 때도 있고 클래식 음악이 필요할 때도 있다. 대중가요가 없는 사회를 한번 상상해 보라. 얼마나 무미건조할 것인가. 사람들은 모두 집단 히스테리 증세를 일으킬 게 뻔하다. 사람들이 대중가요를 그토록 좋아하는 이유는 가사의 내용이 비현실적이고 환상적이기 때문이라는 것을 잊어서는 안 된다.

구 소련의 붕괴나 동구 공산권 국가들의 자유화는 무미건조한 이데올로기에 지친 민중들에 의해 이룩된 것이다. 그들에게는 자본주의니 공산주의니 하는 이념의 문제보다도, 예쁜 스타킹 한 켤레와 사랑을 나눌 수 있는 에로틱한 공간에 더 관심이 갔던 것이다. 아니 허기진 성욕을 대리배설시킬 수 있는 한 권의 에로소설이 필요했을지도 모른다.

꿈은 우리의 제2의 인생이요, 제2의 이성(理性)이다. 꿈은 모든 모순된 사실들과 변태적 욕구들의 복합체이며, 그런 복합성과 불명확성 때문에 의미의 무한한 확장이 가능한 것이다.

꿈속에서 우리는 주지육림(酒池肉林)에서 벌거벗은 미녀들을 끼고 놀았던 은(殷)나라의 폭군 주왕(紂王)이 되어도 무죄이다. 여자 흡혈귀가 되어 신나게 남자들을 죽여대도 무죄이다. 서울 장안을 정액이나 애액(愛液)으로 물바다가 되게 해도 무죄이다. 꿈속에서 한 행위에 대해서조차 죄냐 아니냐, 선이냐 악이냐를 따지려 드는 사람은 없다. 그런데 왜 유독 예술작품에 나타나는 판타지에 대해서는 선과 악, 윤리와 반윤리, 유죄·무죄를 따지려 드는 것일까.

예술이 고귀한 이유는 그것이 어떠한 이성적 이론으로도 요리될 수 없는 무한한 상징의 보고(寶庫)이기 때문이며, 과학이 아직도 해결하지 못하고 있는 여러 가지 '심층심리적 진실'을 예술적 상징이 해명해 주고 있기 때문이다. 그래서 예술가는 예언자가 되고 치외법권자(治外法權者)가 된다. 내가 지금까지 쓴 시나 소설에 상징적 장치들을 의도적으로 많이 집어넣은 것은 그 때문이라고 할 수 있다.

우리나라 모든 장르의 예술가들에게 상상의 자유, 상징적 판타지의 자유가 부여되지 않는 한, 한국 예술은 더 이상 발전할 수 없다. 나는 이념과 도덕의 무게에 짓눌려 질식상태에 있는 우리나라 예술에 한 가닥 숨결이라도 흘려보내 주려는 의도에서, 나의 관능적 판타지들을 발가벗겨 보이는 작업을 계속 시도하고 있다. 그러나 주변의 매섭고 답답한 눈초리들이 나를 지치고 피곤하게 한다.

인생은 '고통'이 아니면 '권태'다. 인간의 삶을 이끌어가는 것은 이 두 가지밖에 없다. 고통에는 꼭 육체적 고통만이 아니라 정신적 고통도 포함된다. 사랑하는 사람을 차지하지 못하는 괴로움, 사업의 실패로 인한 괴로움, 이데올로기적 갈등에서 생기는 괴로움 같은 것들도 다 고통이다. 물론 육체적 고통이 더욱 괴롭다. 두통·치통·복통·요통 등의 갖가지 통증은 우리의 정신마저 마비시켜 버린다. 특히 그 원수 같은 놈의 치통과 복통! 지금껏 내 생애의 거의 전부를 좀먹어 온 치통과 복통을 생각하면 이가 갈리고 치가 떨린다.

인간은 고통 중에 있을 때 그 고통을 이겨보려고 발버둥치게 되고 좀 더 편안한 상태, 쾌적한 상태에 도달하려고 죽어라고 노력하게 된다. 그러나 설사 고통이 끝나고 행복한 순간이 찾아오더라도 그것은 잠깐뿐이다. 곧바로 고통만큼이나 무서운 권태가 인간의 가슴을 송두리째 갉아먹는다.

가장 좋은 예가 바로 '사랑'이다. 사랑하는 이를 만나지 못하고 차지하지 못해 상사병을 앓아가며 안달복달하던 사람도, 막상 사랑하는 사람과 만나 어떤 형태로든 사랑을 이루고 나면 곧바로 권태감에 사로잡히고 만다. 그래서 수많은 연애소설들이 마지막 부분에 가서 연인들 가운데 한 명을 불치의 병이나 교통사고 같은 것으로 죽어버리는지도 모른다. 아마도 권태가 찾아올까 봐 두려워하는 작가의 잠재의식 때문일 것이다.

은연중에 인간은 사랑을 한창 나누고 있을 때도, 자기나 상대방 가운데 하나가 사랑의 절정 중에 죽어버리기를 원하고 있는지도 모른다. 그래서 비극으로 끝나는 러브 스토리가 그토록 많은지도 모른다. 어쨌든 사랑의 절정 뒤에는 권태가 오고, 사업의 성공 다음에는 권태와 함께 이른바 '성공 우울증'이 온다. 병의 치유 다음에도 권태가 온다. 아프지 않으면 권태롭다.

문학도 마찬가지다. 모든 문학작품들은 결국 고통에 관한 것이거나 권태에 관한 것이거나 두 가지 중 하나다. 참여냐 순수냐, 민중문학이냐 부르주아문학이냐, 하고 따질 것이 못 된다. 고통에 관한 넋두리가 참여문학이나 민중문학이라면, 권태에 관한 넋두리가 순수문학이나 부르주아문학이다. 고통이든 권태든 다 괴로운 것이기 때문에, 어느 것이 더 리얼하게 인간의 실존을 대표하는 것인지 경중을 가리기 어렵다.

한평생 고통만 겪으며 사는 사람도 있을 수 있고 한평생 권태만 느끼며 사는 사람도 있을 수 있다. 하지만 그런 사람은 극소수이고, 인간은 대개 권태와 고통을 번갈아 느끼면서 살아간다. 태어날 때부터 귀족인 사람은 배고픈 고통을 경험해 볼 겨를이 없으니 부르주아적 권태만 느낄 거라고 생각하기 쉽지만 그렇지만도 않다. 그들도 역시 병에 걸리게 마련이니까 말이다. 석가모니가 왕자의 신분으로 태어났음에도 불구하고 계속 번민하다가 출가한 것도 좋은 보기가 된다.

우리는 결국 생로병사(生老病死)의 고통을 도저히 피할 길이 없고, 생로병사 사이사이에 찾아오는 권태도 피할 수 없다. 그런 측면에서 보면 민중이건 귀족이건 다 평등하다. 민중예술, 귀족예술 하고 나누지 말아야 한다. 민중이나 귀족이나 다 마찬가지로 불쌍한 사람들이다. 우리들은 다 불쌍하다. 우리들은 다 권태로운 존재들이다. 예뻐도 권태롭고 못생겨도 권태롭다. 까만색 머리카락도 권태롭지만 노란색 머리카락 역시 권태롭다.

그렇다면 우리는 왜 살까? 무엇 때문에, 무엇을 위해 살아가는 것일까? 해답은 분명하다. 우리는 오직 고통과 권태 사이를 잠깐잠깐씩 스쳐가며 존재하는 '오르가슴'을 위해, 그 짧지만 달콤한 오르가슴의 맛 때문에, 그 맛에 얽매여 살아간다.

오르가슴, 법열감(法悅感), 열반의 경지, 정신적 절정감⋯⋯. 다 부질없는 노릇이다. 그것들은 모두 다 너무나 짧다. 남자의 경우 성행위 시에 느끼는 오르가슴은 단지 몇 초 동안에 불과하다. 그런데도 우리는 그 몇 초를 위해 몇 년, 몇십 년, 아니 한평생까지를 기꺼이 허비해 버리곤 한다. 하긴 그래서 우리가 쉽게 자살하지 못하고 그럭저럭 생명을 이어나가고 있는지도 모르지만.

몇 초 동안의 오르가슴이 우리의 종족번식을 이루게 하고, 그래서 우리로 하여금 영생(永生)에 대한 가냘픈 미망(迷妄)을 품게 만들어 준다. 저주받을진저, 그 망할 놈의 오르가슴!

운명, 팔자, 섭리⋯⋯, 있는 것 같기도 하고 없는 것 같기도 하다. 전생과 윤회⋯⋯, 있는 것 같기도 하고 없는 것 같기도 하다. 신과 인과응보⋯⋯, 있는 것 같기도 하고 없는 것 같기도 하다. 모두 다 불가해한 개념들이다.

그런 것들에 기댈 바에야 차라리 상상에 빠져 순간적인 관능의 쾌감, 찰나적인 관능의 엑스터시에 몸을 맡기는 게 낫다. 순간적인 오르가슴에 대한 미련을 버리지 못할 바에야, 자살하지 못하고 살아갈 바에야, 그냥 그때그때의 쾌락이라도 이런저런 주석(註釋) 붙이지 말고 받아들이는 게 낫다. 먹을 때 느끼는 쾌감, 아름다운 것을 볼 때 느끼는 쾌감, 좋은 소리를 들을 때 느끼는 쾌감, 이런 것들도

다 관능적 쾌감들이다.

　내 경우에는 역시 '여자의 길디긴 손톱'이 관능적 쾌감의 원천이었다. 나는 아주 길고 뾰족하게 길러 오색 매니큐어를 칠한 손톱을 보고 만지고, 또 그 손톱으로 내 온몸을 슬슬 할퀴게 하면서 숨막힐 정도로 황홀한 관능적 법열감을 맛보고 싶어했다. 하지만 그런 여자를 만나는 게 거의 불가능했기 때문에, 상상 속에서라도 그런 손톱을 만지고 더듬으며 관능적 쾌감을 경험하곤 했었다. 또 그런 내용의 글을 쓰면서 관능적 쾌감에 빠져들기도 했다.

　나는 남자의 경우라면 여자의 긴 손톱(또는 긴 머리카락이나 풍만한 젖가슴 등도 마찬가지다)이 환기시켜 주는 상징적이고 개방적인 상상들이, 여성과의 실제적 결합보다 훨씬 더 소중하다고 생각한다. '긴 손톱'을 단지 성적 결합을 위한 전희(前戲)의 도구로만 이용해서는 안 된다. 참된 에로티시즘은 '사정(射精)'이 아니라 '발기(勃起)'에 있다. 긴 손톱의 그로테스크한 이미지는 언제나 나의 '상상적 발기'를 오랫동안 지속시켜 주었다. 다시 말해서 오르가슴의 순간을 기대하는 시간을 한없이 기분 좋게 연장시켜 주었다.

　이것은 여성의 경우도 마찬가지다. '여자의 긴 손톱' 대신에 '남자의 긴 손가락'이나 '긴 머리카락' 같은 것을 대입(代入)하면 되고, '사정(射精)'을 '수정(受精)'으로 바꾸면 된다. '발기'는 남자나 여자나 같다. 여자는 페니스 대신 클리토리스가 발기하는 것이 다를 뿐이다. 다시 설명하자면, 여자에게 있어 참된 에로티시즘은 '수정'이 아니라 '발기'에 있다.

권태에 빠지지 않기 위해서 우리는 오르가슴의 순간을 거부하려고 노력하지 않으면 안 된다. 왜냐하면 사정(또는 수정) 후엔 반드시 권태가 오고, 곧이어 오르가슴은 사라져버리기 때문이다. 권태 후엔 회의(懷疑)가 오고, 거기서 숙명이니 신이니 인과응보니 선악이니 하는 따위의 온갖 쓰잘데없는 관념들이 밀려온다. 그래서 우리를 정신주의자로 만들어 종교에 빠져들게 하고, 내세의 업보를 두려워하게 하고, 결국에 가서는 관능적 쾌감을 죄악시하게 만들어버린다.

오르가슴을 없애고 사정(또는 수정)을 없애버리면, 그리고 성적 결합을 없애고 결혼을 없애버리면, 이데올로기도 없어지고 관념의 유희도 없어지고 인과응보도 없어지고 내세도 없어질 것이다. 그래서 내 머릿속에는, 아니 적어도 내 이상(理想) 속에는, 오르가슴이란 말은 없다.

고통은 없어져야 한다. 권태도 없어져야 한다. 정신적 고통이 주는 긍정적 의미를 운위하는 사람들이 나는 정말 싫다. 고통은 '자연'으로부터 오는 것이다. 자연이 아름답고 평화롭고 조화롭다고? 그러니까 어서어서 대자연의 품속으로 돌아가자고? 아니다, 아니다. 자연은 아름답지도 않고, 평화롭지도 않고, 조화롭지도 않다. 자연은 피비린내 나는 약육강식의 장(場)이고, 종족보존 욕구로 몸부림치며 흥건하게 피 흘리는 사정(射精)과 수정(受精)의 장이다. 사정 직후에 바보같이 죽어버리는 수컷들도 많다. 수정 후 알이나 새끼를 낳은 뒤에 바보같이 죽어버리는 암컷들도 많다.

자연미가 '사정'이나 '수정'이라면 인공미(人工美)는 '발기의 지속'이다. 자연이 '출산의 고통'이라면 자연을 극복하는 과학은 '무통분만'이나 '자식 기르기의 거부'이다. 자연은 가난하고, 못생기고, 고통스러운 것이다.

골치가 아프면 아스피린이라도 먹어 고통을 모면해야 한다. 얼굴이 못생겼으면 화장을 짙게 하거나 헤어스타일을 요란하게 꾸며 타고난 외모를 보완하고, 정 안 되면 성형수술이라도 해야 한다. 자연이 주는 식량에 한계가 있다면 합성식품이라도 개발해야 한다. 현대문명의 병폐, 현대인의 소외, 정신문화로의 복귀를 떠들어대는 복고주의자들은 모조리 숙청감이다. 어떤 수단을 써서라도 우리는 고통을 덜어야 하고 권태를 덜어야 하고 '순수 쾌락의 시간'을 최대한으로 연장·지속시켜야 한다.

그러기 위해서 우리는 우선 인간의 육체를 정신이 아닌 물질로 한껏 개발하여, 육체적 쾌락의 극대화를 도모해야 한다. 늙지 않는 약도 나올 수 있고, 예뻐지는 기술도 더욱 개발될 수 있다. '일하지 않으면 먹지도 말라'나 '노동은 거룩하다' 같은 말은 이제 추방되어야 한다. 그런 말들은 모두 일을 안 하는 지배계급의 입에서 나온 말이다. 그들은 겉으로는 '육체노동의 신성성(神聖性)'을 떠들어대면서, 속으로는 육체를 멸시하고 정신만을 중요시한다. 기계 문명 때문에 인간이 소외되었느니 어쩌니 해가며 잘난 척 떠들면 안 된다. 기계 덕분에 우리는 노역의 고통을 덜어가고 있다. '일을 하지 않아 고운 손'보다 '노동으로 단련된 투박한 손'이 더 아름답다는 식으로

궤변을 늘어놓아도 안 된다. 노동은 고귀하지 않다. 노동은 고통스러운 것이다. 그러니까 우리는 노동을 추방해야만 한다. 우리는 편안한 태아의 상태로 돌아가야 한다.

권태도 마찬가지다. 사람이 직접 연주하는 음악이 아니라 기계가 들려주는 음악, 즉 축음기 덕분에 우리는 귀족이 아니라도 음악을 들을 수 있게 되었다. 예전의 귀족들처럼 집안에서 음악회를 개최하거나 관람할 수는 없더라도, 각자 방안에서 권태로운 시간을 이겨낼 수 있게 되었다. 죽음을 초래할 정도로 피비린내 나는 '자연의 투쟁' 말고도 재미있는 싸움 즉 '스포츠'를 통해 우리는 권태를 이겨나갈 수 있게 되었다. 부덕(婦德)이니 정조니 절개니 하는 전통윤리를 떠났기 때문에 이제는 유부녀도 춤을 추러 다닐 수 있게 되었고, 배우자가 죽은 뒤에도 재혼할 수 있게 되었다.

우리가 믿을 건 반(反)자연적인 인문과학과 자연과학, 그리고 반자연적인 미학밖에 없다. 반전통적이고 반윤리적인 '아나키즘적 쾌락주의'밖에 없다.

과학이 인간의 쾌락 증진을 위해 총력을 경주하게 될 때, 그리고 국가예산이 국방비(이데올로기 수호를 위한 것이니 결국 정신적 가치의 보존을 위한 비용이지 육체적 쾌락을 위한 비용은 아니다)니 문화·교육비(정신의 우월성을 강조하여 우리를 헷갈리게 만드는 데 주로 쓰이는)니 하는 데 탕진되지 않고 오로지 고통과 권태를 없애주면서 쾌락을 증진시키고 지속시키는 데만 사용될 때, 인간의 미래는 비로소 밝아질 수 있다. 파괴된 자연 생태계의 복원 역시 과학과 실용주의(또는 쾌락주의)의 결합에 의해서 이루어진다.

그래서 '매니큐어를 칠한 긴 손톱'은 역시 아름답다. 손톱은 원시시대의 인류에게는 다른 동물들과 마찬가지로 생존경쟁에서 살아남기 위한 일종의 무기였을 것이다. 그러나 이제 인간의 손톱은 '가학적 무기'가 아니라 '가학적 아름다움의 심벌'로 변했다. '자연의 손톱'은 가고 '인공의 손톱'이 왔다.

자연미보다 인공미가 더 아름다울 수 있다는 것을 보여주는 가장 적절한 예가 바로 매니큐어를 칠한 긴 손톱이고, 싸우지 않고서도 아름답게 살아갈 수 있다는 것을 보여주는 예 역시 가학적 용도를 위해서가 아니라 '미적·관능적 용도'를 위해서 한껏 길게 기른 손톱이다.

고통과 권태를 극복할 수 있도록 노력하는 것, 고통과 권태 사이에 존재하는 관능적 오르가슴의 순간을 최대한 오래 지속시킬 수 있도록 노력하는 것, 그것이 바로 '참된 예술가'의 임무라고 할 수 있다. 참된 예술가는 관념적 교훈이 아니라 상상적 쾌락을 위해서 작품을 만든다. 그런 쾌락주의 예술이 있어야 실용적인 과학이 발달하게 된다. 과학의 평화적 사용은 쾌락주의적 상상력의 토대 위에서만 이루어지기 때문이다.

인류는 이제 '현실'과 '꿈'의 분리가 아니라 결합을, 그리고 '위압적인 도덕률'과 '격노하는 본능' 사이의 투쟁이 아니라 평화로운 타협을 시도해 볼 때가 되었다. 그러기 위해서는 모든 인간이 '참된 예술가'나 '참된 예술 수용자'가 될 필요가 있다.

22. '몸의 상품화'는 인간해방을 돕는다

언젠가부터 우리 사회에서는 '상품화'라는 말이 부정적인 의미로 통용되고 있다. 그러면서도 한편으로는 "문화상품을 개발해야 한다"는 식의 주장도 많아 이중적 양면성을 보이기도 한다. 이럴 때 우리는 인류가 교환경제 체제를 굳힌 이래 모든 것을 '상품화' 시켜 문화발전을 가능케 했다는 사실을 새롭게 상기해 봐야 한다. 그러므로 '상품화'에 대해서 무조건 삐딱한 시선을 보내는 것은 옳지 않다.

학자는 '지식'을 상품화하여 생계를 유지함은 물론 학문의 진보에 기여한다. 또한 아름다운 용모를 가진 배우는 '외모'를 상품화하여 영화나 연극의 완성도를 높인다. 그런데 대다수의 지식인들은 '지식의 상품화'엔 상당히 관대한 시선을 보내면서도, '몸의 상품화'엔 부정적인 시선을 보내는 경향이 있다. 나는 이런 현상이 조선조식(朝鮮朝式) 양반의식에 바탕한 정신우월주의적 가치관과 엄숙주의적 도덕관, 그리고 육체적 쾌락에 대한 소망과 경멸감 사이에서 야기되는 양가감정(兩價感情)에 기인하는 것이라고 생각한다.

생각해 보면 모든 '지식의 상품화'가 관대하게 취급되는 것도 아니다. 아카데미즘적 경건주의에 함몰돼 있는 지식인들은 지식의 상품화에 대해서도 삐딱한 시선을 보내는 일이 많다. 대중적 학술서나 문화비평적 에세이집 같은 것이 혹 많이 팔려 베스트셀러의 대열에 끼였을 경우, 그 책의 저자는 '지식을 상품화한 자'로 낙인찍혀 매도당하기 쉽다. 이런 사실에 비추어볼 때 상품화에 대한 비난에는, 그 것이 정신의 상품화든 몸의 상품화든 '복합적인 질투의 심리'가 어느 정도 개입돼 있다는 것을 짐작해 알 수 있다.

나 자신이 경험한 사실을 두고 얘기하자면, 1989년에 출간한 에세이집 『나는 야한 여자가 좋다』는 반 이상이 문학비평으로 채워져 있는 일종의 문화비평적 에세이집이었다. 그런데 그 책이 꽤 많이 팔려나가자 상당수의 지식인들은 '성'을 상품화했다는 이유로 나를 비난했던 것이다.

그들 가운데는 내 책을 읽어보지 않은 이들도 많았다. 말하자면 제목만 보고 무조건 비난의 화살을 퍼부어대는 사람이 대부분이었다. 지식의 상품화, 그 가운데 특히 '성에 대한 지식의 상품화'에 대하여 우리 사회의 지식인들이 상당한 편견을 갖고 있다는 사실을, 나는 온몸으로 겪은 스트레스를 통해 체감할 수 있었다.

따지고 보면 중국의 대성(大聖)이라 불리는 공자(孔子)는 자신의 정치학 지식을 상품화하여 제후들에게 팔기 위해 전국을 주유(周遊)하였다. 그리고 그 밖의 많은 제자백가들이 자신의 학식을 상품화하여 정치일선에 뛰어들거나 제자들을 교육하여 생업으로 삼았다.

그러므로 '상품화' 자체가 나쁜 것은 아니라는 사실을 우선 확실히 알아둘 필요가 있다. 이럴 경우 결국 논란의 초점이 되는 것은 '몸의 상품화' 문제가 될 것인데, 정신 역시 '몸' 안에 포함돼 있는 기능의 일종이라고 볼 때 '몸의 상품화'가 무조건 매도되어서는 안 된다고 본다.

'몸의 상품화' 문제에 대해 심도 있고 성의 있게 생각해 보려면 우선 '몸'의 실체에 대해 살펴봐야 한다. 대체로 우리나라 지식인들은 '몸'과 '정신'을 따로 떼어서 생각하는 경향이 강한데, 이는 데카르트적 이원론에 바탕을 두고 있는 생각이다. 데카르트는 정신(더 구체적으로 말하면 '두뇌')이 육체를 지배한다고 생각하여 심신이원론(心身二元論)을 수립했고, 이는 서구 합리주의 사상의 기초가 되었다.

그러나 동양 전래의 육체관을 살펴보면 데카르트의 생각은 매우 어색한 논리에 바탕을 두고 있다는 사실이 드러난다. 두뇌 역시 몸의 일부분일 수밖에 없기 때문이다. 특히 중국의 전통한의학 사상에 비춰 보면 더욱 그렇다.

한의학 이론에서는 정신의 특별한 주관자로서의 '두뇌'를 인정하지 않는다. 그래서 인체를 주관하는 오장육부 가운데서 뇌(腦)가 빠져 있는 것이다. 한의학 이론에 의하면 뇌의 정신활동을 지배하는 것은 오히려 뇌를 뺀 육체의 오장육부이다. 그중에서도 특히 심장이 생각을 지배한다고 보는데, 다른 장기인 폐장·비장·간장·신장 역시 심장을 도와 정신을 지배하는 것으로 되어 있다.

우리나라의 전래 관용어인 "허파에 바람이 들었다", "간이 크다", "쓸개가 빠졌다", "심장이 내려앉았다" 등은 그런 관점에서 만들어진 말들이다. 말하자면 정신이 과대망상에 빠지는 것은 뇌의 대사작용 이상(異常) 때문이 아니라 허파에 바람이 들었기 때문이요, 용감한 심성이 되는 것은 간이 크기 때문이라는 식이다. 이런 관점은 '정신'을 오히려 '몸'의 하위개념으로 보는 인식방법인데, 서구의 정신 우월주의에 비해 훨씬 더 총체적인 인간 인식을 가능하게 해주었다는 것이 내 생각이다.

그래서 그런지 중국에서는 예로부터 몸의 쾌락, 특히 성(性)의 쾌락 자체를 억압한 역사가 없었다(『중국 성풍속사』를 쓴 네덜란드의 풍속학자 R. H. 반 훌릭은, 이 점에 대해 특히 놀라워하고 있다). 서구의 역사가 기독교 교리에 의한 몸의 억압, 또는 육체적 쾌락의 억압의 역사로 점철됐다는 사실을 상기해 볼 때(17세기 말까지 계속된 집단적 모럴 테러리즘인 '마녀사냥'의 대상은 대부분 '섹시한 여자들'이었다), 동양의 육체관이 서양의 육체관보다는 훨씬 더 인성(人性)을 중시하는 휴머니즘에 가까운 것이었다는 사실이 여기서 드러난다.

중국에서는 '성의 즐거움'이 건강증진법의 차원에서 검토되고 논의 되었을 뿐, 윤리적 선·악의 차원에서 논의된 적이 없었다. 그래서 『소녀경(素女經)』 같은 성경(性經)은 중요한 대중의학서로 인정되었고, 이것은 인도의 경우도 마찬가지였다. 인도 역시 『카마수트라』 등의 성경(性經)을 지어 귀중한 저서로 취급했던 것이다.

그러므로 '정신의 상품화'와 '몸의 상품화'는 둘 다 같은 개념으로 파악될 수밖에 없다. 몸 안에 정신이 있고 정신 안에 몸이 있기 때문이다. 정신의 쾌락과 몸의 쾌락은 등가성(等價性)을 갖는 것이고, 어느 쪽이 좀 더 고상하고 어느 쪽이 좀 더 저열한 것은 아니다.

심각한 내용으로 이루어진 철학책을 사가지고 읽으면서 맛보는 쾌감이나, 여성(또는 남성)의 선정적인 몸을 찍은 사진집을 사가지고 보면서 맛보는 쾌감은 똑같은 성격을 갖는다. 따라서 '몸의 상품화'에 대해서만 유독 비난의 칼날을 들이대는 것은 어색한 짓이다. 어찌 보면 그것은 지식인의 도덕적 보신주의(保身主義) 성향에서 나온 이중적 처신의 결과물일 가능성이 많다.

몸의 상품화든 정신의 상품화든, '상품화' 문제에 대해 상당수의 지식인들은 대단히 이중적인 반응을 보인다. 앞서도 말했듯이 철학책을 출간하는 행위나 에로티시즘 소설을 출간하는 행위나, 무언가를 '상품화'하여 먹고 살아간다는 점에 있어서는 결국 마찬가지 행위이다. 고도(孤島)의 로빈슨 크루소가 된다면 모르겠으되, '상품화'를 피해서 살아갈 수 있는 사람은 한 사람도 없을 것이기 때문이다.

그런데도 우리 사회에서는 어떤 '상품화 행위'에 대해서는 그것을 교묘하게 호도하여 고귀한 행위로 격상시키려 한다거나, 어떤 '상품화 행위'에 대해서는 그것을 교묘하게 폄하하여 천박한 행위로 몰아붙이려는 시도가 끊임없이 되풀이되고 있다. 이를테면 학교 선생이 지식을 상품화하여 먹고 사는 것은 지식의 상품화가 아니라 '교육'이요, 육체 근로자가 몸을 상품화하여 먹고 사는 것은 상품화가 아니라 '고귀한 노동'이라는 식이다. 또 이와 반대되는 현상도 일어나는데, 미스 코리아 대회 같은 데서 아름다움을 경쟁하는 행위를 '몸의 저열한 상품화'로 보는 관점 같은 것이 그것이다. 에로티시즘 문학의 경우도 같다.

물론 '나쁜 상품화'와 '정당한 상품화'의 구별은 있을 수 있다. 여성(또는 남성)을 인신매매하여 매춘행위에 종사케 하는 것은 몸의 '나쁜 상품화'이다. 그리고 자신의 체력으로 노동을 하여 돈을 버는 것은 몸의 '정당한 상품화'이다. 또한 사이비 교리로 광신도를 모아 종교를 팔아먹는 행위는 정신의 '나쁜 상품화'일 것이다.

하지만 이런 경우에도 '몸의 상품화'에 있어서만은 나쁜 상품화와 정당한 상품화의 구별이 애매한 것이 많다(모든 시비와 논란은 여기서 나온다). 이를테면 어떤 여성(또는 남성)이 스스로의 자유의사와 당당한 직업정신에 따라 매소(賣笑)행위를 하면서(다시 말해서 접대부로 일하면서) 돈을 번다거나, 어떤 작가가 자신의 신념에 따라 성을 소재로 하여(다시 말해서 성을 문학상품화하여) 책을 써서 수입을 얻는다거나 하는 행위 같은 것이 그렇다. 이런 행위에 대해서는 그것을 '나쁜 상품화'라고 봐야 할지 '정당한 상품화'라고 봐야 할지 판단이 모호해질 수밖에 없다.

먼저 후자의 경우를 놓고서 생각해 보자. 어떤 작가가 종교사상이나 진보적 이데올로기를 소재로 하여 책을 써서 파는 행위를 두고서, 사람들은 그것을 '종교의 상품화'나 '이데올로기의 상품화'라고는 말하지 않는다. 그런데 몸에 관련된 '성'을 소재로 책을 써서 파는 행위를 두고서는 대개 '성의 상품화'라는 꼬리표를 다는 것이다. 이것은 분명 앞뒤가 안 맞는 가치판단이라고 볼 수밖에 없다. 왜냐하면 그런 소설 가운데 혹 나중에 가서 '명작'(이를테면 헨리 밀러의 『북회귀선』 같은 것)으로 판정된 작품에 대해서는 '성을 상품화한 소설'이라고 말하지 않기 때문이다.

자발적 매소(賣笑)나 매춘의 문제에 대해서는 훨씬 더 판단이 어려워진다. 지금도 일부 선진국에서는 매춘업에 종사하는 남녀들이 자기네가 하는 일을 떳떳한 '직업'으로 인정해 주기를 요구하며 사회운동을 벌이고 있다. 아주 옛날에는 신전(神殿)에 소속된 매춘부들을 '신성한 이타심(利他心)을 실천하는 성스러운 직업인'으로 인정한 적도 있었다. 또 기독교의 성자로 불리는 어거스틴조차 매춘의 필요성을 인정하여 그것을 '하수도 역할'에 비유하기도 하였다.

사회의 경제상태가 호전되면 '돈 때문에 할 수 없이 몸을 파는 여성들'의 숫자는 확실히 줄어든다. 그러나 그 대신 '당당한 직업정신을 가지고 몸을 파는 여성들'의 숫자가 늘어나 매매춘은 여전히 존재하게 된다. 또한 여권이 신장되고 남녀평등 의식이 확산되면 몸을 파는 여성들뿐만 아니라 몸을 파는 남성들 역시 늘어나 매춘의 문제가 단지 여성문제만으로 국한되지 않게 된다.

이럴 때 우리는 '몸의 상품화'를 무조건 매도할 수만은 없게 되는 상황에 이른다. 왜냐하면 사회제도에 의한 '성의 억압'이 엄존하는 상황에서는 어떤 수단으로든 '성의 억압'으로부터 탈출하려는 시도가 생겨나게 마련이고, 그런 시도 중의 하나가 매매춘일 수도 있기 때문이다.

물론 황금만능주의적인 자본주의 체제가 모든 사태의 원인으로 지적될 수도 있다. 당당하게 몸을 판다 하더라도 그런 행위의 목적은 결국 '돈'이 될 수밖에 없기 때문이다. 그러나 사회주의 체제하에서도 매매춘을 근절시키지는 못한다는 사실을 감안할 때, 매매춘의 문제는 '돈의 문제' 때문에 생기는 것이 아니라 '욕망(즉 성욕)의 문제' 때문에 생기는 것이라는 사실을 인정하지 않을 수 없게 된다. 다시 말해서 개인의 성을 억압하는 여러 사회문화적 요인들이 '몸의 상품화'를 초래하게 한다는 얘기다.

'몸의 간접적 상품화'라고 할 수 있는 에로티시즘 예술이나 포르노의 경우를 두고 생각해 보더라도, 그런 것들의 배후에는 대중들로 히어금 '성욕의 대리배설(또는 대리만족)'이라도 간절히 바라게끔 만드는 범사회적 성 억압 현상이 자리 잡고 있는 것이다.

'몸의 상품화' 현상에는 성문제뿐만 아니라 '아름다움'의 문제가 개입되어 있다. 물론 아름다운 몸을 보면 음란한(?) 성욕이든 고상한 성욕이든 자연 성욕이 일어날 것이므로, 아름다움의 문제 역시 성문제와 일맥상통한다고 볼 수 있다.

　이럴 경우 '아름다움'과 '성'은 전혀 무관한 것이라고 강변하는 사람들이 많을 것이다. 하지만 나는 아름다움의 근본은 역시 '선정성'에 있다고 본다. 성스러운 아름다움의 극치라는 불교의 관세음보살상 같은 것이 좋은 예다. 관세음보살상은 대개 선정적이고 관능적인 몸매와 야한 장신구들로 이루어져 있다.

　어찌 됐든 요즘 들어 '몸의 상품화' 문제의 초점이 되고 있는 것은 역시 '아름다운 몸'이 아니라 '선정적인(즉 섹시한) 몸'이다. 고전적인 우아미(優雅美)에 대해서는 보수적 지식인이라 할지라도 별로 비난의 화살을 보내지 않는다. 그러나 육감적인 관능미에 대해서는 대개 비난의 화살을 보내는 것이다(아니 보내는 '척'하는지도 모른다).

　따져서 생각해 보면 육감적인 관능미가 고전적인 우아미를 압도하게 된 것은 사실 어느 정도의 '민주화'와 '성해방'이 이루어졌기 때문이다. 또한 성이 단순한 '생식'의 차원을 넘어 '쾌락'의 차원으로 확대되고, '쾌락을 위한 성'에 대한 죄의식이 자유민주주의의 발달과 더불어 줄어들었기 때문이다.

　과거에는 쾌락을 위한 성이 소수특권귀족의 전유물이었고, '고전적 우아미'가 미의 기준처럼 된 것은 귀족적 특권의식의 산물이었다. 우리나라의 조선시대나 서구의 봉건시대 때는 치장이나 옷차림 에까지도 신분계급에 따른 규제가 뒤따랐다. 자유민주주의의 발달 은 성적 쾌락의 문제를 대중들의 '행복추구권'과 복지 및 인권의 차 원에서 생각하도록 만들었고, 귀족적 아름다움에 맞서는 '천박한 아 름다움'의 수준에 머물러 있던 '육감적 관능미'를 '보편적 아름다움' 의 수준으로 끌어 올렸다. 또한 대중경제의 발달은 성의 문제 또는 성적 아름다움의 문제를 '밥'의 문제보다 더욱 중요한 관심사로 부 상시켰다.

이런 상황에서 관능적인 몸매나 관능적인 화장·치장·옷차림 등 에 대해 사람들이 큰 관심을 쏟게 된 것은 당연한 일이다. 그러다 보 니 '관능적 아름다움'의 상품화가 자연스럽게 이루어지게 된 것이라 고 볼 수 있다. 독일의 경제학자 베르너 좀바르트는 그의 저서 『사 랑과 사치와 자본주의』에서, 왕족과 귀족에게 국한되었던 성애적 사랑과 관능적 사치가 대중화되기 시작하면서 대중적 자본주의 및 시민혁명이 촉진 되었다고 주장하고 있다.

관능미의 상품화에 대해서도 많은 사람들은 이중적 시각을 갖 고 있다. 유명한 화가가 그린 관능적 나체화(이를테면 앙그르의 〈하 렘의 목욕탕〉 같은 것)에 대해서는 그것을 '예술'이라 부르고, 성인 잡지에 실린 관능적 누드 사진 같은 것에 대해서는 그것을 '외설'이 라고 매도하는 것이 좋은 예다. 라파엘이 그린 성모상에서는 풍만 한 젖가슴이 두드러진다. 그러나 젖가슴을 크게 만드는 성형수술을 받은 여성은 자신의 몸을 '성적으로' 상품화했다는 이유로 비난받기 쉽다.

보수적 여성단체에서는 '미스 코리아 대회' 같은 것을 여는 것에 대해 한사코 반대한다. 그들이 내세우는 이유는 대개 두 가지다. 하나는 '여성의 몸'을 상품화하기 때문이라는 것이고, 하나는 같은 여성의 몸이라도 '육감적 관능미'에만 중점을 두어 미(美)를 평가하기 때문이라는 것이다.

첫 번째 지적사항에 관해서는, 남성 역시 자신의 몸매에 관심이 많다는 사실을 감안할 때 지나친 비판이라 하지 않을 수 없다. 미스 코리아 대회에 비해 '미스터 코리아 대회'가 사람들의 관심을 못 끄는 이유는, 남성의 육체미가 여성의 육체미보다 못하다는 생각이 아직까지도 많은 사람들의 머릿속을 지배하고 있기 때문이다.

지금까지의 사회제도는 남성들을 전쟁이나 노역에 동원하기 위해 그들이 아름다움을 가꿀 기회를 박탈해 버렸다. 그래서 요즘에는 여성 같은 화사한 몸매를 갖고 싶어 안달복달하는 여장남성(女裝男性 : transvestite)들의 수효가 급증하는 추세에 있는데, 이는 '남성해방운동'의 신호탄이라고도 볼 수 있다.

상당수의 남성들은 자신이 반드시 용감해야 하고, 투박한 육체를 가져야 하고, 힘이 세야 한다는 사실에 반발하고 있다. 물론 여성들이 사회적으로 출세할 수 있는 길이 적은 남성중심의 사회구조가, 여성들로 하여금 오직 '몸의 아름다움' 하나로만 신분상승의 길을 모색하게 만들었다고 볼 수도 있다. 하지만 그것은 아름다움 자체와는 별개의 문제라고 본다. 사회적 출세와는 상관없이 남성과 여성은 스스로의 아름다움에 관심을 가지게 마련이기 때문이다.

그러므로 미인대회든 미남대회든, 그것은 몸의 상품화가 아니라 단순한 경연대회일 뿐이다. 말하자면 씨름 등의 체육 경기나 노래부르기 대회 같은 것과 하나도 다를 게 없는 것이다(최근에는 올림픽 대회에서조차 리듬체조나 수중발레, 빙상 등에서 몸의 아름다움이 체력 못지않게 강조되는 경향이 있다).

두 번째 지적사항인 '육감적 관능미' 문제에 대해서는, 그것이 어째서 나쁘냐고 거듭 반문하고 싶다. 사실 '지성미'라든가 '정신의 아름다움' 같은 것은 그 실체가 지극히 애매모호하다. 남자든 여자든 이성을 볼 때 우선 상대방을 성적 대상으로 파악하게 마련이다. 이는 인간 역시 동물의 일종인 이상 부인할 수 없는 진실이라고 본다.

많은 인류학자들은(대표적인 학자로 『인간 보기(Man Watching)』를 쓴 데즈먼드 모리스를 꼽을 수 있다) 인간의 몸매가 지금과 같은 모양으로 형성되게 된 것이 '성적 유인'을 위한 진화과정의 결과라고 설명하고 있다. 인간과 비슷한 동물인 유인원에겐 없는 풍만한 젖가슴이나 매끄러운 피부 등은 모두 성적 애무를 위해 진화된 것이라는 것이다.

이는 인간이 직립(直立)을 하여 농경과 목축을 통해 잉여 에너지를 비축하게 된 뒤에 나타난 현상이라고 한다. 말하자면 인간은 다른 동물들처럼 동면(冬眠)을 하지 않고 일정한 발정기 없이 1년 내내 섹스를 할 수 있게 된 뒤부터, 자신의 몸매를 '성적 심벌'로 진화시켜 갔다고 볼 수 있다. 그런 인간의 특성상 '육감적 관능미'가 솔직하게 상찬(賞讚)되는 것은, 어찌 보면 당연한 현상이요 진보된 현상(진실에 대한 진일보한 접근이 가능해졌다는 의미에서)이라 하겠다.

현대의 소비대중문화는 물신주의(物神主義)로부터 출발한다. '물신주의'란 말은 '페티시즘(fetishism)'을 번역한 것인데, '페티시(fetish)'란 말은 원래 어떤 마술적 의미를 가진 숭배물이나 대상을 가리키는 말이다. 이를테면 돌이나 금속으로 만든 우상을 숭배하는 행위 같은 것이 페티시즘이다. 다른 말로 주물숭배(呪物崇拜)라고도 할 수 있겠다. 마르크스는 그의 저서 『자본론』에서 페티시즘에 대해 언급하고, 부르주아 사회에서의 페티시는 돈이 될 수밖에 없다고 주장하며 비난을 퍼부은 바 있다.

요즘 문제가 되고 있는 '몸의 상품화'는 '몸의 물신화(物神化)'와 깊은 관계가 있다. 정신적 요소가 빠진 몸 자체만을 신격화시켜 그것을 숭배하는 행위가 '화폐숭배'와 연결되는 것이 바로 '몸의 상품화'이기 때문이다.

그러나 여기서 우리가 간과해서는 안 될 것, '몸 숭배'의 이면에는 그동안 인류를 괴롭혀왔던 '정신적 가치' 또는 '형이상학적 가치'에 대한 반발심리가 자리 잡고 있다는 사실이다. 형이상학은 종교 또는 이성우월주의 등으로 환치되어 인간의 본성을 오랫동안 억눌러왔다.

중세기적 가치관을 한마디로 뭉뚱그려 형이상학적 가치관이라고 부를 수 있는데, 그런 가치관에 대한 반발로 르네상스가 이루어졌고, 르네상스의 연장선상에서 반(反)형이상학적 유물론이 싹텄다. 반형이상학적 유물론은 정신주의에 반대하는 육체주의를 탄생시켰고, 육체주의는 곧바로 육체적 쾌락 중심의 가치관으로 이어졌다. 그런데 육체적 쾌락은 곧 '물질적 행복'이나 '안락'과 동의어이기도 하므로 거기서 부르주아 중심의 근대 산업혁명이 이루어지게 됐던 것이다.

부르주아적 가치관은 돈을 숭배하는 것이긴 하되 적어도 중세기적 종교독재나 형이상학적 독재보다는 한결 나은 행복을 보장해 주었다. 물론 초기에는 노동자들의 과도한 희생이 뒤따라 많은 부작용을 낳았다. 하지만 프롤레타리아 독재를 내세운 공산주의 혁명이 성공한 이후, 노동자들 역시 돈이나 물질적 행복에 경도하기는 마찬가지라는 사실이 점차 드러나게 되었다. 구 소련이나 동구권 공산국가들의 붕괴는, 노동자들의 물질 숭배나 돈 숭배를 지나치게 간과했기 때문에 일어난 현상이라고 할 수 있다.

'몸 숭배'는 '정신숭배'에 대한 반발에서 나온 것이고, '몸'이 상품화 된다는 것은 화폐경제 체제하에서는 어쩔 수 없는 현상이다. 중세기 말에는 교황청에서 '면죄부'를 만들어 돈을 받고 팔기까지 했는데, 이는 기독교 정신을 팔아먹은 행위라고 볼 수 있다. 따라서 몸을 상품화 시키는 것이 정신을 상품화시키는 것보다는 한결 본성에 솔직한 행위가 될 수도 있는 것이다. 이를테면 육체적 노동에 대한 응분의 대가를 요구하는 '노동운동'은, '몸의 상품화'를 긍정적 측면에서 보다 적극화 시키려는 노력이라고 할 수 있다.

페티시즘을 물질숭배적 측면에서만 보지 않고 성적 측면에서 관찰할 수 있을 때, '몸의 상품화'가 지닌 긍정적 측면을 더욱 확실히 이해할 수 있다. 페티시즘은 곧 '미(美)의 민주주의'로 이어지고, 미의 민주주의는 개성미의 확장에 따른 건강한 나르시시즘을 가져다주기 때문이다. 다시 말해서 '몸의 상품화'와 '페티시즘', 그리고 '소비대중문화'가 연결될 때, 거기서 최소한의 '미적(美的) 자족감(自足感)'이 생겨 인간의 마음을 보다 풍족하게 만들어줄 수 있다는 얘기다.

성적 의미의 페티시즘은 우리말 번역이 꽤 까다롭다. 절편음란증(節片淫亂症))이라고 번역하는 학자도 있으나 그렇게 되면 페티시즘이 너무 변태성욕 같은 인상을 주기 쉽다. 그래서 나는 그 말보다는 차라리 '고착적 탐미애(固着的 耽美愛)' 정도로 번역해서 쓰는 편이 낫다고 생각한다.

성적 의미의 페티시즘은 이성 신체의 특정한 부분이나 신체에 부착된 물건(장신구나 구두 등)을 '페티시' 즉 관능적 숭배물로 삼아, 그것을 보거나 접촉하면서 삽입성교 이상의 성적 극치감을 느끼는 심리를 가리킨다. 말하자면 '관능미에 대한 적극적인 몰입'이라고 할 수 있다. '매력적이다'라는 말을 영어로는 'charming'이라고 하는데, 'charm'이란 단어는 '마술'을 의미한다. 그러므로 'charming'이라는 말의 뜻은 마술에 홀린다는 뜻이다(매력의 '매(魅)' 자에도 '귀신 귀(鬼)' 자가 들어 있다). 따라서 인간은 모두 어떤 이성이 지니고 있는 마술적 주물(呪物) 즉 '페티시'에 홀려, 그것에 매력을 느끼고 사랑에 빠져든다고 할 수 있다.

페티시는 '성적 상징 역할을 하는 일부분'이라는 의미에서 심벌리즘(symbolism)과도 관계가 깊다. 어떤 특정한 부분이 전체를 대표하거나 암시하는 것이 상징인데, 그런 의미에서 볼 때 페티시는 '관능적 상상력의 확산을 위한 상징적 자극물'이다.

사람들은 어느 정도는 다 페티시스트로서의 성 취향을 갖고 있다. 누구나 어떤 이성을 처음 볼 때 다리나 머리카락이나 손 등 제일 먼저 눈길이 가는 곳이 있게 마련이다. "나는 머릿결이 고운 남자만 보면 미쳐"라고 말하는 여자도 있고, "나는 다리가 미끈하게 뻗은 여자만 보면 미쳐"라고 말하는 남자도 있다.

남성이 갖는 페티시즘의 일반적 대상은 여자의 피부색, 머리색, 손 및 손톱, 발, 머리카락, 젖가슴, 다리, 엉덩이, 배꼽 등을 비롯하여 속옷, 장갑, 털코트, 그물 스타킹, 꽉 끼는 가죽옷, 노출이 심한 의상, 긴 부츠, 하이힐, 독특한 화장, 코걸이·배꼽걸이·젖꼭지걸이·음순걸이 류의 특이한 장신구 등이다.

여성도 남성에게서 페티시즘적 흥분을 느낀다. 그럴 경우 그 대상이 되는 것은 머리카락, 피부색, 콧수염, 어깨, 다리, 엉덩이, 손, 가슴털, 관능적 의상, 목걸이나 귀걸이 류의 장신구 등 여성의 페티시와 대동소이하다.

페티시즘을 미학적 관점에서 살펴보면, 그것은 변태성욕이라기보나 현대에 이르러 자유화 추세에 따라 달라지기 시작한 '미적 관점의 변화'를 반영하는 심리라고 할 수 있다. 즉 미의 기준이 획일적

균형미에서 다양한 개성미로, 그리고 고전적이고 귀족적인 우아미에서 관능적이고 대중적인 퇴폐미로 바뀌어가는 경향을 지배하고 있는 심리가 바로 페티시즘이다.

고전주의 시대의 미적 기준은 균제(均齊)와 조화(調和)로서, 전체적으로 균형잡힌 우아한 미모를 이상으로 하였다. 그러나 낭만주의의 도래와 함께 미(美)의 이상은 바뀌기 시작한다. 그래서 '그로테스크한 아름다움'의 대두와 더불어 "관능적인 것은 어떤 것이든 아름답다"는 쪽으로 의식의 변화가 이루어졌다.

여성의 경우, 예전에는 아름다움의 기준이 다분히 획일적이었다. 우리나라 조선조 때는 앵두 같은 입술, 초생달 같은 눈썹, 세류(細柳) 같이 가는 허리, 처마처럼 흐른 어깨라야 되었다. 유방이 커서도 안 되고 키가 커서도 안 됐다. 눈도 발도 다 작아야만 했다. 특히 기준이 제일 엄격했던 것은 얼굴의 모양새였다. 참외쪽 같기도 하고 계란 같기도 한 갸름한 얼굴형이어야만 미인으로 쳤다. 무엇보다 이마의 모양이 아주 중요했다. 요즘처럼 이마를 푹 가리는 헤어스타일은 도무지 상상할 수도 없었던 시대였으므로, 단아하게 머리를 위로 빗어올려 땋든, 쪽을 찌든, 다리(가발)를 얹든 간에 좌우지간 이마가 반듯하면서 넓지도 좁지도 않아야 했다.

이런 형의 미녀가 되려면 미모를 타고난, 그것도 인습적으로 규정된 미모를 타고난 여인이라야만 가능하다. 시대에 따라 미의 기준은 조금씩 달라지게 되지만, 아무튼 주로 '전체적인 조화'와 '타고난 미모'가 미인의 기준이 되었던 것은 동서양이 다 같다.

그러나 낭만주의 시대 이후 현대에 들어와서는, 아름다움이란 타고 나는 것이 아니라 '만들어지는 것'이라는 새로운 신념이 사람들 사이에 싹텄다. 특히 오스카 와일드는 "예술이 자연을 모방하는 것이 아니라 자연이 예술을 모방한다"고 선언하여 예술적 인공미를 강조함으로써, 자연미의 환상으로부터 벗어나고자 노력하였다.

그래서 그 이후로는 자기의 단점을 커버하고 장점을 살리는 식의 미용법이 강조되기 시작했다. 이마가 너무 넓거나 좁으면 머리카락으로 푹 가리면 되고, 광대뼈가 너무 나왔으면 머리를 좌우로 늘어뜨려 뺨을 가리면 된다는 식이다. 거꾸로 이마가 예쁘면 머리를 모두 뒤로 빗어넘겨 이마를 드러내면 된다. 또한 화장술과 성형수술의 발달은 외모상의 단점을 보완하는 데 큰 역할을 하였다. 그와 동시에 '몸'에 관련된 산업, 이를테면 화장품 제조업이나 패션산업, 장신구나 가방 제조업 같은 것들이 대중적 수요의 확산에 의해 크게 발전하여 경제적 풍요에 이바지하게 되었다.

페티시즘은 누구나 관능적인 사람이 될 수 있게끔 하는 '개성적 매력의 창출'에 큰 역할을 한다. 성형수술을 통해 부족한 점을 보완하는 것도 미적 평등에 기여한 커다란 발전이긴 하지만, 아직도 '전체적인 조화미'를 겨냥한다는 점에서 충분한 해결책은 되지 못한다. 그보다는 '부분적인 강렬함'으로 '전체적인 조화미'를 압도할 수 있을 때, 누구나 아름다워질 수 있는 기틀이 마련된다고 본다.

그렇게 되면 개개인은 누구나 자기의 기호와 관능적 상상력을 살려 각자의 '페티시'를 당당하게 개발해 나갈 수 있게 된다. 여자의 경우라면 화장을 전혀 안 하고 장신구도 안 한 여자가 진정 아름다운 여자라는 자연미의 환상으로부터 해방되어, 각자 스스로의 페티시를 통해 나르시시즘을 즐기면서, 아울러 자기가 가꾼 페티시에 집착하는 이성과의 사랑도 가능해지게 되는 것이다.

예컨대 특별히 긴 머리카락이나 특별히 긴 손톱을 페티시로 가꿀 경우, 그 페티시가 풍기는 관능적 매력은 전체적인 조화·균형미를 훨씬 능가할 수 있다. 그리고 긴 머리카락이나 긴 손톱에 특별히 집착하는 이성의 관능적 상상력을 자극하여 서로 지속적인 사랑을 나눌 수 있다. 이럴 때 '페티시의 상품화'는 필연적으로 따라올 수밖에 없다. 가발이나 모조손톱 같은 것은 '몸의 상품화'에 이바지하는 것이 아니라, '미적(美的) 평등의식에 기반을 두는 당당한 나르시시즘'에 이바지하는 심리적 보조물이다.

'전체적으로 완벽한 미'란 실제로 존재하지 않는다. 그리고 그런 것이 실제로 존재한다 쳐도 그것은 관념적인 것이어서 성적인 것과는 무관하다. 성적인 아름다움만이 진정한 아름다움이요 실용적 아름다움이라는 인식이 보편화될 수 있을 때, 우리는 인간이라면 누구나 갖고 있는 '외모 콤플렉스'로부터 해방될 수 있다.

몇몇 기업가들이 유행심리를 조작하여 만들어낸 획일적인 헤어스타일이나 획일적인 의상 등은 이제 차츰 사라져가고 있다. 이제는 다리가 예쁜 여성은 짧은 치마를, 다리가 미운 여성은 긴 치마를 입을 권리가 있다. 화장도 전체적인 화장에서 부분 화장으로 바뀌어가고 있다. 또 남성들의 복장이나 헤어스타일 역시 점점 더 개성화되고 관능적으로 되어간다.

그러나 이러한 '개성미의 확장'이 단지 스스로의 단점을 커버하는 정도에 머물러서는 안 될 것이다. 보다 대담하게 스스로의 페티시를 창조하는 데까지 이르러야 한다. 그러려면 각자의 개성적 페티시를 인정해 줄 수 있는 다원적이고 자유주의적인 사회풍토의 확립이 시급하다. 각자의 개성적 페티시를 적극적 성애를 위한 상징적 자극물로 수용하는 자세가 사회적으로 정착될 수 있다면, 인간은 관념적·도덕적으로 강제된 획일적 미학으로부터 해방되어 누구나 창조적 관능미를 가꿔나갈 수 있게 될 것이다.

인간이 그리워하는 원초적인 마음의 고향은 물론 아담과 이브가 벌거벗고 뛰어놀던 에덴동산이다. 그러나 나체주의(nudism)로 돌아간다고 해서 우리가 다시금 행복을 보장받을 수는 없다.

우리는 차라리 애초에 수치심의 표상으로 생겼던 '무화과 잎사귀'를 자연미에 대항하는 '개성적 페티시'로서의 '관능적 창조물', 즉 '관능적 상품'으로 변화시킬 수 있어야 한다. 그럴 때 인간은 신의 피조물로서의 '숙명'과 자연법칙에 종속된 '생식적 섹스'의 장벽을 뛰어넘을 수 있다. 그리고 인공적 아름다움과 창조적 성이 일체화되는 기쁨을 맛볼 수 있다. '관능적 상품'으로서의 페티시는 색색가지 가방이나 모조손톱뿐만 아니라, 개성적인 아이디어로 만들어진 팬티·속옷·인조 속눈썹·장신구·색조 화장품·하이힐·선정적인 의

상 등 수없이 많다.

지금까지 변태성욕의 하나로만 간주됐던 페티시즘을 현대인의 모든 생활미학에 적용하여 당당하게 상품화시킬 수 있을 때, 개개인의 미의식과 성관(性觀)은 창조적 발전의 전기를 맞게 된다. 그리고 인간은 관념적 자유가 아닌 실제적 자유 즉 '몸의 자유'를 쟁취할 수 있게 된다. 실제적 자유의 쟁취는 '관능적 쾌락추구의 정당성'이 보편타당한 것으로 받아들여지는 사회풍토에서만 가능하기 때문이다.

앞에서 살펴본 바와 같이 현대의 소비대중문화는 '몸의 아름다움'과 밀접한 관련성을 갖고 있다. 그것은 결국 '페티시의 상품화'로 나타나 일반 대중의 미적(美的) 평등에 기여한다. 성의 상품화 역시 성 자체보다는 '관능미'의 상품화로 발전하여, 성이 소유와 피소유의 형태로 구현되는 것이 아니라 '미적 완상(玩賞)'의 형태로 구현되어 가는 경향이 있다.

생식적 성보다는 비생식적 성이 보편화되고, 이성 간의 합일(合一)에 의한 성만이 아니라 혼자서 즐기는 성, 즉 관음증·노출증·나르시시즘 등에 바탕한 사이버 섹스나 시뮬레이션 같은 것이 점차 확산되어 갈 것이 분명하다. 또한 이성 또는 동성과의 섹스를 전제로 하는 매매춘 역시 보다 당당한 직업윤리를 확보해 나갈 것이 틀림없다. 이는 금욕주의적 도덕관을 가진 이들이 아무리 한탄·개탄해 봤자 어쩔 수 없는 현실이다. 우리는 변화하는 현실을 있는 그대로 받아들여야 한다.

이럴 때 우리에게 필요한 것은 우선 '상품'을 보는 편견의 시정이다. 몸을 상품화한 것이든 정신을 상품화한 것이든, 우리는 여러 가지 '상품'을 교환하며 문화와 문명을 개발시켜 나갈 수밖에 없다. 우리가 원시시대로 돌아가 이른바 '원시공산사회' 체제 안에서 살아갈 수는 없는 이상, '상품화'의 장벽을 뛰어넘을 수는 없다.

다니엘 디포의 소설 『로빈슨 크루소』의 주인공은 '상품'을 초월하여 기나긴 세월을 견뎌냈지만, 그 소설의 모델이 됐던 사람은 무인도에 갇힌 지 수년 만에 발광한 상태로 구출됐다는 사실을 우리는 기억해야 한다. 루소가 말한 "자연으로 돌아가라"는 말은 낭만적 유토피아니즘에서 나온 계몽적 구호였을 뿐이다.

물론 '악(惡)'에 속하는 '몸의 상품화'를 우리는 늘 경계해야 한다. 과거의 노예제도나 인신매매는 '몸의 상품화'의 가장 추악한 측면이다. 또한 세상에 태어나면서부터 사회적 계급이나 신분을 결정해 버리는 봉건적 사회제도 역시 악에 속하는 것이다.

재미있는 것은, 사회적 신분이나 계급이 '상품'이 된 다음부터 그런 봉건적 신분제도가 무너지게 됐다는 사실이다. 우리나라의 경우 조선조 말엽에 가면 양반의 숫자가 엄청나게 늘어나게 되는데, 이는 '양반'을 '돈'으로 살 수 있기 때문이었다. 말하자면 '몸의 상품화'가 봉건제도를 무너뜨렸다고 볼 수 있다.

현대의 소비대중문화는 '쾌락'에 대한 솔직하고 동물적인 접근이 가능해지면서부터 비롯되었고, 대중들이 원하는 쾌락은 '형이상학적 쾌락'이 아니라 '육체적 쾌락'이었다. 대중들의 육체적 쾌락을 억압했던 구시대의 봉건윤리는 언제나 '정신'의 중요성을 내세워 대중들의 '인권'이나 '행복추구권'을 막았고, 그러한 가치관은 '사농공상(士農工商)'의 개념으로 이어졌다. '상(商)'이 가장 낮은 가치를 지닐 때 '사(士)' 즉 소수의 권력자들은 특권을 누렸다.

이런 사실을 되돌아볼 때 '상(商)'에 대한 한국 지식인들의 알레르기적 반응은 수구적 봉건윤리에 대한 향수(鄕愁)에서 비롯된 것이라는 것을 알 수 있다. 그러므로 '몸의 상품화' 현상은, 정신을 지고의 가치로 내세우는 수구주의자들의 복고주의에 반발하는 '민중적 저항'의 상징이나 '인간해방'의 상징이 될 수도 있는 것이다.

23. 인류의 미래는 밝을 수도 있다

　인간은 언제나 자신의 죽음을 두려워하고 나아가 인류 전체의
멸망을 두려워한다. 그래서 어느 시대에든 말세론(末世論)이 유행
하게 되어 있다. 우리나라에서도 서기 2000년을 전후해 말세론이
특히 위세를 떨쳤다. 우리가 살고 있는 시대가 말하자면 '대 전환기'
인데다가, 인구폭발과 자연파괴를 목전에서 바라보고 있는 시기였
기 때문일 것이다.

　시상에서는 서로마 제국 말기나 서기 1000년을 전후한 시기 등
에 말세론이 극성을 부렸었다. 서구인들이 믿고 있던 종교가 '종말

론적 역사관'에 바탕을 둔 기독교인데다가, 그 당시는 미신적 신앙이 판을 치던 중세 암흑시대라서 더 그럴 수밖에 없었다.

　세상의 멸망에 대해 공포심을 느끼는 것은 동양이나 서양이나 다 마찬가지겠지만, 요즘 우리나라에서 풍미하고 있는 대부분의 말세론이 서구인들의 종교사상인 기독교적 종말론에 바탕을 두고 있다는 것은 사실 좀 우습다. 우리나라는 지금 편의상 서력기원을 쓰고 있을 뿐이지, 한국 사람들이 모두 서양인의 핏줄과 전통을 이어받고 있어서 그런 것은 아니다. 그런데도 시대와 역사의 흐름이나 시간에 대한 개념을, '밀레니엄'이니 뭐니 해가며 무조건 서구적인 시간개념으로만 받아들이는 사람들이 많다는 사실은 개탄스러운 일이다.

　책방에 가보면 말세론에 관한 서적 대부분이 서양종교인 기독교에 바탕을 두고 씌어진 것들이다. 『신약성서』의 「요한 계시록」에 담겨 있는 내용을 임의로 해석한 책들이 과반수를 차지하고 있고, 그 나머지도 역시 서구의 예언자 노스트라다무스나 에드거 케이시 등의 예언을 해석해 놓은 책들로 채워져 있다.

　물론 '세계는 하나'가 된 지금에 와서 구태여 동·서양을 가른다는 것은 무의미한 일이긴 하다. 그렇지만 어쨌든 한국 사람들이 서양인들의 속 좁은 미래관에 너무 밸을 뽑힌 채 살아가는 것 같아, 나로서는 불쾌한 기분이 들지 않을 수 없다.

　요즘 와서 말세론이 더욱 극성스럽게 고개를 쳐들기 시작한 이유는, 공해로 인한 기상이변과 핵전쟁에 대한 공포 탓일 것이다. 빈

번하게 일어나는 지진이나 홍수·가뭄 등에 대한 공포로 인해 인류는 '집단적 노이로제 증세'를 보이고 있다. 그런 증세가 살벌한 국수주의를 불러와 자칫 3차 세계대전으로 비화될지도 모른다는 우려를 쉽게 떨쳐버리기 어렵다.

「요한 계시록」의 예언에서는 인류 멸망의 1차적 원인으로 중동지방의 '아마겟돈' 대전투를 꼽으면서, 그 전투에서 2억 명이 죽게 될 것이라고 말하고 있다. 그리고 노스트라다무스도 3차 세계대전을 암시하는 예언을 하고 있다. 물론 노스트라다무스의 예언서에서 세계 멸망의 시기로 잡아놓은 1999년 7월이 이미 지났기 때문에 말세론의 신빙성이 많이 떨어지긴 했지만, 모든 예언들은 '다양한 해석의 가능성'을 갖고 있어 여전히 위력을 떨치고 있는 것이다.

하지만 우리가 명심해야 할 사항은 요한의 예언이든 노스트라다무스의 예언이든, 그들의 사고방식 안에 들어 있던 세계 또는 인류의 개념 안에는 '동양' 특히 극동이 빠져 있다는 사실이다. 1세기에 씌어진 「요한 계시록」은 말할 것도 없고, 노스트라다무스 역시 5백여 년 전 사람이기 때문에 극동 문화권에 대한 인식이 전혀 없었다.

아무리 위대한 종교라 할지라도 교리나 신앙심의 바탕을 형성하고 있는 것은 그 종교를 창시한 사람이 속해 있던 나라의 풍토와 생활습관, 그리고 전통사상일 수밖에 없다. 그러므로 우리가 예수나 요한 또는 그 밖의 서양 예언자들을 '범세계적' 인식을 가진 인물로 받아들일 필요는 없는 것이다.

이스라엘의 토속신인 '여호와'가 전 세계의 신으로 떠받들어지게 된 것은, 예수가 죽은 후에 그의 사상을 쫓는 사람들이 만들어놓은 세계관을 로마제국이 정치적 목적에서 받아들여 국교화했기 때문이었다. 말하자면 진짜 '하느님'의 뜻에 따라 이루어진 것은 아니었던 것이다.

단테의 『신곡』에는 석가모니까지도 지옥에 떨어져 있는 것으로 묘사 되어 있다. 그런데 첨단과학시대를 살아가고 있다고 자부하는 현대인들이 종교문제 하나에 있어서만은, 2천 년 전 이스라엘 사람들의 사고방식이나 '단테' 식 사고방식을 답습한다는 것은 아이러니컬하기 짝이 없는 일이다. 그러므로 우리는 여기서 동양의 말세론에 대해 알고 넘어갈 필요가 있을 것 같다.

원칙적으로 동양사상에는 말세론이란 것이 있을 수 없다. 서양의 기독교사상에서는 역사나 시간의 흐름을 일직선적(一直線的)인 것으로 보아, 〈신의 우주창조 → 메시아 예수의 탄생 → 예수의 재림과 종말〉의 도식으로 가정한다. 이에 비하여 동양에서는 불교사상이든 유교사상이든 도교사상이든, 역사나 시간의 흐름을 원궤도적(圓軌道的)인 것으로 보아 '시작도 끝도 없는 영원한 순환'으로 인식한다.

특히 음양이론의 시각으로 볼 때 세계 역사는 '음과 양의 교대 작용'의 연속이고, 양(陽)의 상징인 봄·여름과 음(陰)의 상징인 가을·겨울의 끊임없는 순환이기도 하다. 그런데 지금 우리가 살고 있는 세계는 사계절 가운데서도 여름에 속해 있다고 볼 수 있다. 여름은 온갖 동식물들이 왕성하게 번식을 계속하고 덩치 큰 동물에서부터 미세한 잡충(雜蟲)들에 이르기까지 제각기 저 잘났다고 미칠 듯 아우성처대는 기간이기 때문이다. 지금의 인간세계 역시 온갖 이데올로기 종교들이 난무하고, 인구증가는 폭발 직전까지 치닫고 있으며 과학문명은 과학문명대로 무서운 속도로 발전해 가고 있다.

그러나 여름에도 결국은 한계가 있게 마련이다. 여름이 가고 가을이 오면 잡충들이 서서히 사라지기 시작한다. 그리고 식물은 성장을 멈추고 결실을 준비한다. 말하자면 가을은 풍요로운 안정의 시기요, 쾌적한 환경과 평화를 제공해 주는 시기다.

그러므로 동양사상의 관점에서 지금의 시기를 바라보면 가을을 목전에 두고 있는 늦여름의 시기라고 할 수 있다. 다시 말해서 시끄럽게 떠들어대던 잡충들이 사라지기 직전의 상태인 것이다. 이런 시각에서 볼 때 지금 벌어지고 있는 민족 간의 분쟁이나 종교적 갈등, 그리고 잦은 국지전(局地戰) 같은 것들은, 잡충들이 늦여름에 '최후의 발악'을 하고 있는 것으로 해석될 수 있다.

가을이 되면 음(陰)의 시대가 시작되어 많은 생물들이 사라진다. 특히 중동전쟁이나 기타 제3의 전쟁으로 인해 서구인들(이슬람교와 기독교는 아담과 이브의 존재를 인정하고 같은 하느님을 모시는 형제종교이므로, 아랍인들 역시 서구인의 범주에 들어간다고 볼 수 있다)은 많이 죽어 갈 것이다. 그들은 양성(陽性) 체질이기 때문이다. 설사 많이 죽지는 않는다 하더라도, 그들은 크게 기가 꺾이고 위축되어 더 이상 위세를 부릴 수 없게 될 것이다. 특히 미국은 위선적이고 이기적인 처신으로 인해 국제정치적으로 지도국으로서의 입지(立地)와 명분을 잃어버릴 가능성이 크다.

봄과 여름이 양(陽)에 속하는 절기라면 가을과 겨울은 음(陰)에 속하는 절기다. 따라서 가을이 오면 양성 체질에 속하는 서구인들이 점차 기력을 잃어가는 것에 반해 음성 체질에 속하는 동양인들이 크게 힘을 신장시켜 나갈 것이 틀림없다.

물론 가을 다음에는 겨울이 온다. 지구 역사에서의 겨울은 빙하기에 해당되므로 기상이변과 지각변동으로 인해 전 인류가 멸절(滅絶)해 버릴 가능성도 있다. 하지만 그래도 사람들은 꽤 많은 숫자가 살아남아 인류 역사의 새로운 '봄'을 준비하게 될 것이다.

아무튼 지금은 가을을 바라보는 시기이지 겨울을 바라보는 시기는 아니기 때문에, 벌써부터 겨울 걱정까지 할 필요는 없다. 그래서 나는 요즘 떠돌아다니는 종말론이나 말세론에 나오는 '종말'은 '여름의 종말'과 '서구의 퇴락'을 의미하는 것이지, 동양까지를 포함하는 전 세계의 종말을 의미하는 것은 아니라고 생각한다.

동양의 음양철학에서 바라보는 미래관을 떠나 한국의 미래관에 대해서만 살펴보면, 요즘 떠돌아다니고 있는 얘기들은 모두 다 희망적인 얘기들뿐이다.

1980년대 후반에 『단(丹)』이라는 책이 나와 선풍적인 인기를 끌어 베스트셀러가 되면서부터, 이 방면의 서적들이 다투어 출간되었다.

『단』의 내용은 주로 선도(仙道)에 관한 것이었지만, 그 책 말미에 적혀 있는 어느 도인(道人)의 예언이 독자들의 마음을 결정적으로 사로잡았던 것 같다. 우리나라가 21세기 이후에는 세계 역사의 주역(主投)으로 부상하게 된다는 내용이어서, 그 책을 읽은 사람들은 닥쳐올 밝은 미래에 대한 벅찬 감격과 설렘으로 가슴 부풀었던 것이다.

우리나라의 밝은 미래를 예언한 책은 『단』말고도 많다. 작고한 탄허(呑虛)스님이 쓴 『부처님이 계신다면』이라는 수필집에도 『단』의 예언과 거의 같은 내용이 실려 있다. 또 최근에는 증산교(甑山教)라는 민족종교가 대학가의 젊은이들에게까지 상당한 인기를 끌고 있는데, 증산교가 내세우고 있는 '후천개벽(後天開闢) 사상' 역시 비슷한 주장을 하고 있다.

증산교 지도자가 쓴 『이것이 개벽이다』라는 책에는, '선천(先天) 세계'가 끝나고 새로 시작되는 '후천(後天) 세계'에는 한국이 세계 인류의 정신적 지도자 역할을 맡아 강대국으로 부상하게 된다는 내용의 예언이 수록되어 있다. 이 밖에 『격암유록』이나 『정감록』 등 일종의 비기(秘記)에 속하는 책들도 많이 나왔는데, 위와 비슷한 내용의 예언을 담고 있어 한국인들의 마음을 설레게 해주었다.

한국이 후천시대의 리더격(格)이 될 것이라고 하는 예언에는 다분히 국수주의적 선입견이 내재되어 있다. 그렇지만 그 나름대로 타당성이 전혀 없는 것도 아니다.

한국의 미래를 예언하고 있는 책들이 주장하고 있는 내용을 살

퍼보면 대개 두 가지로 나뉜다. 하나는 다른 나라들이 다 망하기 때문에 자연히 우리나라가 후천 세계의 주역이 될 수밖에 없다는 것이고, 다른 하나는 한국 이외의 나라들이 망하고 안 망하고를 떠나 우리나라의 국운이 상승기에 접어들고 있어 자연스럽게 비약적인 발전이 이루어진다는 것이다.

전자의 경우에는 무시무시한 내용이 많이 포함되어 있다. 탄허 스님의 예언에 의하면 21세기 중반에 지구의 자전축(自轉輔)이 수직으로 바뀌면서 세계는 일대 혼란에 빠진다. 일본은 바닷속으로 침몰하고 미국도 태반이 바다 밑으로 들어간다(이것은 미국의 예언가 에드거 케이시가 예측한 것과 내용이 똑같다). 중국 역시 많은 천재지변과 더불어 내전(內戰)의 화(禍)를 겪게 된다. 그런데 우리나라만은 피해를 가장 적게 입고 국토와 인구를 거의 온전하게 보전한다. 그러다 보면 한국은 자연히 세계 최강의 나라로 부상하게 된다는 얘기다.

다소 황당무계하게 들릴지도 모르겠지만 전혀 근거가 없는 얘기는 아니다. 탄허의 예언을 최근의 기상이변과 연결시켜 생각해 보면, 공해의 장기화로 인해 지구에 심각한 자연파괴가 초래되어 지축의 대변동이 일어난다고 추측할 수도 있다.

후자의 예언은 한국의 통일을 전제로 한다. 만약 우리나라가 내전의 참화를 피해나가 통일을 이룰 경우, 한국은 막강한 국력을 갖게 되고 곧바로 일본을 능가할 정도의 수준이 된다는 것이다. 게다가 중국은 보수파와 개혁파가 내분을 거듭하고 소수 민족들이 독립하게 되어 점점 국력이 쇠퇴해 간다. 이를 틈타 우리나라는 고구려의 구토(舊土)까지도 회복할 수 있게 된다는 것이다.

전자든 후자든 이런 내용의 예언들이 갖는 맹점은 역시 지나친 배타성과 유아독존적 민족주의 사상에 있다 하겠다. 최근에는 또 『환단고기(桓檀古記)』등 고조선의 역사에 관한 책들이 많이 출간되어 한국이 4천여 년 전에 중국 전체를 지배하는 대국이었다는 설이 주장되고 있다. 하지만 내가 보기엔 다 부질없는 얘기들이다. 설사 과거가 찬란했다 하더라도 그것이 우리에게 무슨 소용이 있겠는가? 문제는 세계와 우리나라의 미래가 어떻게 되겠느냐는 것이다.

그래서 지금 현재 내가 내려 본 결론은 다음과 같다. 우선 동양의 음양사상으로 볼 때 어떤 형태로든 서양은 차츰 쇠퇴할 수밖에 없다. 아무래도 미국의 흑백분쟁이나 중동전쟁이 그 시발점이 될 것 같다. 서양의 쇠퇴는 기독교의 쇠퇴이자 종교 및 이데올로기 중심 문화의 쇠퇴이고, 또한 이성우월주의의 쇠퇴를 의미한다.

종교 및 이데올로기 중심 문화의 쇠퇴는 곧바로 민족주의의 발흥으로 이어진다. 그래서 아랍 여러 나라 및 일본 등 민족주의 국가들이 차츰 세력을 떨쳐나갈 것이고, 러시아에서도 계속 민족 간의 갈등이 이어질 것이다. 이때 우리나라에서도 민족주의적 단합이 이루어져 남북통일이 달성될 수도 있다.

그러나 배타적 국수주의를 기본으로 하는 민족주의의 발흥은 나치 독일의 경우처럼 곧바로 망하게 될 수밖에 없다. 그러므로 요즘 우리나라에서 떠돌아다니고 있는 한국 중심의 미래세계에 관한 국수주의적 예언들은, 좋은 조짐이 아니라 불길한 조짐이라고 나는 생각한다. 한국의 밝은 미래는 민족적 단합에 달려 있는 것이 아니라, 종교·이데올로기·관념적 형이상학·수구적 봉건윤리 등을 얼마나 과감히 떨쳐버릴 수 있느냐에 달려 있다.

하지만 어떤 경로를 통해서든지 간에 한국의 미래는 밝다. 나는 우리나라의 지형적 입지조건을 내 나름대로 『주역(周易)』의 괘상(卦象)에 맞춰 풀어보았다. 심사숙고한 결과 우리나라는 '산수몽(山水蒙)' 괘에 해당된다는 결론이 나왔다. 한국은 국토의 대부분이 산으로 이루어져 있는데, 그러한 땅덩어리를 바다가 삼면으로 둘러싸 떠받들고 있는 형상이기 때문이다.

만약 우리나라가 일본처럼 화산이 많은 섬나라였다면 화세(火勢)가 산세(山勢)를 억압하여 '화수미제(火水未濟)' 괘가 되었을 것이다. '화수미제' 괘는 '미제(未濟)'라는 말이 암시하듯 '아직 다 못 이루었다'는 뜻을 가지고 있다. '미완(未完)의 아름다움'을 뜻하기도 하고 '완만한 발전'을 뜻하기도 하지만 아주 시원한 괘는 아니다.

'몽(蒙)'은 글자 그대로 어둡고 몽매한 것을 상징한다. 그래서 교육과 계몽·계발 등을 의미하는 괘가 되었다. 현재는 어둡지만 노력 여하에 따라 밝은 미래가 약속돼 있는 괘다. 그러므로 '몽' 괘의 뜻을 하나의 함축적인 문장으로 표현한다면, '암흑 속에서 배움의 길을 찾는 무리들'이 될 것이다.

'몽' 괘를 한 개인의 운세에 비추어 설명해 보면 남녀를 막론하고 학문·예술·교육관계 등에 길(吉)하여 장래에 대성할 소지가 있다. 또한 장사에도 길한 괘여서, 만약에 그 사람이 정신적 가치나 명예욕 등을 무시하고 장기적으로 우직한 자세로 정직하게만 밀어붙인다면 큰 재물을 얻을 수가 있다. 말하자면 '몽' 괘는 어떤 사람이 정신적 방면으로 나가든지 물질적 방면으로 나가든지 어느 한쪽을 택해 꾸준히 밀어붙이면 성공이 보장돼 있는 괘라 하겠다.

　그러나 몽 괘는 다른 한편으로 '무지몽매'한 것을 상징하기 때문에 상당기간의 혼란이 전제되지 않을 수 없다. 비상식적인 사고방식의 난무, 수구적 봉건윤리에 바탕을 둔 파렴치하고 무지막지한 권위주의의 범람 등이 그것이다.

　요즘도 우리나라에서 표현의 자유를 억압하는 만행이 자주 벌어지는 것이나, 전근대적인 성관(性觀)의 강요로 인한 화풀이식 성범죄가 증가하는 것이나, 뇌물을 받아먹은 정치인들이 큰 사회문제를 일으키고 있는 것은 다 '몽' 괘의 의미와 일치하는 경우라 하겠다. 또한 말세를 주장하는 사이비 종교들이 판을 치고, 꼭 사이비 종교가 아니더라도 갖가지 종교단체들이 이상(異常) 비대화(肥大化) 현상을 보이는 것 역시 몽 괘가 시사해 주고 있는 '현재의 상황'과 부합된다.

　그렇다면 현재의 이런 상황을 개선시켜 보다 나은 미래로 연결시켜 줄 수 있는 방도는 무엇일까? '몽' 괘의 괘사(卦辭)는 그 방법으로 '교육'을 내세우고 있다. 그러므로 지금 우리나라에서 큰 골칫거리로 되어 있는 '과잉된 교육열'은 상당한 문제점을 내포하고 있는 것이긴 하지만, 오히려 한국의 발전을 약속해 주는 유일한 방도가 되는 것이다.

따라서 개성말살 위주의 획일적 교육내용과 관료주의적이고 권위주의적인 '교사·교수 족치기' 식 인사제도를 고쳐 교육의 질적 향상과 개혁을 도모한다면, 우리나라는 거듭날 수 있다. 어쨌든 한국인들의 교육열 자체를 나무랄 수는 없다. 해방 후 우리나라의 교육이 질보다 양에 치우쳐 '부실'을 초래했던 것은 사실이지만, 그래도 우리가 비약적인 경제부흥을 이룩할 수 있었던 것은 오직 우수한 두뇌를 가진 인재들의 노력 덕분이었다.

또한 한국인들이 예술에 대해서 갖는 지나치다 싶으리만큼의 관심(물론 그 '관심'이 '간섭'으로 변하는 일이 많아 부작용이 더 많은 게 사실이지만) 역시, 이성만능주의 시대인 현대를 살아가는 우리들에게 '감성'의 측면을 보완시켜 주는 역할을 해준다고 볼 수 있다.

한국인들이 갖고 있는 '노세 노세 젊어서 노세' 식의 '놀이 중심적 인생관'이나 술자리에서 노래 부르기를 유난히 좋아하는 기질은, 우리나라의 발전에 결국은 긍정적인 요소로 작용할 것이라고 나는 생각한다. 한국의 밝은 미래, 또는 세계의 밝은 미래는 오직 '감성의 재조명'에 달려 있기 때문이다.

물론 '표현의 자유'를 전제하지 않고서는 문화 및 교육 발전이 불가능하다. 그러므로 한국의 미래는 오직 표현의 자유의 인정 여부에 달려 있다고 해도 과언이 아니다. 표현의 자유가 없는 세상은 모든 것이 암담해질 수밖에 없기 때문이다.

나는 앞으로 다가올 세상이(한국뿐만 아니라 동·서양 모두가) 동양의 실용주의적 가치관과 일원론적 세계관에 바탕을 두는 '육체주의 문화'에 '고도의 과학문명'이 결합되어 이루어지는, '인간의 쾌락(또는 복지)을 극대화(極大化)시키는 세상'이 되기를 바라고 있다.

내가 이런 생각을 갖게 된 데는 두 개의 글이 큰 역할을 하였다. 하나는 미국의 급진적 성해방론자인 파이어스톤이 1970년대에 발표한 『성의 변증법』이란 책이고, 다른 하나는 일본계 미국 학자 프란시스 후쿠야마가 1999년에 발표한 「두 번째 생각 : 병 속에 들어 있는 마지막 인간(Second Thoughts: The Last Man in a Bottle)」이란 논문이다.

후쿠야마의 논문은 생명공학과 유전공학, 그리고 향정신성(向精神性) 약품 제조기술의 발전에 의한 후인간(Posthuman)의 출현을 예견하고 있어 논란을 불러일으키고 있지만, 그가 주장하고 있는 '과학적 인간개조에 의한 보편적 복지사회의 실현'에는 상당히 공감가는 부분이 많았다.

파이어스톤은 성혁명을 통한 인류복지의 실현을 역설하고 있다. 즉 일체의 성적 금기와 억압이 없어지면 현재까지의 인간이 '성적 쾌락의 감질나는 충족'이나 '성적 기아증'을 대리적으로 보상하기 위해 필요로 했던 일체의 '적개심'과 '파괴본능'이 사라지게 되고, 따라서 이상사회의 실현이 가능해진다는 것이다.

그는 '관능적 상상력'의 해방을 통해 진정한 과학문명(전쟁 따위의 집단적 사디즘에 소용되는 과학이 아니라 오로지 인류의 행복에만 기여하는)의 발전을 이루어야 한다고 주장한다. 모든 상상력은 과학발전의 밑거름이 되는 것인데, 안타깝게도 인류는 지금까지 '도덕적 상상력'만 인정하여 스스로를 멸망의 구렁텅이로 몰아넣었다는 것이다.

또한 그는 관능적 상상력의 진정한 해방을 가능케 하기 위해서는 도덕주의적 명분에 의한 성 억압과 일부일처의 '상호 소유'를 전제로 하는 기존의 결혼제도, 그리고 청소년의 성에 대한 부당한 규제 등을 개혁해야 한다고 주장하고 있다.

나 역시 인류가 실용적 쾌락주의의 실천에 온 힘을 기울인다면, 앞으로 다가올 세계가 훨씬 더 나은 세상이 될 것이라고 믿는다. 하지만 그 '새로운 세계'는 헉슬리의 소설 『멋진 신세계』에 소개된 세상처럼 '낭만적 정서'가 소멸되어 버린 '과학 만능의 음울한 파라다이스'가 아니라, 낭만적 정서가 더욱 발달하여('권위주의적 통치'를 없앨 수 있는 것도 결국은 낭만적 정서이다) 인간 누구나 예술가처럼 살아갈 수 있는 세상이다.

그런 세상이 오면 인간은 강제된 윤리로부터 해방되어 상상을 자유롭게 실천해 가면서 행복한 쾌락 속에서 살아가게 될 것이다. 이때 과거의 '신(神)' 역할을 해주는 것은, 심층심리학과 심신상관학(心身相關學)의 발달에 힘입어 이룩되는 '육체적 직관'이다. 또한 인간은 관능적 유희와 예술 활동을 위주로 하는 '즐거운 카타르시스'를 통해 '춘티'와 '심통'과 '질투심'과 '권력욕'을 없앨 수 있을 것이다.

거듭 강조하거니와 미래의 신세계 실현을 가능하게 해주는 기본적인 힘은 역시 '절대적 평화주의'이다. 그리고 그것이 확립되도록 도와주는 역할을 하는 것은, '이데올로기의 포기'와 '위선적 도덕의 포기'를 전제로 하는 '쾌락지상주의와 복지지상주의(福祉至上主義)의 범인류적 수용'이다.

인류는 종교의 차이나 이데올로기의 차이나 민족의 차이로 인한 군사력 경쟁이나 문화 경쟁이 정말 부질없는 짓이라는 것을 시급히 깨달아야 한다. 그래서 모든 학문연구의 궁극적 목표를 '인간의 심리적 안정과 육체적 행복'에 두어야 한다. 말하자면 식욕과 성욕의 원활한 충족'과 '평화로운 정서의 개발'만이 가장 중요한 과제가 되고, 기타 일체의 이데올로기나 윤리적 신조(信條)들은 전혀 불필요한 것, 즉 인간의 행복을 방해하는 '악마'로 간주돼야 하는 것이다.

이런 대오각성(大悟覺醒)이 쉽게 이루어지지는 않을 것이다. 3차 세계대전으로든 천재지변으로든 관념우월주의나 민족주의나 종교적 도그마 등에 대한 집착이 초래하는 폐해에 대해, 인류가 크게 반성할 수 있는 계기가 마련돼야 할지도 모른다.

우리나라 문화계의 풍토를 보면 '양반의식'에 바탕을 둔 관념우월주의가 여전히 주류를 이루고 있다. 한국의 장래와 인류의 장래를 걱정하는 양심적 지식인들이 오래 전부터 '이데올로기의 종언(終焉)'을 외쳐왔는데도 불구하고, 문화계를 이끌어가는 사람들은 아직도 이념과 신조 또는 도덕에 의한 인간해방만 부르짖고 있다. 잘됐다고 칭찬 받는 연극·영화·소설들은 정신주의적 메시지 위주이거나 도덕과 본능에 양다리 걸치는 이중구조로 이루어져 있고, 또 그런 작품을 쓰는 작가들만이 문화적 권력을 누린다.

이제부터라도 우리는 인류의 진정한 평화와 행복을 실현시키기 위해 우리가 무엇을 해야 할 것인가를 보다 구체적으로 생각해 봐야 한다. 그러려면 우선 극우 성향의 지도적 지식인들이 '전통적 정신문화의 붕괴'를 인류 쇠망의 원인으로 지적하고 있는 것에 대해 회의의 시선을 보낼 수 있어야 할 것이다.

우리는 이중적 허위의식과 도덕만능주의가 빚어내는 피·가학적 '권위주의 문화'로부터 한시바삐 벗어나, 인간의 절대자유와 절대복지를 목표로 삼는 '본능우선주의'를 받아들여야 한다. 그런 마음가짐이야말로 진정한 휴머니즘이면서 진정한 종교가 될 수 있는 것이다〔'종교(宗敎)'란 유일신을 섬기는 것을 뜻하는 말이 아니라 '으뜸가는 가르침'을 뜻하는 말이다〕.

무엇보다 중요한 것은 '인류 전체의 행복'이 항상 전제되어야 한다는 것이다. 그러지 않는 한, 한국의 미래에 대한 이기적 낙관론이나 국수주의적 유토피아니즘은 한낱 '우물 안 개구리' 식 자기위안(自己慰安)으로 그쳐버릴 수밖에 없다.

24. 미래의 성(性)은 여성이 주도한다

　'21세기 이후의 성'이라는 주제를 놓고 생각해 볼 때, 이전과 달라지는 것 중 가장 두드러지는 것이 있다면 그것은 어떤 것이 될까? 아마도 그것은 '남성 주도의 성'이 '여성 주도의 성'으로 바뀌는 것이 될 것 같다. 한마디로 말해서 '양(陽)'이 지배하던 세계가 '음(陰)'이 지배하는 세계로 바뀌게 되는 것이다.

　20세기는 여러 가지 면에서 '성의 혁명'이 일어난 시대였다. 20세기에 이룩한 성의 혁명 가운데 가장 두드러지는 것이 있다면 그것은 역시 '경구 피임약'의 개발이 될 것이다. 1960년대 이후로 여성용 피임약이 다량으로 보급됨으로써, 여성들은 '쾌락으로서의 성'에 훨씬 더 적극적일 수 있게 되었고, 남성들보다 한결 즐거운 성적 오르가슴을 보다 당당하게 보장받게 되었다.

인간이 다른 동물들과 다르게 갖고 있는 특성 가운데 가장 놀라운 것은, 여성들이 갖고 있는 무한한 성적 능력이다. 인간의 여성은 격렬하면서도 다양한 오르가슴을 오랜 시간 맛볼 수 있도록 되어 있고, 또한 밤낮을 가리지 않고 성행위를 할 수 있도록 되어 있다. 남성의 '성욕'은 여성보다 강할지 몰라도 '성 능력' 면에서는 여성보다 뒤떨어진다. 아무리 정력이 센 남성이라 할지라도 정액을 사출(射出)해야 하고, 정액의 사출은 피로를 동반하기 때문이다. 예전에 중국에서는 남성이 평생 동안 사출할 수 있는 정액의 양이 일정량으로 한정되어 있다고 믿었다.

여성들은 그동안 '임신'과 '육아'로 인해 자신들의 성 능력을 마음껏 발휘할 수 없었다. 또한 남성 위주의 가부장제도 체제는 여성들로 하여금 '정절'과 '모성(母性)'을 갖도록 강요함으로써 여성들의 성적 욕구를 막았다. 그러나 자유민주주의의 발달로 인한 여권의 신장과 피임약의 발달은, 여성들의 사회적 신분상승과 사회활동을 가능케 해줌과 동시에 여성 성적 정체성을 새롭게 자각시켰던 것이다.

프로이트는 남성에겐 '거세 공포증'이 있고 여성에겐 '남근(男根) 선망' 심리가 있다고 주장했다. 엄격한 여성 통제와 가부장주의로 무장되어 있던 20세기 초엽까지의 유럽 사회에서는 그의 이론이 그런대로 적용될 수 있었다. 그러나 여성해방이 가시화되기 시작한 20세기 후반부터 프로이트의 이론은 현실에 맞지 않게 되었다.

상당수의 남성들은 이제 거세를 겁내는 게 아니라 오히려 거세를 원하고 있다. 성전환수술을 받고 여성이 되기를 바라고 있는 것이다. 또한 거세까지는 안 가더라도 여성처럼 꾸미고 싶어 안달복달하는 수많은 '복장도착자'들이 있다. 이에 반하여 남성처럼 되고 싶어하는 여성 복장도착자들은 그 숫자가 비교도 안 되게 적다.

기계문명이 발달하기 이전까지의 역사는 남성들로 하여금 '자식 생산'에 골몰하도록 했다. 생태계에서 번식만큼 중요한 것은 없고, 또 인력(人力)을 대신할 만한 노동수단이 달리 없었기 때문이다.

그래서 여성들이 성적 쾌감에 탐닉하지 않고 '자식 낳기'와 '자식 기르기'에만 전념하도록 하는 문화적 관습과 장치들이 만들어졌다. 회교도 사회에서 발달한 '여성용 베일 착용'의 관습은 여성들이 가정 밖에서 성적 교제의 기회를 갖는 것을 막기 위해 고안된 것이고, 아프리카와 중동 일부 문화권에서 시행된 '클리토리스(음핵) 자르기'의 관습 역시 여성의 성적 본능을 억제하기 위해서 고안된 것이다. 부권(父權) 중심의 사회는 언제나 여성의 성감을 통제하는 데 온 힘을 기울였다.

그러나 성적 평등의식의 확산과 여성의 사회참여 기회 확대는 여성들로 하여금 많은 성적 교제의 기회를 갖도록 만들어 주었다. 그래서 여성의 혼외정사가 남성의 혼외정사만큼 많아지게 되었다.

그와 동시에 인구의 폭발적 증가는 '생식적 성'보다 '비생식적 성', 즉 '쾌락을 위한 성'에 더 비중을 두게 만들어, 여성의 자유로운 섹스가 더욱 활발해지게 되었다. 이런 변화에 결정적 촉진제 역할을 한 것은 역시 앞에서 말한 '여성용 피임약 개발'이라고 할 수 있다.

여권신장과 더불어 여성의 성적 쾌락 추구가 활발해지자 남성들의 성은 상당히 위축되게 되었다. 여성들이 당당하게 요구하는 '오르가슴의 충족'을 감당해 내기엔 남성들의 정력이 형편없이 모자랐기 때문이었다. 20세기 중엽까지만 해도 여성은 그저 남성의 요구를 '받아들이기만 하는' 존재에 머물렀고, 오르가슴의 충족을 적극적으로 바라는 여성이 있다면 그런 여성은 '음탕한 여자'로 취급되었다. 여성들 또한 임신에 대한 공포 때문에 성적 쾌락을 적극적으로 추구하기 어려웠던 것이 사실이다.

그러나 여성이 성의 적극적 주체로 변하자 남성들은 '주눅'이 들수밖에 없었다. 1990년대 후반 남성들의 정자(精子) 숫자가 50년 전에 비해 반 정도로 줄어들었다는 의학계의 발표는 바로 이런 사실을 증명해 주는 것이다. 의학자들 상당수는 공해 증가에 따른 환경호르몬의 확산을 가장 큰 원인으로 지적하고 있지만, 내 생각엔 꼭 그것 하나만이 원인이 될 수는 없다고 본다. 여성들의 '성적 적극성'이 남성들의 '성적 우월감'을 움츠러들게 만든 것이, 정자 숫자의 감소를 야기한 또 하나의 심리적 원인으로 추가돼야 할 것 같은 생각이 든다.

남성들이 '성 능력이 뛰어난 여성'을 은근히 두려워하는 현상은 사실 예전부터 있어 왔다. 이른바 '변태성욕'으로 치부되는 유치증(幼稚症: 어린 나이의 이성을 좋아하는 것)과 노인애(老人愛: 늙은 나이의 이성을 좋아하는 것)는 성교행위에서보다 살갗접촉에서 주로 성적 만족을 얻는 성 취향인데, 이런 '변태성욕'의 주체는 대개 남성들이었던 것이다. 요즘 들어 이런 특이한 성 취향에 빠지는 남성들이 점점 더 늘어나고 있다는 사실은, 남성들이 성교행위에 대해 더욱더 공포심을 느껴가고 있다는 것을 보여주는 한 증거라고 볼 수 있다.

　성 전문가들에 의하면 여성이 시애(屍愛: 시체 또는 시체처럼 마취시킨 상태의 이성과 애무하는 것) 같은 아주 특이한 '변태성욕'에 빠져드는 경우는 남성보다 훨씬 적고, 설사 빠져든다 하더라도 '사랑하는 남자'를 만족시켜 주기 위해서 그러는 경우가 대부분이라고 한다. 이를테면 남자 애인이 시애적(屍愛的) 섹스를 좋아할 경우, 여성은 애인을 만족시켜 주기 위해 시체 역할을 '연기'하는 경우가 많다는 것이다.

　또 한 가지 특기할 만한 것은, 예전엔 사디즘적 섹스를 선호하는 남성들이 많았지만 요즘엔 마조히즘적 섹스를 선호하는 남성들이 훨씬 더 많다는 사실이다. 요즘 서구와 일본에서 유행하고 있는 'S·M 클럽'에 출입하는 남성들 열 명 가운데 예닐곱 명은 마조히스트 역할을 원한다고 한다. 여기서 말하는 사디스트는 무지막지하게 때리는 자라기보다 일종의 '지배자'이고, 마조히스트는 무지막지하게 얻어맞는 자라기보다 일종의 '순종자'이다. 상당수의 남성들이 삽입성교 없이 순종자 역할만 하면서 성적 만족을 얻는다는 사실은, 요즘 남성들이 '능동적 성행동'에 부담을 느껴 '수동적 성행동'으로 도피하고 있다는 것을 보여주는 사례라 하겠다.

이처럼 삽입성교를 기피하는 '변태성욕자'들이 늘어나 범상한 사회 현상으로까지 확산되자, 이젠 성의학자들도 '변태'라는 말을 쓰지 않게 되었다. 가학적 살인 같은 극단적 행위가 아닌 한 여러 가지 '유희적' 변태성욕들은 이제 '특이한 성적 취향'으로 불리게 되었고, 일부 선진국의 의학사전에서는 아예 '변태성욕'이란 항목이 빠져버린 지 오래다. 다만 한국처럼 수구적 봉건윤리가 지배이데올로기로 기능하고 있는 나라에서만 '변태성욕'이 과장적으로 문제시되어, 이른바 '음란(또는 외설)'의 표본으로 배척되고 있을 뿐이다.

미국의 경우, 「킨제이 보고서」가 나온 1950년대 초반까지만 해도 '구강성희(오럴섹스)'는 '변태'로 취급되었다. 그렇지만 요즘엔 구강성희가 가장 보편적인 애무형태로 확산되어 있다. 한 보고서에 의하면, 매춘부를 찾아가는 1990년대 미국 남성들 대다수가 매춘부에게 요구한 성행동은 구강성희라고 한다. 그러나 1950년대 미국 남성들 대다수가 매춘부에게 요구했던 성행동은 삽입성교였다. 이런 사실 하나만 놓고 보더라도, 21세기에 들어선 현재의 남성들 대부분은 삽입성교에 부담을 느끼고 있다는 것을 알 수 있다.

여기서 문제가 되는 것이 바로 '여성의 성적 만족감'이다. 여성은 삽입성교를 두려워하지 않아도 되는 신체구조를 갖고 있기 때문에, 이를테면 구강성희의 경우 그것이 '전희(前戱)' 역할로만 머물기를 바란다. 다시 말해서 삽입성교가 '메인 게임'이 되기를 원하고 있는 것이다. 그러나 남성들은 점점 더 삽입성교를 두려워해 가는 중에 있으므로, 여성들은 차츰 남성들을 얕잡아보게 될 수밖에 없다.

더군다나 성에 개방적인 선진국의 경우엔 여성들을 위한 '모조 페니스' 같은 성상품들이 다양하게 개발되어 오르가슴을 충분히 맛볼 수 있는 것이다. 이런 상황에서 남성들은 점점 더 볼품없는 '무용지물'이 되어갈 수밖에 없고, 여성들에게 더 이상 성적으로 군림할 수 없게 되는 처지에 이른다.

게다가 현재의 상황에서는, 남성들이 여성들보다 아직은 훨씬 더 무거운 의무감과 책임감을 느낄 수밖에 없는 사회체제에 종속되어 있다. 남자들은 돈을 벌어 가족을 부양해야 하고, 군대에 나가 용감하게 싸워야 하고, 힘겹고 거친 노동을 감당해야 한다. 그러다 보니 남성들은 더 초췌해질 수밖에 없고, 평균 수명도 여자보다 훨씬 더 짧아질 수밖에 없다. 이런 상황이 지속되다 보면 21세기 말쯤에 가서 남성중심사회가 여성중심사회로 완전히 뒤바뀌지 않으리라는 보장이 없다. 쉽게 말해서 원시시대의 모계사회로 되돌아가는 것이다.

모계사회로 되돌아가는 징후들이 벌써부터 선진국 사회에서 보여지고 있다. '당당한 미혼모'의 증가 현상이 대표적인 예인데, 아이의 아버지(또는 자신의 남편) 없이 아이만 기르겠다는 독신 여성이 늘어나고 있는 것이다. 그럴 경우 섹스가 없는 독신생활이 아니라 프리섹스를 즐기는 독신생활이기 때문에 여성은 성적 소외감을 느끼지 않는다. 그리고 아이는 아버지를 의식하지 않게 되고 오직 어머니에게만 종속되게 된다.

말하자면 '일처다부제' 비슷한 형태를 띠게 되는 것인데, 이럴 경우 남성의 가부장적 권위는 당연히 실추될 수밖에 없다. 지금까지의 남성들은 '엄한 아버지'의 이미지와 '엄한 가장(家長)'의 이미지를 갖고서 남성중심사회를 이끌어왔다. 그런데 반드시 '아버지'가 있어야 '가정'의 위상이 선다는 생각이 희석되는 상황이 되고 보면, 남성의 사회적 지위는 하락해 갈 수밖에 없는 것이다.

많은 인류학자들은 인류가 모계사회에서 부계사회 또는 남권사회(男權社會)로 바뀐 것이 농경생활로부터 시작되었다고 추정한다. 한 장소에 정착해 농경생활을 하기 이전의 인류는 여기저기를 자유롭게 이동해 다니며 나무의 열매를 채집하거나 사냥을 해서 먹고 살았다. 그런데 농경과 목축의 기술을 터득하고 난 다음부터는 한 지역에 정착해 보다 안전한 먹거리를 확보할 수 있게 되었다.

그런 농경생활은 두 가지 부담을 가져왔다. 첫째는 무거운 '쟁기'를 사용해야 한다는 것이고, 둘째는 '외적의 침입'으로부터 자신들의 경계를 보호해야 한다는 것이었다. 그러다 보니 힘이 센 남성들이 사회적 우월권을 갖게 되었고, 여성들은 자연히 남성의 지배하에 놓이게 되었다는 것이다.

하지만 지금의 인류는 과거 농경사회의 전통을 버려가고 있다. 물론 선진국 수준의 나라에 사는 사람들한테만 적용되는 사항이겠지만, 평생 한 장소에 거주하며 '이동'을 꺼려하는 사람은 거의 없다. 말하자면 여행의 자유를 즐기면서 여기저기 옮겨 다니며 살고 있는 것이다. 이른바 '국제화'나 '세계화'의 개념이 점점 확산되고 있다는 사실도 이를 뒷받침해 준다. 선진국 가정에서는 자녀들이 고등학교만 졸업하면 곧바로 집을 떠나고 있고, 부모가 있는 집에서 대학에 통학하는 학생은 거의 없다. 모두 '자유로운 혼자'가 되어 분방한 이성교제가 가능한 독립생활을 즐기고 있는 것이다.

식사 양식의 변화 역시 우리가 원시시대의 열매 채집 및 수렵 생활 비슷한 생활방식으로 되돌아가고 있다는 것을 보여준다. 시간이 많이 걸리는 요리를 집에서 만들어 먹는 사람들이 점점 줄어들고 있고, 대다수의 사람들은 인스턴트 식품을 사서(다시 말해서 '채집' 또는 '포획'하여) 먹으며 한 끼를 때운다. 또 복잡한 요리를 먹더라도 집에서 만들어 먹기보다는 식당에 가서 사 먹는 경우가 많다.

'이동'과 '채집' 위주의 이런 생활방식은 가족이나 친척들과 밀착돼 있던 집단적 생활방식을 버리게 하고, 이른바 '전통윤리'라는 것을 거부하게 만든다. 전통윤리의 거부는 곧바로 가부장제도의 붕괴를 가져옴과 동시에 전통적 결혼제도의 파괴로 이어지게 된다.

농경생활 양식에 기초하고 있던 지금까지의 성문화는 '가족의 번영'이라는 목표를 위해 여성을 집안 살림과 분만, 그리고 육아에만 몰두하도록 만들었다. 그러나 다시금 원시적 이동생활로 돌아갈 것이 분명한 미래의 성문화는, 대다수의 여성들을 집 밖으로 '몰아 낼' 것이 틀림없다. 전쟁이나 쟁기질에 필요했던 남성의 '힘'도 앞으로는 특별한 능력이 되지 못할 것이다. 모든 것이 기계화되어 가고 있는 상황에서는 '단추' 하나만 누르면 노동이나 전쟁에 필요한 '힘'을 동원할 수 있기 때문이다. 단추를 누를 정도의 힘은 여성도 얼마든지 가지고 있다.

모계사회로 돌아갈 경우 여성들은 어떤 방식으로 성적 오르가슴을 충족시키게 될까? 비교동물학적 입장에서 보면 암컷들은 수컷들의 '힘' 즉 성적 능력을 비교·평가해 봄으로써 짝짓기의 대상을 선택한다. 그래야만 건강한 2세를 만들어낼 수 있기 때문이다. 하지만 현대의 인간은 남성이든 여성이든 단순히 물리적 '힘'만을 숭배하고 있지 않다. 두뇌의 명석함이라든가 아름다운 외모라든가 사회적 지위나 부(富) 같은 것들도 다 '힘'의 범주에 들어간다. 여기서 여성들의 고민이 시작되는 것이고, 여성들 역시 남성들처럼 성교 이외의 형태로 성희를 즐기는 '특이한 성 취향(이른바 변태성욕)'에 빠져드는 경향이 생겨날 수밖에 없게 되는 것이다.

앞에서 말했듯이 여성들은 원래 삽입성교에 의한 성적 오르가슴을 무한히 즐길 수 있는 신체구조를 갖고서 태어났다. 그러나 인류 문명의 발달은 남성들의 '동물적 힘'을 퇴화시켜 허약하게 만들었다. 그러다 보니 여성들이 남성들의 비생식적 성희를 용인하는 경향이 나타나게 되었고, 부유층을 비롯한 일부 여성들은 이중생활을 통해 성을 즐기게 되었다. 남편감으로는 허약하지만 돈 많고 지위 높은 사람을 고르고, 정부(情夫)감으로는 돈 없고 지위는 낮지만 동물적 정력을 가진 사람을 고르는 것이 그것이다.

　D. H. 로렌스가 쓴 소설 『채털리 부인의 애인』에 나오는 여주인공 코니는 성 불구자인 귀족 남편을 버리고 성적 능력이 뛰어난 미천한 산지기한테로 도망간다. 하지만 이런 경우는 실제로 흔치 않다. 물론 남편이 아예 성 불구라면 남편의 부(富)나 지위에 더 이상 미련 두지 않고 도망쳐버릴 여성이 꽤 많겠지만, 그렇지 않고서 다만 정력이 약한 정도라면 이중생황을 통해 성욕을 충족시키려고 할 것이다. 아니면 바람까지는 피우지 않고 구강성희 등 성교 이외의 다른 방법을 통해 남편과의 성관계를 '적당히' 꾸려나가는 여성도 꽤 많을 거라고 본다.

　『채털리 부인의 애인』은 성교행위 이외의 성희를 엄격히 금하고 있던 시대에 쓰어졌다. 그러나 요즘에 채털리 부인 같은 여성이나 채털리 같은 남편이 있다면, 그들을 어떻게든 다른 방법으로 상대방의 성욕을 만족시켜 주려고 노력할 가능성이 높다.

　그러므로 완전한 모계사회가 된다 하더라도 여성들이 남성들의 삽입성교 능력 하나만 갖고서 남성 파트너를 선택할 것 같지는 않다. 이를테면 어떤 남성이 아름다운 용모를 갖고 있다면, 그 남성을 비록 성 능력이 약하더라도 여자들한데 사랑받을 확률이 높다. 두뇌의 명석함이라든가 사회적 지위 같은 것도 마찬가지 범주에 들어간다.

'모계사회'가 의미하는 것은 여성의 프리섹스가 가능해지고 아이들이 어머니의 권위에 종속되는 것을 말하는 것이지, 사회의 지도권이 여성들한테로 완전히 넘어가는 것을 뜻하는 것은 아니다. 물론 그럴 가능성이 아주 없는 것은 아니지만, 적어도 앞으로 당분간은 그런 극단적 역전이 이루어질 것 같지는 않다.

여권이 계속 신장되어 남성이 누리는 사회적 권력만큼의 힘을 여성도 같이 누리는 시대가 올 것은 틀림없지만, 여성들이 남성들을 노예처럼 부리는 시대는 오지 않을 것이고 또 와서도 안 될 것이다. 그런 '복수'는 또 다른 형태의 전쟁을 불러일으켜 인류를 파멸시킬 것이기 때문이다.

지금은 과도기이기 때문에 여성들의 성적 오르가슴의 추구가 극단적으로 나타나고 있다. 다시 말해서 여권신장운동에 따른 '여성의 성적 정체성의 재자각(再自覺)'이 급진적으로 이루어지고 있다고 볼 수 있다. 그래서 정력이 약한 남성들은 고개를 숙인 채 용한 정력제를 찾아 헤매 다니고 있는 것이고, 아내가 바람을 피울까 봐 전전긍긍하는 의처증 환자 또한 늘어나고 있는 것이다. 남성용 발기유도제인 '비아그라'가 폭발적 인기를 누리고 있는 것도 그 때문이다.

하지만 시간이 더 흐르고 나면 여성들의 '삽입성교 욕구'가 한결 수그러들 것이 틀림없다. 피임약의 발달은 임신의 공포를 동반하지 않는 성적 오르가슴의 충족을 일단 가능하게 해주었다. 그렇지만 여성의 오르가슴 감각이 발달한 이유가 '임신 촉진'에 있었다는 사실을 잊어서는 안 된다. 따라서 여성이 '임신' 자체에 시큰둥해지게 되면 여성의 오르가슴 감각 역시 퇴화될지도 모른다는 가정을 해보게 된다. 이는 물론 진화론적 관점에 근거를 둔 가정이다.

또한 '여성에 대한 성 억압'이 완화되어 갈수록 "하던 짓도 멍석 깔아주니까 안 한다"는 우리나라 속담이 시사해 주는 바 그대로, 여성들의 '반발적 성 추구'가 한결 누그러들 것 같다는 예상도 해볼 수 있다. 따라서 남성들이 성교행위에 공포를 느껴 비생식적 섹스를 선호하게 된 것과는 다른 심리적 메커니즘에 의해서, 여성들 역시 비생식적 섹스를 선호하게 될 것이라는 추론이 가능해진다.

인간의 성이 진화된 과정을 보면 '생식적 성'에서 '유희적 성'으로 옮겨간 흔적을 찾아볼 수 있다. 인간은 성기만 발달시킨 게 아니라 불룩한 젖가슴이나 도톰한 입술, 감각이 예민한 귓불 같은 것들을 발달시켰다. 이는 성교행위 자체와는 무관한 기관들로서 성교용이라기보다는 애무용으로 발달된 것이다. 인간만큼 에로틱한 '키스'를 나누는 동물은 없고, 인간의 젖꼭지처럼 성감이 발달한 젖꼭지를 갖고 있는 동물도 없다. 또한 그것이 성 억압의 메커니즘에 의해 인위적으로 만들어진 것이든 아니든, 이른바 '정신적 사랑'의 대명사로 불리는 '낭만적 연애감정'을 즐길 수 있는 동물도 인간말고는 없다.

그러므로 미래의 성은 '성기적(性器的) 성'에서 '전신적(全身的) 성'으로 바뀌어갈 가능성이 높다. 특히 여성은 남성보다 감각과 정서가 발달돼 있으므로, 남성들이 정력에 자신이 없어 비생식적 성희를 추구하는 것과는 반대로 전신적 쾌감을 폭넓게 즐기기 위해 비생식적 성희를 추구하게 될 것 같다.

미감(美感) 역시 여성들이 남성들보다 훨씬 더 발달해 있다. 따라서 여성이 성적 주도권을 잡게 되면 '힘 위주의 섹스'보다는 '탐미적 섹스'가 더 우위에 서게 될 것이다. 벌써부터 그런 징후들이 보이고 있는데, 요즘 우리나라 젊은 남성들이 화사하게 꾸미고 다니며 머리를 염색하고 장신구 부착하기를 좋아하는 현상이 바로 그것이다. 요즘 젊은 여성들은 그런 남성들을 '여자 같다'고 손가락질하는 게 아니라 오히려 더 좋아하고 사랑한다.

우락부락한 남자나 씩씩한 남자보다 화사하게 꾸미고 다니는 가냘픈 체형의 남자를 더 좋아하는 것이 바로 요즘 젊은 여성들이다. 예전에는 여성들 대부분이 '군복을 입은 씩씩한 군인'의 이미지를 가진 남성을 선호했다. 그러나 요즘엔 그런 남성들이 별로 인기가 없다. 요즘 여성들은 그런 '씩씩한 남성'을 동경하고 사모하는 데 머물기보다는, 아예 자기 자신이 씩씩한 여군(女軍)이 되어버린다.

이런 '탐미적 성'이 보편화되면 성적 오르가슴의 중요성은 점차 희석돼 버린다. 그러면서 남녀 모두 관음증·노출증·페티시즘·나르시시즘·SM 섹스 등의 비생식적 성 취향에 빠져들게 되고, 남성들은 한결 유순해져 공격적 심성이 아니라 평화로운 심성을 갖추게 될 것이다. 나는 이것을 '탐미적 평화주의'라고 부르는데, 이를테면 손톱을 길게 길러 정성껏 매니큐어한 여성은 손톱이 부러지는 게 아까워 남을 쉽사리 할퀼 수 없는 것과 같은 이치다.

미래에 펼쳐질 '여성 주도의 성'을 생각해 봄에 있어, 가장 큰 궁금증으로 남는 것은 '출산'과 '육아'의 문제이다. 여성들은 물론 자유의사에 따라 선택적으로 임신과 출산을 '결행'할 것이지만, 출산의 고통과 육아의 번거로움을 감내하기는 싫어할 것 같은 생각이 들기 때문이다. 벌써부터 급진적 여성해방운동가들은 여성들로 하여금 출산과 육아를 거부하도록 선동하고 있다.

　절충적 타협안을 내놓는다면, 출산과 육아를 위한 노역을 남녀가 반분(半分)하는 것이다. 여자가 한 번 임신하면 남자도 한 번 임신하고(남자의 복강 안에서도 태아를 키울 수 있다는 실험이 이루어진 바 있다), 아이를 낳았을 경우 육아의 책임을 남녀가 동시에 지는 것이 그것이다. 하지만 이런 방식은 '남녀의 결혼'을 전제로 했을 때만 가능하다. 여자가 혼자 살면서 프리섹스를 즐기며 아이를 선택적으로 낳을 수 있는 것이 참된 모계사회라고 할 때, 아버지가 누군지도 확실히 모르는 상태에서 부모가 책임을 반분할 수는 없는 것이다.

　그렇지만 먼 미래를 내다보면, 이런 절충적 형태보다 더 완전한 '여성해방'이 이루어질 가능성이 얼마든지 있다고 본다. 우선 '시험관 아기'가 보편화되면 여성은 임신과 출산의 노역에서 해방될 수 있을 것이다. 그리고 아이들의 양육을 해결해 주는 사회적 복지 장치가 개발되면 여성은 육아의 부담으로부터 자유로워질 수 있을 것이다.

　사회복지시설에 의한 아이의 공동양육은 인류가 예전부터 꿈꿔

왔던 유토피아 상(像)이었다. '모성애'라는 것은 그것이 잘 행동화되면 아이들에게 심리적·정서적 안정감을 가져다주지만, 그것이 왜곡되게 행동화되면 아이들의 성격을 완전히 그르칠 수도 있기 때문이다. 하지만 아무리 완벽하게 잘 꾸며진 공동양육장이라 할지라도 '보모'를 잘못 만난 아이는 정신적 상처를 입게 된다. 따라서 이 문제만큼은 아직은 '뜨거운 감자'라고 할 수밖에 없다.

다만 확실히 얘기할 수 있는 것은 이것이다. 즉 숙련된 보모에 의해 키워진 아이가 곧바로 '어른'으로 대접받는 시대가 온다면(다시 말해서 '성적(性的) 성숙'이 무시되는 '청소년기'나 '미성년자'의 개념이 사라지는 시대가 온다면), 인간은 오랜 기간 가정에서 키워질 때보다 훨씬 더 안정된 심성을 유지하며 행복한 삶을 살아갈 수 있으리라는 것이다.

25. 죽음에 대하여

가장 신기하게 생각되는 것은, 사람들 모두 반드시 죽을 운명을 갖고서 살아가면서도, 막상 죽음 자체에는 거의 무관심 하다는 것이다.

아는 사람들이나 그들 부모가 죽어 부음을 전해왔을 때도, 우리들은 대개 귀찮아하며 장례식장에 참석하여 억지로 위로의 말을 전한다. 물론 조위금으로 들어가는 돈도 아까워하면서 말이다.

가장 우습게 생각되는 것은, 특징 종교에 깊이 빠져있는 사람들은 죽은 뒤에도 삶이 계속된다고 확신한다는 것이다. 기독교인들은 죽은 이가 천국으로 갔다고 하면서 애써 태연한 체 가장하고, 불교인들은 극락왕생을 운위하며 불경을 뜻도 모르면서 기계적으로 읊조린다.

이건 정말 웃기는 일이다. 교회에서는 목사가 맨날 죽은 뒤에 갈 '천당'을 얘기하며 헌금을 거둬들인다. 절 역시 비슷하기는 마찬가지다. 그러나 정작 '천당(또는 극락)에서의 삶'이 어떤 형태라고 구체적으로 알려주진 못한다. 그런데도 수많은 신도들은 죽어도 죽지 않는 '영생'을 확신하며 종교에 빠져 들어간다.

무식한 사람들만 그런 미신적 확신을 갖고 있는 것은 아니다. 대학교수 같이 이른바 많이 배운 사람들도 종교가 주는 허무맹랑한 낭설을 쉽게 믿는다. 논문을 쓸 때는 그토록 '논리'와 '증명'을 강조하면서도 말이다.

그런 측면에서 보면 과학이 발달하여 합리적 지성(知性)이 뿌리내렸다고 자랑하는 지금 21세기라 하더라도 중세기 암흑시대나 별다를 게 없다.

어쨌든 종교는 이렇게 강력한 마취제나 마약 같은 역할을 하여 사람들로 하여금 죽음에 대한 공포심을 누그러뜨려준다. 그러면서 성직자들은 그 대가로 돈을 벌어먹고 살며 사회적 권위까지 누린다.

수년 전 불교계의 거목(巨木)이라는 성철 스님이 죽었을 때나 최근에 한국 가톨릭의 수장(首長)이었던 김수환 신부가 죽었을 때, 울고불고 난리법석을 치르는 것을 보면서 나는 참 웃기는 일이라고 생각했다. 그런 높은(?) 사람들의 죽음이나 보통 사람들의 죽음이나 뭐가 다르단 말이냐. 아니 더 나아가 인간의 죽음이나 개나 소나 돼지의 죽음이나 뭐가 다르단 말이냐. 인간만 '영혼'이 있고 내세가 있다는 건 정말 후안무치한 이기주의적 발상이 아닌가.

특히 그런 종교계의 거물이 죽었을 때 사람들이 큰 의미를 부여하는 것은 결국 모든 사람들이 그만큼 죽음을 두려워하고 있다는 증거가 아닐까? 보통 때는 죽음에 대해 무관심한 체하고 있다가 그런 거룩한 분(?)들의 죽음에 대해서는 큰 관심을 보이는 것은, 죽은 뒤에도 또 다른 삶이 존재한다고 믿는 까닭에서가 아닐까.

다시 말해서 그런 도력(道力) 높은 종교인은 죽어도 죽지 않고 천당이나 극락에 갔을 거라고 확신하면서, 자기도 종교적 믿음만 가지면 죽어도 죽지 않을 거라고 슬그머니 자위하는 게 아닐까.

그러나 나는 어렸을 때부터 죽음을 두려워하며 큰 관심을 가졌었다. 그러면서 삶 자체를 증오하며 내가 이 세상에 태어난 것을 늘 억울해했다. 철저한 허무주의자의 인생관이었다.

하지만 내가 자랑할 수 있는 것은, 그러면서도 나는 지금까지 60여 년을 살아오면서 종교를 가져보지 않았다는 것이다. 내 고등학교 동기생들이나 대학 동기생들 가운데는 50살이 넘어서부터 교회나 절에 나가는 친구들이 부쩍 많아졌다. 아무래도 절보다는 교회 쪽이 더 많았는데, 불교는 스스로 공부하여 깨우치기를 종용하는 데 비해 기독교는 그저 주님을 믿기만 하면 죽어서 천국에 갈 수 있다고 목사나 신부가 보증을 서 주기 때문인 것 같았다.

동창 녀석들은 이제 슬슬 죽음을 두려워하고 있었다. 그도 그럴 것이, 내 고등학교 동기동창 350명 중 죽은 애들이 40명이나 된다. 그리고 연세대학교 국문학과 1969학번 동기생 30명 중 벌써 6명이나 죽어버렸다.

허망한 죽음에 대한 좋은 예가 되는 것은 대학 국문학과 동기생 C가 될 것이다. 그는 2008년에 그가 근무하던 유명 일간지의 부사장이 되었다. 그래서 동창생들이 모여 축하연을 베풀어줬는데, 부사장이 된 지 10개월만에 급성 암으로 죽었다. 그래서 그 핑계로 우리 동기생들은 다시 그의 시체가 안치된 병원 장례식장에 모여 소줏잔을 기울이게 되었다.

다들 떨떠름한 표정을 해가지고 건강타령을 하고 있었다. 담배를 피우는 친구가 나 말고는 하나도 없는 게 자못 신기했다. 아마 다들 과감하게 담배를 끊은 모양이었다. 대학 다닐 때는 거의가 골초들이었는데 말이다.

또 내가 죽음을 강력히 의식하게 된 것은 2007년에 급성 위출혈(위천공)로 졸도하여 119 구조대의 차에 실려 병원에 입원하게 되었을 때이다. 그러기 두 달 전부터 계속 열이 나는 감기증세가 계속돼 나는 동네에 있는 병원에 가서 감기 치료만 받았었다. 그런데도 통 차도를 보이지 않아 괴로워하고 있던 중에 그런 변고를 만나게 된 것이었다.

이런저런 검사를 해보다가 나는 결국 위 내시경 검사를 받게 되었다. 물론 임시방편으로 정신이 깨어나는 각성제를 복용하고 있는 상태에서였다. 위 내시경 검사는 정말 괴로웠는데, 그 검사를 마치고 나서야 의사가 만성위궤양에 의한 '위장출혈'이라는 진단을 내렸다.

그래서 나는 곧장 입원을 하고 피 주사부터 맞았다. 내 얼굴은 완전히 하얀색으로 변하여 핏기가 하나도 없는 상태였다. 1년 후에는 나와 친하게 지냈던 작사가 박건호 씨가 나랑 똑같은 위출혈로 급사했다. 위출혈은 그만큼 무서운 병이다.

수혈을 받으면서 나는 몸이 아픈 중에도 찜찜한 기분이 들었다. 평생 잔병으로 시달렸지만 수혈을 받은 것은 처음이었기 때문이다. 피 주사로 인해 에이즈에 감염될 수 있다는 얘기를 하도 많이 들어서 더 그랬다.

여러 번 수혈을 받고, 또 완전히 금식하며 영양주사와 링거액(液) 주사로만 일주일을 견딘 끝에 나는 겨우 살아 날 수 있었다. 의사 얘기로는 위출혈 환자를 그대로 방치해두면 몸 안의 피가 차츰 다 빠져나가 결국 죽게 된다는 것이었다.

그러면서 앞으로는 술·담배를 절대로 끊어야 한다고 겁을 줬는데, 이 글을 쓰면서도 나는 계속 줄담배를 피위대고 있다. 말하자면 '될 대로 되라' 식으로 살아가고 있는 셈이다.

물론 한 달에 한 번씩 병원에 가서 체크를 받고 한 보따리나 되는 위장약을 타와 하루 세 번 복용하기는 한다. 그런데도 나는 그 이후 걸핏하면 위경련이 일어나 병원 응급실 신세를 지게 되는 경우가 많았다.

그리고 나서 내가 다시 한번 '죽음'에 대해 강하게 의식하게 된 것은 2010년 봄에 있었던 노모(老母)의 '사고' 때문이었다. 88세나 되는 분이라 여러 가지 병에 시달리고 있었는데, 집 밖으로는 못 나가더라도 집 안에서는 그럭저럭 움직이고 걸어 다닐 수가 있었다. 그런데 그만 갑자기 넘어져 엉덩이뼈를 다치는 바람에 꼼짝도 할 수 없는 위급한 상황이 된 것이다.

급히 구급차를 불러 어느 종합병원으로 갔더니 당장 수술을 해 인공관절을 넣지 않으면 피가 안 통해 곧 죽게 된다는 것이었다.

그래서 급하게 수술동의서를 써줬는데(그냥 사인만 하는 게 아니라 나보고 서류 전부를 베껴 쓰게 했다), 의사 말이 마취 중 사망할 확률이 50%나 되고, 설사 수술이 잘 되더라도 치매에 걸릴 확률이 또한 50%나 된다는 것이었다.

그렇다고 당장 목숨이 넘어가는 것을 두고 볼 수는 없는 일. 그래서 나는 그저 수술이 잘 되기만을 바라며 수술실 밖에서 기다리고 있었다.

그때 나는 문득 내가 평생 '마마보이'(홀어머니의 외아들이라 더 그랬다)였던 사실을 상기하고 상당한 공포감에 빠져들었다.

그러면서 묘하게 따라붙는 생각이, '내가 아주 늙어 저 지경이 되면 어떻게 하나?' 하는 생각이었다. 어머니는 아들과 딸(나보다 7살 많은 누님이 있다)이 있어 수술이라도 시켜드리고 계속 병간호도 해드릴 수 있지만, 나는 독신 이혼남에다 자식도 없는지라 그만 아찔한 생각이 들었던 것이다.

게다가 나는 소설 『즐거운 사라』 필화사건으로 전과자가 돼버렸기 때문에 학교에서 정년퇴직을 해도 연금조차 50%밖에 탈 수 없다. 그래서 나는 그저 내가 긴 병을 앓거나 반신불수가 되거나 치매에 걸리지 않고 어느날 갑작스레 죽어버리게 되기를 마음속으로 빌고 또 빌었다.

어머니의 수술은 다행히 잘 되어 죽지도 않고 치매에 걸리지도 않았다. 그러나 꼼짝도 할 수 없는 신세가 되어 전속 간병인을 쓰지 않을 수 없었다. 그래서 가계의 지출이 부쩍 늘어나게 되었다. 그러다가 어머니는 2015년에 별세하셨다.

내가 왜 어려서부터 죽음을 의식하고 두려워했는가하면, 집안의 분위기가 온통 죽음 ―그것도 비명횡사― 으로 가득 차 있었기 때문이다.

우선 아버지가 내가 어렸을 때 사고로 죽었다. 그리고 나의 외삼촌 세 명과 이모 하나가 20대 때 제 명을 못 채우고 죽었다.

외삼촌 둘의 죽음을 내가 직접 목격한 것은 아니다. 나는 1951년, 6·25전쟁이 한창일 때 태어났고 큰외삼촌과 둘째 외삼촌은 6·25전쟁 중에 죽었으니까. 그리고 이모는 6·25 직전에 죽었다.

아버지는 최전방 군대의 군속 사진사로 일하다가 안전사고로 죽었고, 큰외삼촌은 육군사관학교 학생 때 6·25가 터져 그 이튿날에 3·8선 부근 전투에서 전사했다. 그리고 둘째 외삼촌은 1951년에 국민방위군으로 징집되어 나가 훈련 도중에 굶어 죽었다. 당시 국민방

위군(제2국민병) 책임자로 있던 모 장성이 병사들에게 줄 식량을 거의 전부 착복해 먹었기 때문이었다. 그리고 이모는 6·25 직전에 역시 20대 나이로 결핵성 복막염에 걸려 죽었다.

내가 제법 생생한 기억으로 죽음에 대한 공포와 관심을 가지게된 것은, 초등학교 5학년 때 막내 외삼촌이 군에서 복무하다가 '의문사'를 한 사건이었다(비슷한 시기에, 모시고 살던 외증조모도 죽었다). 물론 그 사건은 공식적으로는 '자살'로 처리되었다. 그러나 우리 집 식구들은 며칠 전에 휴가를 받아 집에 와서 명랑한 표정을 보였던 외삼촌이 자살할 까닭이 없다고 생각하였다. 하지만 그때가 사회 분위기가 살벌했던 5·16 직후인지라 더 따져볼 도리가 없어 그저 억울함만 삼키며 시신을 인도 받을 수밖에 없었다.

어려서부터 나는 외증조모와 외조모, 그리고 어머니와 누나 틈에서 살고 있었다. 외증조할머니는 시집간 지 얼마 안 돼 남편이 사망하여 유복자로 외할머니를 낳았고, 평생 시댁에서 '남편 잡아먹은 년' 소리를 들으며 홧병을 끼고 살았다. 그러다가 딸이 장성하자 시댁을 빠져 나오게 된 것이었다.

외할머니 역시 비슷하게 남편이 죽었다. 외조부가 40대 초반의 나이일 때였다. 그래서 국밥집을 하면서 자식 다섯을 키웠는데, 결국엔 큰 딸인 내 어머니만 남고 나머지 자식들이 다 20대 애동청춘에 죽어버리고 말았다.

특히 막내 외삼촌이 군대에서 자살인지 뭔지로 죽은 다음부터 외할머니는 울화병에 걸려 매일 담배를 피우고 소주를 계속 마시면서 살았다.

아버지 쪽의 친조모나 고모 한 명에 대한 얘기는 별로 듣지 못했다. 아버지와 어머니는 다 개성이 고향인데, 남한에 속해 있던 개성이 6·25 이후에 북한 땅이 돼버렸기 때문이다. 어머니쪽 식구들은 6·25 직전에 서울로 이사를 왔지만, 아버지쪽 식구들은 아버지만 빼고 다 그대로 개성에 남아 있어 연락이 끊어졌던 것이다.

어머니가 맏딸로서 동생들을 돌봐가며 외할머니와 함께 살다가 서울로 오게 된 것은, 큰외삼촌이 8·15 해방 직후에 극우 활동을 벌였던 '서북청년단'에 자주 끌려가 억수로 폭행을 당했기 때문이었다. 어머니나 외삼촌들은 이데올로기에 대해선 완전히 무관심한 체질이었다. 그래서 큰외삼촌도 청년단에 가입하지 않고 버티다가 너무도 몰매를 맞는 것을 보고, 어머니가 동생을 살리기 위해 급작스레 서울로 이사를 오게 된 것이었다.

아버지는 개성과 서울을 왔다갔다하며 지내다가 6·25 이후엔 남한 땅에 남게 되었고(굉장한 애처가였다고 한다), 그래서 나는 친가쪽 친척들에 대해서는 아는 것이 별로 없었다.

큰외삼촌은 청년단의 횡포에 질려 일종의 방어수단으로 육군사관학교 생도 2기생으로 입학했다고 한다. 말하자면 남한 땅에 대한 애정이나 군인으로 출세하려는 포부 때문에 입학한 게 아니었다.

아무튼 나는 이렇듯 많은 죽음 가운데 에워싸여 어린시절을 보냈고, 그래서 죽음에 관심을 두며 죽음을 두려워하게 된 것이다.

어렸을 때 내가 가장 무서워했던 공상은 '산 채로 무덤에 묻히는 것'이었다. 어떤 괴기소설집을 보다가 그런 내용을 쓴 「산 채로 무덤에 묻힌 사나이」라는 괴기담을 읽게 되었는데, 나는 너무나 공포에 질려 이틀 밤을 못 잤다.

그러고는 "내가 나중에 늙어서 죽을 땐, 유족들에게 꼭 화장을 해 달라고 해야지⋯⋯"하고 마음속으로 수차례 다짐을 하였다. 설사 의사의 오진 등으로 하여 산 채로 죽는다고 해도, 불에 타서 죽는 것이 고통이 오래 가지 않는 '가장 짧은 죽음'이 될 것이라는 생각에서였다.

다행히도 나는 성품 좋은 어머니를 두고 있었다. 어머니는 어떤 종교도 갖고 있지 않았고, 죽은 뒤의 일에 대해서는 "그저 썩어 없어지는 거지 뭐"라고 대답하곤 하였다. 그런 어머니의 '죽음 철학' 때문에 우리 집에서는 누가 죽든 무조건 화장(火葬)이었다. 불교를 믿어서가 아니라 썩어 없어져버릴 육체를 땅 속에 매장해서 뭐하나, 하는 믿음 때문이었다.

어머니는 죽은 뒤의 내세도 천당도 극락도 믿지 않았다. 그래서 물론 윤회도 믿지 않았다.

그런 어머니가 있어 나는 참 행복했다. 교회나 절에 나가라고 강요 받지 않았기 때문이다. 모든 종교는 죽음 뒤에 무(無)로 돌아가는 것에 대해 불안이나 공포를 느끼는 사람들을 상대로 장사를 벌이는 거대한 '사기극'이라고 나는 생각한다. 그런데 어떤 특정 종교에 빠져있는 부모를 만나면 어려서부터 그런 사기에 농락당하는 것에 길들여지게 되는 것이다.

종교는 또한 '공포심'을 갖고서 장사를 한다. 신앙생활을 게을리하면 천벌이 내릴 거라는 막연한 공포심이 자신의 복(福)을 비는 기복신앙에 우선한다.

특히 기독교가 더 그런데, 『구약성서』에 나와 있는 '소돔과 고모라의 멸망'이나 '노아의 방주(方舟)' 얘기가 좋은 빌미가 돼주는 것이다.

불교는 그 대신 '윤회'를 가지고서 겁을 준다. 착하게 살며 열심히 신앙생활을 하지 않으면 죽어서 설사 지옥으로 떨어지진 않더라도 비천한 신분의 인간이나 천대받는 짐승으로 다시 태어난다고 으름장을 놓는 것이다. 이슬람교의 교리 역시 기독교나 불교와 비슷하다. 아무튼 모든 종교는 불안과 공포심을 주어 인간의 삶을 피폐하게 만든다는 게 내 생각이다.

한국에는 특히나 교회가 많다. 세계에서 제일 큰 교회가 서울에 있다. 유럽에서는 교회가 없어져가는 추세에 있는데, 왜 유독 우리나라만 그럴까? 가장 이웃에 있는 나라인 일본에는 교회가 거의 없다시피 하는데 말이다.

물론 남북분단이 주는 '전쟁에의 공포'나, 오랫동안 계속되고 있는 '미국과의 정치적 결탁'이 그런 결과를 초래한 원인일지도 모른다.

하지만 나는 그런 현상의 가장 큰 이유가 범국가적인 '합리적 지성의 부재(不在)'에 있다고 본다. 공부를 많이 한 대학교수들에게서

조차도 합리적 지성을 찾아보기 어렵다. 이건 내가 꽤 오랫동안 대학교수 생활을 하면서 뼈저리게 느끼게 된 사실이다.

아무튼 나는 '죽음으로서 모든 것이 끝나버리는 삶'에 애증병존의 마음을 품고 있었다.

천국도 지옥도 윤회도 없는 내세라면 굳이 종교에 굴복할 필요도 없고 나의 분신인 자식 생산에 대한 미련도 가질 필요가 없는 것이다.

그러나 다른 한편으로 생각해 보면 아쉬움도 남는다. 특히나 문학을 창작하는 작업에 있어서는 그렇다. 설사 지금은 내 작품이 인정받지 못하더라도 사후(死後)에 가서는 인정받을 거라는 가냘픈 미망(迷妄) 속에 잠겨 모든 작가들은 창작을 한다. 그건 다른 예술 장르도 마찬가지다.

그러나 죽음으로서 모든 것이 끝난다고 보면 그런 희망사항은 정말 부질없는 것이 된다. 윤동주의 시가 지금 최고의 평가를 받고 있다는 것을 내세나 저승에 있는 윤동주가 알고서 흐뭇해할 수는 없기 때문이다.

그래서 나는 문학창작의 목표를 오로지 '순간적인 본능의 대리배설'에다 두게 되었다. 단지 창작할 때 느끼게 되는 시원한 배설의 쾌감이 전부라고 생각하게 된 것이다.

똥을 눌 때 사람들은 이 똥이 비료로 쓰일까, 똥개의 먹이가 될까, 그냥 버려질까, 계산하지 않는다. 그저 똥이 마려워서, 똥을 누고 싶어서 눌 뿐이다. 시나 소설도 마찬가지다. 나는 노래를 부르다 (또는 '썰'을 풀다가) 가면 그뿐인 것이다.

그래서 죽음은 더욱 두려운 존재가 된다. 일찍 죽으면 대리배설을 실컷 못하고 세상을 뜨게 되기 때문이다. 질깃질깃 오래 살면서 계속 똥을 누는 행복감을 맛봐야 한다.

그러므로 윤동주나 김유정이나 기형도 같이 일찍 요절한 문인들은 괜스런 추앙의 대상이 될 수밖에 없다. 그들은 그저 '제 명을 못 채우고 죽은 불쌍한 청춘'일 뿐인 것이다.

하지만 다시 꼼꼼하게 생각해 보면, 나는 죽음을 두려워했다기보다는 늘 죽음을 의식하고 살았을 뿐이다. 특히 집안 분위기가 나를 그렇게 만들었던 것 같다.

외할머니는 사내자식 세 명이 다 군대에서 비명횡사한 것을 되뇌이며 손자인 나만은 젊어서, 그리고 군대에 가서 죽지 않기를 빌었다. 그래서 외할머니는 이따금 이런 말을 하시곤 했다.

"또다시 6·25 같은 전쟁이 일어나면 우리 광수는 얼굴을 여자처럼 꾸미고 여자 옷을 입혀 가지고 절대로 군대에 내보내지 말아야지."

이렇게 말하면서 외할머니는 삼켰던 담배연기를 긴 한숨과 더불어 오래 걸려 내뱉곤 했다.

그러나가 외할머니는 내가 스물아홉 살 때 죽었다. 외증조모나 외조모나 다 죽을 때 중풍이나 치매 같은 긴 병을 앓지 않고서 갑자기 죽었다. 그렇게 가족에게 폐를 끼치지 않고 죽은 것을 어머니는 늘 고마워했다.

　아무튼 '죽음'은 생각하기도 싫은 통과의례다. 나는 나를 그토록 애지중지하던 외할머니가 죽고난 직후에 「석가(釋迦)」라는 시를 써서 〈문학과 지성〉 잡지에다 발표했다. 성인(聖人)이라 불리는 석가모니라 하더라도 죽을 땐 고통스럽게 허망해하며, 자신의 얕은 깨달음을(즉 '종교'를) 세상에 퍼뜨려 사람들을 현혹시킨 것을 후회할 거라는 내용이었다. 그 시의 전문(全文)은 이렇다.

　　한껏 '말' 밖에 더 무엇이 있겠느냐
　　내 차라리 한낱 벙어리였으면 좋을 것을.
　　인생 팔십은 너무 짧아, 내 이제 허무히 죽어가나니
　　뉘 있어 나를 죽음의 고통에서 구원해 주리?
　　수만 마디 설법(說法)들이 지금 내게 무슨 소용이 있으랴

　　나는 미처 중생을 죽이지 못하였다.
　　'말'도 죽이지를 못하였다.
　　선(善)도 악(惡)도 추(醜)도 죽이지를 못하였다.

　　늙고 지쳐 병들은 이 몸.
　　껍질만 남은 더러운 몸뚱어리를 미처 죽이지 못하였다.

아아, 도(道)를 죽이지 못하였다.

그대들은 먼저 나를 죽여라,
시퍼런 비수로 내 가슴을 찌르라.
희망을 죽여라 해탈을 죽여라

우리들은 새로운 자유를 만들어 낼 순 없다.
다만 자유가 아닌 것들을 죽여야 할 뿐
보이는 대로 보이는 대로 죽어 없애야 할 뿐!

부처를 만나면 부처를 죽여라
나한(羅漢)을 만나면 나한을 죽여라
보살(菩薩)을 만나면 보살을 죽여라

네 부모를 죽여라
친척과 권속을 죽여라, 그리고
사랑을 죽여라
너를 죽여라!

차라리 벙어리라면 얼마나 좋으랴
차라리 백치라면 얼마나 좋으랴
날카로운 식칼 아래, 싱싱한 펄떡임으로

핏방울 흩뿌려, 힘있게 죽어가는 생선 토막이라면,

― 내 얼마나 좋으랴,

그래도 석가는 당시의 짧은 평균수명에 비해 볼 때 꽤 장수를 누린 셈이다. 그리고 석가가 더 예뻐 보이는 것은, 그가 그토록 오래 살면서도 '변절'을 하지 않았다는 것이다.

오래 사는 건 좋은 일이지만 너무 오래 살다보면 변절하게 되는 수가 많다. 우리나라 지식인과 정치인들의 경우가 더욱 그렇다. 그러니까 이른바 '짧고 굵게 산 사람들', 다시 말해 일찍 요절한 사람들이 받는 과도한 추모는, 그들이 일찍 죽어가지고 '변절할 기회를 박탈당했기' 때문이 아닌가 한다. 한국의 지식인 사회에서는 대개 요절하지 않으면 변절했다. 그래서 나는 좀 더 야한 글을 쓰기 위해 오래 살길(물론 건강하게) 바라면서, 동시에 내가 변절하지 않게 되기를 바라고 있다.

또한 '노탐(老貪)'도 경계해야 한다. 사람은 늙어갈수록 정치적·사회적 권력이나 지위에 대한 탐욕이 늘어난다. 그래서 시인 서정주나 김춘수도 5공 군사정권에 아첨하며 감투를 얻어 썼던 것이다.

아무튼 인간은 죽으려고 태어났다. 이건 어쩔 수 없는 자연법칙이다. 그리고 죽고 나면 모든 것이 끝이다. 내세고 천당이고 지옥이고 윤회고, 다 없다. 죽고 나면 '말짱 꽝'인 것이다.

게다가 이제는 '종족보존의 본능'조차 차츰 사라져가고 있다. 결혼을 안 하고 평생 혼자 살면서 자유를 만끽하려는 사람들이 늘어가고 있고, 설사 결혼(또는 동거)을 하더라도 자식을 낳지 않고서 버텨가는 사람들도 많다.

이런 추세로 가면 출산율이 떨어져 한민족이 자멸해버릴 거라고 걱정하는 사람들이 많은데, 그런 미래의 일까지 미리 염려할 필요는 없다. 외국인 이민자를 왕창 받아들이면 되기 때문이다. 민족이니, 핏줄이니 하고 따질 때가 아니다. 우선 '현재 나 자신의 쾌락'이 더 중요한 것이다. 또 나는 우리나라가 혼혈국가가 되면 좀 더 융통성 있는 발전이 이뤄지리라고 확신하고 있다. 민족주의는 악(惡)의 원흉이기 때문이다.

다만 몸이 '아프게 오래 사는 것'은 좀 괴롭다. 최근 몇 년 동안에 나는 이(齒)를 10개나 뽑았다. 임플란트를 했다가 실패하여 개피를 보았다. 그러고도 또 새로 이가 고장 나 늘 치통에 시달린다. 이와 잇몸에 나쁘다는 걸 알면서도 하루 종일 줄담배를 피워대면서 말이다.

■ 에필로그

에로스를 옹호함

사랑은 성애(性愛)이고, 섹스는 그래서 중요하다. 섹스는 이제 쾌락에 관련된 문제도 아니요, 윤리에 관련된 문제도 아니다. 그것은 오직 '인권'에 관련된 문제다. 더 부연해서 설명하자면 '행복추구권'에 관련된 문제라고도 할 수 있다.

섹스를 즐기는 것을 인권으로 이해하는 사회일수록 자유민주주의와 사회복지제도가 발달돼 있다. 이것은 논리의 비약이 아니다. 한번 생각해보라. 서유럽과 북유럽의 나라들이 그 좋은 예다. 반면 섹스 자체 또는 섹스를 즐기는 방법에 대한 도덕적 선입견이나 편견, 심지어는 '모럴 테러리즘'이 횡행하는 사회는 대부분 문화적 후진국이기 쉽다. 말하지면 상식과 지성이 통하지 않는 사회인 것이다.

　문화적으로 낙후된 사회일수록 '섹스'란 말만 나와도 좌중이 기겁을 하고, 그 말을 꺼낸 사람은 공개적으로 멸시받는다. 속으로는 누구나 섹스를 즐기고 싶어한다는 것을 생각해 볼 때, 이것은 공평치 못한 일이다. 성에 대한 결벽증, 말하자면 '성 알레르기' 현상은 인간의 자연스러운 창의력을 억압하는 것은 물론, 비합리적인 문화 풍토를 조성하는데 일조한다. 언뜻 전혀 무관해 보이는 그 각각의 요소가 촘촘한 스웨터의 솔기처럼 그토록 서로 밀접하게 얽혀 있다는 것은, 언제나 나를 가장 흥분시키면서도 또 견딜 수 없이 짜증나게 만드는 수수께끼다.

　섹스를 금기시하는 사회에서는 자연히 성과 관련된, 혹은 그것을 연상시키는 단어들을 비속어(卑俗語)로 매도한다. 그리고 성 담론을 어딘가 고상하지 못하고 천박한, 심지어 죄스러운 것으로 몰아세운다. 또한 섹스에 대해 무지하거나 관심이 없는 척하는 것이 마치 교양의 척도라도 되는 양, 사회 구성원들에게 은연중 압력을 가한다.

　그런 사회일수록 사회 지도층, 소위 문화인이란 자들은 스스로 완벽하게 도덕적이지도 못한 주제에 다른 이에게는 완벽하게 도덕적인 삶을 살아야 한다고 몰아세운다. 그들이 강요하는 삶은 육체가 아니라 정신적인, 즐겁지 않고 무미건조한, 개인주의가 아니라 전체주의적인 삶이다. 어쩌면 이런 행패는 그들 자신이 이미 발기부전이거나 '품위의 꼭두각시'가 되어 버려서, 용솟음치는 젊음의 열정을 시샘한 끝에 강구해낸 'B사감'류의 심술인지도 모른다. 아니면 사회 전체를 편리하고 획일적으로 통제하려는 얍삽한 의도일 수도 있다.

그러나 개인의 쾌락 추구라는 시대적 대세는 이미 그 누구도 거스를 수 없는 시대의 가치가 되었다. 동구와 구 소련이 무너질 수밖에 없었던 것도, 따지고 보면 개인의 쾌락을 국가적 차원에서 억압했기 때문이었다. 이제 이념은 인간의 머릿속에 도사리고 앉아 그저 '고상하게' 인간을 지배할 수 없게 되었다. 그것은 가슴으로, 배로, 또는 배꼽 아래로 슬금슬금 내려와 인간의 희로애락과 오만 가지 감성, 또는 감각들과 혼음하고 있다. 인류는 이제 중세 1천 년의 암흑기, 그리고 현재까지 계속되고 있는 종교(혹은 이데올로기) 전쟁이 '정신적 가치'라는 허황된 환상의 추악한 사생아라는 것을 미련하게나마 깨달아가고 있다. 문화적 선진국의 지성인들이 21세기를 주도해 갈 새로운 패러다임으로 '몸의 철학'을 제시하는 것도 이유에서다.

사실 섹스를 인권과 연결시켜 굳이 논의하는 것은 그 사회가 문화적 촌티에서 아직 벗어나지 못했음을 스스로 고백하는 것과도 같다. 그런 사회에서는 불합리한 억압과 자유권의 침해가 도저(到底)하기 때문에, 섹스에 대한 자유를 주장하는 것이 자칫 사치스러운 넋두리로 비난받을 위험마저 있다. 우리나라에서 갖가지 정치 이념이 팽배하고 민주화와 인권이 갈구되던 1980년대에, 이른바 진보적 지식인들조차 성을 '3S(Sex, Screen, Sport) 정책'의 부산물 정도로 천시했던 것이 그 좋은 예다.

그들은 되물었다. 지금 사람이 죽고 살고, 천부의 인권이 군화발에 짓밟힌 마당에 대체 섹스가 뭐 그리 중요하단 말인가? 이 마당에 섹스를 하자는 네가 발정기의 짐승과 다른 것이 대체 무어란 말인가? 그러나 이 날카로운 질문에 어눌하게 대답하기에 앞서, 성에 대한 표현과 논의의 자유가 보장될수록 개개인의 인권 역시 만개(滿開)하였던 문화적 선진국들의 역사를 우리는 새삼 상기할 필요가 있다. 성에 대한 죄의식을 없애면 신통하게도 합리성과 인간의 자율권이 고개를 들었던 것이다.

여전히 우리 사회 곳곳엔 광신적이고 비이성적인 규범적 잣대들이 너무나 깊고 견고하게 뿌리내려 있다. 비단 사이비 종교뿐만 아니라 편향된 이데올로기나 국수주의적 전체주의, 그리고 수구적 봉건윤리 등에 나타나는 일종의 광신적 현상은, 이 세계의 다원주의를 인정하지 않고 개개인의 자유로운 사상을 억제하려는 음험한 속셈에서 비롯된 것이다.

참된 민주주의가 자유와 다원(多元)을 기반으로 삼는다는 것을 떠올려볼 때, 인권의 가장 중요한 부분으로 간주되는 성적 자유는 더 이상 그저 동물적이고 시시한 욕구 충족에 그치지 않는다. 조금만 과장해서 얘기하자면 이런 것이다. 그대의 배꼽 아래가 원하는 것을 부정하지 말라. 그것이 곧 민주주의로 나아가는 촉매제로 발화할 것이니, 그대의 성욕이야말로 참된 정치의 원동력이 아니더냐!

섹스의 자유가 무조건 방종이나 범죄로 매도되던 시대는 이제 끝났다. 섹스를 말하는 것이 어색하고 자유롭지 못했던 시대도 갔다. 그리고 이 세상 모든 일이 그렇듯이, 섹스 역시 '아는 것이 힘'이지 '모르는 게 약'이 아니라는 사실을 똑똑히 알아야 한다. 우리나라는 성범죄 발생률이나 낙태율, 또는 10대 미혼모 증가율 등에 있어 세계에서 수위를 달리고 있다. 남녀칠세부동석, 삼강오륜을 목청껏 부르짖던 5백년 유교 사회의 이면은 이토록 참담하다.

규칙적으로 차오르는 성욕을 건강하게 배설할 수 있는 수단을 강구하고, 청소년들이 좀 더 실질적으로 활용할 수 있는 성교육 프로그램을 서둘러 마련하지 않는다면, 앞으로도 우리나라의 섹스 문화는 점점 더 음습한 곳에서 허우적거릴 수밖에 없다. 무엇보다도 섹스를 음지에서 양지로 끌어올리는 일이 시급하다. 앞으로 우리가 살 세상은 식욕이 아니라 성욕 중심의 시대이며, 섹스가 주는 욕망의 카타르시스가 즐거운 놀이이자 인간의 가장 아름다운 생존권으로 자리 잡을 시대이기 때문이다.

인간에 대하여

초판 1쇄 발행일 2016년 4월 29일

지은이 마광수
펴낸이 박영희
책임편집 김영림
디자인 박희경
마케팅 임자연
인쇄 · 제본 AP프린팅
펴낸곳 도서출판 어문학사
　　　　서울특별시 도봉구 쌍문동 523-21 나너울 카운티 1층
　　　　대표전화: 02-998-0094/편집부 1: 02-998-2267, 편집부 2: 02-998-2269
　　　　홈페이지: www.amhbook.com
　　　　트위터: @with_amhbook
　　　　인스타그램: amhbook
　　　　블로그: 네이버 http://blog.naver.com/amhbook
　　　　　　　다음 http://blog.daum.net/amhbook
　　　　e-mail: am@amhbook.com
　　　　등록: 2004년 4월 6일 제7-276호.

ISBN 978-89-6184-409-3 03800
정가 20,000원

이 도서의 국립중앙도서관 출판예정도서목록(CIP)은 e-CIP홈페이지(http://www.nl.go.kr/eci와
국가자료공동목록시스템(http://www.nl.go.kr/kolisnet)에서 이용하실 수 있습니다.
(CIP제어번호: CIP2016009592)

※잘못 만들어진 책은 교환해 드립니다.